QIANBEI GELAOZU MINJIAN WENXUE ZUOPINJI

◎中央财政支持地方高校发展专项资金资助◎
◎遵义师范学院仡佬族文化研究基地项目◎

黔北仡佬族民间文学作品集

王清敏　孙建芳　胡昱　主编

民族出版社

图书在版编目(CIP)数据

黔北仡佬族民间文学作品集/王清敏,孙建芳,胡昱主编.
—北京:民族出版社,2012.12
(仡佬族文化研究丛书/周帆主编)
ISBN 978-7-105-12574-6

Ⅰ.①黔… Ⅱ.①王… ②孙… ③胡… Ⅲ.①仡佬族—民间文学—作品综合集—中国 Ⅳ.①I277

中国版本图书馆 CIP 数据核字(2012)第 307117 号

责任编辑:姚启星
封面设计:金 晔
出版发行:民族出版社出版发行
地 址:北京市和平里北街 14 号
邮 编:100013
网 址:http://www.mzcbs.com
印 刷:北京市迪鑫印刷厂
经 销:各地新华书店经销
版 次:2012 年 12 月第 1 版 2012 年 12 月北京第 1 次印刷
开 本:880 毫米×1230 毫米 1/32
字 数:480 千字
印 张:17.5
定 价:48.00 元
ISBN 978-7-105-12574-6/I·2391(汉 2675)

该书如有印装质量问题,请与本社发行部联系退换
汉文编辑室电话:010-64271909 发行部电话:010-64224782

总　序

仡佬族是中华民族56个民族中的一员。新中国成立之初人口登记时仅2万余人。20世纪80年代初经民族识别后，至第五次人口普查有57.9万余人，分布在黔、滇、川、渝、桂等省市。其中以贵州省遵义市最多，有道真、务川两个仡佬族苗族自治县，一个遵义县平正仡佬族乡。

所谓仡佬族文化指仡佬族人民千百年来在语言、文学、艺术、习俗、生活和生产方式等方面创造的物质和非物质形式的集合体。仡佬族在历史上虽是一个弱小的民族，但她在艰辛的自然环境和社会环境中，在自己的生产方式和生活方式中，在与他民族相处的关系中，创造了属于自己的、具有鲜明特色的、丰富的民族文化，展示了自我顽强的生命力。仡佬族文化是典型的弱势边缘民族文化，其千百年来虽不断受到冲击甚至压制，至今仍顽强保有自我民族性这一事实，是世界民族文化史上的一个奇迹，发人深省。仡佬族文化研究的意义有三：

第一，有利于发掘，特别是抢救仡佬族物质和非物质文化遗产。作为一个千百年来备受压迫欺凌，不得不隐族埋姓的弱小民族，作为一个千百年来备受强势文化冲击及多民族文化影响、至今却仍具顽强生命力的典型边缘民族文化，其历史上形成的应对强势文化冲击和他民族文化影响的内在机制，对当今弱小民族在全球化背景中如何应对强势文化冲击、发展自我的民族文化，不无一定的借鉴意义；作为一个不少文化现象目前正处于严峻的濒危状态的民族文化，从其自身文化机制中富有生命力的因素入手，探讨如何有效抢救、保护和发展的策略，有助于民族文化的发展，符合十七届六中全会推动社会主义文化大发展大繁荣的精神。从民族的也就是世界的意义看，在全球化的今天，深入系统地研究仡佬族文化，发掘、抢救、保护仡佬族物质和非物质文化遗产是地方民族文化建设的当务之急。

第二，有利于系统深入地把握仡佬族文化。关于仡佬族文化的研究一直受到有关部门和国内外专家的关注。在亚洲从事仡佬族傩文化研究的日本学者有广田律子（《日本传统戏曲与中国民俗艺能之继承关系与运用立体坐标法解释》）、森由利亚（《道真傩文化调查研究》）等。新中国成立后国内出版了不少关于仡佬族历史、经济、文化、教育、语言、习俗等方面的专著。重要的文献有，中国科学院民族研究所贵州少数民族社会历史调查组 20 世纪 60 年代编写的《仡佬族简史简志合编初稿》、《贵州省仡佬族社会历史调查报告》，翁家烈的《仡佬族》，周国炎的《仡佬族母语生态研究》，顾朴光的《中国面具史》，等等。经文献检索，迄今涉及仡佬族研究的论文共有 481 篇。这些研究成果大多虽是描述性的，但它们为进一步的研究奠定了坚实的基础。由于全球化的冲击、社会转型、急剧的经济发展，仡佬族原有的生产方式和生活方式正在发生迅速的变化，许多极富特色的习俗、艺术和文化传统正处于濒临消亡的边缘，因而给进一步的研究既提供了广阔的空间，又提出了新的问题新的要求。

第三，有利于搭建人才培养、教学科研与服务地方文化发展双赢的平台。开展仡佬族历史文化、文学艺术等方面的研究，发掘、抢救仡佬族物质和非物质文化遗产，一是可促进地方经济社会和文化发展；二是可提升教师的教学科研水平，培育高层次科研人才；三是可为人文学科学生提供社会实践基地。作为仡佬族聚居地的地方本科高校遵义师范学院有责任有义务开展此项工作。

研究仡佬族文化，遵义师范学院具有得天独厚的地理和人文环境优势。2009 年，我组建科研团队，主持申报了“中央财政支持地方高等学校专项资金项目——仡佬族文化研究”。2010 年 9 月，该项目获批准立项（黔财教【2010】149 号），在遵义师范学院成立了仡佬族文化研究基地。由民族出版社出版的这套“仡佬族文化研究”丛书就是基地近两年来取得的初步成果。

不容讳言，由于参与研究的成员专业学科不一、理论素养不齐、田野调查和资料收集不够等诸多方面的原因，本套丛书在不少方面并未达到预期的目标。但作为国内第一套“仡佬族文化研究”丛书，毕竟迈出了系统研究仡佬族文化的尝试和探索一步。我相信，在国内有关专家的指正和帮助下，在遵义师范学院“仡佬族文化资源共享平台”建设的基础上，仡佬族文化的研究定会由此迈上一个新的台阶。

周 帆

2012 年 6 月

前　言

仡佬族是由周王朝时期南方的百濮民族和生活于东南及沿海地区的百越民族逐步发展而成，至宋代始有“仡佬”的称谓。总体来说，仡佬族是贵州高原上最古老的民族，被有关专家称为贵州高原上的拓荒者，并被认为是夜郎国的王族和主体居民。民间流传一句谚语，叫“蛮夷仡佬，开荒辟草”。仡佬族主要分布在道真、务川两个仡佬族苗族自治县，以及正安、石阡、遵义、平坝、普定、大方、镇宁、黔西等县，还有省外的广西隆林各族自治县、云南文山壮族苗族自治州的麻栗坡、四川省的盐边、湖南的新晃等70多个县。据2000年第五次人口普查统计，全国仡佬族总人口有57.9万多人。其中，道真有仡佬族近16万人，务川有18万人左右，石阡有6万人左右，正安有万人左右。而黔北由于自然的屏障，成为处于弱势的少数民族文化得以生存发展的一块热土。

地处偏僻，有利有弊。交通不便、信息闭塞，让这雄伟的高原在经济发展上处于劣势。值得庆幸的是，这块土地所滋养的文化因此得以较好地保存了下来。但民间交往的频繁，他民族文化的影响，如务川、道真、正安等地既是仡佬族的聚居地，同时又是汉族、苗族、土家族的聚居地，因此，要很清晰地将仡佬族民间文学辨析出来，难度很大。这样的状况，无疑增加了搜集、整理仡佬族民间文学作品的难度。

仡佬族民间文学主要包括民间故事和民间歌谣两部分。仡佬族民间故事盈千累万，内容丰富。它包括神话传说、人物故事、地方风俗、风物及地名、动物故事等。由于仡佬族经历多次迁徙，因此要准确地把这些流传于民间的文学作地域区分很难，故主要以黔北仡佬族主要聚居地务川、道真、正安所能搜集到的素材入册，兼及湄潭、仁怀等地作品。

仡佬族歌谣流传面广，内容也很丰富，有古歌、儿歌、情歌、哭嫁歌、迎亲送客歌、打闹歌、丧葬歌等。我们以黔北仡佬族聚居地务川、正安、道真为重点，通过当地文联和民间文艺爱好者、从业者的帮助，完成了这一搜集、整理工作。在此，向遵义市文联、道真文联、务川文联、正安文联给予我们帮助的同仁表示衷心的感谢。在此需要说明的是，因为许多方言中的词汇无法在现代汉语中找到对应的字，故只能选用同音字代替。

编　者

2012 年 6 月

目　录

民间故事

民间歌谣

民间故事

制天造地

天，是布什咔制的。布什咔制的天，样样都有：有月亮，有太阳，有星星，也有雨、云、雷、电、风暴。地，是布比密造的。布比密造的地，样样都有：肉也有，就是那些满坡遍地的泥巴；脑袋也有，就是那些高高低低的山头；头发汗毛也有，就是那些漫山遍野的树木和草；眼睛也有，就是那些大大小小的消水坑；嘴也有，就是那些大大小小的山洞；手和脚也有，就是那些分支发岔的山坡；肚皮也有，就是那些海洋湖泊；肠子也有，就是那些弯弯曲曲的江河；骨头也有，就是那些又重又硬的石头；肋巴骨也有，就是那些又高又大的山岩。

天与地

在远古的时候，世界一片混沌，没有天没有地。天神派张祖王制天、李祖王制地。可这两位在制天制地之前没有合计，张祖王把天制窄了，李祖王把地制宽了，天覆盖不了地，两位在无奈之中，只好把地抱起来，估倒[①]箍笼挎就。这地被箍拢来后，凹凸不平，就形成了现在的山川。

① 估倒：强制。

四曹人

风吹一曹，火烧二曹，水淹三曹，到现在已是第四曹人了。说的是，头一曹人是天神用泥巴捏的，遇着罡风就被吹化了；第二曹人是天神用草扎成的，被火烧了；第三曹人是天上星宿下凡来投生缘的，遇着洪水被淹死了。唯有大山里住着的一对兄妹，钻进葫芦里，才躲过这次灾难。后来，这对兄妹经过几多周折磨合，才传下这第四曹人。

挑花不如窖葫芦

传说在水淹“三曹”之前，在深山野箐住着兄妹俩，父母都已去世，兄妹俩相依为命。哥哥很勤快，天天上山干活，耕种锄割。妹妹很灵巧，在家操持家务，纺织喂养挑花绣朵。有一天，有一只神奇的鸟，从天外飞来，飞到妹妹绣花的屋檐上歇住了。这鸟不住地唱：“挑花不如窖葫芦”。起初，妹妹只顾专心自己手上的活计不在意。一连几天，这鸟都是一样地鸣唱，且叫声越来越凄厉，妹妹这才看那奇异的鸟，揣摩那鸟叫的“挑花不如窖葫芦”会是什么奇怪的意思。待哥哥回来后，妹妹向哥哥述说了那神奇的鸟与那怪鸟的鸣叫“挑花不如窖葫芦”。哥哥说，这只会是好事，你就在屋檐下种上两棵嘛。

于是妹妹便在檐下的沃土中种下两粒葫芦籽。这葫芦生出一株后，神奇地风长起来，很快牵上屋檐，萦绕在妹妹的绣阁，结下一个葫芦又疯长起来，能容下两个人栖身。这时，洪水来了（这正是水淹三曹的时候），兄妹俩只好钻进葫芦，待洪水汹涌泛滥之后，兄妹俩才从葫芦里钻出来。这时，世间没有其他人烟，兄妹俩依旧男耕女织。奇怪的是，那只神奇的鸟又飞回来，落在兄妹俩身边，不住地唱：“要留人烟，快快成亲。”兄妹俩在诧异之中，也感到要找到各自的配偶。此时世间已别无他人，兄妹俩如果不成婚，这世间就会绝灭人烟。

他们在为难之下，向天祈愿，询问天意。他们先用两面箩箕从两个山头抛下，若两面箩箕阴阳合拢，这是天意要他们成婚；后来他们每人背着一扇磨儿从两个山头抛下，若两扇磨儿吻合，这也是上天要他们兄妹成婚。事情的结果是两面箩箕合成一体，两扇磨儿吻合在一起。兄妹俩只有成婚。婚后，妹妹生下一个肉砣砣，哥哥把肉砣砣分成几大块，有的甩在田中，有的挂在桃树上，有的挂在李树、杨树的枝椏上……到第二天天亮，只见遍地人烟，村村寨寨狗吠鸡鸣。在田中的后人就姓田，在李树枝上结缘的就姓李……于是有了现在的百家姓赵钱孙李，周吴郑王……

奎星映婺

传说，天上的婺星，乃是一女星，耐不住天上的寂寞，思春爱恋凡间的男耕女织，飞流化石降于务川县城北半里。这婺星在天为二十八宿之女星，行天无定，列牵牛、织女之次。主人间布帛，又主女寿，主人文。这婺星（仙）降于这仡佬族聚居之地，是地因而人杰地灵，尤其是女人，贤淑貌美，耄耋享期颐。是地，因之文风蔚起。

神鹰救兄妹

远古时候，大地一片汪洋，所有生灵都将被淹死，天神赶紧用神竿在地上捅了许多消水坑，又划了许多道江河，洪水才渐渐退下。这时不知从何处漂来一个大葫芦，顺着现在的洪渡河水从南往东北漂流。当葫芦漂到现在大坪江边一带时，洪水被前面的彭家岭、麻青山阻挡，在这里产生了很大的回水凼。一时间，洪水夹杂着的泥石沉积下来，形成了现在的大坪坝。水位在继续下降，一部分泥石又被洪水带走，形成了丘陵。今小塘的十个石笋也就是那个时候形成的。所以，至今都可看到整个石笋都是由泥层和鹅卵石混杂而成。大葫芦在回水凼中漂荡，漂到石笋处，被卡在石笋中不能动弹。

洪水退了，天神立即派神鹰下来，用雄劲的鹰爪把葫芦抓到平坦的地方放了下来，据说就是今官学坝一带。兄妹二人爬出葫芦后，晚上住在大树上，白天四处寻找人烟不见，只好在江边用竹子搭棚子，以渔猎为生，相依为命。天神知道当地已无人烟，只好亲自下界，为兄妹俩主婚，让他们服从天意，滚磨成亲，繁衍子孙。又派天狗从天庭偷来谷种，让兄妹俩开荒劈草种庄稼，兄妹俩便成了最早到这个地方的祖先。子孙们为了记住祖先是神鹰救的，又是葫芦保佑的性命，所以务川大坪江边一带的仡佬族民众，便把岩鹰和葫芦作为崇拜的对象。

喊太阳

古时候，白天有七个太阳，夜晚有七个月亮。阳光把地上的东西样样都晒死了，只剩下一棵大马桑树，人也无法活下去了。有两个老公公，为了帮助大家消免灾难，让地上万物得到生长，他们用七天七夜的时间，制成了一张神弓、十二支神箭，然后爬到马桑树顶，搭上箭朝太阳射去，射落了六个太阳。剩下的那一个太阳，看见前边六个太阳被神箭射死了，吓得赶紧躲到厚厚的云层里面，不敢再出来。

两个老公公就在马桑树上等。等到天黑，七个月亮出来了，他们又搭上神箭朝月亮射去，又射落了六个月亮。剩下的那个月亮也赶忙躲回去，不出来了。顿时，世间变成一团漆黑，人看不见光，做不成事。地上万物没有阳光照射，也长不起来。百姓仍然无法过活。

这样黑了七天七夜，两个老公公又商量，怎样把太阳喊出来。想来想去，想到马跑得快，就请它去把剩下的那个太阳喊出来。马说："喊是喊，只是你们要答应我一个条件。"两个老公公问它什么条件，马说："脚上要有铁鞋穿，背上还要配个鞍。"两个老公公一口答应，给马配上了金鞍，钉上了铁掌。

马高高兴兴地跑到山顶，朝太阳出来的方向喊。可是喊啊喊，一直喊了七天七夜，太阳都不肯出来，还在云堆里生气地说："你脚穿铁鞋跑千里，身配金鞍该驮粮，不关你的事。"马只好跑回来，把喊太阳的经过告诉了两个老公公。两个老人又商量，认为牛老实，让它去喊太阳，太阳一定会出来。他们去给牛讲，牛哞哞叫着，说："喊是喊，我有个条件，要两只铁角头上戴，四只脚各穿一双硬皮鞋。"两个老公公就给牛戴上了两只角，穿上了四双硬皮鞋。牛就跑到山顶上，朝太阳出来的方向喊，一直喊了七天七夜，太阳还是不肯出来，躲在云里边对牛说："你头戴铁角好护身，脚穿皮鞋好犁田，不关你的事。"牛如实告诉两个老公公。两个老人又来商量。商量来商量去，不晓得让哪个去喊太阳最合适。这时，只见一只大公鸡喔喔喔地叫着走来。两个老公公有了主意，就跟鸡讲，要它喊太阳出来。鸡说："喊是喊，但有个条件，我头上要藏红梳子，身上要穿花锦袍。"老公公就给鸡戴上了红梳子，穿上花锦袍。公鸡高高兴兴地跑到山顶上，朝着太阳出来的方向放开嗓门，一遍一遍地喊着，一直喊了三天三夜，终于用它那洪亮、动听的啼声把太阳喊了出来。从此以后，大地重见光明，万物生长，百姓安居乐业。两个老公公见公鸡聪明，就把每天喊太阳的差事交给了它。后来，太阳姑娘偷偷地爱上了多情的公鸡哥哥。每天早晨，只要她一听到公鸡哥哥的啼叫，就赶快从山背后出来，红着脸害羞地向公鸡哥哥吐露了她的爱情。不过，她害羞，不愿让人看见，哪个要看她，她就拿针刺哪个的眼睛。

宝 王

——有关开采丹砂的传说

按：丹砂、水银的开采，在现今贵州省的务川县，有着相当久远的历史。史书上有着前后相关的一些记载；明代在务川境内曾设立过板场坑水银局；务川境内不少地方至今仍留存着许多口径很小（仅可供小个子爬行）的古老采砂矿洞；在民间则保存着许多古朴别致与采砂、炼汞有关的民俗，流传着许多关于采砂、炼汞的传说。可以说从生产技术到口碑文学乃至于习俗信仰，已形成了一整套源远流长的丹砂文化。

我们仡佬的先人，古时候称为“濮人”。在很早很早以前，我们的老祖先，就来到务川这一带的崇山峻岭中生活。有一天，一位叫濮劳的年轻小伙子上山打猎，火辣辣的太阳，晒得他汗流浃背，他便走进一个岩洞去歇凉。无意中，他发现岩壁上有闪烁着血红色光泽的石头，感到十分奇怪。于是，他敲下一块放在手中把玩，越玩越喜爱，就带回到村上。人们看了，也都觉得非常稀罕。有一个外地的觅宝人，得知濮劳有这个血红色石头，便从老远的地方赶来，想方设法用一头牛、一匹马、一只羊的代价跟他换了去。这红石头，就是如今人们称为“丹砂”或“朱砂”的矿石。濮劳用一块红石头，换得大牛、大马和肥羊的事，一传十、十传百地传开了。头人也很看重这件事，便叫濮劳带着众人继续寻找这种宝物，并不断用它去跟外边的人交换各种货物。

后来，老祖先们跟中原地区的周武王打上交道时，还曾经把这种“丹砂”带去作为见面的礼物。周武王得到这红光闪闪的丹砂，十分高兴，对进贡丹砂的这位头人，重重嘉奖，还封他为“宝王”。宝王受到周武王的重奖，自然更是高兴，回来后，就益发看重对丹砂的开采。他亲自带领众人，成年出没在深山峡谷之中，攀悬岩，登绝壁，穿黑洞，探暗穴，千方百计地发展对丹砂的开采。在那铁器和火药缺乏的年代，要从坚硬的岩层里取出丹砂，是非常艰难的。但是，我们的先辈，在宝王的带领下，凭着他们惊人的毅力和卓越的智慧，在不断的采砂活动中，想出了用“火暴”的办法来开采丹砂。人们在需要采砂的地方堆上木柴，用猛火去烧岩壁，接着用冷水淬激，使岩层碎裂，从而掏出丹砂，大大提高了采砂的工效。后来，又摸索出用丹砂提炼水银的办法。这一来，许多寻珍求宝的人，不断从四面八方涌到务川来，从我们祖先的手中买走丹砂、水银，拿去从中赚大钱，发大财。我们的祖先也渐渐地以此为业，不断改进工具，不断提高技术，生产不断发展，日子也越来越好过了。

吃水不忘挖井人。大家的生活好过了，也从不忘记宝王头人这位部落首领的功劳和恩德。宝王死后，人们就在盛产丹砂的金鸡山，建起了宝王庙，用来供奉宝王的神像。不少人家，还专门在堂屋神龛上，安设宝王菩萨的神位，除常年供奉之外，逢年过节，还要隆重作祭祀。人们在采砂过程中，要想不遭灾受难，要想打发槽子[①]，都把命运全部寄托在宝王的保佑上。务川流传着这样一首民谣：“人家有年我无年，提起猪头要现钱；若得宝王来保佑，朝朝日日都过年。”这透露出人们对宝王无限的崇敬与虔诚的企求。

① 打发槽子：当地行业术语，开出富矿。

麻羊人传说

相传很久很久以前，在务川以东 20 ~ 40 公里处的三坑村一带，活跃着一群身材瘦小、身着野麻编织的衣服、腰缠兽皮，以山间的野果、野菜、动物为食，穿梭于大山、溶洞之间，以小锎在朱砂矿石上锉取朱砂为生的土著民族，由于他们身穿野麻衣，爬行于山冈与溶洞之中，看上去就像是一群山羊，故被称为“麻羊人”。

起初，麻羊人淘朱砂并不是为了卖钱或兑换什么东西，而是因为朱砂曾经救过他们。据说他们中有人曾经得了重病，全身酸痛，神志不清，四肢无力。族人们知道此人活着不但浪费口粮，而且还要让人服侍，于是就把她抬去摔在了大坑（即溶洞）之中。也是此人命不该绝，被摔下后她并没有死去，而是落在朱砂泥中，也不知过了多久，她饿得慌，冥冥之中就伸手抓了一把朱砂泥吞了下去，这一吞却让她得救了。吞下后过了半炷香时间，她头脑清醒，四肢活动自如，精神特别好，也就慢慢地爬出了大坑。

人们看到她，自然不敢相信，她把吃泥砂的经过一说，人们觉得神了，男人们就打着香皮火把进洞中去找那泥土。他们找到后发现，那泥中有许多小红颗粒，用水一透，泥中的红颗粒就沉淀在竹筒的底部，分离后更显得红光四射。后来人们一生病就拿此砂粒来吃，果真神奇，只要服下后就会百病消除。因此，族人们就把它称为“神砂”，以之为神，供于屋中，每天磕拜。

时光如逝，岁月如梭。不知过了多少年代，一天，麻羊人下山到洪渡河边摘取果实，发现沿岸的沙滩上躺着一个跟他们一样但比他们大得多的人，一看就知道是被水从上游冲下来的。他们上前一看，此人还有气，于是就把他背到山上喂其神砂，救活了此人。此人醒来发现一大群麻羊人围着自己觉得奇怪，世上怎么会有只有他半个人那么高的人呢？他知道自己是中邪之后不能医治而被摔入河中，肯定是这些麻羊人救了自己。于是，他倒地便拜，比划着要求看一看是什么药这么神奇。麻羊人本无防范之心，就让他看了他们以为神的神砂。这人完全康复之后就从麻羊人处要了一点神砂出山了。

又过了几个春夏，这个被麻羊人救活的人带来了一帮人，带来了许多布匹、食物、铁器送给麻羊人，教会他们种植与煮食熟食，并在离麻羊人居住处不远的龙塘定居下来。他们经常从山外运来布匹、食物、铁器供麻羊人穿着、生活、淘砂，并从麻羊人手中换取神砂运往山外。从此，这里就成了寻宝人追逐的圣地。他们来到这里选择了洪渡河两岸的江边和龙塘两地驻扎了下来，渐渐地这些寻宝人就成了这里的主人，即仡佬族的始祖。由于麻羊人发掘出的神砂不能满足这些寻宝人的胃口，他们故起了歹心，就从山外（现在江西一带）带来了一大批军队和奴隶，在江边自立为王，专司神砂挖掘与运输。他们与麻羊人争夺朱砂矿，要自己来挖掘这些宝藏，麻羊人自然不会甘心自己赖以生存的神砂被人抢走，于是就发生了拼杀。麻羊人由于身材瘦小，没有作战经验，最终全族人都被杀死，导致灭绝。

而今，在丹砂古县务川的三坑村后山山脉上至大漆，中至坂场、风蒋湾，下至木油厂一带，不论是露天矿，还是溶洞中，到处都有麻羊人挖掘神砂的足迹。因为他们挖掘神砂矿石最深处只有一两米，并且四周壁上都有小铜锉过的痕迹，由于没有火药、炸药之类，他们不能挖掘出深部的神砂。但只要有溶洞，他们就会去洞中挖掘，不论洞有多深，有多难走，他们都要去闯一闯，就是死在洞中也在所不惜。故大漆、坂场沟、风蒋、木油厂等处的大溶洞中到处都有他们挖掘神砂开辟的道路，到处都留着他们挖掘朱砂的坑凼。正是由于他们挖掘神砂开辟了道路，致使神砂在很早以前就传入中原，务川也因此而在很早以前就被中原熟知而载入史册，谱写出历朝历代的丹砂神话。

麻羊洞里麻羊人

传说仡佬人原先不晓得开采朱砂，只用木筛在水沟里淘朱砂。后来，有两娘母（母子）在河边淘朱砂，听见山肚子里有开采岩子的叮叮当当的响声，还有号子声和猜拳打码声，于是全寨人满山遍野找寻洞口，从四处向山内挖，终于发现一些只有一尺多高的小人仔拿着锤锤钻钻正在小洞里采挖，他们采的全是净朱砂。当寨里的人问这些人是哪样人时，那些小人只留下一句，“我们是麻羊洞里麻羊人”。后来，这一带仡佬人知道了开洞取朱砂，跟着麻羊人的小洞挖去，越挖越多，越挖越发。

宝王菩萨

传说，“宝王”是仡佬族的始祖，自幼丧失父母，孤苦伶仃来到三坑板场一带金鸡山下的大青洞、岩峰脚、木悠山开荒辟草谋生。一天，他一锄挖去，从地里滚出一个“元宝”。他不知这是何物，后来经外来客商指点后才知道这是朱砂元宝。他将朱砂元宝向周武王进贡。周武王得宝后，封他“宝王”。于是他成了仡佬村寨采丹炼汞的头领。他死后，仡佬族后裔便在金鸡山建立宝王庙祭祀。凡采丹炼汞的人家，香火上都列着宝王菩萨的牌位，祈求荫佑开发“槽子”。

朱砂窝在哪里

故事说的是很久以前，板场街上有个叫花子，常常吟唱：“不算银钱沟，不算四合头，找到朱砂窝，金子银子像水流。”有几个老表听见这歌后，就结伙去找“朱砂窝”。他们几经周折，费了九牛二虎之力，终于找到了“朱砂窝”。但由于财迷心窍，高兴至极，利令智昏，在不具备开采朱砂条件的情况下，莽撞行事，有几个老表断送了性命，幸存的一个人也已气息奄奄，找不到洞口。这个老表好不容易辗转走出洞来，已不辨东西南北，疯在板场街上，像叫花子一样唱：“不算银钱沟，不算四合头，找到朱砂窝，金子银子像水流。”直到现在，人们也还不知道“朱砂窝”在哪里。

仡佬族宝王菩萨的传说

相传很久以前，一群贵州务川仡佬族先民濮人在深山劈石垦荒，其中一青年发现刨出来的石头中闪耀着红色砂粒，便好奇地带回家。山货商人来到洪渡河畔，听说这里出了红石头，找到了存放红石头的青年人。商人接过石头一看，认定这就是朱砂，随之仔细询问发现红石头的经过，并将红石头全部买走。“红石头就是朱砂，可以卖钱，是吉祥之物，好运气！”打这以后，开采丹砂的濮人就多了起来，濮人的生活从此有了改善，朱砂成为濮人最早向西周朝廷进贡的贡品。皇帝为安抚人心，加封发现朱砂的青年为“宝王”。

务川与外界联系的通道，因朱砂而打开，从洪渡河，经乌江，到长江。中原文化也由水路传进务川。濮人又学会从朱砂中提炼水银，名声远扬。后世人为纪念“宝王”，在盛产朱砂的三坑、板场、银钱沟等地相继建立宝王庙，塑宝王菩萨接受祭祀。直到现在，大坪一带村民凡是打岩子炼水银都要敬宝王菩萨，为他点香燃烛，供酒肉于案，默念心语，手指点朱砂红于额，祈求保佑。在出过不吉利之事的砂洞还要请先生画符念咒，符上加盖朱砂印贴于砂洞口。

仡佬族敬竹的传说

仡佬族称竹子为“仡佬”，“仡佬族”意译为“竹族”是准确无误的。以竹来作为人名并不奇怪，但是以竹来作民族名称肯定给第一次听到这个意译的人以新鲜感，哪怕这是一个很古老的民族，同样让人感到新奇。中国人赋予竹子很多美德，耐寒、正直、虚心、坚韧、有广泛的用途等等，所以用竹子来作民族自称，实际上是很文雅，很有内涵的。

关于仡佬族崇敬竹子的习俗，早在1600多年前成书的《华阳国志·南中志》和1500多年前成书的《后汉书·西南夷列传》中都记载有如下传说：夜郎者，早先有一女子在遁水①洗涤，有一段三节长的大竹筒漂流到女子两足之间，推之不肯漂走。听到筒中有小孩的哭声，剖开竹筒，见一男婴，抱回养大，有才有武，自立为夜郎侯，以竹为姓。在抛弃破竹筒的地方，生长出茂盛的竹林，后人建竹王祠祀奉。关于竹王的传说以及崇敬竹子的习俗，至今仍广泛留传在各地的仡佬族民间。道真仡佬族苗族自治县梅家寨的仡佬族，在生下第一个男孩时，父母要将其胎盘和一些鸡蛋壳埋入竹林地下，以祈求得到竹王护佑。春节，家家户户要到竹林去供献竹王钱。有不少地方以竹筒装米祭祖或求丰收。有学者认为，对竹子的尊崇源于竹图腾崇拜，而这种崇拜又源于竹子对仡佬族先民的生活

① 遁水：今贵州西部北盘江。

有重要意义和实用价值。

竹　王

古时候，人们不愿在高山居住，都聚居在平地上。一年又一年，不知过了多少年，平地的人丁兴旺，高山的树木成荫，平地上人口增多了，慢慢就互相争夺。夜郎对这种现象非常痛恨，就带着家人和族众，离开平地，落业深山。用勤劳的双手，在深山建起了家园。

高山上五谷丰登，六畜兴旺，歌声遍野，又引起了平地人的注意。他们常常去掠夺高山人的劳动成果，使高山人不得安宁。然而平地人每次上高山抢劫，都遭到高山人反击而大吃败仗。

平地人对高山人的掠夺愈来愈多，搞得高山上鸡犬不宁。由于屡攻屡败，他们对高山人们的领袖——夜郎也恨之入骨，发誓要杀掉夜郎，甚至带信给高山人，说如不把夜郎交出来，定要叫高山人吃不下饭，睡不好觉。

夜郎带领高山人建立了美好的家园，而且带领高山人屡屡打败平地人。可是，夜郎总为高山人不得安宁而担心烦恼，他得到平地人送去的威胁信之后，心里微微一动，就对高山人说："你们快快回信，就说夜郎死了。"于是，自己就躲进楠竹园的岩洞里，不再露面。

平地人得到高山人的回信，也不相信夜郎已死，就派人来察看，平地人爬了九十九重坡，翻了九十九条岭，过了九十九道河，察看了九十九个寨，果然不见夜郎，只见一个洞中停放着夜郎的棺材。于是，就认为夜郎真的死了而大胆地来攻打高山人。

夜郎暗暗出来指挥高山人作战，一次又一次地把平地人打得落花流水，不可收拾。从此，平地人才服气了。他们觉得高山人确实个个能征善战，简直人人都是夜郎。因此，就把高山人都称作夜郎，不敢来掠夺高山了。

夜郎在楠竹园里，精心培植竹子，使所有竹子都性直心空，四季常绿。可是，有一年天降竹瘟。竹子快要死的时候用尽竹子一生的精华，开放出洁白的鲜花。一时间竹林里一片雪白，银光闪闪。

人们见竹子开花，非常奇怪。夜郎却知道竹子开花死了，他叫大家不必悲伤，快把竹子砍来，编篼织席，让竹子最后再为世人出一把力。

从此之后，竹子每隔一百年开一次花，开了花就死去。在没有竹颠的搪颠竹[①]里，经常可以看到夜郎。

人们为了感谢夜郎对竹子的苦心照料，就把夜郎叫做“竹王”。

竹　生

很久以前，有一家人，只有孤儿寡母两个，过着贫寒的生活。他们家住在一座名叫岩门山的石壁下。这座岩门山确实名副其实，巨大的石壁中间有一条笔直的缝，十分像两扇关起来的大门。当地人传说，石门里面藏着很多金银财宝，谁要是能打开石门，就能得到这些宝贝，成为最大的富人。岩门山上，满山遍岭都生长着黄灿灿的野金竹，母子俩的生活，就靠砍这竹子编箩筐背篓卖来维持。儿子因此取名叫“竹生儿”。竹生儿才十多岁，因为心灵手巧，他编的竹器又好看，又耐用，赛过那多年的老师傅。常言说“竹篮打水一场空”，可是竹生儿编的竹篮，硬是能把水提回家来。

一天，竹生儿正坐在家门前院坝中编竹筐，忽然，有一个叫花子来到他的面前。这个叫花子满头白发，老眼昏花，样子十分可怜。老叫花对竹生说：“我从很远很远的地方来，已经几天没有吃

---

① 搪颠竹：长不出竹颠的竹子。

饭了，你家如果有剩饭，求你给我一碗吃吧。”竹生儿看老叫花子可怜，就热情地招呼他进屋。这时他母亲正好把饭煮熟，就舀了一碗给老叫花吃。可是老叫花吃了一碗，又要一碗，接二连三地把所有的饭全都吃完了，还喊没有吃饱。竹生说：“饭已经没有了，只剩下一些锅巴，你要是还饿，就铲锅巴吃吧。”老叫花说：“我老得牙齿都掉完了，嚼不动锅巴，你给我煮成稀饭喝吧。”竹生儿又生火添水给他把锅巴煮成稀饭。老叫花喝了稀饭，站起身来说：“你这娃儿，心地善良，实话给你说吧，我不是叫花子，我是远方来的道士。来这里是要找岩门山，你带我去看看吧。”竹生儿好生奇怪，这么老了，还好远跑来找岩门山干什么呢？恐怕就是听说石门中藏着宝贝才来的吧。但是他怎么弄得开石门呢？

竹生儿是个老实人，心中想着，也就问出口来。老叫花说：“我修道几十年，炼成了七个鸡蛋，这七个鸡蛋就是用来打开石门的。”二人说着走着，已经来到石壁下。老叫花抬起昏花的眼看了半天，忽然慌慌张张地问竹生儿：“这石门缝中间，有没有一个像门锁一样的石头？”竹生儿说：“有哩，巴斗那么大，你怎么看不见。”老叫花听罢，放声痛哭起来，哭了好半天，才慢慢说道：“这石门中关藏的不是金银财宝，而是一匹白宝马。我这七个鸡蛋必须用岩门山上的七截金竹筒装起来煮上七天七夜，然后用来砸这石锁，打开石门，放出宝马，宝马会在岩门山的竹林中唤出十万神兵，谁打开石门谁就可以凭这十万神兵打下江山坐天下。可是我修了几十年的道，等道修好，人已经老了，连这石锁也看不清了。这不是命中注定吗？”老叫花说着，掏出七个鸡蛋递给竹生，又叮嘱了几遍煮鸡蛋的方法，然后朝天喊了几声“命该如此”，就一头碰死在石壁下了。

竹生儿痛哭了一场，在石壁下安葬了老叫花子。回到家中，仔细端详老叫花给他的七个鸡蛋，果然不同一般。就像玉石雕琢的一样晶莹光滑。竹生儿从山上砍来七截金竹筒，把七个鸡蛋分别装进竹筒去，灌进水，然后请母亲放在锅中煮起来。

煮到第三天的半夜，他的母亲忽然听到后山上的竹林中，隐隐约约传来千军万马操练的声音，直到鸡叫第三遍快亮时，声音才停息下来。第四天、第五天、第六天，夜夜都有兵马操练的声音，而且越来越响，还听得见刀枪碰撞的声音了。母亲越听心中越害怕，就劝竹生儿不要再搞这个造反杀头的事情了。竹生儿却反过来劝母亲不用怕，说将来打下江山，坐了天下，母亲也要过几天皇太后的日子。煮到第七天半夜，声音刚刚开始时，母亲心中实在害怕得发慌，她不敢再听下去。竹生儿睡得正熟，她就悄悄地熄了火，不再煮下去了。火一熄，声音也跟着停息了。

可是竹生儿不知道这第七天夜里母亲停火。鸡叫三遍天刚麻麻亮，他就兴冲冲地取出鸡蛋，来到石门下面。他掏出一个鸡蛋朝石锁砸去，只见“轰”的一声，冒出一股烟雾，石壁上掉下一层碎石；第二个，第三个……次次如此。砸到第七个，冒出的烟雾更浓，烟雾中还传出一个声音，说道：“竹生儿，莫害怕，你快看石门开来竹子炸，将来你要坐天下。”烟雾散尽，果然只见石门朝两边闪开一条大缝，紧接着一道白光，从石缝中腾空跳出一匹银光闪闪的白马。大白马腾云驾雾一般，飞快地绕着岩门山跑了三圈然后站在岩门山最高顶上，朝四周的金竹林昂头长嘶。白马这一叫唤真是惊天动地，漫山遍野的金竹像着了道法一样，一根根炸裂开来。只见每一竹节中都有一匹小白马和一个穿戴盔甲的兵士，兵士手握一杆长枪，身佩一把大刀。但是因为没有煮满第七夜，这些兵士手中的盔甲还没长满，现在只是静静地躺着，并不见起来行动和变成真人一样大。大白马见此情形，鼻孔中喷出一股白气，返身又跳回石缝中去了，石门又吱吱呀呀合拢上。

竹生儿不知问题出在哪里，只是呆呆地站着失神。这时他母亲跑来，哭哭啼啼告诉他并没有煮到第七夜，他才恍然大悟，长长叹了口气，对母亲说：“你看这满山遍野的兵，皇帝知道后会饶过吗？

与其让皇帝捉去处死，还不如像老叫花一样碰死在这石壁下了。娘啊！你害苦我了！”说完，竹生儿也一头碰死在石壁下了。

后来的人传说竹生死后成了神，常常显灵，就修了庙来祭祀他，既然成了神，就不能再叫他为“竹生儿”，而是尊称为“竹郎”，这庙就是竹郎庙了。

仙氏祖婆的传说

正安县境内的横断山下，人们现今耕种的是大田大坝。很早很早以前，这里沟河两岸，水竹丛生，全是一片水酢巴地。在这人烟稀少的横断山上落业开荒的，有一个仡佬族的年轻小伙，人品很好，十分勤劳。他每天出门去种地干活，回来之后，还得自己动手生火做饭，一天到晚，忙得不可开交。他做梦都巴望有个女子来同他成双配对，共同劳动，共同生活。只是，想归想，居住在这人烟稀少的荒山野岭上，到哪里去寻合适的女子呢？到头来，还是只有单人独个，里里外外自己忙，有时连饭也顾不上吃。

有一天，他从早就出门下地，狠起心肠只顾挖土，直到太阳偏西，才拖着疲倦的身子走回住地。当他准备着去生火做饭时，发现灶孔是热烘烘的，揭开锅盖一看，锅里搁着香喷喷的热饭热菜。他惊奇地看着，以为是山前或山后好心的乡亲大娘、嫂子们来帮他做的，因为肚子饿得慌，也顾不上去问，便狼吞虎咽地吃了个精光。第二天，他出门种地回来，家里又有人已经给他做好了香喷喷的热饭热菜。他好生奇怪，吃过饭就到山前山后去找那些大娘、嫂子打听，看是哪个来帮他煮的饭菜，他好去当面道谢。哪晓得问遍了所有的人，都问不出一点影子。以后，他每天出去做活路回来，家里总是有人给他做好了香喷喷的热饭热菜。他左思右想，怎么也解不开这个谜。最后，他想出一个主意：他一清早就扛起锄头，披起蓑衣，戴起斗笠假装出去做活路。可是，走到半路，他就打倒桩①回来了。他悄悄来到住房外，从壁缝往屋里看，只见一个长得十分乖巧美貌的姑娘正在帮他煮饭。他急忙推门进去感谢那位姑娘，问她叫什么名字，家住哪里。哪晓得那姑娘一言不发，低着头呆了一下，转身就往外走了。小伙子急忙撵出门来挽留她，但奇怪得很，连影子都找不见啦！

后来，只要这个小伙子一出去做活路，那个姑娘就照样来帮他做饭。像这样一个美貌乖巧的姑娘，是打起灯笼也难得找的呀，要咋个才能留得住她呢？小伙子苦苦地日思夜想，终于想出了一个办法：一天，他又扛起锄头，披起蓑衣，戴起斗笠，假装上山去做活路。走到半路，他又打倒桩回来，悄悄躲在屋旁瞧那姑娘是怎么出来的。到了该煮饭的时候，只见一只毛色漂亮的毛狗慢慢来到他的屋子旁边，突然在地上一滚，就变成一个美貌的姑娘走进屋去帮他煮饭。饭菜煮好以后，那姑娘走出门来躺在那张毛狗皮上一滚，就变成一只毛狗往山林里去了。看清楚这一切以后，小伙子明白啦，要留住这个姑娘，就一定要把那张奇特的“毛狗皮”弄到手。于是，第二天他又扛起锄头，披起蓑衣，戴起斗笠，假装上山去做活路。走到半路，他又打倒桩回来，悄悄躲在屋旁看那姑娘。到了该煮饭的时候，那只毛狗又慢慢来到他的屋子旁边，在地上一滚，就变成那个美貌姑娘走进屋帮他煮饭去了。这时，他轻脚轻手地把那张奇特的“毛狗皮”收起来藏了，然后走进屋去跟姑娘见面说话。姑娘见小伙子回来，立马转身朝屋外走去。来到屋外，已不见那张“毛狗皮”，姑娘猜出是小伙子给藏起来了，就问小伙子要，不管她怎么说，小伙子也不给。又拗不过小伙子再三好言相留，他们终于成了亲。

几年之后，生下了两个儿子。俗话说：“人无千日好，花无百

---

① 打倒桩：方言，指转身往回走。

日红。”牙齿和舌头都有碰磕着的时候，夫妻再好，有时也难免会发生口角。他们夫妻俩原本也是很和睦的，有了孩子以后，屋里屋外的拖累越来越多。有一天，男的外出做活路，天黑了才回来，又累又饿，满以为一进屋就能吃上饭。哪晓得这一天，女人不安逸，脚乏手软头又痛，第二个孩子又正吵着要吃奶，她简直打不起精神去做饭。男的饿着肚子进门一看见这冷锅冷灶的情景，忍不住心头火起，追问为什么还不煮饭。女的因为生病，心里本来就很烦闷，见丈夫不体贴自己，心里更是难受。夫妻俩都碰到火头上，你一言，我一语，就吵闹起来。那是单村独户的地方，也没个人来调解。女的气不过就说：“像您这样的脾气，我同你过不了这一辈子，我只有走。”男的随口就说：“你要走，你走就是，有哪样幺不了台①!”女的已无法忍耐，便说：“那么，你把我的东西（指‘毛狗皮’）还我!”男的也正在火头上，一赌气，就把珍藏的“毛狗皮”翻出来扔在地上。女的到了这时，更是火冒三丈，一赌气，丢下吃奶的孩子，抱起毛狗皮伤心地哭了起来，然后一转身掉头就往外走，直朝横断山的喇叭洞穴而去。

男的原以为是互相赌赌气，没想到她真的会走。等到她真往外走，一下子把他弄得没了法，只得无奈地抱起孩子紧跑去追赶，追到喇叭河口，连人影也不见了。男的在洞口又放声大喊，喊了半天也不见女的答应，他万分懊悔，忍不住哭了起来。过了一阵儿，忽然从洞里甩出那女子穿的一只鞋来，男的见了，转哭为笑，连忙追进洞去找。可是，他找遍了洞里的每一个角落，什么也没找到，洞里只有绿莹莹的一潭一平如镜的潭水……后来，为了纪念那朝思暮想而再也找不回来的仙女般的妻子，那男人便把从洞里甩出来的那只鞋子拿去埋在喇叭洞口，封上土，垒成坟，称为“仙氏之墓”。他们的两个儿子也相继长大，成家立业，子孙世代繁衍，居住在横

① 幺不了台：了不起之意。

断山下沟河两岸，有上千个火堂①，上万人口。每年正月初一，各家各户都要派一个代表，带上香烛、花炮等物，一起前往“仙氏祖婆”的墓前去朝贺拜年。

青、红仡佬族的来历传说

遵义县平正仡佬族乡仡佬族因其语言、服饰及其生活习俗的差异，分为青系仡佬和红系仡佬两种。其来历，源于一个仡佬族传说。

很久以前，不知是什么原因，仡佬族遭到官家的仇杀。有两兄弟在疲于奔命中急中生智，分别藏于一棵茂密的红籽树和杜仲树下，才幸免于难。追兵过后，两兄弟商量，为了不至于被赶尽杀绝，决定分开逃命，各奔东西。并以有救命之恩的树的颜色（即红色和青色）布条绣缝于袖口，作为日后兄弟相认的标志。

其后，两兄弟分别在不同的地方繁衍了自己的子孙。由于相距甚远，互无音讯，子孙数百年隔离，故其原有语言、服饰及其生活习俗，都发生了变化。但其服饰袖口作为兄弟相认的红色和青色的标志未变；红仡佬族以红籽、青仡佬族以杜仲为图腾的崇拜未变。

仡佬族是九天天主的后代

据《九天大濮史录》记载：远古时，由天上八重天的天主们各抱一石从天上扔到务川自治县大坪镇的江边，八石融为一体，石头开裂，从中走出一大汉，乘龙上天当了九天天主，这就是仡佬先民

① 火堂：当地习摆按火堂计算人户，一个火堂即一户人家。

濮人传说中的始祖。因此仡佬人说自己是“天族”。

传说九天天主在出生地务川自治县大坪镇江边、天主母石的大猿山上，剥怪兽皮，取人肉浆，注入天主的血液，将人肉浆抛向各处，制造了人烟。

天主制造人烟后，即派自己的大儿子祖潜下界为蛮王，领导人们开荒辟草，建设家园。故今日在仡佬人中流传有“蛮王仡佬，开荒辟草”之说。

金角老龙王救始祖的传说

相传，很久以前，仡佬族的始祖先民，居住在山林里，在大树上搭窝栖息，以猎狩小型动物为生。

一日，先民们在山林里寻找猎物的时候，与一群猛虎不期而遇，短暂的相峙之后，先民们开始逃跑。他们逃到了山的最高处，虎群也追到了最高处，他们爬上了最高的树，虎群就在树下停了下来，围着大树，不住地咆哮，仿佛打定主意，非以先民们为食不可。三天三夜过去了，虎群仍旧围困着先民们，眼看树上的人们就要坚持不住了。这时，天空中飘来一朵彩云，东海的金角老龙王站在云端，他是受天庭调派，在此方布云行雨的。他搭手一看，便发现了相峙的人和虎。他想，地界上人本来就少，让他们成了虎的食物，岂不可怜，让我救他们一救。于是，龙王倾东海之水，倾泻而下，渐渐的，水漫上了山顶，淹没了虎群。

先民们得救了，他们十分感谢金角老龙王的救命之恩，同时，他们对洪水也产生了敬畏之情，给后人们留下了描述这次洪水的八字真言：“洪水朝天，淹（读 an）死老鹰。”后来，仡佬人为感谢龙王的救命之恩，把他们奔走山林间，脚上必须穿着的鞋叫做“八块金龙”。八块是指鞋由八块兽皮缝制而成，金龙是指金角老龙王，意在祈望仡佬人穿上“八块金龙”走在山野间，有金角老龙王的眷顾，能够平安顺利。为了感谢大树，自此以后，他们每年都要祭树，把山林中的大树作为神灵来供奉，让有灵的大树永祐仡佬人的平安。

田母的传说

仡佬人在山林中生活。许多许多年后，人不断地增多，而山林里的野兽越来越少，有时，猎物甚至不能够填饱肚子，人们开始焦急起来，为寻找新的食物，绞尽了脑汁。

恰在这时，天空乌云密布，并很快下起了大雨，他们居住的山脚下河水开始上涨。雨一直下了三天三夜，河水涨到了山腰，这时，先民们看见，一只狗在水面上挣扎，试图爬上岸来。于是，先民们救起了这只狗。狗上岸后，跑到先民们的头领面前，抖落了它背上没被水打湿的地方粘带着的谷子、小米和包谷。头领捡起一颗包谷放进嘴里，顿觉清香甘甜。于是，他明白过来，这是族人们的新的食物来源，他把剩下的种子仔细收藏起来，并带领族人们开垦土地。

他们专找地势平坦、土地肥沃的地方开垦，把种子精心地种下去。他们的劳动换来了收获。随着时间的推移，很快地，平地便都被仡佬人开垦完了。由于有了新的食物来源，仡佬人很快繁盛起来，正当族人们为部族的繁盛而高兴的时候，突然，有一年，那些平坦的土地上，种下去的种子长出的禾苗枯黄矮小，也没怎么结粮食，一时间，老弱病残全部饿死了，身强力壮的靠挖野草艰难度日。

为了能够继续生存，头领带着族人，求遍了山神、树神、土地神，祈望来年能够有一个丰收年景。但第二年，种的庄稼照样没有收成。饥饿使族人越来越少，头领没有办法，便坐在一块大田里，放声大哭。这时，一个白须白眉的老人飘然而至，询问头领为什么哭泣。头领说："种下去的庄稼没收成，眼见族人们饿死，能不哭吗？"老人说："这也怪你们，有儿子不照顾母亲的道理吗？"头领说："我们没有呀，我们的部族历来敬奉长辈，绝不会有不孝之人，得罪神灵，遭此报应。"老人说："田土也是你们的母亲呢。"说完，飘然而去。头领明白了老人的意思，带领族人，开渠引水，翻土施肥，于是，庄稼又有了好收成。原来，那老人乃地神的化身。

再后来，仡佬人不仅敬奉田土如老母，而且，每年的播种季节，还要用田里出产的粮食做成糕点，撒在田里，烧香点烛，磕头拜祭，名曰：祭田母。

仡佬族吃虫节的传说

每年农历六月初二，是仡佬族的吃虫节。

传说古时候，仡佬山虫灾连年，五谷歉收。人们面对虫灾无可奈何。寨老们经过商议，悬下重赏：谁能除掉虫害，赏三头肥猪。红榜一出，首先是公鸡前来揭榜，它说："我起得最早，我能除掉害虫。"谁知，公鸡到了田里，没吃到几个虫子，就被露水打湿了羽毛，打着哆嗦败下阵来。接下来，鸭子揭榜，它说："我的羽毛不怕水，我的嘴也大，一定可以消除虫害。"可是，鸭子在水里游，害虫在禾苗上飞，它脖子伸得很长，就是吃不到几只虫子。最后，一个道士揭榜，他说："我的法术可以治虫害。"他奋力施法，只是虫子哪里听得懂法咒，道士也败下阵来。

眼看一年的收成又要给害虫吃掉了，人们更加着急。这时，也就是六月初二这一天，有个叫甲娘的穷人忽然有了意外发现。她从外乡回娘家，没有带礼物，心里很难过。她边走边想，可是怎么也想不出办法来。当她走到自家的田垌时，愁得走不动了，就坐在田坎上休息。几个孩子见妈妈不走了，就跑到田里捉虫子玩，一下子捉了好几包。甲娘见了，突然想到，就用虫子做礼物吧。于是，她把虫子带回家，炒了给大家吃，大家都觉得清香可口。这一发现一下子就传开了，人们争着捉虫子吃。害虫数量大减，那年取得了大丰收。寨老们赏了甲娘三头肥猪，甲娘把猪杀了分给百姓。后来，甲娘死了，人们在田坎中间立庙，纪念甲娘，这座庙后来就叫“吃虫庙”。

从那以后，每年六月初二，仡佬族各村各寨都要杀猪过吃虫节。这一天，村上出嫁的姑娘都要回娘家，并且一路走一路捉虫。吃过晚饭后，人们都聚集到吃虫庙，唱歌跳舞。然后，排成长队到田垌游行。边走边捉虫，还插撒有鸡血的小白旗，表示向害虫示威和对甲娘的纪念。

龙与水

石朝的河坝，是两座山梁环抱的高山坝子，多奇石怪树。在其中部，流淌着一条清流的河，远去一百来米，又折回出水的背部消失，形成一个规则的半圆形，远观似一条卧龙。龙头、龙嘴、龙睛、龙须栩栩如生。水就从两只龙睛里汩汩淌出。当地人说，那是两行眼泪，里面浸泡着一个美丽动人的故事。

久远时，石朝如诗如画，珍禽怪兽遍野，有说不出的神美。有一年，贵州西部发生大旱，玉帝派东海龙王的幼子小龙王西行施雨。小龙王一路腾云驾雾，途经石朝上空时，被石朝奇异景观迷住了，于是降落河坝，摇身变成一青年公子，美美地玩了起来，并邂逅“高原之花”阿诺，他们一同遨游在石朝高原，无忧无虑，缱绻情怀。一次，小龙王狂欢时，龙性发作，瞬间，山崩地啸，火山爆发，飞禽走兽毁于一旦。玉帝得知小龙王未西去施雨，又在河坝犯了公案，十分震怒，于是拘了小龙王和阿诺上天问罪。阿诺被囚禁河坝赎罪，永远不得东归。

鹰叼老鼠

有一个仡佬族书生，他对土地菩萨很恭敬，每天上学和放学路过土地庙都要对土地菩萨礼拜。土地菩萨很受感动。这个书生看上了潘员外家的小姐，想求之为妻，去求土地菩萨帮助，土地菩萨给了他一张老鼠皮。书生来到潘小姐的绣楼上，脚一踩，变成一个老鼠蹿进潘小姐的闺阁去，又在上面滚动还原成人，与孤单的潘小姐幽会。这样一来，时日久了，潘员外听到了风声，气炸了肺，把小姐的丫环拿来拷问，丫环说出原因。潘员外于是带两仆人来到了小姐的闺房，带着老鼠皮将书生捆绑见官。正值包老爷升堂问案。公堂上，书生说时迟，那时快，踩在老鼠皮上变着老鼠逃出县衙门，爬到旗杆上。官兵追来，老鼠直叫："土地公公救我。"这时，土地公公变一只老鹰把老鼠一叼，直上九霄云外。包老爷与潘员外一个个目瞪口呆。哪个都晓得包老爷是清官，能审各色各类的无头案，可他就是没有审清楚这"鹰叼老鼠"一案。

灶神的耳朵为什么聋

仡佬族的祖先是不信神不信鬼、不信教不供菩萨的。后来除敬天地外还供着一位可笑的聋灶神。讲起来还是一个有趣的故事呢！

自从仡佬人的祖先第三次上天找玉皇讲理要过好生活，他来"帮"着"看家、管理火"以后，仡佬人不但放不下原来的心，而且更加头痛了。这灶神名义上虽是来帮看家理火的，实际上却是玉皇派来监督、管理仡佬人的。自灶神到家以后，他每天不到田地里劳动，只睡在灶上吃敬供，有什么困难他也不管，做了多少好事他也不说，只要抓住一丁半点小“毛病”，就上天去给玉皇作耸人听闻的汇报。这个玉皇高高地住在天宫，不管灶神向他说真道假，粗涂细描，一律不加调查，全凭灶神报告，他完全相信灶神的说白道黑，动辄就派雷公来劈、火神来烧、风伯来刮、雷神来打。对于从来就不肯给神仙菩萨烧香磕头的仡佬人，他们还能手下留情吗？这一来，真是搞得仡佬人吃不好，睡不香。

实在是没有办法了！人到走投无路的时候是会变的。我们的祖先能上天的时候，对玉皇都没有下跪磕过头，这回呀！结婚、过年都要给灶神烧香化钱，磕头跪拜，献酒献肉！老辈子说：“不怕官，只怕管……”别的民族对灶神只三献，我们仡佬就供奉四献吧（仡佬族供灶神不用碗筷，是用手掐肉放在码石里，跪拜一次，乞求一次，祷告一次，再站起来将码石绕四方奉献，如此反复四次）。尽管如此，灶神还是见软吃软，特别是对待妇女，稍不如意处就去栽赃诬告，使她们不断地遭受雷劈。

有一个媳妇，天天提心吊胆地怕灶神诬害她。她除每天细心办事之外，总要在吃饭之前偷偷地供老天一次，乞求保佑。久而久之，老天被她感动了，他想：“灶神这家伙实在太胡作非为，应该向玉皇讲讲。”恰恰就在第二天上午，这个媳妇的婆婆没有去做活路。饭熟了，她要照常敬献老天，又害怕婆婆怀疑她偷嘴，就急慌慌地舀饭供。这一慌可出了大祸，她弄撒了几颗饭粒落到水缸底，灶神早知道她在求天保佑，一直在找她的岔子，这回算是抓住她的辫子了。赶忙起早，鸡叫就上了天向玉皇报告：“这个媳妇抛撒五谷六米，不是一回了，现在水缸里头还丢得有半缸的白米饭。”玉皇大怒，立即叫雷公来劈。这时，老天对玉皇说：“现在下界怨气冲天，弄得我心神不宁，你是玉皇，办什么事都要慎重一些才好，还是叫雷公先了解一下，搞清大小曲直，不要冤枉好人。”玉皇说：“雷神，老天讲得公道，今天你去要好好地处理这件事。”

老天赶忙给这个媳妇托梦说："今天午时三刻雷神要来劈你了，你为供奉我才撒在水缸底的那几颗饭，快捞起来用油炒了吃掉，然后你捡几小颗亮米石丢进缸底，你就平安无事了。"

这媳妇惊醒过来，一切都照老天指教地做，她刚将找来的几小颗亮米石丢进缸底，马上天昏地暗，雷神就进了家。灶神指着媳妇说："就是她，一贯抛撒五谷、欺天灭地、糟蹋粮食的就是她。"雷公没有提起神斧就砍，他从缸底捞起亮米石，看了又看，轻轻地自言自语："这不像是饭嘛！这……"灶神催促说："劈吧！劈吧！不像饭又像什么呢，难道你听老天一说就想包庇她?"雷公擦了擦眼睛再细细一看，他一会把头偏起由左边看，一会又偏起头由右边看，越看越不像是饭。这时，灶神生气了，他要起刁来对雷神说："午时三刻已过，你还不劈，真要包庇她？好！我和你到玉皇面前打官司去!"此刻，雷公也急了，说："屋里太黑，一时看不清楚，让我再试试看!"他将几颗米石一齐丢进嘴头，使劲一咬，"格崩"一声，他的座牙都缺了，痛得他泪花花直冒。雷神怒火三丈，一转身就左右开弓，狠狠地扇了灶神两耳光。这时的灶神还丈二烟杆摸不着斗斗，雷公从嘴里吐出亮米石连血带水甩到灶神的脸上，说："从今后，只准你每年腊月廿三上天一次，不要再天天去瞎报告了。"

那两耳光真打得扎实哩，灶神的耳朵就是这样被打聋的。从此，两口子想开个玩笑，说几句恩爱话，灶神听不见，也不再去告玉皇说："仡佬在亵渎灶神了……"但是，耳朵挨打聋的人，眼睛还是看得到的，为了每年他上天不再瞎报告，诬枉人，所以廿三要祭灶，祈祷他上天"好的多多讲，歹的避瞒藏……"

灶神在平素得不到好的吃喝了，廿三日晚他一夜不睡，挨家吃饱喝醉，昏昏沉沉上天，就是要想讲点什么屁话也忘记了。再说，他的耳朵是挨雷神打聋的，要多说瞎话难免再吃亏，心里总还是有些惧怕。

奇怪的瓜

相传古时候，有两户人家，一家姓龙名叫龙良；一家姓蒙名叫蒙林。两人年龄不相上下，父母早丧。虽各是一姓，但一屋两当头住，从小关系密切，和睦相处，勤建家园，21岁那年，两人先后成了家。

第二年两家穿鞋的①都怀孕了，两家议定：若一家生男一家生女，两家则为实亲家②，若生的都是男或都是女则为干亲家。几个月后，两家同年同月同一时辰生了孩子，生的一男一女，就成了实亲家。从此，两家关系更加亲密。怪哉，两家女人从此再没有生育了。

孩子20岁那年，双方约定婚期，订于第二年十月初一结婚。不料两家孩子都于当年的腊月初十病死了。说巧也真巧，两个孩子同年同月同时生，又是同年同月同时死。两家大人悲痛万分。但事已至此，只有安葬了。于是双方又议定，共修一座拜台，同时安葬。第二年春天，两家在坟上各栽一棵黄杨树，在坟前各栽一棵桉罗树。说怪，真怪，两棵黄杨树长得一样高、一样茂盛。两棵桉罗树也长得一样高大，枝椏也一样多。逐渐长成一缕，枝椏交错，活像一个绛包灯。

几年以后，拜台正中长出一根瓜苗来。不久，嫩绿的藤蔓缠满黄杨树和桉罗树，在四棵树的正中开花，结出一个金黄色的瓜来。瓜圆圆的，有面盆那么大，既不像金瓜，也不是南瓜，更不是西瓜、北瓜。两家想吃个瓜，就请人从中剖开，一家一半。哪晓得刚

① 穿鞋的：妻子。
② 实亲家：儿女亲家。

一破皮，瓜就自然成了两半，一个男娃儿从瓜中蹦出来，头发黑油油的，身体胖墩墩，眼睛笑眯眯的，十分逗人喜爱。此时，两家都想养这个活宝，不顾平时和气，你争我夺，闹个不休。官司打到县衙们，县老爷听了案情，觉得奇怪，令将孩子送来观看。

两家都疼爱这孩子，用围裙把婴儿包好，共同送到县衙门去。县大老爷接过婴儿，解开围裙一看，呀！是一个大麻雀，被吓了一跳，就双手一甩，把麻雀的脚甩断了一只。龙、蒙二人赶忙抱起断脚麻雀请医生敷药，上夹板。包扎好了，藏在身边抱回家，特为麻雀编织个竹笼，让它在笼里食宿养伤，笼门口没关闭，麻雀可自由出入。几个月后，麻雀的伤好了，像家禽一样在屋内屋外自由自在走动。一天，雀麻飞到门槛上叫到："谢谢了！我走了，请把这颗珠子种在门前院坝里。"说完话，口里吐出一颗亮晶晶的珠子在门槛脚，然后飞走了。龙良夫妇很惊奇，将此情由说与蒙林夫妇听，四人商量，按麻雀的话，将珠子种在两家院坝正中的土里。真怪，几天后长出一棵嫩油油的百果树苗，出土不过尺把高，又发杈成双杈树，一枝向东（龙家方向），一枝向西（蒙家方向），两枝并排成长，保持一样高一样大，枝叶也一样多。几年就长成两丈多高了。据传，百果树要一百年才开花结果，此树才十年就开花了，两棵都结出一串串的百果。奇怪的是两树上各结一个大百果，有面盆那么大。两家都感到很稀奇，但又喜爱，时刻都盼望早日成熟看个究竟。

时间真快，转瞬就到十月间了，百果成熟了。一天，突然"咔嚓"一声，龙、蒙两家四人赶忙出门观看，啊！树上的那对大百果不见了，只见一对男娃娃，分别站在两棵百果树枝下，肥胖胖的，一个模样，笑眯眯的，见大人走近，两个孩子各自抱着自己的大人，亲热地连声喊到："阿爹阿妈！"两家大人，格外欢喜，各自抱回孩子，爱如珍宝，抚养成人，传宗接代。老林沟龙蒙二姓，就是这对百果的后代。

李小娃问佛

从前，有一个苦命的人叫李小娃，从小死了父母，就给别人当放牛娃。他每天放牛往来都要经过举人的院坝坎脚，上面是一个吊脚楼，举人家小姐就经常在楼上绣花。李小娃已经18岁了，一天又从楼下过，楼上忽然落下来一方绣花手帕，他抬头一看，小姐对他莞尔一笑就进去了，他只好不慌不忙捡起手帕走了。

晚上，李小娃睡在床上做了一个梦，梦见举人家小姐前来对他说："小娃，你去向我的父亲提亲吧！"说完就走了。小娃醒了，觉得这个梦奇怪，就决定找王妈去试一试。第二天，李小娃见到王妈就说："王妈妈，我请你老人家给我谈个媳妇！"王妈说："哟！小娃还想起大人的事了。谈媳妇，你一无家，二无当，谁愿嫁给你？"小娃说："举人家小姐。"王妈一听愣住了，小娃见王妈吃惊，就将拣花帕、做梦的事说了出来。王妈说："小娃啊，别处呢！就是远天十里我都去谈，举人家小姐，我不敢去谈。"小娃再三恳求，王妈被缠不过，才勉强答应下来。

王妈真心，一连去了举人家两次，但都不敢喳腔[①]，第三次又去，倒是举人先开口问："王妈呀！你几次来都好像有话说，有什么话就说吧！"王妈这才插进缝缝说："举人不叫说，我确实不敢说。就是李小娃向举人求婚娶小姐。"举人听后呆了好半天才说："王妈，请你告诉李小娃，这门亲事我答应了，但要在百天之内答应我几个条件，办不到我就要他的狗命！"王妈一听吓破了胆，但也怯怯地问道："不知举人是哪些条件，说了我好回话。"举人说："第一，要他交一根七尺长的头发；第二，要他交一丈二尺长的灵

---

① 喳腔：说话。

芝；第三，要他交一缸金子、一缸银子；第四，要他交一条十二斤重的鳅鱼。有了这四样，马上可以和小姐成亲。少了一样，让我给他好看！”王妈听后出了一身冷汗，转身就走了。

几天以后，李小娃去问王妈：“王妈妈，你给我提亲了吗？”王妈妈说：“乃拐子[①]，祸闯大了，亲事举人同意，他的条件你哪里办得到？要丢命哩！”说着就把举人的几个条件告诉了他。小娃听后想了想说：“王妈妈，请转告举人，他的条件我都能办到。”

李小娃听说过，夜郎山的夜郎佛王，最能替人解难，就打定主意去夜郎山问佛。第二天他就带着干粮出发了。他独自一人走啊，走啊，历尽千辛万苦，越过万水千山，饿了吃干粮，渴了喝泉水。一天，从大柏树下过，一只喜鹊在树上问：“过路的，到哪里去？”李小娃答：“找夜郎佛王问佛。”喜鹊说：“我的一窝蛋，抱了三年不出，要怎样才出，请你代我问佛爷。”小娃说：“放心吧，我一定代你问。”

又往前走，一天，从土地庙门前过，一个土地问：“过路的，到哪里去？”李小娃答：“找夜郎佛王问佛。”土地说：“我这一座庙，过了三年无人敬奉，要怎样才有人祭祀，请你代我问佛爷。”小娃说：“放心吧，我一定代你问。”

又往前走，一天，从员外门前过，员外出来问：“过路的，你到哪里去？”李小娃答：“找夜郎佛王问佛。”员外说：“我家的小姐16岁了不说话，要怎样才说话，请你代我问佛爷。”小娃说：“放心吧，我一定代你问。”又往前走，走啊，走啊，走得他腰酸脚痛，实在走不动了，就坐在路边休息。突然，一个老翁站在他的面前关切地问：“李小娃，往哪里去呀？”李小娃一听吃了一惊，他怎么知道我的名字，莫非他就是老佛爷，便深深地作了一个揖说：“我去找夜郎佛王问佛。”老翁说：“你要问些什么呢？”李小娃说：

① 乃拐子：经常做错事的人。

“我要佛爷给我解难，还代别人问几件事。”老翁说：“我便是佛爷，这里问事有个规矩，问自己的事就不能问别人的事；问别人的事就不能问自己的事。你想好，是问谁的好呢？”这可把李小娃难住了。他想：“我自己只有一个婚姻问题，而别人的事呢，比我的多，比我的重要。”于是请求说：“老佛爷，我问别人的事吧。”佛爷说：“你开始问吧！”

“有一只喜鹊抱一窝蛋，三年不出，问要怎样才能抱出？”佛爷说：“他窝里有一匹丈二尺长的灵芝，叫他取给你，就能抱出小喜鹊来。”

“有座土地庙，三年没有人敬奉土地，问要怎样才能有人祭祀？”佛爷说：“他庙的左边有缸金，右边有缸银，叫他送给你，就有人来敬奉他了。”

“有位员外家有个小姐，16 岁了不会说话，问要怎样才能说话？”佛爷说：“他见到自己的丈夫就会说话，把她头上一根七尺长的头发取了，就会根除哑病。”

李小娃听后，急忙磕头谢恩，告别佛爷往回走。他走到员外家，哑巴小姐就对员外说：“爹，小娃问佛回来了。”员外听到女儿说了话，高兴极了。一看，李小娃果然回来了，急忙喊进门问：“你代我问佛爷了吗？”小娃说：“问了，佛爷说小姐见到自己的丈夫就会说话，取掉头上的一根长发，就能根除哑病。”一看，小姐头上的确有一根长发，小娃取下收好了。员外就铺排设宴，让小娃和小姐完了婚。

第二天，小娃说还有重要事情，就向岳父和贤妻告辞。岳父说：“我池中有条大鳅鱼，你带去吃吧！”小娃带上鳅鱼就走了。他走到土地庙，土地公公问：“你代我问佛爷了吗？”小娃说：“问了，佛爷说你庙的左边有缸金，右边有缸银，叫你送给我，就有人敬奉了。”土地送出金银，小娃告辞走了。

他走到大柏树下，喜鹊问：“你代我问佛爷了吗？”小娃说：

"问了，佛爷说你窝内有丈二尺长的灵芝，叫你取给我，就能抱出了。"喜鹊送出灵芝，小娃告辞走了。

他走到李村，眼前突然耸起一座高楼大厦来。小娃走到朝门外，一位老翁迎上来说："李小娃，这是你的房子，我给你守了十年，现在交给你了。"李小娃进屋做了房子的主人。

李小娃睡在象牙床上想：明天就是举人限期了，去娶举人家小姐吧！第二天一大早就去请王妈，并带齐东西一起到举人家。却只见举人的住处一堆废墟，只有小姐在那里哭，原来房子也无缘无故烧了，举人也同归于尽。李小娃把小姐接到家里，在王妈主持下完了婚。又去把员外家的小姐接来。从此，他有了两个美丽的妻子和一个幸福的家。

仙女留客

在石人乡由东北走向西南的白鸡山和芭蕉山，形成巍峨对峙着的两条大山脉，中间的峡谷犹如万丈深渊。由四川向贵州流来的杨柳滩河就从这里哗哗流过汇入芙蓉江。

在峡谷两岸的高山上，古树参天，茂密成荫，百鸟争鸣。青猴、黄猴、金丝猴成群结队在那里栖息。山麓偏西处的黄泥洞，是一条暗河的出水处，出水量很大，是杨柳滩的主要水源，顺河流下两里的半山中有三个溶洞，中洞又叫仙女洞。洞内石钟乳形成的五谷、鸟兽虫鱼，千姿百态，绚丽多彩，观之使人心旷神怡，流连忘返。洞内有一尊仙女石，悠然矗立，神态奕奕。千百年来，这一带地方流传着很多仙女留客和接济穷人的故事，此洞也因这尊仙女而得名。

据说，在这个山清水秀的仙女洞旁边，从前居住着几户殷姓、李姓的仡佬族人家。殷家有个勤劳英俊的后生名叫林生，李家有个貌美手巧善操家事的姑娘，名叫绿秀。一对年轻人英俊貌美，在这个寨子里，还从来没有找出第二双来哩！因为同寨居住，又是亲戚，他俩自幼青梅竹马，两小无猜。

到了林生该成亲、绿秀该出嫁的时候，林生家父母请人到绿秀家说媒，绿秀的父母当即就答应了这门亲事。不久，双方老人为这对年轻人成了亲。

婚后，林生和绿秀更加恩爱和睦。林生在外勤耕苦种，绿秀在家操持家务，孝敬公婆，对待兄弟姊妹就像对待林生一样。如果在外面得了一个粑粑，自己也舍不得吃，都要拿回来分给他们吃。林生一家老幼都称赞她乖巧。林生父母为娶到这样一个好媳妇而笑在脸上，喜在心头。邻居们都说，他家前世积了德，得了这样一个贤惠乖巧媳妇。

有一天，绿秀把早饭煮来给一家老幼吃了，把锅、瓢、盏煞帖①归一②，就背着背篼到仙女洞的山上去割猪草。她刚走到仙女洞口，在洞口石凳上坐着梳头的仙女，就拉住绿秀说："好妹妹，你来得正好，请你帮我梳梳头陪伴我一阵吧！我这几天脑壳咬③得很，梳也梳不撑④，而且觉得很孤单。你在这里陪我耍儿天，我来好好的招待你。"绿秀心想，只有搬不动的山，哪有请不动的人呢！既然仙女姐姐叫我给她梳头，那我就给她梳一下吧！当即就答应了仙女。仙女姐姐十分欢喜，马上拉着绿秀进了洞里。

绿秀随仙女来到她的住处，那里面简直像皇宫一样，应有尽有。一哈哈⑤，一大桌山珍海味就摆了上来，仙女和绿秀好欢喜呀！姐妹俩你给我夹菜，我给你斟酒，嘻哈打笑的，快活极了。

---

① 煞帖：收拾。
② 归一：完。
③ 咬：痒。
④ 撑：顺。
⑤ 一哈哈：一会儿。

再说，林生和他父母一家，自从绿秀出门割猪草，太阳落坡都不见回来，不知是出了啥事情，到黑尽一家老小就走东家，访西家，问见着绿秀没有。沿家二户都回答说没看见。一家老小更加心慌，就请起左邻右舍的人到处找绿秀。一直找了十天，还是不见绿秀的影子。林生更加心急，头十天来因思念绿秀，一粒饭也没吃，一眨眼瞌睡也没睡，人也瘦了大半，像风簸一样，成了光架架。

绿秀的娘家听说绿秀不见了，还以为是林生一家虐待自己的女儿，把她治死了。于是，就横横地对林生一家说："我们生要见人，死要见尸，要不然，就要你家赔人命！"可是，林生一家比绿秀的娘家更急，既心疼，又害怕。但任你怎样解释都说不清楚，真是哑巴吃黄连，有苦难言。可是又有啥子办法呢？过了几天，绿秀娘家见林生家交不出人来，就来人把林生家家财搬光，连房子都搬走了。林生一家不得不迁去寄人篱下，讨饭糊口。

在仙女洞里和仙女一起玩耍的绿秀，一耍就是三天，这才想到家中的公婆和丈夫一家人还在家里等着自己背草回去喂猪，又要煮饭给一家人吃，就告辞起身回家。临别时，仙女送了她一大背篼银子，并告诉她：她的家已经搬走，还告诉她搬走后的住处在哪里。绿秀半信半疑的。

绿秀出洞门后，径直朝家走，到原来的住处那里，果真只剩下了一个屋基，不觉伤心地哭起来。后又背着银子，照仙女的指点找到了丈夫和公婆一家人。

思念绿秀的林生，挂牵媳妇的公婆，眼泪都流干了。那天擦黑时，看见绿秀背了一大背银子转来，也都转忧为喜了。但又转念一想，以为是绿秀的鬼魂现身，又惊疑又伤心地哭起来。这时，绿秀还丈二和尚摸不着头脑，跪在公公和婆婆的面前连磕了三个响头，然后起来拉着瘦得不成样的丈夫说："这三天我都在洞里，仙女姐姐请我给她梳头。还山珍海味、龙肉海参的办给我吃。她还要留我耍几天，我考虑到家里没人煮饭服侍公婆和操持家务，我就赶回来了。临别时，仙女姐姐送了我许多金银珠宝。最后，她还告诉我，如果我们家里差哪样，尽管到她那里去拿。哪知洞里三天，外面已三年，万望公婆和郎君宽恕!”说完，又磕了三个响头。公婆和林生赶忙把她扶了起来，并把她出走后家里出现的事情向绿秀述说了一遍，一家人悲喜交集。

当晚，绿秀叫丈夫去把银子拿来收拣好，马上请人另修房子。不几天，一栋四列三大间的房子修好了。装完归一踩大门的头天晚上，仙女给绿秀托了一个梦，叫她明早到洞门口，要送几样东西给她家。第二天早上，绿秀到仙女洞去洗菜，不知怎的，洞门口一大堆用具，锅、瓢、碗、盏、坛坛罐罐等，齐齐全全地堆在洞门口。这时，她才明白昨晚仙女特地托梦，是仙女有意要把东西送给她家。她便跑回去叫一家人来搬了回去。一家人说不完的欢喜和感激，作了几个揖才搬着东西回去。从此，仙女施济的美事便在仙女洞附近传开了，只要大家诚心诚意地去求她，她都有求必应。

善宝成龙

从前，在一条小河旁的山坡上，住着一户人家，家里只有一个年老的母亲和一个儿子，母子俩相依为命。母亲靠给别人做针线活、儿子帮别人割草度日。儿子为人善良、孝敬，每天上山割草时，采回来几个野果，总是先给母亲尝。人们都称他“善宝”。

离他家不远处，有个小土丘，土丘上长着一丛茂密的青草。这丛青草，春夏秋冬，嫩绿青翠。善宝每天都去那里割草，总是将那丛草修整得整整齐齐，从不把它割掉。

一天晚上，善宝梦见一个美丽的仙女驾着彩云来到他床前说：“在那丛草下面有一颗夜明珠，观音菩萨得知你为人善良诚实，托我告诉你，你去把它挖出来，就不愁吃和穿了。”说完，就飘然离去。

第二天清早，善宝把仙女投梦的事告诉了母亲。母亲吩咐说：“你赶快去把夜明珠挖出来，看看我们母子俩是否能过上一天好日子！”善宝扛着锄头，走到了土丘旁，看见一个孩童把小土丘上的那丛草割完了，正准备往回走。善宝高声对孩童说道：“稍等一等，青草下面有颗夜明珠，我们一起把它挖出来，它可是宝物哦！”孩童一听是夜明珠，又是宝物，诡秘地回道：“那你快把它挖出来吧。”善宝将锄头一抡，用力地挖了起来。当他累得汗流满面、气喘吁吁时，终于露出了一颗闪闪发光的夜明珠。善宝高兴得大叫一声：“夜明珠！”此时，那孩童迅速跑过来，把夜明珠抓起就跑，善宝一把将孩童抓住，夺回了夜明珠。谁知孩童凶猛地反扑过来抢夺善宝手里的夜明珠。善宝慌忙中将明珠塞入嘴里，不料，珠子却滑进肚子里去了。

善宝胆怯地回到家里，告诉母亲夜明珠被他吞了的事。忽然，善宝口渴了，他急忙跑到水缸边，大瓢大瓢地喝起来，一瓢、两瓢、三瓢……水缸里的水都喝干了，还是无济于事。于是，他狂奔到小河，一头扎进河里，大口大口地喝起来。小河里的水都被他喝干了，他才回到家里，对母亲说：“河水已被我喝干了，我要去找水来，不然这整个村子的人都没水喝了。”善宝就这样找水去了。

善宝刚走到一块地坝中，霎时间，乌云翻滚，电闪雷鸣，善宝惊倒在地上，不断地翻滚着，直到昏过去，再也不能动弹。大雨冲洗着仡佬村，冲洗着善宝僵硬的躯体。他的母亲呢？苦苦地跪在地上，双手合十，面对苍天，呼喊着他的善宝。

渐渐地，善宝的身躯变成了一条小龙。雨停了，小龙开始蠕动，抬头看了母亲一眼，还伤心地哭泣，轻轻地叫了一声母亲。然后，朝坡下翻了一转，这时，翻滚之处就出现一片金黄的稻田。又好长好长地看了母亲一眼。小龙就这样翻着、翻着，翻得整个仡佬村都是一片片金黄的稻田了。小龙再一次扬起头，久久地注视着母亲，眼睛饱含泪光，流露出依依不舍之情。母亲好半天才对小龙说：“儿啊！你成龙就下海吧，我会生活得好的。”这样，小龙埋着头，朝河里游去了……

古银杏、灯杆、麻王娘娘

古银杏

相传，七百六十多年前，一壮年男子远涉千山万水，饱受烈日、风霜、雨雪、饥寒的煎熬，在一根拄路棒的陪伴下，带着满身的疲惫，艰难地步入了杨柳沟。而展现在他眼前的是一幅奇异的美景。一坝平川，山清水秀，于是精神为之大振，饥寒交迫的病态烟消云散。他顺手将拄路棒插入土内，决定就此住下来，搭建草棚，开荒种地。过了一段日子，他发现那根拄路棒长出了嫩芽，并且是棵白果树（银杏）。他感到非常惊奇。心想，莫非是它领我来这里的，一根拄路棒都发了芽，看来我找到了生根的地方。从此，他将那棵银杏树视为神树，给它浇水、除草，倍加爱护。过了很多年后，树愈长愈高，树干愈长愈粗，枝繁叶茂。每逢银杏树的生日（拄路棒插入土那天）、过年、过节，他都要去焚香敬供。天长日久，谢坝银杏树伴随着谢坝人的子孙后代在这块美丽的土地上生活、繁衍。它是谢坝历史的见证。

灯　杆

码子窝，其地名来历久远，不知出处。这里居住着二百多户人家，95%以上为谢姓。相传，很久以前，寨子中的三岔路口核机坝经常闹草墩鬼，很是吓人，弄得人心惶惶，很多人晚上都不敢走出家门。于是人们就请来巫师立灯杆驱鬼。从此，这里人丁兴旺，牛吭马嚅，一派欣欣向荣。

灯杆高三丈三尺三寸，基杆由三尺六寸高、一尺四寸宽的两块碑壮石组成，灯杆锁在其中，杆顶设一灯盖，灯箱方型，高一尺二寸，能升能降，内置菜油灯或蜡烛。每年正月初一至十五，全寨人家自动去亮灯半个月，七月半焚香烧纸、献饭。明灯高照如灯塔，能驱邪、去暗、除恐，照亮心灵，指引人们走向光明。

崇拜灯杆已有几百年的历史，其灯杆不知经历了多少风霜、酷热、雷雨，也不知修缮替换了多少次。

麻王娘娘

距离谢坝乡政府200米处的泉子堡有个麻王洞，洞高一丈，最宽处五丈，呈蛤蟆嘴形。洞内有一股清澈如镜的泉水，是当地人畜的生命泉。有时夏天气候异常，洞内就响起美妙动听的吹奏敲打声。这种声音如无大的声响惊动，要持续一两个小时，如有较大的声响骚扰，优美的旋律便戛然而止。

相传很久以前，洞里住有一位身魁、腰粗、脚大的女人。她偶尔现身，一晃即逝，人们很难看清她的真实面目。于是，见过她体型的人尊她马神灵，依据洞名称她麻王娘娘，并常去焚香烧纸。有一年天旱大灾，不少百姓逃荒要饭，饿死人的现象时有出现。这天一个虔诚的信徒又去给麻王娘娘焚香烧纸，待叩头起来正准备离开时，发现旁边有一挑谷子，谷子上边有一纸条，上写："此谷借与你，来年丰收还。"他高兴极了，将谷子挑回了家。消息一传十、十传百，去麻王洞焚香烧纸的人络绎不绝。人们终于渡过了难关。第二年果然大丰收，借粮的人都如数奉还了谷子。又过了些年，一年夏天，暴雨成灾，到处一片汪洋，庄稼成片成片地被洪水冲走，人们含着泪水救灾补种。还好，没有被冲毁的庄稼长势良好，眼看稻子、包谷就要抽穗扬花了。就在这个节骨眼上，一连几个月的连绵细雨，庄稼又是颗粒无收。正当百姓处于绝望时，麻王娘娘又显灵了，不少人家都借到了粮食，再一次渡过了难关。新的一年收获后，到了还粮的季节，可一些人家借一斗还八升，借谷还糠，甚至不还。从此，麻王娘娘不知去向。但是，人们忘不了麻王娘娘的恩德，这个美好的故事一直流传至今。

斩孽龙

贵州正安县城东两三里的地方，有一条大河——石凉河。很久很久以前，石凉河里蛰伏着一条黑蛟龙。一遇风吹草动，黑蛟龙便兴风作浪。于是，石凉河年年发大水，淹没了两岸的农田庄稼，冲走了人丁牲畜，两岸山民乘船往来，也时时被黑蛟龙打翻船只，卷走人和物。为了乞求平安，山民们每月向黑蛟龙献上酒肉果品和饭食，逢节还要敬献三牲，就是全牛全猪全羊。更甚的是，每年的正月十五，要给黑蛟龙送去一对童男童女，以求来年的平安顺和。两岸山民苦不堪言，日子越过越穷，越过越苦。不少人为了儿女不被送给黑蛟龙做口中之物，被迫流离失所，远走他乡。不知过了多少年，当地山民听说从武当山下来了一位叫碧云的道长，在遵义府设坛讲法，道行高深，能镇杀妖魔鬼怪，于是纷纷出资出物，公推两个年轻后生，远道去遵义请来了碧云道长，准备杀孽龙，祈求安康。

道长来后，吩咐山民们家家户户都舂了许多糯米，打成糍粑后和入大量的铁砂针钉之类的东西，准备好后，让山民们敲锣打鼓大声呐喊惊醒蛰伏在河底洞穴中的黑蛟龙。一旦黑蛟龙现身，马上把各家各户舂好的拌入铁砂针钉的糍粑丢入水中。黑蛟龙在水面上翻腾，波浪激起十几丈高，把所有糍粑吞下肚去，糍粑里的针头铁砂把黑蛟龙折腾得很惨。河面更是激荡澎湃，蛟龙一会窜上一会窜下，水沫四溅。道长见时机已到，举起手中的镇妖剑，猛地一掷，一道白光闪耀，黑蛟龙已被斩成两截，沉入水底。

黑蛟龙一死，河面顿时平静如镜，云开日出。山民们欣喜若狂，把道长请回村里，大办宴席，还跳起欢乐的芦笙舞以示庆贺。从此以后，石凉河再没有闹过什么妖孽，日子也一天天好起来。那些远离家乡的人又陆续回来安居乐业了。

申御史见义勇为三事

申御史，名佑，字天锡，出生在火碳垭一农民家庭。在他短暂的24年人生岁月中，有三件见义勇为的故事播扬京师，在仡佬族民间广为流传。

申佑自幼聪颖，生性勇烈。幼时，有一天他父亲在田间劳动，一黄斑猛虎向他父亲扑来，将其衔去。申佑倏然挺身持棒，尾随追去与虎争斗，最终打跑老虎，救回父亲。

申佑少时在学中，适逢其师李时勉以言事忤，受奸臣王振陷害入狱，枷示于国子监门。申佑义愤填膺，为首倡六馆诸生奏疏拯救师难。申佑擂鼓为师申冤，伏阙不起，愿以身代师死，迫使明英宗赦释李时勉。

正统十四年，外寇来侵，申佑随英宗赴征，在土木堡事件中，申佑因貌似英宗而与英宗更换衣装代皇帝赴难，时年24岁。

杂种为什么不下马

夏有福是仡佬族著名的抗暴英雄。一天，他与几十个彪形大汉拦住罗县官，要给平时骄横跋扈的罗县官一个下马威，让县官也尝尝老百姓的厉害。罗县官的马来到夏有福一伙人面前，也不下马。夏有福拦上去："请问大老爷，猪和猪交配下（生）猪，牛和牛交配下（生）牛，为何骡和马交配却下（生）骡（罗）而不下马？"罗县官一向是老谋深算，已知道这夏有福骂他是杂种不下马。心中虽然愤怒，但眼下又势单力薄，只好忍气吞声地走了。

婆婆考媳妇

从前有个老婆婆，当地人都夸她是个料理家务的行家。她已年过六十，体力慢慢地衰弱了，便决定从两个儿媳妇中选一个最聪明的媳妇来当家。

两个儿媳妇都一样的心地善良、尊老爱幼、勤劳正派，究竟哪个当家更合适呢？她决定想个办法挑选一下。一天，老婆婆刚起来，二媳妇就端洗脸水来了，大媳妇也跟着提开水来，这个喊"娘，请洗脸。"那个唤"娘，请喝水。"婆婆乐得眉开眼笑，连声说："好，好，好！"

婆婆洗罢脸，喝了水，就喊二儿媳妇跟自己上坡薅土，叫大儿媳妇在家做饭。她对大儿媳妇说："你在家煮六斗米稀饭，煮好后，带两百碗，打两个红灯笼，在人骑人的时候送上坡来。"

婆婆和二媳妇走后，大媳妇在家里一直在揣摩婆婆的嘱咐，想来想去，总觉得婆婆的话有毛病，就那点土，两个人两天就薅完了，为什么要叫煮六斗米稀饭？拿两百碗？青天白日，为什么打灯笼，而且要红的？人骑人又是什么时候？按婆婆的吩咐去办，我一个女人家，怎么能送上坡？想来想去总想不通，心头像一团乱麻，老是理不清。可她又想，自从过门来到这个家，对老人的吩咐从没怠慢过，不管怎样，不能叫娘生气。

于是，她就按娘吩咐的做了。她麻利地淘好米，烧起大火，用口大锅煮了六斗米的稀饭，又去借两百个碗来。她想，白日青天，用不着打灯笼；至于人骑人是什么时辰，也不必去问了，反正是吃中午饭时候得吃就行了。稀饭煮好了，她一个人没法送六斗米稀饭和两百个碗去，就空着手上坡请婆婆和二媳妇回来吃。婆婆回到家一看，一口大锅盛满了稀饭，桌上摆满了饭碗。她不说什么，吃完饭又叫二儿媳妇上坡去了。

第二天早上，婆婆喊大儿媳妇跟她上坡，叫二儿媳妇在家做饭。她对二儿媳妇说："给我煮六斗米的稀饭，拿两百碗，打两个红灯笼，在人骑人的时候送上坡来。"大媳妇听了，说："娘，昨天我煮的饭还没有吃完，今天就不用煮了吧！""不，还是按娘的吩咐煮吧！"二儿媳妇头天听婆婆对嫂子说的话以后，觉得这话里头有意思，什么意思？想了一阵，想出来了。今天，婆婆叫她做饭，她就答应了。

婆婆和嫂子走了以后，二儿媳妇不慌不忙，做起家务来，扫地啦，喂猪啦，挑水啦！太阳上了十竹竿高，才去舀两碗绿豆来煮稀饭。稀饭煮好了，用口小锅装起，再拿两个白碗，拈两个咸泡的大红辣椒，一起放在篮子里，送上坡去。到了坡上，二儿媳妇把篮子放在油桐树下以后，就喊婆婆和嫂子来吃午饭。

婆婆过来一看，是绿豆米煮的稀饭，两个白碗，两个咸泡的大红辣椒，可高兴啦！说："今天煮的饭合我心啰！"大儿媳妇现在才明白，原来婆婆说的六斗米是绿豆米，两百碗是两个白碗，红灯笼是红辣椒。但是，人骑人是什么时候呢？真还不知道，便问二媳妇，二媳妇说："就是这个时候。"婆婆也说："你到太阳光下站着看看。"她一站，自己骑着自己的影子。这时，她笑了："二妹，你看我真笨，没懂得娘的意思，你真聪明！"又转过脸来："娘，你说是不是！""是和不是，你都说了，哈哈哈！"婆婆大笑起来。

二媳妇有点不好意思，连忙招呼娘和大嫂："你们都别说了，也别笑了，快吃饭吧！”一边说一边添饭给婆婆和嫂子。婆婆究竟选哪个当家，自然不用多说了。

山兴文的故事

（一）

何财主厚皮实脸地吹嘘自己富有，而且想方设法来显示自己的威风，想要让山兴文给他白干一年工。有一天，他对山兴文说：“山兴文啦，你看我家财万贯。可你呀，一无所有，连插针的地方都是别人的。走在街上过，喊我的人多得无数，还要请我吃酒吃肉。不信，哪天赶场，你和我一起去，有人喊你，不喊我，我愿输十锭银子给你，如果没有人喊你，光喊我，你就要给我白干一年工。”山兴文听了，说：“那可以嘛，但你说话要算数才行啦。”

何财主见山兴文上了自己的圈套，暗暗地得意。这天，山兴文回到家里，拿了一张纸，请人用毛笔写了八个字：山兴文，赶场——早，早，早，早。贴在自己背后的衣服上，就跟何财主一道上街去赶场。他让何财主走在前头，他在后面慢慢地跟着。认识字的人看着山兴文的背上写了一行：山兴文，赶场——早，早，早的字样，还以为他是在取笑赶场人，一个个都眉开眼笑地念，连那些有钱有势的人和趋炎附势的人，也都只顾去念，却忘掉了喊何财主。

何财主这一下就丈二金刚摸不着头脑，不知为啥街上的人只喊山兴文，不喊自己，莫非山兴文的本事比我的强，气得他一句话也说不出来，只得当着全街的人向山兴文认输，把十锭银子给了山兴文。

山兴文拿着银子，高兴地回到了自己的家里。何财主又想出新花招，要和山兴文打赌。他说：“山兴文，上次我输了十锭银子给你，这回如果你能有办法打我几记巴掌使我不还手，而且使我满意，我就算是真的不如你了，我还对你有赏。”“老爷，我不敢，不敢，”山兴文说。“不敢？那我还不饶你呢！”财主进一步威逼。“那好嘛，等有机会再说。”山兴文回答。

一天，何财主叫山兴文挑着一挑鸡蛋跟自己到场上去卖。路过青桐坡，遇上一个买鸡蛋的贩子要买鸡蛋。价钱讲好了，但在哪里数呢？那时正走在高低不平的山路上，两个筐筐又都装得满满的，连搁处都不好找。还是山兴文主意多，他环顾了四周，把挑子挑到一个地势稍平，但一边是悬崖而苍蝇又多的地方，向何财主说：“老爷，我把这扁担放在这里支起箩筐，你好好的稳住，不能动，我和这位大哥把鸡蛋捡出来数，你只管算账拿钱。”何财主身体笨得像头肥猪，行动很不方便，但为了保护好鸡蛋，只好答应了，忙说：“要得！”

山兴文便和贩子去数鸡蛋。数到中途，几只苍蝇飞来叮在何财主的脸上，痒得他嘴里直喊打，但又不能松手。山兴文早就看在眼里，佯装不知，而心里却十分高兴。何财主被苍蝇叮痒得直叫唤，山兴文才装作着急的样子跟何财主说：“老爷，不要动，谨防鸡蛋打烂，我给你打。”说完，便使劲朝何财主的脸上狠狠地打了几巴掌，打得何财主眼前金星直冒。他稳住扁担，放也不敢放，只好哀求道：“不打了！不打了！”山兴文说：“老爷，白打了，我才打了这样几巴掌，你就说不打了，我要多打几下，你好奖赏我。”说完，把手掌上的苍蝇血拿给何财主看。这时，空中又飞来了几只苍蝇，趁此机会，山兴文又朝何财主的脸上使劲打了几巴掌！

（二）

插秧大忙季节，何财主叫山兴文领着长工们去插秧。但他生怕长工们多吃了他的饭和菜，便叫他的婆娘把黄豆炒熟来当菜，而且用茶罐装起，人们伸筷子进去，每次只能夹一粒，这样便可节省得多。山兴文和长工们晌午饭回来吃，看到何财主这样抠，和长工们一递眼色，大家故意一粒一粒地慢慢夹炒豆，一顿饭直吃到天擦黑时还未吃完，耽搁了何财主大半天的工程，气得何财主一句话也说不出来。他口不说心头想，下次再不干这种事了。

（三）

一天，有两个县官和山兴文不约而同地走到一条路上来了。两个县官见山兴文穿得简单，想要炫耀自己，戏弄山兴文，就说："我们三个人都来说一个四言八句，以大、小，多、少为题，如果谁说不到，就要罚他的银子。"

走在前面的那个县官就以他的伞来说。他说："我这伞一撑开就大，收拢来就小，雨天用得多，晴天用得少。"说完暗暗得意。另一个县官以他的扇子来说："我这扇子一打开就大，收拢来就小，热天用得多，冷天用得少。"说完也洋洋自得。最后该山兴文说了，他毫不示弱，立马接着说："两位老爷呀，你们在我的面前就大，在上司面前就小，你们吃喝的时候多，办事的时间实在少呀。"

说得两个县官面红耳赤，万万没想到山兴文会给他们来这一手哇！

山精灵的故事

清末民国初年，田家湾有个叫山成明的庄稼人。他勤劳聪慧，机智过人，精得很。每当他和财主、富商、头人们打交道的时候，十有八九都搞得那些蠢家伙们下不了台，给穷人们出了气。因此，当地群众给他取了个带着几分夸赞的外号叫"山精灵"。下面就是流传至今的关于他的几个故事：

（一）

有一年，财主朱彩龙从外地买回一把青布伞。这一带世世代代用的都是纸伞，人们把布伞叫做阳伞。他得了这把阳伞，活像个细娃儿得到了稀奇宝物。莫说晴天和雨天形影不离，就是阴天，也要故意打起阳伞摇来荡去，到四面八方去亮梢。

有个阴天，朱彩龙请了一大帮农民给他家栽秧，“山精灵”也是其中的一个。朱彩龙怕栽秧的人们偷懒，便打起阳伞在田坎上游来逛去，指东划西，监督大家，弄得人们连吃杆烟的空闲也没有。大家气得直叹气，恨得直咬牙。这时，正巧“山精灵”插秧的手指头碰着一坨埋在田中的石头。他灵机一动，摸起石头，趁朱彩龙没有注意，狠劲地朝他的阳伞打去。只听“吧嗒”一声，正打在伞上。这家伙不曾提防，吃了一惊，连伞和石头一起坠落地下，簇新的伞上糊了一片黑黄黑黄的稀泥巴。

这下可捅着了马蜂窝。朱彩龙一边拾起阳伞，一边龇牙咧嘴地怒吼：“谁打的伞？谁打老子的伞？”他见大家谁也没有吱声，就更加火冒三丈，干脆张开那张夜壶嘴，拍脚打掌地大骂起来：“哪个舅子打伞？哪个龟孙打伞？哪个王八羔子打伞？”他越骂越起劲，越骂越刻薄，老半天也闲不住那张比茅坑还臭的嘴。

等朱彩龙的喉咙骂沙哑了。“山精灵”才从田中慢吞吞地伸起腰杆来，不紧不慢地说：“朱（猪）大爷，你看我们满田栽秧的人，尽是打的光脑壳。莫说打伞，连草帽，斗篷都没有戴一个。只有你老人家才打伞嘛！”话音刚落，栽秧的人们忍不住哄笑起来。朱彩龙又羞又恼，噎得半个字也吐不出来，只好拿起布伞，哭眉丧脸地溜走了。他前脚一走，大家忙洗手洗脚上田坎，抽烟喝茶，摆起龙门阵。

（二）

财主朱彩龙过生日，通知穷人们来吃寿酒。其实是敲竹杠。送了寿礼的穷人，莫说是酒，就连水也捞不上一口喝。

山成明穷得起火。他本想不送礼的，可他爹怕朱彩龙找麻烦，只好含着眼泪喊山成明拿一葫芦酒送到朱家。山成明用一个装酒的葫芦盛满一葫芦水，然后在葫芦颈口处塞上一截木头，用蜡油凝住，再倒一小杯酒在上边做样子。

到了朱彩龙家，山成明递上酒葫芦说："朱（猪）大爷，这是上等好酒，我连葫芦一起奉送给你啰！"朱彩龙打开葫芦盖闻了闻，确实一股酒气冲鼻子，便喊婆娘接去放好。

别的穷人把礼物丢下就走，山成明却故意大声吆喝："朱（猪）大爷，我们礼也送过了，既然你请吃寿酒，那就快点把酒席摆上来吧！"说完，便往堂屋的方桌上一坐。朱彩龙被将了一军，怕他泼场合，让有钱的高亲贵人们见了有失体面，便咬着牙用小酒杯端了一杯酒，拿了一个熟鸡蛋，阴阳怪气地说："美美地吃吧，这是未来的肥母鸡……"山成明一口把酒吞到肚里，没有吱声，拿起鸡蛋转身走了。等客散了以后，朱彩龙把人们送来的酒统统倒进盛酒的大垆缸里，才发觉上了山成明的当，满缸酒都混进了蜡油味，难喝死了，气得他踢脚捶胸长叹气，活像哑巴吃了个生苦瓜，满嘴苦汁吐不出来。

过了不多久，恰巧山成明的爹满 60 岁。前坡后坎，左邻右舍的穷人们都前来祝贺。朱彩龙晓得了这个消息，大摇大摆，死皮赖脸地空起两个巴掌来吃寿酒。刚一拢屋，就大声武气地咋呼："快把酒菜端出来吧，这可是看得起你家呀！"山成明没有搭腔，不慌不忙地用大土碗舀了一大碗冷水放在桌子上，又回身拿了一根竹子扁担放在碗上，一字一句、不紧不慢地说："这是过去的鲜笋子，你就美美地饱餐一顿吧！”朱彩龙哭笑不得，装着满肚皮的气，灰头土脸地夹起尾巴走了。

（三）

有人送给朱彩龙一颗彩色的玻璃珠子，有鹅蛋般大小。孔眼里有一条弯弯曲曲的小孔道，他把它当做宝贝疙瘩，多次想用根丝线穿进孔眼里好挂在颈上摆阔显富。可是，他脑壳都想秃了，也没有想出一个法子。

这件事传进山成明的耳朵里，便嘲笑说：“这家伙是个大草包，脑髓是豆渣捏的，芝麻大点事都没有办法。”不料这话三传两传，终于让朱彩龙晓得了，朱彩龙连忙派人把山成明找来，皮笑肉不笑地说：“你说我穿不过珠子，是豆渣脑筋。好，你把这根丝线拿去，当着众人试试。如果穿过去了，我输两块花钱①给你，如果穿不过去，你得敲锣打鼓，绕村转寨，向族中的老老少少承认自家是‘豆渣脑筋’、‘大草包’。”“话就这样讲定了”。

山成明立刻出门去，捉了两只大蚂蚁，把丝线拴在大蚂蚁的腰上，轻轻地把蚂蚁放进珠子一头的小孔孔里。没过多久，蚂蚁就带着丝线从另一头钻了出来。山成明解下丝线，把两头合拢打了个结，提起递给朱彩龙，拿起两块花钱，三步两步地离开了他家。

朱彩龙眼睁睁地看着山成明拿起花钱走了，气得直敲自己的脑壳：“哎，这么简单的办法，我怎么就没想得出来呢？我硬是个豆渣脑筋啊！”

---

① 花钱：银元。

（四）

头人的侄儿山万道，一向横行乡里，白吃霸赊。有一次他在山成明的菜园里拔了几棵大白菜，碰巧被山成明看见了，便质问他："你为啥偷我的菜呀?""拿你几棵菜便叫偷呀？再吊起嘴巴乱说，拉你到我叔叔那里去叫他打整你。""莫要狗仗人势欺侮人。""咦，你真是狗胆包天，竟敢目无尊长，背地骂起头人来了。大概你是屁股发痒了吧?"

按照当时的仡佬家规矩，谁要是背后辱骂了头人，是要当众用竹片子打二十板子以示惩罚的。山成明心里明白，这是他抬阎王压小鬼，想借头人的权势来吓唬自己。我何不就下坡骑驴，将计就计，让头人来收拾收拾他。于是毫不示弱地答道："你自己丢人现眼地干了龌龊事，还要把头人也拉来垫背。有理走遍天下，我陪你一起到头人那里去讲理，看哪个该挨打板子。"

他两个谁也不让谁，立马来到头人家里。山万道恶人先告状抢先就说："叔叔，他刚才骂你是狗哩！"头人听了，立即把眼睛一鼓："嗨嗨，我看没王法了。山万道，快给我去把竹板子拿来……"这时，山成明早已妙计在心，不紧不慢地说："这是胡咬乱嚼的，我可没有这样大的胆子骂你老人家是狗……"头人怒气未消，不耐烦地截住他的话头："那你又是怎样骂我的?"山成明不动声色，一本正经又胸有成竹地回答："我根本没骂你老人家呀！事情的经过是这样的——今天一清早，山万道溜到我家菜园子里偷白菜，被我当场人赃拿住，我要拖他来找你老人家评理，谁知他却冷笑着说：'找他评啥子理哟，连他自己的屁股都还没揩干净呢！'我一听这话不对头，连忙劝阻道：'莫要红口白牙地诬赖好人，你叔叔是堂堂正正的好头人，怎么会干这种偷鸡摸狗的坏事了，不料他不听劝，反转抵我说：'不信你去当面问他嘛，去年我跟他一路上山打猎，他就亲手偷了一户客家①的一只花母鸡、一条肥头大耳的黑狗在坡上杀来吃了。'我不相信他这套鬼话，才和他一起来当着你老人家的面问个水落石出的。"

头人一听，气得脸色铁青，火冒三丈。他心里明白，偷鸡摸狗的事，只有他叔侄俩才知道，要是山万道不讲，山成明是不会晓得的。山万道一看叔叔的脸色，知道事情不好，要想分辩。可是还没等他开口，脸上早啪啪啪地挨了几耳光，打得他脸上火辣辣发疼，眼里火星子直溅，连连嘶嚎着呼喊冤枉……"冤枉什么？你这个挨刀的不说，他怎么会晓得那样清楚？"接着又是一阵脚尖子踢，打得山万道像鸡啄米似的磕头认错，他才悻悻地回屋里去了。从此，叔侄俩的威风，扫去了一大半。

看着叔侄俩那狼狈不堪的样儿，山成明心里像三伏天喝了碗凉水一样痛快。那么，山成明又是怎样知道他们那桩见不得人的事的？原来有一次山成明上山采药，看见了他叔侄俩在偷鸡摸狗，一来，惧怕他们的权势，二来怕他们反咬一口，因此一直藏在心里，这次才借机揭露和收拾了他们。

（五）

有一年，山精灵替一个叫铁算盘的盐商赶了五匹驮盐巴的马，可是铁算盘还嫌不满足，还要山精灵另外背起一百斤盐巴跟着马走，并当面讲定，从茅台到鸭溪，只给他一块银元做工钱，如果半路退工，分文不给。山精灵撵着驮马来到一条小河边，偏巧河上的木板桥断了。过不了河，盐商便逼着他踩水过河，如果他不干，就另外请人赶驮马，这几天的工钱分文不给。无奈，他只好把背盐巴的背篓放在岸边，挽起裤管，把驮马一匹匹地牵过河去。

① 客家：汉族。

最后他正背起背篓里的盐巴准备踩水过河，那盐商却开口说："慢点，你牵着我一道过河。"山精灵心中暗想："这真是人心不足蛇吞象，吃了五谷想六谷，等一会儿下河以后再慢慢地收拾你。"于是回答说："行。"盐商把鞋袜脱下来放在山精灵背盐巴的背篓中，拉着他呼的一齐下了河。水虽然才打到膝盖，没踩过水的盐商却两腿像打摆子一样发抖。好容易快靠拢对岸了，山精灵用脚背挑起一块石头，往商人的脚背上一放，那家伙以为是水蛇咬他的脚背，吓得一声惊叫，一下子摔倒在河里。山精灵趁势把盐巴背篓往水里一甩，恰好压在盐商的背上。山精灵见盐商呛了几口水，才慢慢地生拉活拽，像拖死狗一样把他拖上岸来，却趁机把背篓连同装在里面的一麻袋盐巴撂在水里不管。

山精灵上岸以后，故意埋怨说："老板，你自家脚不踩稳，连我都被你拉扯在河里头了。你看，我周身打得湿透，干脆你看住驮马，等我去找处人家把衣裳烤干了再回来赶马背盐巴。"说着，装作要走的样子。盐商立马威胁他说："你去，这几天的工钱就不给你了！"山精灵边走边说："不给就不要喽，我总不能要钱不要命呀！"

这一下，铁算盘可慌了神，他暗自盘算："如果等自己另外去找人来赶驮马，泡在河里的盐巴全都得化个精光，那不是把白花花的银元丢到河里啦？舍不得孩子套不住狼，就捏住鼻子吃臭屁，蚀一点财吧！"想到这里，慌忙追上去拖住山精灵说："我的好伙计，莫忙走嘛，有话好说好商量。这样，你马上把河里的盐巴弄起来，吆起驮马走，我给你双份工钱。"山精灵想了想，接着反问道："老板你说话可算话？""当然算话，我几时哄过人的？""那就现过现，立马拿两块银元来。"商人没有法子，只好从捆在腰杆上的钱袋子里，抖出两块银元，丢给山精灵。山精灵这才慢条斯理地捞起背篓，赶着驮马上路，盐巴被水化去头二十斤，山精灵背上轻得多了。只有盐商是赔了夫人又折兵，光着脚板，高一脚低一脚，垂头丧气地在山精灵身后，活像吃了几大碗黄连汤的哑巴，满肚子苦水倒不出来。

挑女婿

金竹屯有个世代靠种田、打猎过活的仡家农民。老伴早年去世，没有儿子，只留下一个独生女儿。这姑娘心灵手巧，聪明能干，不论是栽秧打谷、捕禽猎兽，还是烧菜做饭、挑花绣朵，没一样不是数一数二的。加上身材匀称，长相漂亮，性情温和，人们都夸她是仙姑下凡，巧女转世。到了该成亲的年龄，求亲的人牵成线，只差没有把她家门槛踩断。

她爹一心要给她挑一个聪明能干的庄稼人，那些地主、头人、财主的子弟，全都是“癞格宝爬香炉——碰了一鼻子灰”。一些年轻的仡家农民，也同样一个接一个的落选了。

有一天，来了三个求亲的青年，其中一个叫山成林。姑娘她爹一看他们朴素的打扮和手上的老茧疤，就知道是几个货真价实的庄稼人。他二话没讲，直接说：“你们来得真巧，我家正好要栽秧，秧子都扯好了。你们每人去栽一块田，谁栽得最快最好，同时又能把第一次从你们头上飞过的鸟儿是什么鸟看清楚，我就把女儿嫁给他。”这条件听起来容易做起来难。要抬头看天上的鸟，就无法埋头插秧，要低头插秧，就不能扬头看飞鸟。要两头都顾到，确实难啰！山成林走到田边，想都没有多想，袖子一挽，裤管一扎，走进田中，弯腰插起秧来。他原本是一个种庄稼的能手，插秧更是他的拿手好戏，只见秧飞水溅人影移，不多一会儿就插绿了一大片，还栽的是杆子秧哩！另外一个青年，在田坎边犹豫了一下，也跟着下田插起秧来。他插一窝，抬头看看天上，再插一窝，又仰头看看天上……他以为这是穿钉鞋拄拐棍——不会失脚的，可速度却比山成林慢得多了。还有一个青年，目不转睛地盯着天空……他想：你们栽得再多，看不到头顶上的飞鸟，还不是瞎子点灯白费蜡。他干脆坐在田坎边边戆等，等了老半天，眼睛都望酸了，总算有三只老鹰从他们头顶上飞过，他这才慌忙下田插秧。

尽管他们在村里都是百里挑一的秧师，可山成林早已栽了一大片，他俩就是再长一双手，恐怕也赶不上了。晌午时，姑娘给他们送饭来了。姑娘她爹正坐在田坎上监考，便招呼他们上来吃饭。他爹见山成林插的秧又多又好，就首先问他："你看到头上最先飞过的是什么鸟?"那两个青年笑嘻嘻地望着他，满以为他会一问摇头三不知，交张白卷子。谁知他不慌不忙地用手揩了揩脸上的汗水，然后走到姑娘她爹面前恭恭敬敬地回答："最先从头顶上飞过的是三只老鹰，第二次是两只乌鸦，最后飞过的是一只喜鹊。"她爹满意地笑了笑说："你答得对，栽的秧又最多最好，我看你可以做我的女婿了。不过——"他又回头对姑娘说："女儿，不知你是否满意?"姑娘含羞带笑地点了点头。

就这样，山成林得到了这个聪明、能干、美丽的姑娘。另外两个青年惊呆了，异口同声地问他："你专心致志地埋头插秧，怎么能看到天上的飞鸟了？是不是你长得有后眼哟!""我没长什么后眼。我农闲时常常上山打猎，各种飞鸟的样子我都看熟了：它们从头顶上飞过，影子倒映在田中，我凭它们的影子就能认出是什么鸟儿来了，熟能生巧嘛，这有什么稀奇的。"山成林不好意思地回答说。

原来是这么回事。那两个青年恍然大悟，一起竖起大拇指，称赞他聪明机智。

八大金刚

清朝同治年间，官学街上有一个姓邹的老汉，膝下有八个儿子一个姑娘。老汉的这八个儿子，一个个虎背熊腰，力大超人，街上的人便称他们为八大金刚。八大金刚虽说弟兄多，力气大，但从不仗势欺人，周围的老人孩子都特别喜欢他们。

有一次，县老爷的大儿子到官学来赶场，看见一个女子长得非常漂亮，就叫家人把那女子围在中间，动手动脚地调戏起来。哪知，这女子正是八大金刚的小幺妹。弟兄几个听说小幺妹在场上被县老爷的大儿子调戏，气得跳起八丈高，立马虎叱叱地赶到场上来，把县老爷的大儿子揍了一顿。后来，县老爷听管家说，大少爷在官学街上挨蛮子打，立刻调集几百人马，亲自压阵威风凛凛地朝官学开来。八大金刚听说县老爷带着大队人马开过来了，一点也不畏惧。县老爷骑着高头大马来到八大金刚家门口时，只见大郎身子一屈，把门口的一坨千斤重的大石礅搬来放在县老爷的马头边说："大老爷一路辛苦了，请下马来歇歇吧！"二郎呢，跑到房背后去拎了一扇四五百斤重的大石磨，来到县老爷的马头边说："大老爷远天远地的赶得来，八成饿得很喽！小的特意送个饼子来给县老爷填填肚子。"三郎和众兄弟还未来得及显身手，县老爷已经吓得从马上栽下来了。跟随来的那些官兵看到八大金刚如此厉害，吓得屁滚尿流，哪个还敢上前送死。于是，几百人马，护着已经吓昏了的县老爷，全部灰溜溜地撤走了。自此，八大金刚的名声就更加传开了。

人小心计大

从前有个娃娃牵着牛去犁田，路上遇着一只老虎，虎见了觉得好笑，对牛说："你这么大的个子，还被一个小娃娃牵着，害羞死喽!"牛说："虎呀，你不晓得，人虽小心计可大呢。不信你试试嘛!"老虎用鼻子一哼，说："小气小力的东西，你看我收拾他。"于是，老虎前脚一跃，后脚一蹬，没头没脑地朝娃娃扑过来，一下子把人按倒在地。

老虎得意洋洋地说："这下该我吃了。"娃娃说："虎呀，反正我是归你吃了，现在我身上臭烘烘的，脏兮兮的，不如你让我回家洗干净来，让你吃个新鲜，尝个味道。"老虎一想，这倒也好，就放了娃娃。娃娃做出不放心的样子对老虎说："虎呀，我回家去，就怕你不肯等我，这样吧，我先把你暂时捆起来，免得你等不耐烦就走了。"老虎想，这娃娃反正是我口中的肉，横竖不能把我咋个，也就答应了。娃娃把虎捆好，回家扛起一把飞快的斧头来，劈头盖脸地对着老虎一阵乱砍，砍得老虎身上没一块好肉。直到现在，老虎还是花里花螂的，伤痕斑斑、斧印交错。从那以后，老虎再也不敢欺侮人了，一直跑到深山老林里躲起来。人们都讲："人怕虎三分，虎怕人七分。"根源就在这里。

蛤蟆娃

从前，有一对新婚夫妇，结婚不久就生了个孩子，可是这孩子是一只蛤蟆。丈夫很难过，准备把他打死。这时，蛤蟆说话了："爸爸，你不要打死我。不要看我这个样，我还可以读书呢。"妈妈说："孩子，你这个样，怎么能读书呢?"蛤蟆说："妈妈，我能，我长大了还可以给你娶一个漂亮的儿媳妇。"妈妈伤心地说："孩子，不会的，谁会看得上你呢? 你这个样子，人家看都不要看你一眼。"

孩子再丑毕竟是母亲身上掉下来的肉，丈夫慢慢一想也不忍心丢掉。于是两夫妇决定把蛤蟆娃养起来。就这样，蛤蟆娃一天天长大了。在离蛤蟆娃家几里远的地方，有一户人家，有三个漂亮的女儿。一天，蛤蟆就到这人家来向大女儿求婚。大女儿见蛤蟆这副模样吓了一跳，听说蛤蟆要娶她做媳妇，气懑了。蛤蟆就在她家门前整天整夜的叫，希望大女儿答应他。大女儿没有办法，就想了一条毒计。对蛤蟆说："我骑在马上，你牵着马走一圈，我就答应做你的媳妇。"蛤蟆说："可以。"大女儿就叫人牵来一匹马，她骑在马上，蛤蟆牵着马在前面走，走着走着，走到了一条河边，这时姑娘想趁蛤蟆不注意时猛挥鞭子把蛤蟆踩死在马蹄下。但当马跳起来的时候，蛤蟆一下跳到了马的后面，姑娘却被马甩进了河里，成了落汤鸡。

过了几天，蛤蟆又来向二姑娘求婚，二女儿用同样的手段对蛤蟆说："我骑在马上，你牵着走一圈，我就答应做你的媳妇。"蛤蟆回答："可以!"于是，牵来一匹马，姑娘骑在马上，蛤蟆牵着马在前面走。姑娘想，前次大姐走河边，这次我走坡上。就叫蛤蟆牵着马向坡上走去。走着走着，走到一个悬崖边，二姑娘猛挥马鞭，想让马踩死蛤蟆。但马一失蹄，蛤蟆又跳到了马后，二姑娘和马一起跌下岩去，摔在深沟里。

过了些日子，蛤蟆来向三女儿求婚。三姑娘想：蛤蟆能说话，说明他是人，他能识破大姐二姐的阴谋，说明他聪明。于是，她答应了蛤蟆的求婚。结婚的这天晚上，新娘在新房里一句话也不说，愁眉苦脸的。蛤蟆就悄悄地跳上床去，靠在新娘背后，新娘觉得有人的气息，不觉心里一惊，等她慢慢转过头去，哎呀，是一个英俊小伙正目不转睛地望着她。姑娘不好意思地站了起来，小伙也从床上下来，对新娘说："你不认识我吗?"新娘摇摇头。小伙说："我是你的男人蛤蟆呀!"新娘没理会，只在新房里到处看。小伙说："怎么你也不相信我是个人?"等新娘把新房看了一遍，没有看到蛤蟆的影子，这才相信站在自己面前的英俊小伙就是她的蛤蟆新郎。她红着脸不好意思地问小伙："唧格你……"不久，三姑娘和蛤蟆小伙的姻缘就从村里传开了。

滚豆儿

滚豆儿是个没有老子的娃儿，在家里排行第三。说他没有老子，不是说他出生后老子死了，他也不是背父生的[①]。他是在两个哥哥的老子死了几年之后生的，但又不是人们常说的"私娃"。原来他是一颗豆子生出的苗。

一天，已经是寡妇而且有了两个儿子的妈妈去河边洗衣服，看见一颗滚圆滚圆的豆子，在河边的石板上滚来滚去，她一时好奇，把它捡来含在嘴里，不料那豆子却顺着喉咙滚下肚去了。她也不在意，洗好衣服回家，却害起喜来了，十月怀胎，生下一个胖胖的小子，因为是吞豆所孕，就取名滚豆儿。

滚豆儿身体长得极快，几年过去，便成了小伙子。一天，大哥去犁地，出门时说："我今天去得远，老二给我送晌午饭来，如找不到我就顺着铧沟走，就会找到的。"中午，老二送晌午饭去。他顺着铧沟走，走到尽头，没有看见大哥，却走进了"飞王"的家。飞王是个像鹅样的怪物，比鹅大几十倍，有翅会飞，也会变成人样。它虽然不吃人，却喜欢有人和它做伴，供它使唤。

---

① 背父生：方言，即遗腹子。

这天，它用它的大嘴把大哥犁出的铧沟弄平，又用嘴划出另外一条跟大哥犁的铧沟一模一样的“铧沟”，一直划到它的家。老二顺着这条“铧沟”走，进了飞王家。飞王一见，欢喜得很，就强迫他留下，不让他回家了。大哥肚子饿了，不见老二送晌午饭来，便收拾回家，问妈：“老二送的饭呢？为什么不见人影？”妈说：“老早就送去的啊，你没看见吗？”“没有呀，我去找他。”大哥出门去了。找了几天，都没有找到。

一天，在路上遇到一个放牛人，大哥把找老二的事说给他听，并问他见着没有。放牛人听了后说：“你兄弟一定被飞王使法拐到他家去了。去那里的路很远，我把牛杀来给你吃，你如果吃得完它，等到下一次肚子饿时，就走到了。”放牛人随即把牛杀了，大哥拼命地吃。可是，只吃了半边，就再也吃不下去了。放牛人说：“这样，你只能走一半的路，到不了飞王家，你回去吧。”大哥说：“不管怎样，我都要去。”他向放牛人道了谢，又向前走，也不知走了几天，肚子就饿了。他正走不动，却看见一个放羊人，放羊人问清情况后，就说：“我杀羊给你吃，你吃得完，就走得到，吃不完，还是要饿肚子，也走不回来。”大哥吃放羊人杀的羊，吃得只剩一条腿，实在吃不下了，他恳求放羊人说：“你就把它送给我吧，我在路上饿了再吃。”放羊人说：“主人给我规定：‘只吃不包。’你还是回去吧，要不，你还是走不到飞王家，要回头可难啦！”大哥说：“就是掉了气我都要去找。”

他谢了放羊人，又向前走，走了几天，肚子又饿了。他实在走不动，就爬着前进，爬了一天，终于走到了飞王家。飞王见着大哥，笑着说：“年轻人，你的决心也算大的了，没有吃完我的牛和羊，还是爬着来了。可是你不是走着来的，还算不得铁汉子，我不能放你弟弟回去，你也在这里住一下吧。”

妈妈见两个儿子都没有回来，天天哭泣，眼睛都肿了。滚豆儿一把抱着妈妈的脖子说：“妈，我去找两个哥哥。”“幺儿，你还小呢!”妈妈哽咽着说。滚豆儿拍拍自己的胸脯和手臂说:“妈，你看，我不比两个哥哥还强壮吗?”妈妈拉着他的手说:“还是不要去，你再不回来，就剩妈一个人了。”“不会的。”滚豆儿很有信心地说。“我找不到两个哥哥，就赶紧回家。”滚豆儿终于说服了妈妈，收拾出门去了。

他也遇到了放牛人，也吃了放牛人杀的牛，不过还剩一条腿。放牛人劝他回家，他道了谢却没有听从放牛人的劝告，仍然向前走。几天以后，他的肚子开始饿了，正埋着头一步一步困难地向前挪，忽然看见路边土里有成片的嫩白芽儿，微风吹来，芽儿一摇一摆地像在冲他点头招呼。他觉得好玩，摘了一棵放在嘴里，虽然有股生味，却又脆又鲜，把口水都引出来了。他摘了一把放在嘴里，嚼几下，吞了，又摘了一把，又摘了一把……还发现有一些没有发芽的种子，长圆长圆的。他掏了些放在怀里，又往前走。半天过去，遇到一个放羊人，他也吃了羊，还剩半条腿。放羊人劝他回家，他摇了摇头，跳几下，忽然觉得又可以吃了，便把那半条羊腿吃了下去。放羊人惊讶地说:“你向前走吧，飞王是会欢迎你的。”滚豆儿大踏步地走进了飞王家。飞王笑着拍拍滚豆儿的肩膀说:“小孩子，你很勇敢，很坚强，你就留下来和我做伴吧。”“不，我是来找我的两个哥哥的，他们都在哪里?”滚豆儿回答得斩钉截铁。“你两个哥哥好好的住在这里。如果你想把他们接回去，就先和我比试比试，你赢了，我就放他们回去，你输了，就连你也一起留下，你敢不敢?”飞王虽然态度并不凶狠，可是却很坚决。滚豆儿迟疑了一阵，因为他不知道飞王的本事究竟有多大，如果比试输了，家里就只剩下妈妈一个人了。可是他又想，妈妈这些天为了两个哥哥的失踪，已经哭了多少场，人也一天天瘦了，两个哥哥回不去，她也活不了多久，不如就试一试吧。想到这里，便回答说:“好吧，我奉陪，不过你说的话可要算数啊!”飞王说:“那当然。”接着又说:“我手里有两颗铁核桃，我抛起来，你能用嘴接住，便算赢了第一道。”“请!”滚豆儿刚刚说出一个字，飞王便把铁核桃向空中抛起，然后一前一后落下来。滚豆儿双眼盯着铁核桃，待第一个快要落到他头上时，他把舌头往里一缩，张着嘴迎了上去，铁核桃落进他嘴里去了。第二个落下来时，他又一张嘴，用牙齿把它咬住。飞王笑起来说：“果然你有本事，现在，我要和你对打，你敢吗?”飞王的样子丑陋极了，额头又宽又长，一对小眼睛，没有睫毛，也没有眉毛，鼻子又扁又平，鼻子下面凸出一张又大又长的瘪嘴，身子肥墩墩的，两只手足有箩筛大，指头上还有尖尖的爪子。滚豆儿心里掂量了一下，觉得它虽然样子怕人，但两条腿却蹒蹒跚跚地不大灵活，认定并不是强敌，便毫不迟疑地回答说：“试一下吧。可是我们说定，不能用暗箭伤人。”“好!”飞王摆好了架势。

滚豆儿并不和他硬碰，只是机灵地兜着圈子逗它，一会儿转到它背后捅一下，一会儿脚下使绊子勾一下，一会儿在它面前一晃，又迅速躲开，逗得飞王满院坝乱扑乱抓，却总抓不住，扑不牢。飞王发起火性来了，它突然把右手一伸，手臂长到三四尺长。滚豆儿未曾防备，一下被它抓着了头发。它哈哈地笑着说：“娃儿，你输了!”“不，我赢了!”滚豆儿被飞王抓到了面前，却圆睁双眼，毫不气馁地说：“我们说好了不用暗箭伤人，你变个戏法抓住我，是你失了约，我赢了。”“哈哈，我是和你闹着玩的。”飞王放下滚豆儿，拍着他的头说：“你赢了，把你的两个哥哥接回去吧。”

滚豆儿和他两个哥哥回到家，全家欢欢喜喜地生活在了一起。

狗大佬倌

有个姓邹的仡佬族人，人们都叫他“狗大佬倌”，家境十分贫寒，衣食无着。他上金鸡山挖蕨菜，疲累了，就在宝王庙休息。他睡着了，宝王菩萨向他托梦，叫他去开采朱砂，并将助他一臂之力。狗大佬倌醒来，知道自己是在做梦，但又清清楚楚记得宝王给他指引的路子。于是下山来去场上买肉去祭宝王菩萨。狗大佬倌一贫如洗，身无分文，只好央求屠夫赊一个猪头给他，费了几多口舌才求得屠夫的同情，赊了半边猪头给他。这已是大年三十夜，狗大佬倌把猪头煮熟了，哪知这时，生怕他还不了钱的屠夫却反悔了，从狗大佬倌的锅中把煮熟的猪头提走了。狗大佬倌伤心落泪，把熬猪头的汤拿去祭宝王菩萨，跪着向宝王哭诉："人家有年我无年，提起猪头要现钱，宝王保我时运转，朝朝日日当过年。"之后，狗太佬倌根据宝王指点的路子，伙同一批仡佬穷人上金鸡山、木悠山开采朱砂冶炼水银。承得仙人指点，心想事成，数月之间，的确开出了朱砂，狗大佬倌从此发了大财，成了远近闻名的大富翁。但他至死也记得那个"提起猪头要现钱"的大年三十晚。

石笋和十省

有个姓邹的仡佬族人在京城做官，因为官清廉，家境又十分贫穷，常常受同僚们奚落。在一次酒宴上，他反嘲那些奚落他的官宦，戏说自家管着石（十）笋（省），家中的房屋是千根柱头落脚，一天有十只盐船下河。这些官宦听后愕然，遂向皇帝告密。说皇帝你只管着九省，那个姓邹的官僚却想着管十省，还住着千根柱头落脚的屋子，这岂不比皇宫还堂皇？这岂不是谋反吗？皇帝不信，召见姓邹的官员询问。邹说出原因，皇帝仍不信，亲临邹的老家考察。果然，邹家住的仡佬山寨山清水秀，放眼处，确实有十根石笋耸立，俨然神话仙境。再看邹家的竹篱茅舍，都是用树木枝丫、茅草、竹片编织而成，这岂止千根柱头落脚？再了解邹的家境，一贫如洗，每天全靠十只下河的鸭子生蛋买盐，这十只下河的

“盐船”若少了一只，家中就会缺盐。皇帝深感其为官的清廉，后深受重任。

狗三打虎

有个仡佬族青年猎人叫狗三，本领不大，却会款[①]大话，但他有一个受人尊敬的性格，那就是见义勇为。

狗三常在人前说他能降龙伏虎。这天，寨子里跑进来两只黄斑老虎，众人就要狗三上，要看看他的“打虎艺”。狗三也只好硬着头皮上。狗三一见老虎张着血盆大口，心就虚了，急忙往树上爬，吓得屁滚尿流。这老虎凶恶地盯住树上的狗三，恰恰狗三的一泡尿淋进老虎眼睛里，老虎睁不开眼睛，乱跑，掉在水井里淹死了。可另一只老虎又向着狗三冲过来，狗三吓得在树上转过去转过来，慌忙中，狗三松了手，掉进厨房中，把一筛干海椒撞到火坑里，海椒着火燃起来，呛得老虎喘不过气，睁不开眼，瞎碰乱撞，撞死在厨房里。

狗三虽然侥幸地使两只老虎丧命，但人们也看到了狗三的“打虎艺”。狗三也再不像从前那样款大话了。

长寿王与老虎

中国长寿之王龚来发，年轻时曾有四年多的野人生活，就是住在老虎窝里。他与老虎朝夕为伴，一起吃生食，一起餐风沐雨，尽管老虎吃掉了向家的一个孙子，但老虎始终不侵犯这个“野崽崽”。后来，这个“野崽崽”又去做了向家的赔孙。龚来发与虎为善，更

① 款：方言，自吹自擂。

与人为善，所以他活了 131 岁，成为中国历史上第一个“长寿之王”。

碓窝神

有一个仡佬族农家妇女，请八字先生给她一岁的儿子算命。八字先生见她家住在深山，近无邻人，她家又富裕，顿生谋财之心。

八字先生说：“大嫂，你这个孩子天生聪明，但是眼下撞到‘碓窝神’了，有百日血光之灾，非请送不可，否则，不能长命富贵。”

妇人心疼儿子，很快备办了香烛纸钱、刀头酒礼和利食钱等。八字先生在碓前摆下香案，要妇人把碓舂起来，把娃儿放在碓窝里由八字先生“请送’。等妇人把碓舂起来，碓窝里的娃儿又被限制在里面，妇人放下碓就会伤害自己的骨肉。八字先生乘机进屋去收拾金银珠宝扬长而去。妇人此时喊天不应，叫地不灵，眼睁睁看着八字先生进屋去将她家的金银细软等值钱货洗劫而去。待丈夫回家来从碓窝里取出孩子时，也只好捶胸顿足地大骂一场。

菊香还魂

有个姓黄的仡佬族村姑名菊香，长得像牡丹仙女一样，在 17 岁那年病死了，爹娘哭得死去活来，把她的尸体停在后院，整个后院都作为菊香的陪葬，一把锁锁了。客商李二天黑路过黄家后院夜宿于此，与菊香一夜恩爱后，两个难分难舍。后来，这对阴阳夫妻远走他乡，几经周折，李二在菊香的帮助下发了大财。李二发财后，见异思迁，移情别恋，抛却菊香。岂料，李二的忘恩负义，得不到好报，很快就落个破产落魄的境地。正在李二悔恨不已，思念菊香时，菊香再度出现，这对阴阳夫妻又几经磨合，重归旧好。后来，在菊香的指点下，李二细心地张罗周旋，使菊香得以还魂，与李二做了人世间真正的夫妻，生儿育女，男商女织，白头偕老。

蛮王

“云顶山白蛇大将，丁家溪蛮王老祖”。这是芙蓉江一带仡佬族祭拜祖先时的一句请神词，老人们因此一代又一代地讲述着有关蛮王的传说：

很久很久以前，黔北芙蓉江一带，无数江河支流，纵横交错，每遇涨水，常常毁坏良田和房屋，百姓无奈，只得到处逃难。那时候，在古珍州住着一户仡佬族，人们都叫他蛮王。蛮王高大的身材，宽粗的膀子，腰板硬是结实得很。有的说：“阎王老爷斗不过蛮王，因而不敢勾蛮王的簿子。”这话也确实不假。

他在古稀之年，才娶一妻，名叫金蝉。蛮王是不管家务的，成年累月邀约仡家百姓，拿起锄头，治理江河。他们终于理顺了龟塘溪、土溪、清溪、松江等三十六溪。他的这种行动把玉帝都感动了。在治理长寸河的这一天，蛮王的妻子金蝉发现在三河口沙滩上，有一节闪闪发亮的家什，金蝉连摸都不敢去摸，叫蛮王去看，才知是一把宝剑，剑柄还有“蛮王”二字。夫妻俩高兴极了，赶快取了回来。有了宝剑护身，加上仡佬族人心齐，合力治水，很快就把那无数支流汇入了芙蓉江，并把沿江两岸的那些旮旮旯旯栽上了树，使芙蓉江一带的良田减少了灾害。

在治理了江河之后，蛮王又和乡亲们一道去开发山冈。蛮王带箭进山，由于他箭法精准，有一天射中了一匹金马驹。那金马驹带箭逃窜，在他面前，闪出一道金光，不一会，就在丁家溪洞壁消失了。蛮王紧跟着金马驹的影子撵，撵到丁家溪密林深处，在一棵银杉树脚，发现了金马驹的血迹。血迹入土后，开了三朵牡丹花，蛮王伸手去采摘，牡丹花却又消失了。他看到那旁边有一个很漂亮的洞，心想："金马点穴，此洞必是我立足处。"于是，在仡佬乡亲的帮助下经过整修，取名为"蛮王洞"。蛮王洞洞顶，古树成荫，开满了奇花异草。洞中钟乳石千姿百态。入洞千尺，是洞中有洞，还有一清凉爽口、又极为甘甜的龙潭水。凡是在这洞里歇过脚的人，都说喝了这龙潭水，既可解愁又能去百病，还会出能人。蛮王夫妻住进洞里一年后，生了一子，取名莲江。

金蝉有了莲江这宝贝孩子喜出望外。她对蛮王说："独木难成林，众人拾柴火焰高，何不在这个地方修个练武厅来练武防身，仡家才会有安宁的日子过。"蛮王也有这样的想法，就在芙蓉江一带乡亲中筹钱，修建练武厅。练武厅建于蛮王洞右侧，修了一个多月，那石壁巍巍不动，蛮王便用宝剑指着天空念道："蛮王挥宝剑，指使天门开，玉帝护我身，助我修武厅。"几句咒语一念，就下了一阵雷雨，峭壁裂开了。仡家乡亲依山搭檐建成了练武厅。距这蛮王洞不远的清溪、楠木溪等处，尽是些好田地，乡亲们在这一带耕田种地，都过上了好日子。人们都说：蛮王使我们坐在一块福地上来了。

和蛮王洞遥遥相望，有个蔡家园，那里也有几个习武的。领头的姓蔡，绰号叫蔡老二。蔡老二活像个扁嘴货（鸭子），到处践踏乡邻，多年来没有人敢惹他。蔡老二娶妻多年，但没能生个儿子来传宗接代，早就想去抢个后妻。有一天，他来到蛮王洞，看到蛮王的妻子金蝉年轻貌美，就流着三尺长的口水，想把金蝉弄到他的手中。

经过一番筹划，蔡老二和他的打手金魁趁蛮王不在家的时候，窜到蛮王洞来。他们带了些"礼物"，嬉皮笑脸地对金蝉说："我想与蛮王成干亲家，把莲江抱给我抚养吧！"这突如其来的无礼举动，让金蝉十分反感，立即将蔡老二的"礼物"甩出门外，怒喝道："去你的吧！我家莲江不用你来抚养。"蔡老二更是乘机发作，大声吼道："我蔡姓坐山为王，你男人打猎进我的山，我都没说，这回给你面子，还不识抬举，那就不要怪我了！"就这样，蔡老二和金魁，从洞壁上抢走了蛮王宝剑，又把金蝉生拉硬扯地抢到蔡老二家。

蛮王回到家，听说金蝉被蔡老二抢走，便直奔蔡老二住处。他一脚踢烂窗口撞进房内，用弓箭直抵着蔡老二胸口，吓得他屁滚尿流，磕头像倒蒜，不住地哀求："畜生有罪，望蛮王饶命！"蛮王饶了他一命，带着金蝉回来了。回到蛮王洞，金蝉说蛮王宝剑也被金魁抢去了。蛮王一听，很是生气，马上转身又要去找蔡老二。金蝉劝他："要想个办法才行，他得了宝剑是不会还的；硬要夺过来，他拿着宝剑，你就对付不了！"蛮王想，这话也是，暂时忍气吞声吧，练好武，再由莲江去取。

莲江长到20岁了，在练武厅经他父亲蛮王的指点，练就了一身武艺。一天，蛮王带着莲江一同来到蔡家园。蔡老二和金魁正在练武，莲江从那九丈多高的奇石上，一个"鹞子翻身"向金魁扑了下来。那金魁强打精神，暗运内力，举起百余斤重的石礅，向莲江投来。莲江挥拳把那石礅砸成几块，顺手提起一石礅向金魁砸去。金魁侧身一跃一闪，又举起百余斤重的大刀，向莲江砍过来。莲江一跃飞向丈多高的石柱，金魁噔的一刀，把石柱砍倒，莲江顺石而下，从衣内取出梅花青竹穿云针，猛刺过去，恰好穿在金魁眼上，鲜血直流，昏倒在地。蛮王从衣内取出一粒"还魂仙丹"衔在金魁嘴里，咕嘟咕嘟几声他就苏醒过来了。莲江追问道："你盗来的蛮王宝剑在哪里？"金魁晓得蛮王和莲江的武功都很厉害，不敢妄动，只得取来宝剑奉还。但躲在一旁的蔡老二还是咕哝道："骑驴看本，走着瞧吧！"

取回宝剑后，又隔十年。牛年已过，逢丙寅。这一年，芙蓉江一带，遇上了从未有过的大旱，青杠树都干死了，连菩萨都打起架来哩！蔡老二看见了，以为菩萨显灵，就在蔡家园修了个显灵庙。但蛮王认为菩萨还是没显灵，就在蛮王洞求雨，他想到那宝剑有

“神工鬼斧”之誉，又用宝剑指向天空：“漫罪玉皇大帝，若不下雨，我就要怒斩雷神啦!”顿时，黑云聚拢，下起狂风暴雨，一条黄龙从蔡家园直奔而来，冲了一条小溪沟，就是现在的丁家溪。雨越下越大，越下越猛，把长过河、松江汇合处冲成了三角口，便成了三河口，就是现在桃源乡和大路乡来往的渡口。那条黄龙钻进黄泥洞去了，还与青龙成了婚呢!

黄龙和青龙成婚后，就没安好心，经常发大水，使芙蓉江下游的良田和房子遭难成灾。这一来，有的人就抬牛祭龙，给龙吃，求龙保佑。莲江就不信这个邪。他说：“抬牛去祭，给龙吃，不就是把牛王得罪了吗?”莲江和几位练武青年把打铁的红炉搬到黄泥洞旁安起，要打一把尖尖的大刀甩下洞，想把龙刺死。结果没伤到龙的一点皮毛。他们又把铁棒烧红，和铁渣一起甩进洞去，想把龙烫死，结果还是蛇蚤蹦到牛背上——啃不动它。拿牛祭龙龙就吃，莲江将计就计，抬两头牛把肚破开，装上硫黄，连同打好的尖刀一同装入牛肚子，再把牛肚缝好，投进洞中。那青龙狡猾，尝都不尝。而黄龙却吃了，刀进了黄龙的肚子，它痛得直打滚、眼泪爬沙的左翻右合，又滚又翻，黄泥洞又涨水冲来，使三河口成了个大滩口。蛮王赶紧去观察，黄龙正伸出头来，见有人在看它，两眼一眨，想退回去。蛮王拔剑出鞘，向黄龙猛斩一剑，黄龙一命呜呼。青龙见黄龙被斩，夫妻离别更伤情，泪如泉涌。从此，黄泥洞流出的水，都是温的，这就是：“怒斩黄龙留青龙，三角沙洲出温泉。”

花开总是要谢的，月过中秋总是要缺的。蛮王满百岁后就寿终了，他对莲江说：“悬棺葬于蛮王洞口，点上万年灯，蛮王宝剑不到万一不使。”

蛮王一死，金蝉预料到蔡老二会再来欺侮的，就叫莲江召集练武厅的习武青年苦练武功。莲江敲响练武厅钟鼓，参加习武的仡佬族青年从四面八方聚集在一起，大家祭拜了蛮王老祖，喝了个痛快。莲江手举蛮王镇邪宝剑念道：“天地有道，玉帝护我身，灭贼斩妖、仡家安宁。”莲江说完，和习武的青年在练武厅前草坪比武，一只白鹿从他身旁过去，莲江捉住了白鹿，又把它放了。白鹿非常感谢，并答应在危难之中搭救莲江。金蝉对练武的青年说：“白鹿是来给我们报信的，看来蔡老二还要来较量，这回不要他的脑袋，也要叫他蚀二两肉。”

确实没隔多久，蔡老二和金魁组织几十人，凶神恶煞的又来到蛮王洞抢宝剑。金魁一进洞，莲江就提一石礅向他砸去，又顺势一剑，金魁“哎哟”一声，像一团石头滚下岩了。蔡老二冲上来，和莲江厮杀，洞内刀光明晃。蔡老二抵挡不住，到石柱后欲放暗箭，莲江举起百余斤的大刀向石柱砍去，蔡老二的身子和那石柱一齐都断成两截。二贼身亡。从此，仡家过上了太平日子。

蛮王死后，仡家说蛮王良心好，成了仙。他原来用过的碗、积攒的谷越来越多，堆满了洞。洞里的几块大田，有云雀管理，有龙潭水灌溉，年年都获得丰收。仡家缺粮、缺碗、缺油都可以到蛮王洞去借，有借有还，多少年来都是这样。据说就是在百年以前，丁家溪有一家接媳妇，差锅瓢碗盏，欠缺谷子，都还去借过。还有一年，这里有几户人家，有人打摆子，或是有人肚子痛，也是去蛮王洞拿药，用洞里的龙潭水熬来吃，病就好了。但是，如果你借谷还糠，第二年又去借的话，洞门就紧闭，蛮王就不发粮借谷，只得空手回来。

后来，为了纪念蛮王，人们把练武厅重新整修，改为蛮王庙，还高高的立了一块碑，上面写道：“丁家溪蛮王老祖。”那蛮王洞万年灯一直闪闪发光。从那以后，每年三月三日，仡家人就到蛮王庙来祭祖先，三月三也就成了祭祀仡家祖先的日子。

蛮王放粮

在道真自治县桃源乡丁家溪河边，有一个宽敞的岩洞叫“蛮王洞。”相传古时候在洞中住着一位蛮王老祖，他心地善良，后来得道成仙到了天上，玉皇大帝封他为“蛮王菩萨”。

有一年闹旱灾，五谷颗粒无收，人们吃草根树皮，饿死了很多，只好烧香磕头请蛮王保佑。香烟到了天庭，玉皇大帝在灵霄宝殿面红耳赤，便叫赤白金星到凡间查看是怎么回事？太白金星来到南天门，睁眼一看，只见人间饿死的尸首遍地，没有饿死的杵棍夺捧地烧钱化纸。太白金星回奏后，玉帝忙令蛮王下凡救灾。

蛮王老祖刚到丁家溪岩洞，就给人们托梦，叫人们到洞中借粮。第二天便有几个信梦的去到洞中，先把想借的粮食数目写成字条，放在背篼或口袋中，再把背篼或口袋搁在洞内，出洞等一会，再进洞取粮，一斤不多，一斤不少。不久，这一消息就传开了，一传十，十传百，几百里路以外的百姓，都来洞中借粮，这个大荒年蛮王老祖救活了成千上万的老百姓。

人们感激蛮王老祖，就凑钱在洞中修了一座庙，叫“蛮王庙”，这一带的人民，至今逢年过节上清吉钱时，道师先生都要奉请“丁家溪蛮王洞蛮王老祖”列坛受祭。

盘古王漂白

从前，盘古王满过八百岁以后，逢人便讲：“当今世上，再找不到哪个有我的寿缘高，我是最古最古的古人啦！”一天，盘古王去赶场，街上摆酒摊子的看见他，都请他喝酒，盘古王一喝就是一坛，喝过之后，便都封赠一句：“喝了你们的酒，你们跟我的寿。”盘古王在场上喝过好几个店主的酒，有了些醉意，便在人群中大声阔气漂白[①]：“不是我老盘漂白，要是哪个比过我的寿缘，我就把夫人输给他。”话音刚落，何千岁就在对面喊话：“盘古老弟呀，说话要算数啊！”盘古王万没有想到，事情这样不凑巧，只好硬着头皮答话：“千岁兄，小弟失礼！小弟失礼！”何千岁说：“老弟呀，你我都是有年纪的人，说的话可不能不算数啊！”盘古王知道是指输夫人的事，便只好答道：“大丈夫一言既出，驷马难追！”何千岁说：“那么你说，我该何时去抬盘夫人呢？”盘古王说：“虽是二道婚[②]，还得看个吉日良辰！”何千岁说：“丙寅丁卯，两天都好，今天是乙丑，年月[③]就是明天吧！”盘古王一听，脸都翻青了，只好告辞大家回家。

盘古王回到家里，不敢回屋，只在院坝的石头上坐着，埋怨自己不该说大话，越想越难过，便呜呜地哭出声来。盘夫人听到哭声出来一看，原来是老盘在哭哩！便过去问道：“夫君，我们一起生活了几百年，还没见你这样伤心过。有什么冤屈说出来，看为妻的为你解得到焦不？”盘古王听到贤淑妻子的这些话，哭得更伤心了，便说：“夫人，我对不起你，我在众人面前漂了白，把你都输了。”盘夫人听后，本来也气，为了安慰丈夫，却仰天大笑。笑后，把嘴贴在盘古王耳朵上私语了几句，盘古王才转忧为喜，拉盘夫人进屋去。

第二天，何千岁果然请了大批轿夫，有的吹唢呐，有的敲锣鼓，有抬的抬花轿，前呼后拥来到盘古王家门前。一看，门关得紧紧的，只有一个穿襟襟、挂纽纽、赤着脚、光着膀子、披头散发的

① 漂白：说大话。
② 二道婚：再婚。
③ 年月：婚期。

老婆婆手执铁扫帚在扫地，她东一扫帚黄烟滚滚，西一扫帚滚滚黄烟。轿夫们问："老尊年，今天是何千岁和盘夫人的大喜日子，请问，盘古王不在家吗?"门"嘎"的一声开了，盘古王笑嘻嘻地走出来对轿夫们躬身打拱道："众位听明白，我老盘一向是说话算数的，这老婆子，就是盘夫人，请自便。"说完就进屋去了，轿夫们一见夫人老成这个模样，又见铁扫帚也这般厉害，心里都凉了半截，纷纷猜测："看来这婆子正差人服侍呢?"盘古王正好卸下包袱。便上去问道："老尊年，你到底多大年纪啦?"盘夫人说："天上梭罗是我栽，地上黄河是我开，李长庚家母是我说的媒，张果老出生是我接的胎。"轿夫们一听都说："何千岁算什么，抬去给他当老祖婆，恐怕还老了些呢!"因此，大家都拿不定主意是抬去好，还是不抬好。盘夫人见他们打了疑惑，便举起铁扫帚，气冲冲道："你们甘愿为何千岁当抬班儿，前来侮辱我，我请你们到九霄云外耍耍。"说完正要开扫，轿夫们丢下花轿一哄而散地跑了。

盘古王见轿夫被夫人吓跑了，急忙出来向夫人道谢，夫人说："这次总算哄过去了，以后再不能漂白啦!"盘古王连连点头说："我谨记在心，我谨记在心!"

催命鬼捉盘古

南岳崇侯府是掌管人的生死的。上他簿子的人，只要死字一到，就派催命鬼去勾魂。一天，崇侯府发现生死簿上，盘古王已经600岁了还未勾来，就命两个催命鬼去勾来。这天盘古王正在内房睡大觉，只有盘夫人在扫地。催命鬼来到盘古王家，先把两副铁链拿出来抖得哗啦啦响，然后问："盘古王在家吗？叫他快点出来。"盘夫人问："两位先生，不知找盘古王何事?"催命鬼说："我们是崇侯府派来的，盘古王已经活了600岁，也交得命了!"盘夫人说：

"先生啦，人活长了有啥子意思，我们早就盼着勾命人啦！"催命鬼说："既然如此，就请交出盘古王，好回阴司缴旨。"盘夫人说："你们先来一步就好了，玉皇大帝派仙童来请他去赴宴，才刚刚离家上天的。"催命鬼问："什么时候回家。"盘夫人说："可能明天回来吧！"催命鬼说："那我们明天再来。"说完就回去了。

盘夫人进到卧房，见盘古王塞个高枕头，打着扑鼾睡得正香。急忙把他摇醒，但哪里摇得醒？他常常是一觉瞌睡睡三年才醒。盘夫人无法，又扯耳朵，又通鼻孔才把盘古王喊醒过来。盘古王说："夫人啦，你今天怎么学起捣蛋来了？"盘夫人说："捣蛋，你已是毛尸板睡觉隔屎（死）不远的人啦！"盘古王说："噫！夫人你今天怎么咒起我死了？"盘夫人说："不是我咒你。"便将催命鬼来家要人的事说了一遍。盘古王一听，一下吓瘫在床上。盘夫人半天才将他救转过来说："夫君，你沉着些吧，今天我都对付过去了，明天，又大家想法嘛！"她凑拢盘古王的耳朵说了半天悄悄话，盘古王才眉开眼笑起来。

第二天一大早，盘古王就抱起铺盖卷到楼上睡下。不一会，两个催命鬼就来了，一进屋就恶狠狠地问："盘古王还没回来吗？"盘夫人说："好，我这就催他回来。"说着，点了三十三柱香插在香炉翅，又跪下等待。不一会，盘古王把头捂在被子里瓮声瓮气地说："夫人焚香，香烟达天庭，所告何事？"盘夫人假装问道："夫君是在哪里说话？"盘古王说："我在三十三天，在玉皇大帝身边，你有何要紧事，请禀。"盘夫人说："阴司来了两个催命先生，要你回来一起到阴司缴旨。"

盘古王故意把声音提高说："是两个催命鬼吗？请你想办法把他们留住，玉帝限我三天内交两张鬼皮，正好剥他们两个的皮缴旨，我这就下来。"两个催命鬼听到这话，好似晴天霹雳，悄悄地退出盘古王家，一溜烟跑了。

从此以后，再没有催命鬼敢来勾盘古王的命了。他自由自在地活着，一直活到800岁。

山　满

清朝咸丰、同治年间，黔北九里山区各族人民起义反抗封建压迫剥削时，平安寨仡佬族出了个名叫山满的人。提起他的名字，官府和财主都浑身打战。线要从头纺，话要从头说，要说山满的事还得从他年轻的时候说起。

（一）

传说山满姓的这个“山”字，是他的祖先爱山雄伟高大，指山而得的姓氏。“满”是最小的意思，因为山满在兄妹四人中年纪最小，爹妈就给他取了这个名字。

山满16岁那年，爹爹为了挣钱交“户损”，领着他和哥哥山刚到茅台背官盐。父子俩到了茅台码头时，河里那些大大小小的船只正陆续靠岸。山满初次出门，见了后感到很稀罕，就和哥哥打乡谈①议论起来，两人越讲越高兴。盐运司官员见两个仡佬少年竟敢在他面前高声谈笑，硬说是不服“王化”的野人，命令运盐工头“管教”。工头捡了封皮当圣旨，立即把山满和他哥哥拉到一旁骂了一通。山满没想到打乡谈会受到这样的侮辱，要不是爹爹在一旁拉住，真想挥拳朝那狗腿子痛打过去。

山满平时在家乡受尽财主欺压，加上平生头一次出门就受到官府的侮辱，觉得心头的火一万年也难平息。自那以后，他就立志要练出一身本领，誓与官家和财主见个高低。

① 乡谈：用民族语言谈话。

（二）

就在那年冬天，山满邀了少年朋友们，在村旁空地上搭起“习武棚”，开始入棚习武，还找了《三字经》等几本书，大家在休息时学认学写。真是世上无难事，只怕有心人。不到一年，山满就学会了几十路拳脚武艺。什么雪花盖顶、古树盘根、双龙进洞、黄龙缠腰，什么接飞刀、挡飞棒、甩飞石，他一套套学到手，练出了一身钢筋铁骨，像长了翅膀的小老虎一样超群出众。

山满武艺高超，有几手绝招，第一招叫“长把锤”。他平时出门，总是在腰上系一个腰篓，里面装满小石块，走一路甩一路。日子久了，熟能生巧，指向哪里就能打着哪里。要是白天，在百丈远挂个斗篷，说要打顶子，手扬石出，就端端正正地打在顶子上，绝不会打偏。要是晚上，在百丈内点燃一炷香插上，说要打熄，石块飞去，就只会打熄不会打倒；说要打倒，就只会打倒不会打熄。抓鸡的鹰，糟蹋粮食的野物，只要遇见山满就不要想逃脱。由于他甩的石头像安了长把子一样打得又远又准，人们就把这一招武艺叫“长把锤”。

第二招叫“貂溜[①]上树，猫猫下树”。他家门前有几棵花楸树，他修去枝丫，在树干上练习上下爬树的本领，把树皮都爬光爬油了。到后来，说声要上，只要耸一耸身子，就快如貂溜，一眨眼爬到了树顶；说要下，只要头朝下，出溜就到了树根，简直像貂溜和猫猫那样灵巧。“貂溜上树，猫猫下树”的外号就是这样得来的。

第三招叫“铁水牛”。山满练成了一身好气功，只要用肚子贴板壁站着，轻轻运气，板壁就会哗啦啦倒下来。他家门前有一块大石头，少说也有千来斤，他只消用一个指头就能推动，还能用拳头

① 貂溜：松鼠。

打得咚咚响。这“铁水牛”一样的硬功夫也传遍了四方。

咸丰四年，快进腊月的一天晚上，天黑得像锅底。山满半夜开门小便，忽然见一伙人打着灯笼从干溪方向过来，由寨前的半坡经过。他借着来人的灯光一看，只见有的背，有的挑，有的扛，一个个慌慌张张，不像是正经过路的模样。山满好生奇怪，发话喊道：“打灯笼的，你们是做啥子的？”对方不但不回答，反而放开脚步赶路。山满断定是强人，随手捡了几个石头甩去，把前面的灯笼一个个打熄，那些家伙像打昏了的鸡，丢下东西就四散奔逃。这时，从干溪方向又赶来十几个手执灯笼、火把和棍棒的人，山满一盘查，才知道是遭抢劫的人邀了大伙前来追赶的。大家对山满这样见义勇为道谢不已。

（三）

第二年的七八月间，山满同好朋友山武捧、王长石、朱善胥几个到山外去赶场，在场上看见几个二不架良①的家伙，占吃霸赊地将两个仡佬姑娘的山葡萄抢走。山满上前拉住那为首的问道：“吃人家的葡萄，为啥子不开钱？”那人瞟了山满一眼，要起威风骂道：“老子是本街舵把子②侯半街侯老爷的大少爷，在这街上吃东西，从来不晓得开钱二字！”主子一发威，走狗们就一哄而上，捞脚抹爪要动武。山满冷笑一声说道：“要打吗？等我把衣服脱来搁起，管你什么猪老爷、狗少爷，叫你尝尝山爷爷的锭子③是啥滋味！”他一把脱下罩衫，弯腰将两个指头伸到凉厅柱下，轻轻一下把凉厅柱子钩了起来，把衣服压在下面说声：“试个巴掌好开张！”反手一

① 二不架良：吊儿郎当的意思。

② 舵把子：封建行帮把头和土霸。

③ 锭子：拳头。

掌打在凉厅抬担上，把凉厅震得嘎嘎响，檐瓦哗啦啦落了一地。侯少爷见势不妙，赶紧躲进人群，战战兢兢地回过头来硬撑面子说："侯老爷今天不在家，老子们算让你啦！有种的二场天来，老子们在水井庙坝子等你！"

看着那副又臭又硬的模样，山满实在好笑，高声回敬道："我山满不但二场要来，三场要来，场场都要来。莫说侯半街，就是侯通国，我也要把他撬翻！"第二个赶场天，山满果真又和好友们赶场来了。水井庙门前有个大坝子，山满他们来到时，坝子周围已站满了人。坝子中间，侯家请的几十个打手正在操练，看样子是矮子过河——淹（安）了心，要把山满制服。

山满让好友们留在场外，独自进了坝子。侯家请的武打教师上前发话说："山大汉，会甩两块石头算啷子本事，敢来欺负侯少爷！今天先不比别的，你能把坝子里这块千斤墒磩①举得起来，我们再慢作商量。"这武打教师素来知道山满的厉害，有意讨好卖乖。

听话犹如尝汤，山满品出了他的用意，便顺口答道："就请老师先举，我山满来学一学。"那教师二话不说，认真拉开架势，走过去双手将墒磩举了起来，拼出吃奶的力气，一连举了三下，然后放回原处。侯家的人还认为这一下山满该倒霉啦！殊不知山满毫不在乎，从容走上前去，高声招呼道："请各自留意，我的手劲小，怕撞着大家不好！"说完，伸出一只手抓住墒磩上的右孔，像提棉花口袋一样轻轻地提起来，举着绕场走了一圈，又随手往上抛得有几丈高，"轰隆"一声落下地，顿时砸成几块，把半条街的房子都震动了。

侯老爷在走楼上坐着观战，眼看身边的爪牙都不是山满的对手，急得浑身冒汗，不得不改变主意，叫管家备办酒席，赶忙下楼向山满赔不是，还叫拿出十几斤盐巴，假充好人赔偿给卖葡萄的仡

① 墒磩：旧时富家大院或庙前所设搭棚的柱础，中有孔，可插柱搭棚。

佬族姑娘。可是，侯家摆出的满席酒肉，山满他们看都不看，扬头就走了。

（四）

山外大河边有几家大财主，其中盘剥千人最挖王[①]的一个，名叫熊暴。他仗着官府做靠山，挖空心思压榨穷苦乡亲。平安寨有不少人家被他弄得倾家荡产，家破人亡。

同治三年和四年，连年干旱，种下粮食连种子也收不回来。平安寨上，舀水不上锅、锅里无米下的人家一天比一天多。狠心的财主反而趁汤下面，催租逼债，夺田占地。官家还火上加油，向千人加收“长毛捐[②]”，趁机在鸡脚杆上剐油。

咋个办？乡亲们都来找山满拿主张。山满又找了山武棒、王长石、朱善胥等来商量。大家想来想去，别的无路可走，要不坐着等死，只有“吃大户”，找财主“借粮”养命。山满铁钉钉木地说：“就这样干！与其坐着等死，不如拼命求活！这是逼上梁山，不上也得上！”

千人们从无路找到了活路，成群结队地跟着山满他们到山外大河边找富豪借粮。走到岚坳时，有人对山满说：“满哥，把你的‘长把锤’拿出来，让熊暴老爷见识一下吧！”一句话提醒了山满，他随手从腰上的笆篓里摸出三块石头，正待要甩，王长石走上前说道：“满哥，不用你动手，等我来教训他！”说完，将石块甩出，不偏不倚，正好落在熊暴家天井中间，接着第二块石头又落到中堂。熊大老爷正奔出门来察看，第三块石头恰巧落在他脚边，吓得他三魂少了两魂，赶忙吩咐：“大门上杠，小门上锁，严加防范。”

① 挖王：狠毒、厉害。

② 长毛捐：清王朝为镇压太平军加收的捐款。

熊暴平时干尽坏事，做贼心虚，怕干人找他算账，除了养着一大帮打手做看家狗外，还把家院修在一个悬岩上。那八尺高的院墙，加上石岩，外侧离地就有三丈多高。在人们来到他家门前时，墙内一阵接一阵射出暗箭，甩出石头，简直无法接近。王长石他们用石头回敬，可惜是从矮处朝上甩，怎么也打不着在院墙里埋伏的打手。

大家正为难时，山满见墙外有几棵大树，正是现成的爬墙长梯。他抱住一棵，三耸两蹬轻巧地上到树顶，向着院内墙下甩了一阵石头，三个打手的脑壳开了花，一个背穿了孔，两个肠子牵挂面、肚皮爆了窟。趁着墙内箭石一停，朱善胥、山武棒、王长石冲到门边，用力一推，顿时闩断门塌，大伙一起涌了进去。

熊暴见大势已去，来不及带上婆娘儿女，揭开后院的暗沟盖石，从阴沟里溜走了。

山满和好朋友们把熊暴家的粮食、财物分给乡亲们，临走时，提笔在熊家中堂板壁上写道：

富家豪门粮如山，
干人百姓肠枯干。
阿仡打富济贫穷，
不怕龟儿去告官！

落款写上五个字：“老子叫山满”。

（五）

山满带领干人向富豪借粮的事传开后，蔡家坡有个好汉叫李四宝，野彪湾有个好汉叫沈平山，他们也先后领人起事，还拜山满为大哥，大家团拢来一起干。

不久，县衙门派一伙差役来传山满。那一天，山满正在犁田。

为首的差役对他说："山满，县大老爷请你到县衙问话。"山满反问道："有请帖没有？"差人说："有！我等专程送来。"山满说："那很好嘛，等我把这几铧田犁完后，大家到寨上喝杯茶再走。"差役们听了，只好站在田坎上等候。

山满犁完田，用水把牛洗干净，双手捏着牛腿，将一条头帮个子的大水牛①举起，从田后坎走到前坎，到路上放下。差人们见了，吓得伸长舌头半天收不回去，只好跟着山满赶牛回寨。

到了寨前，山满走到寨门边，用拳头把墙上的一块大石头敲得咚咚响，守门的人立即开了门。看了山满这些神奇的举动，差役们越来越感到毛骨悚然。山满把差役们带到家里坐下，从后屋端出一个当茶盘用的石磨盘，磨盘上摆满了茶碗，山满说："请喝点苦丁茶！"

那磨盘少说也有三四百斤重，吓得差役们一个个面如土色，哪敢伸手去接？那为首的站也不是，坐也不是，心想：三十六计，走为上计。他牙齿磕牙齿地说："我……我们不渴，不……不喝了。我们到那边还有公事要办。"说完就带着手下人溜走了。

差役们回到县衙，如此这般一说，把个县太爷吓得浑身筛糠，心想：如今东乡、西乡、南乡的人都起来造反，如不平复，乌纱帽难保；如用武力对付，一手又难按几个跳蚤。这山满既然这样了得，不如来个"一语破千军"，用招安来收服他们。

几天后，县太爷策划停当，坐着八抬大轿，众衙役前呼后拥，打道往平安寨而来。西乡团总也带领团丁跟随护卫，还特地派人先上山通知说："县太爷大人要上寨来会山满。"

山满心想：这是不动刀枪的软索，黄鼠狼给鸡拜年——不怀好意。我山满不吃硬的，也不吃软的，要谈可没啥好谈的，石汤圆，倒可以请他吃一顿。于是，就带领乡亲们到山王庙坡顶看动静，准备"迎接"县太爷。

① 头帮个子的大水牛：当地习惯将牛分为几帮，个头最大的叫头帮个子。

不久，只见县太爷的八抬大轿，由衙役、团丁团团护卫着来到山前。山满从笆篓里摸出石头，扬手向轿子飞去，不歪不斜，正中轿顶，那闪闪发光的白铜轿爪顶，顿时不翼而飞。县太爷躺在轿里正盘算着怎样招抚山满，做着那“一语破千军”的好梦，没想到一块飞石打来，犹如半天起了炸雷，被震得头昏眼花，魂不附体，急忙跳下轿来。他的脚刚着地，左前轿杆又中了一石，咔嚓一声，折成两段，吓得他两脚一软，顿时瘫软倒地。差役们见势不妙，拖着他掉头就往山下跑。那所有的团丁、衙役都怕头上开花，也一齐抱头鼠窜而逃。山满暗自好笑，高声喊道：“县大老爷，你好不容易前来，耍两天再走。”众乡亲也一齐呐喊助威，直吓得县大老爷一伙只恨爹娘少生了两条腿，连滚带爬地逃回了县城。

（六）

山满早就听说，太平天国主张“天下各族是一家，有田同耕，共享太平”，感到很合心意。当翼王石达开的部将张遇恩率领起义军自广西渡红水河进入贵州、打到黔西一带时，山满和好朋友们带着几百千人参加了太平军。山满被封为旗手，转战于黔西和川南一带，立下许多战功。据说，有一次和官兵作战时，他高举战旗，挥旗猛扫，好似猛虎冲进羊群，敌人的队伍立刻大乱。敌军官兵，有的被捣得脑壳开花，有的被打得腰折腿断。起义军乘势追杀，敌军慌做一团，死伤无数，大败而逃。

从此，山满这旗开得胜的战绩，在起义军中被传为佳话。

至今，仡佬族人民只要仰望巍巍的九龙山，就会想起山满；只要想起他，人们就不禁尊敬地喊道：“山满公！”

阿良和阿匹

很久很久以前，北村有两个背脚子①，一个叫阿良，一个叫阿匹，因为都是下力人，又经常一路担力、背脚，就成了同甘共苦的好兄弟。一天，阿匹约阿良一起去给“桐油王”担油出四川，桐油价很贵，去一个来回可得十两银子的力费，阿良高兴极了，就和阿匹一起去担油。

他们走了两天，经过路在半山腰的老岩，那路窄极了，十分难走。阿匹将自己的一挑担过窄路后，又去半路接阿匹。两人都过了窄路来到宽敞的岩里，阿匹说：“哥，我们弯个稍②吧！”阿良满口答应，就在往常坐过的石墩上坐下歇气、抽烟。阿良说：“兄弟啊，你今天够（疲劳）了，多休息一会吧！”阿匹只吞吞吐吐答些话，神态很不安。阿良问：“弟呀，你哪里不舒服吗？我给你把担子担过老岩吧！”阿匹说：“我焦天要下雨，你看那黑云。”阿良向阿匹指的方向一看，阿匹一脚就把阿良蹬下岩去了，又偏起头向岩下听了半天，见没有响动，然后打短转③把两挑油都担走了。

夜晚，星光照到昏迷在老岩刺笼笼上的阿良，他清醒过来，上不沾天、下不着地，阿良哭出声来。哭声惊开了岩壁上的一个洞门，一股凉风一吹，阿良就爬到了洞里。洞里金光灿烂，有石桌、石凳、石床和一尊老神仙的金身。阿良晓得是神仙住的地方了，但疲劳得很，只好去石床上躺一下。刚躺下，从洞门进来了虎、豹、狼，阿良急忙去躲在老神仙的身后。虎问老神仙：“爹呀，洞里怎

① 背脚子：挑夫。

② 弯个稍：歇气。

③ 打短转：轮换。

么有生人的气味?”老神仙说:“是人间的阿良,你们来和他认识认识,做个朋友吧!”阿良只好和虎们三兄弟见面,虎们挨挨擦擦向阿良亲热了好一会儿。老神仙问虎们:“儿啊,今天去人间看了什么新鲜事?”虎说:“我在东村看见两个孤独老人,守着一个碓窝哭泣,无衣无食,快要饿死了。”老神仙说:“其实,锥窝下面就有一缸金子一缸银子哩!”豹说:“我在南村看见一个千金小姐守着一朵鲜花哭,有气无力,快要病死了。”老神仙说:“其实那朵鲜花,就能根治百病,还能起死回生。”狼说:“我在西村看见千百个人守着一株白果树哭泣,三年不雨,快要渴死了。”老神仙说:“其实那株白果树下,就有一个龙泉,挖个坑,够他千军万马吃。”他说完都去睡了。

阿良一觉醒来,老神仙和虎们都不见了,洞内明光亮展,到处都是珍珠玛瑙、金砖银锭。阿良什么也没要,走到洞门一听,岩上有响动,就喊道:“是哪个?救我一救。”岩上应道:“好,这就放下绳来。”阿良揪住绳子被扯到半岩路边的岩搛里,放下绳头,就去谢那救命恩人。恩人说:“你怎么不小心,哪时栽下去的?”阿良将事情经过讲了一遍。恩人说:“我们一起去,找阿匹算账。”阿良恳求说:“阿匹是我异姓兄弟,请恩人饶恕他吧!”说完就走了。

阿良急忙去东村,见两个孤老快断气了,立即拿锄头挖开碓窝,将一缸金子、一缸银子端出来,交给老人说:“多保重,以后的日子可好了。”说完又跑到南村,见小姐只有进气,没有出气,快要死了,急忙摘下鲜花,煨成药汤给小姐灌下,小姐眼睛一睁病好了。阿良说:“多保重,以后长命百岁了。”说完又跑到西村见白果树下千百个人,口干舌燥快要死,急忙用锄头在白果树下挖出老龙泉,每人喝了一碗水,都救了转来。阿良说:“多保重,以后海枯石焦水不干。”说完准备走,被西村百姓苦留下来,唱歌献舞、敲锣打鼓地感谢他。阿良说:“要感谢,去感谢老岩神仙洞的老神仙吧!”

阿匹卖了桐油，得了银子，从西村过路，看到好热闹啊，走去一看，是人们感谢阿良。阿匹想："哥一向是宽怀大度的，我去见他吧。"就走到阿良身边，阿良一见是阿匹亲热极了。阿匹问："哥啊，你怎么成英雄啦?"阿良把经过一说，阿匹高兴极了，急忙到老岩的半腰路上，从推阿良的地方往下一跳，也被刺笼笼挡着。启明星一起，岩涧又开了，一股凉风把他吹进洞里，一看，满洞金银宝贝，他高兴极了，仰在石床上。虎们回来了，阿匹照旧躲在老神仙身后。虎问老神仙："爹呀，怎么今天又有生人气味?"老神仙说："这是人间的阿匹，你们和他认识认识，作个对头吧!"阿匹只好和虎们三弟兄见面。虎、豹、狼一见阿匹，张牙舞爪扑过去，你一块，我一块，就把他撕烂吃掉了。

吹芦笙

从前，有个老板，有三个儿子。大儿子叫山路，二儿子叫水路，三儿子叫一齐，全都长大了。一天，老板把三个儿子叫到跟前，对他们说："你们都已经长大成人了，我给你们每人三百两银子，你们各奔前程，三年后，山路、水路、一齐都回家来，看哪个搞得像个样。"

三弟兄拿着钱，出门后，走到一个三岔路口就分手了，各走一方。临分手时，三弟兄约定：三年过后，又来这里聚拢，一路回家。

大儿子山路出去后，就将三百两银子买了个官当；二儿子水路将三百两银子当本钱，做了生意，三儿子一齐走到半路遇见一人吹芦笙吹得很好，就拿出三百两银子，请那人教他吹芦笙。一齐学吹芦笙十分用功，才半年的时间，就学会了，并且吹得十分悦耳动听。他吹芦笙人听欢喜，树听花开，牛羊听得不吃草，百鸟听了飞拢来。

有一天，他吹起芦笙过海边，美妙动听的声音惊动了老龙王，龙王就问："是哪个吹的芦笙这样好听，比我们乐队班子强好多倍，快去请他来教我们一下。"龙王派了巡海夜叉上来一看，是老三一齐在吹。巡海夜叉就把一齐接到龙宫里去。龙王热情地接待了他。每天请他吃山珍海味、美酒佳肴。然后，就请他教龙子龙孙和乐手们吹芦笙。一晃一齐在龙宫里住了两年零五个月，把龙子、龙孙和乐手们都教会吹芦笙了。他想起和两位哥哥分手时相约聚会的时间，便对龙王说："我要回去了。"龙王舍不得老三走，再三挽留他。但他归家心切，龙王留不住，拿了很多礼物送给他作为酬谢，他都不要。最后，拿了一个宝葫芦给他，一齐才勉强收下了。龙王说："你回去以后，你需要什么，对着宝葫芦一喊，就会有什么。"

老三辞别了龙王，带着宝葫芦和芦笙，回到家来一看：大哥有兵马带回家，父亲很热①他；二哥有几十个人堂台他挑布回来，父亲也热他。唯独老三回来，只带了一个烂葫芦和一把芦笙。父亲见了，很生气，冷冷地对他说："老三，那里有点猫猫饭，你饿了，自己去端来吃吧，吃了快出去。"

老三当时气得火冒三丈，带着葫芦和芦笙就走了。走到对门大森林中，他就对着葫芦说："我要一间很好的房子，家里样样摆设都有。"他刚一喊完，立马就出现一间漂亮的房子摆在他的面前。屋子里有一位美貌年轻的女子和许多男工使女，还有戏班子在里面唱戏，像皇宫一样，热闹得很。这一下，老三的心里说不出的痛快和高兴。他立马派了几个人去接他父亲，他父亲还不相信。几个人费很多唇舌，讲得确确凿凿，他父亲才勉强答应。几个人把他父亲抬起来，走到老三家门口，只见红毡铺路，老三早站在大门口毕恭毕敬地迎候。父亲和儿子携手进去，房子里亮堂堂的，鱼翅海参等

① 热：方言，喜欢、看重、爱护之意。

菜肴早已摆满了桌子。父亲看得眼花缭乱，好像在梦中一样。

第二天，老三为了要使父亲信服，让他一样地看待他们三弟兄，他又对着宝葫芦喊：“今天我要有很多的兵马，从父亲的门前经过，要从天亮走到擦黑都走不完。”这话刚住口，就真的出现了好些兵马，也确实是从天亮到黑都没走完。父亲说：“我的儿子真不简单呀。”

第三天，老三又对着葫芦喊：“今天我要有许多的卖布客从父亲的院坝里过。”他刚一讲完，成群结队的卖布客就挑着很多金银财宝和布匹从父亲的院坝里经过。后来，父亲再也没有两样心，对待山路、水路、一齐都一个样啦！

降龙栽水

济龙镇有个三园村。从前，仡佬族祖先曾国祥老祖先到这里的马头山下开了个曾家园，后来仡佬族胡净方老祖先又开了个胡家园，最后，土家族的老祖先冉家老祖先又开了个冉家园，合称三园村。

曾家园是个半山平台，里面有坪上坪、求雨坪、落凼、团田等十多处平坝土丘。人们说：“好个曾家园，处处可掏田。”现已开出良田数百亩，种上稻谷。看到这些水田，人们就会想起降龙栽水的祖先。

仡佬族老祖先曾国祥开出了曾家园后，没有水源，只望老天下雨种庄稼，人们吃水都很困难。遇到干旱，祖先们就只好求天下雨。在大旱的三伏天，请来和尚筑坛念经，求天降雨，愿望落空了。又一个大旱三伏天，建起道场，请道士斋戒沐浴，披发持剑，念咒求雨，还是没有求到。又一个大旱三伏天，祖先们编扎彩龙，赤身裸体，玩龙戏水，求老天降雨，又落得一场空。

他们张贴榜文：无论是巫是佛，是儒是道，只要能求一场雨，愿舍银千两，牛百头，可是没有人敢揭榜。后来曾家出了个能人，就是曾泽坚老祖，他习武学法本领强。一天，来了两个差人，叫曾泽坚老人去抬轿吆马。曾泽坚老祖很气火，又马上镇静下来，说："老哥们爬坡下坎来到我们三园，辛苦了，烹一盏三园茶喝再走吧！"说着，用衣兜捧着红红的火子，用炭筛端来清亮的水，用毛盖作锅，用髁膝作灶，烧起茶来。差人看到这种情景，舌头一伸，溜走了。

在一个大旱三伏天里，泽坚老祖召来族人，砍来古树，在马头山下求雨坪上搭起高阁楼台。泽坚老祖来到台前，三蹲两跳，登上台顶，四面八方看了看，然后将眉头一皱，天空布满乌云，举手一招，天边一道火闪，把脚一踢，半天响个炸雷，张口一喷，一场瓢泼大雨。三园村下雨了，大家高兴得笑啦，跳啦！敲锣打鼓，鸣放鞭炮。仡佬族唱开了"人大戏"，土家族跳起摆手舞。扑地狮子滚着绣球对对双双伏到泽坚老祖台下，高台狮子东盘西转前前后后攀到老祖身边，罗汉和狮子两个两个倒立打到老祖肩上。竹鸡惊叫着"很奇怪！很奇怪！"阳雀高唱："勾勾扬！勾勾扬！"整个三园村好不热闹！

可是，曾家园储不了水，大雨一过，水流入洛龙溪中，不几天，又干旱了。泽坚老祖想，这样求雨也不是办法，雨水是板桥洞里的龙王管着的，只有制服老龙王，要他按人们需要来施雨，什么时候要就什么时候下，要大就大，要小就小。

他唤来两个徒弟活老祖、死老君吩咐说："徒弟们哪，我选了七个鸡蛋，要你们轮流着放石碓里舂，什么时候舂烂了蛋，什么时候休息！"

活老祖说："师傅啊，这舂鸡蛋的事，就我包下了，让死师弟干点别的吧。"死老君说："师傅啊，这舂鸡蛋的事，我打包票了，让活师兄干点别的吧！"

泽坚老祖说："我的好徒弟啊，就按我的吩咐办吧！"说完，就上马头山去了。

夜里，笼里鸡叫头一声，活老祖起了床，捧着七个鸡蛋来到石碓前，告一声："得罪了，碓哥！"说着就将鸡蛋放入碓窝，踩着碓尾舂起来。

死老君一觉睡到大天光，从梦中醒过来，只听外边舂碓的声音："它不动！它不动……"出门一看，正是活师兄在舂鸡蛋。他从鸡叫头遍舂到了"太阳起来红又红，马桑树上挂灯笼，风吹灯笼团团转，火烧灯笼满天红"，舂得满头大汗。这时他停下脚来，往碓窝一看，惊呆了，七个鸡蛋还圆圆的，连壳也没伤一点。

死老君说："师兄啊，这个头功不好抢吧！请你看师弟的。"说着就踩着碓尾，舂起来。任碓嘴抱怨、辩解："它不动，它不动……"死老君无动于衷。他舂啊！舂啊！舂到了"太阳当顶又当中，一个火球悬天空。火光收进老君炉，西瓜绿来石榴红"。死老君舂得满头大汗，停下脚来往碓窝里一看，惊呆了，七个鸡蛋还圆圆的，连壳也没伤一点。

死老君说："这哪里是鸡蛋，我看是女娲炼的石头。"

活老祖说："这哪里是鸡蛋，我看是苍天的枯星。"

死老君说："舂鸡蛋的事，是师兄包下的。"

活老祖说："舂鸡蛋的事，是师弟打包票的。"

推去推来没有用，他们又继续舂。舂啊！舂啊！舂到了"太阳降土又落岩，打把龙钩扯转来。你把太阳扯进去，我把太阳扯出来"。他们舂啊！舂啊！把"东边月"舂成"西边月"。舂嘴还是紧一阵慢一阵地抱怨："它不动！它不动！"他们舂了七天，又一个七天，七七四十九天！

泽坚老祖回来了，拉着两个徒弟的手连连夸奖道："我的好弟子啊，你们该休息了！"两个徒弟羞惭满面地说："鸡蛋不烂，我们决不休息！"

泽坚老祖说:“按我的吩咐，你们做得很好。”他指了指碓窝又说:“碓里的圆蛋不再是鸡蛋了，而是一个个重过千斤的‘银蛋子’。”

第二天清晨，泽坚老祖带着两个徒弟，手执一条金鞭，身怀七个“银蛋”，腰悬两把锡壶，一壶“君子茶”，一壶“小人酒”，辞别父老乡亲，辞别三园大地，来到洛龙东郊的板桥洞。

泽坚老祖喝光了一壶酒，喝完了一壶茶，然后，在地上三蹲两跳，筋骨喳喳作响。他拉着两个徒弟的手开言道:“徒弟啊，你俩紧守洞门，我骑龙出洞后，莫喊我师傅，要喊天师，一定要记住。”泽坚老祖说完，左手举着金鞭，右手摸个“银蛋”，高声喝道:“天师到此，龙门启开!”里面没有响动。又喊:“手执金鞭银蛋子，一打龙门双扇开。”说完，“啪”地一个银蛋打去，群山迸出金星，半天响个霹雳，第一道龙门被炸得粉碎。

泽坚老祖钻进了第一道龙门，又喊:“天师到此，龙门启开!”里面没有响动。又喊:“手执金鞭银蛋子，二打龙门双扇开!”说完，“啪”地一个银蛋打去，门内迸出金光，洞中响个闷雷，第二道龙门被炸得粉碎。

他继续往前走，洞内一连射出六道金光，响过六个闷雷。泽坚老祖炸开第七道龙门后，洞中出现一口绿霞霞的万丈深塘来。泽坚老祖使个“九牛造”，塘水退去三尺;泽坚老祖使个“雪山令”，塘水退去九丈。塘中霍地现出一截鳞甲分明的龙背来。泽坚老祖厉声喝道:“天师到此，老龙升天!”说完，纵身一跳，跨上了龙背。

老龙把头一扬，把尾一摆，驮着泽坚老祖飞出板桥洞来。

活老祖、死老君看到斗大一对龙眼，射出刺眼的金光;桶粗一对龙须，犹如洛龙溪河的两道河湾。老龙正要升天，他俩早吓昏了，连声喊道:“师傅啊，可吓死人啦!”老龙听到“师傅”二字，晓得不是“天师”，便头一歪，尾一甩，腰一蜷，把个泽坚老祖从龙背上掀下地来。老龙钻进板桥洞内，复了严严实实的七道龙门。

泽坚老祖哭笑不得，只长吁了一口气。回头见龙门缝内流出酒杯那样大小的一股混水来，忙吩咐道：“徒弟们，快拿我的酒壶茶壶来，就讨它些‘水种’吧！”徒弟装满了两锡壶水，又捉了些虾子在壶里。

师徒三人带着水种，回到三园。活老祖打窝窝，泽坚老祖下水种，死老君壅土，一口气在三园大地栽遍了水苗。剩下的水种，泽坚老祖索性提着两把锡壶都泻洒在三园的土地上。

由于惋惜，由于劳累，泽坚老祖回到三园，回到曾家园家里，七天后就死了。

然而，他栽的水苗成活了。单就曾家园仡佬族子子孙孙就挖出了水井，开辟了一条水井沟，修筑了堰塘，开辟了一个堰塘湾。如今三园各族人民，特别是曾家园仡佬族人民，除不愁人畜饮水外，还拥有良田数百亩，谁不感谢骑龙栽水的祖先呢！曾家园仡佬族的香火上，除祖宗的牌位外，还另立了“北地龙君泽坚老祖”的牌位。与梓潼、关羽、孔子三抚老穆相公等齐立。

曾泽坚老祖骑龙栽水的故事流传千古。

石娃与翠莲

相传，在华山寺脚仡佬坪，一妇女生下一子，终日啼哭。其父找人写了“天黄黄，地黄黄，我家有个哭夜郎，过路君子念一遍，一觉睡到大天光”的纸条贴在路旁的大树上。虽然如此，并未奏效，后又占卜问卦，也无济于事。一天晚上，她做了一个梦，梦见一个白胡子老头对她说：“你儿生下来时犯了关色，因此哭啼不休。只有祭拜给石人①，方可长大成人。”老头说罢，便飘然而去。

---

① 石人：一山名。

她将梦说给她的爹妈听后，老两口于是取出香火纸钱到石人处焚烧，又抱着小儿向石人三拜，并将小儿取名为石娃。自此，石娃不再哭了。石娃 12 岁那年的六月十九日，他爹妈到金子凤赶香会，回来时，因渡河翻船，双双与一船人被洪水卷走。石娃成了孤苦伶仃的穷孩子。石娃靠勤耕苦奔过日。长年累月早早出门，天黑才回家生火煮饭。

有一天，他天黑回来，发现缸里的水满满的，一看灶孔，火燃得亮堂堂的，再看锅里，饭香喷喷的，还有两个盐鸭蛋哩！这才怪，是哪个来做的这些事情呢？他冥思苦想，总得不出个究竟。管它三七二十一，把饭吃了再说。从那以后，石娃都是吃现成的，但他心里总有一个疑团。

一天晚上，石娃蹦蹦跳跳的来到石人山下打柴。忽然一个白胡子老头笑盈盈地站在石娃面前说："石娃，你已经长大成人，应该成家了。现在天天给你煮饭的人，便是你今后的媳妇。只要你把她的衣服藏起来，你们就可以成夫妻。"石娃急切地问道："老公公，我怎样才能得到她的衣服呢？"老人说："她是一只修炼好的毛狗[①]精，喜爱你勤快有志气，所以每天都来给你煮饭。事先，都要把皮脱下来放在门外，只有你才有机会发现，其他任何人都不可能看见。你悄悄地将皮藏起来，她就走不脱了。你可千万注意，无论任何时候，任何情况下都不要揭她的痛处，更不能让她见到皮。"说完，只见老翁忽地升高，变成了石人。石娃正要向前走，忽然醒了过来，原来是一场梦。

第二天，石娃又照样上坡干活，刚下地，就看到石人山，又想起了昨晚的梦。于是，便放下锄头，返回家，从板壁透缝的地方往

① 毛狗：狐狸。

里屋看，哟！那姑娘的样貌儿透①乖②，正收拾、生火、淘米……石娃心里毛焦火辣的，既想她，又怕惊动了她，只好呆呆地看着……饭煮好了，姑娘从门缝闪身出去，石娃随即跑过去，什么也没有了。过了些时候，只见一只毛狗直往山上跑去。

第二天，石娃不再上坡，他关好门，躲在屋后，一直看着山脚方向。等啊等啊！那只毛狗又顺着那条路跑来了。它四处张望，看样子好像是没有发现人，才将皮留在外面，摇身一变，变成一个让人心动的女子，闪身进屋，收拾，生火，淘米……石娃心切，但却非常沉着。他悄悄拿到皮，悄悄把皮藏到屋后山洞中，才则无常事③开门进屋。

姑娘的脸刷地一下红了。看上去就像一块火烧云。轻轻地一声“哥哥”，把石娃的心喊得凉悠悠、热腾腾的。“请问姑娘，从哪里来?”“奴姓冯，名翠莲。只因两年前六月十九日父母去金凤赶香会渡河翻船身亡，丢下奴一人无依无靠，四处流浪。哥哥如不嫌弃，愿与你一起生活。”石娃听罢，心中甚是悲伤，想不到她与自己竟是同样苦命。他们结成了夫妻。

时间过得真快，不觉就是五个春秋。石娃与翠莲克勤克俭，互敬互爱，日子过得好不快活。膝下两个细娃儿，老大叫其一，老二叫其二。

随着岁月的流逝，石娃早忘了翠莲是毛狗精变成的，石人老翁的话也不记在心中。一日早饭，石娃一不小心将桌上的碗拌倒在地，翠莲照着其一脸上就是两个耳光。一块青、一块紫。石娃火起，便和翠莲吵了起来。翠莲心想，我今已要转身，只有狠心一点才有可能走成，因此寸步不让。石娃不知底细，两口子越吵越凶。

① 透：极。

② 乖：漂亮。

③ 则无常事：若无其事。

石娃道："你本是毛狗变的，凶神恶煞的有哪样幺不倒台[1]？"这一来，翠莲更是火上浇油说："你说我是毛狗变的，那把证据拿出来。"石娃不知是计，气冲冲从岩洞里取出皮扔在翠莲面前。翠莲捡起皮，一闪身出了屋。这时，石娃猛想起白头老翁的教诲，便急匆匆跑出门去追翠莲。他没命的一个箭步冲上去抓住翠莲后脚央求道："翠莲，你我一起五年，未必你一点都不谙前想后不是？那两个细娃儿是你身上掉下来的肉，难道也丢得下心么？其二还在吃乳，你看我拿来哪个开交！你不看其一，也要看其二嘛！"翠莲转身已定，只好不作回答。她忍心挣脱了石娃的手，往山上跑去。石娃悔恨交加，手里拿着从翠莲脚上挣脱的一双草鞋，无可奈何……这时，其一、其二也连声喊着："母……母……"翠莲听到孩子的声音，伤心地向父子三人点了点头，然后扭转身又上了山路。石娃见状，只觉一阵晕黑，清醒过来时，眼前只有一条通往山上的小路……

十五年过去了，其一、其二都因专习诗书中了举人。每每回到家来，兄弟二人都要和父亲一起向着那条小路跪拜。石娃辞别人世时，嘱咐两个儿子将他葬在山上，向着那条小路。从此，其一、其二每年必来石娃坟前向着小路跪拜，乃至其一、其二的子孙后代。

"不看其一，也看其二"及"毛狗精是冯氏先人"的说法，随《石娃与翠莲》这一动人故事流传至今。

韩之显

清代乾隆十八年（公元1753年），在云峰山下淞江河畔的巡检坝，仡佬族中出了一个癸酉科解元，名叫韩之显。关于他的传说

① 幺不倒台：了不起。

很多。

鬼都怕他

据说，韩之显还在胎中的时候，他的母亲便时时梦见有一颗豆大的东西在腹中闪亮。临盆那天，他父亲在屋外回避，见一颗星星从天上掉下来，拖一路白亮。恰在此时，屋里传出一声婴儿的啼哭声。于是，父母便给他取名叫“之显”。

韩之显果然与众不同，5 岁时便到学堂发蒙读书。有一天，更深人静时，他仍在房中吟诵，苦读五经。忽然，从窗口伸进来一只大手，拇指有酒杯那么粗，手掌有米筛那么大，手心朝天，一直伸到之显的面前来。之显却毫不惧怕，从容地提起羊毫笔，在砚池中饱蘸浓墨，往那大手掌上写了一个“山”字，便搁下笔来，又去吟诵五经。过一会，窗外那个“人”就号啕大哭起来，而那只大手仍然伸着。于是之显提起笔来，在那“山”字上面再写一个“山”字，便合成一个“出”字。这时那只大手才缩了回去，哭声立即停止，庭院里又静了下来。

所以人们说：“之显是文曲星下凡，鬼都会怕他。”

认错考题

韩之显不仅读书用功，而且聪明过人。四书五经，过目成诵。十多岁时，便学富五车、才高八斗了。于是，他满怀信心地参加了“府考”。

考试一开始，题目发下来，他略略一瞟，暗自高兴地认为：“今夫水”这个题目有何难？作起来真是易如反掌。因此，他稍加思索，提起笔来，洋洋洒洒，下笔千言。很快，文章就写成啦！见还有一点时间，便回过头来校正。当他捧卷一阅，满脸得意的神色顿然消失了：糟了，题目认错了！把“今夫山”弄成了“今夫水”。重写，已经来不及了。唉！他长叹一声，仰靠在座椅上，捶胸顿足，悔恨难当，眼看交卷时间已到，他只得噙着泪水，在卷尾写道：

宝藏在山间，
错认在水边，
这是我疏忽一时未细辨。
左也难，右也难，
双手留不住无情卷。
叫苍天呀，叫苍天，
登山的倒有路，
涉水的却无缘。

写毕，他垂头丧气地交了卷。

考官阅到这篇文章，欲以“文不对题”打入落卷，出于好奇，便又拿起来审阅，渐渐地被文章中精彩的字句、严谨的结构打动了。随后，提起珠笔，在卷末写道：

宝藏在山峡，
错认在水涯，
樵夫儿说了几句渔翁话。
题认差，文字佳，
一纸展现出诗才华。
且慢嗟呀，且慢嗟！
登山的倒还履险，
涉水的未必淹杀。

由是，才思敏捷的“粗心秀才”韩之显，不仅被录取了，而且名列第一。

钦赐金匾

府考后，韩之显的名气更大了，隔了两年又去参加省一级的考试——乡考。主考官在出京之日就打听到真州地方有个韩之显，才华出众，但考试结束，放榜前夕，主考官未曾看到韩之显的考卷。便问：“韩之显未参加考试?”

“参加了。”

“他的考卷呢?”

“被打入落卷了。”

“为甚?”

“实乃低劣之作。”

“找来我看一看。”

在落卷中找到了韩之显的卷子，主考官一看，原来是阅卷把原文圈点错了。把“人非，非鬼非，非鬼亦非祭，非其鬼而祭之，谄也”，圈点成“人非非，鬼非非……”

主考官读罢韩之显的文章不禁眉头舒展，气朗心清，拍案叫绝。提起朱笔，批下“解元”二字，并大骂阅卷者是饭桶。“这一篇难得之作，竟被尔等打入落卷，真是有眼不识泰山，应将尔等一律革职为民。”

随后，主考官把韩之显的文章带回京城，呈给乾隆皇帝。皇上看罢也连声叫好，随令御制“学压南方”的金字匾钦赐韩之显。这块金字匾，一直被韩之显后裔保留着，不料在“文化大革命”横扫一切，匾也是横扫的对象，其后裔只好将它取下，做火灰堆的挡板，逐渐腐烂，甚为可惜。

上京途中

韩之显得了钦赐“学压南方”的金字匾后，名声更盛，后来又到“大比”之年，便又上京赶考，兴致勃勃地要去摘取“会元”、“状元”的桂冠。途中来到一县城，见一老婆婆在一街前痛哭，很是悲伤。韩之显上前打听，街坊上的人们告诉他说：本县县老爷养有一只猴子，还特意打了刻有“严禁打杀”字样的一块银牌拴在猴子颈上，每天由衙役牵出来游走。那猴子本性刁顽再加衙役放纵，每次出游必然满城骚扰，百姓却敢怒而不敢言。今日，那衙役牵猴来到这里，猴子窜到这位老大娘摊上抓糍粑吃，不料被老大娘看摊的黄狗发现。那黄狗也通人性，嫉恶如仇。扑上去，连咬带撕，几下子就把猴子咬死了。衙役见了，便把老大娘的丈夫抓进衙门去拷打。县老太爷不肯轻饶，说：“胆大的刁民，纵狗杀猴，该当何罪？若尔赔偿白银五十两则罢，不然，要尔抵命。”可怜卖粑的老大娘千言万语求情，县老爷也不答应。

这捐那税的都交不起，她哪来的五十两银子呢？韩之显听罢，便走上前去安慰老大娘说：“老人家放心，我一定叫县官放人，你丈夫不时即会回家。”韩之显见众人半信半疑，便喊道：“取纸笔来。”众街坊取了纸笔墨砚，韩之显当众写道：“县台大人钧鉴：猴子戴银牌，狗乃不识字。君恩足以及禽兽，而公不惠于百姓者，独何欤？”

写罢，叫人送进县衙门。

县太爷见是赫赫有名的韩解元亲笔，连忙把老大爷放了，并亲自前来给韩解元赔不是说：“恳请韩解元到县衙歇脚。”在那县官强邀之下，韩之显摆脱不过，只好去了。

敢吃皇粮

韩之显进了县衙，不知吃了什么东西，竟泻了几天肚子，待病愈出来，却误了京试之期，只得转回家乡。

之后，每当“大比”之年，他都前往应试，但屡试不中，后来，才知道是那狗县官捣鬼。在考官处做了手脚。韩之显得知后，他仰面朝天长长地叹了口气，一病不起，卧床数月。病愈之后，他却变成了另一个人了。不但好酒，而且抽大烟，面黄肌瘦，风吹能倒。特别是肝火很旺，常常发无名之火。有时又去到那些为富不仁的人家“敲钉锤”（或叫敲竹杠），整治那些人，出他的胸中怒气。

有一天，有三四个人挑着皇粮去真州交纳，从韩之显门前经过时，被他瞧见，便叫那伙人将皇粮担入他家中。担粮的人说：“官人，这是皇粮，怎敢挑进你家去?”“少废话，皇上吃得，我解元公就吃不得?”挑粮的人无可奈何，只好将皇粮担入他家中。临了他说：“如有人问，就说韩某代收了。”这件事后来县官知道了，也无可奈何。

就这样，他收了不少皇粮吃。以后，那些纳皇粮的，只好绕道而行。县官还夸奖那些绕道送皇粮的人聪明。

落水先王

韩之显仕途失意，本可以使些银钱，疏通渠道的，但他不愿去做，加上家务衰败，他便一天一天的心灰意冷起来。以后，竟又特别喜欢钓鱼。每日里，提酒握竿，坐于淞江回龙角岸边大石上，终日独钓。有一天，他在那岸边下钓，把一壶烈酒喝个底朝天，于是，醉醺醺地对着大河喊道：“叫苍天呀，叫苍天！登山的竟有路，涉水的却无缘，我仡佬人好屈啊！何日才能见青天呀?”

他呼喊得声嘶力竭、涕泪纵横。不料，上游山洪暴发，河水猛涨，水淹到脚边他都不知道，以致被洪水卷下江去了。他被淹死后，当地仡佬乡亲们万分怀念，都说他是屈死的文曲星，所以虔诚地烧钱化纸追悼他，后来，更尊他为“落水先王”，曰“河伯水神”。乡里的端公们跳神时，还要请他到坛受祭哩！尤其是淞江以下至长江那一带沿岸乡民，祭“落水先王”的较多，都要祈求他庇护生灵。

康葛佬

棕坪乡花园村有一所学校，学校后面不到两百米的公路旁，有一排一列七（七间）的石板棺，人称“古老坟”。每一涵的墓门都是被撬了的，成了一个一个的开口洞。人们都说，那是康葛佬家老祖公的坟墓。可是，现在只见康家墓，花园一带已不见康家人了。

传说，康家在未葬那排石板墓以前，他们族中的人并不多，也没有那儿有名。自从葬了那排坟以后，辈辈代代都出能人，文武双全，家家户户都是牛昂马嘘的，周围团转没有哪一姓能够赛过康家。到了康葛佬这辈人，更厉害啦！他身高一丈五，脚长两尺，走路如腾云。他的嘎公①家住在花池叶家坝。他去嘎公家，一般的人要走石桥的石板渡渡船才能过河。可他不走那里，他经常走黄瓜塘上面的小堡梁子，一步跨到对面的大堡梁子，不用渡船，也不踩水，就跨过了现在的芙蓉江。他力大无穷，没有哪个是他的挨家②。

那时，皇上派追兵来，“追苗赶汉”。官军们非常狠毒，见人就杀，见房屋就烧，鸡犬都不留。康葛佬得知后，把族中的人安排到

① 嘎公：外公。

② 挨家：对手。

洞里去躲好。自己一人在家，等官军到来。一天，官军果然来了。一百二十斤重的大刀康葛佬他不用，又高又大的马他不骑，偏偏只用一根又粗又长的斑竹竿，削成一个尖叉叉，扛在肩上去迎接官军。官军的刀刀棍棍哪敌得过他那根粗大的长竹竿。对骑马的官军，他先将马刺倒再刺人，走路的官军，更不在他的话下，一手一个。就他一个人，很快就把那队人马刺的刺死、吓的吓跑了。

后来，官军一连追几次，都是往四山旋，不敢来挨他们康家。后来，官军听说康家的祖坟葬在火龙口上，每年只要到坟前去听，就能听见里边有锣鼓唢呐一类的响器，热闹得很，像是准备上马出征一样。于是，官军马上派人，悄悄去将康葛佬家的祖坟敞了，以破坏他家的龙势。

事也凑巧，官军来敞坟的那个晚上，康葛佬又到他嘎公家去了。可是，睡到半夜，他嘎公家当门前的那一林竹子，忽然乒乒乓乓地爆炸了，把康葛佬和他的嘎公、舅爷们都惊醒了。大家起来一看，是竹子爆了。大家都感到莫名其妙，一起跑来守到天亮，看看到底是什么不好的预兆。

第二天吃了早饭，康葛佬又立马跑回家来，一看，自己房前屋后的大根大根的斑竹也全部炸了，而且全倒在了地上。后来，才发现自家的那一排祖坟已经全部被别人打开了墓门，而且在七个涵洞里都倒上了桐油，插上了铁钉。

从此，康家全族一个一个都脚耙手软，连走路都拖不起腿，大大小小都不抻抖①，不到两年工夫，一个个地死去了。所以在石桥花园这个地方，只有康家坟，却不见康家人。

① 不抻抖：多病。

赵巧的传说

传说鲁班师傅有一个徒弟，名叫赵巧。这个赵巧哪，硬是“巧”哩！

他师傅发明了撑花①，遮雨遮太阳。赵巧见了，心想，那家伙好是好，就是经常要用一只手撑着。叉手叉脚的，干活不方便。他想，能做一个像撑花那样的东西，像帽子戴在头上，既可遮太阳遮雨，又不用手撑着，干起活来不方便得多？于是，他苦想了两天，用篾条编起了，就是现在的斗笠。鲁班一看，说：“不正经的东西。”

他师傅发明了石碓，用来舂米。师傅家舂米的活，师母经常叫他干。赵巧舂米，左脚软了换右脚，右脚软了换左脚，舂呀，舂呀，不到半天，浑身都累得吃不消了。他想，能做一个不用人舂就能出米的东西，该多好啊！于是，他苦思了两天，用木料、石料做成了水碾。鲁班一看，说：“不正经的东西。”

他师傅起先用的木马，只有一个木叉叉，一截埋在土中，一截露出地面，搁上木料锯呀刨的，摇摇晃晃，移动也困难。赵巧想，能做一个安起稳当、移动方便的木马就好了。于是，他想了两天，用木料做成了一副既稳又方便的木马，鲁班一看，说：“不正经的东西。”

他师傅发明了龙骨车，车水灌田。赵巧想，好是好，就是要用人踩，费劲，要是又能车水，又不用人踩就好了。于是，他思考了两天，用竹子和木料做出了，就是流传至今的水车。鲁班一看，说：“不正经的东西。”

---

① 撑花：雨伞。

他师傅发明了风簸，赵巧想，好是好，就是笨重，簸一碗两碗粮食都要抬上抬下，不方便，要是又能簸米、又轻巧就好了。于是，他思考了两天，用竹篾编出了流传到现在的簸箕。鲁班一看，说："不正经的东西。"

这样一来，每天请赵巧做手艺的人比请鲁班的人多些。这就引起了师傅鲁班的不满。鲁班想，长此下去，我这个师傅的面子往哪里放？因此，就想法整他。

鲁班有一只犀牛角，拿着它能分水下海，赵巧也多次拿着它到龙王家干活。一天，鲁班做了一个灯台，哄赵巧给龙王家送去。走时，鲁班用一只与犀牛角一模一样的水牛角给他，赵巧也没有详细看，拿着就走。走呀，走呀！走到海边，像以往那样，扑通一声跳下水去。天哪，他拿的是水牛角呀，怎么能分水呢？他就这样被海水淹死了。现在还流传着"赵巧送灯台，一去不回来"的俗语。

赵巧虽然被害了，而他发明的斗笠、水碾、木马、水车、簸箕等还留在人间，人们一看到这些用具，就会想起赵巧来。石匠、木匠、篾匠、铁匠们供奉的祖师牌上，还写着"赵巧先师"哩，逢年过节和鲁班一样都要享受祭祀。

瓦　匠

从前有三个人一起在鲁班师傅门下学手艺。大徒弟和二徒弟都很听师傅的话，做活路也老实，师傅很喜爱他们，乐意传他们手艺。只有三徒弟进了师门后，光是小玩意多，很不听话，师傅叫他走东，他偏走西。师傅叫他赶鸭，他却赶鸡。这样学了三年，只会打一个耳子的一只桶，别的手艺什么也不会。快满三年了，鲁班师母就对他说："三啦，你大师兄、二师兄马上就要出师了，你学了三年，才会打一只耳朵的一只桶，三年一满，你就得走了，看你出去咋个办?”

三徒弟一听，落了脉①，连忙给师母下跪讲人情说：“师母，请给师傅说一说，让我再学三年。”师母说：“这哪里行，三年出师，这是鲁班门下的规矩，留下，你师傅也不会教你的。”三徒弟问：“那咋个办呢?”师母说：“你认我不？你若认我，我教你一样手艺。”三徒弟连忙说：“我认您，我认您，请师母传艺。”说着连忙磕头。师母就将她自己的衣袖剪下半截来对三徒弟说：“你把我这半节衣袖拿去笼在你打的那只桶上，去给别人车瓦，一个瓦桶就是四块瓦，不能多，不能少。只要你大师兄、二师兄立房子，你就有活路做了。”三徒弟感激不尽地说：“永世不忘师母教诲。”说完就磕头谢恩，以后三徒弟就做了瓦匠。

直到现在，一间瓦窑子建成以后，瓦匠都要主人家拿出一百二十根线、二十四根索儿、二十四个鸡蛋、四个大糍粑、一升米、一只鸡来敬师，但敬的不是鲁班师傅，而是经常离不开线索索的鲁班娘子哩!

谎　三

从前，有个苦孩子名叫黄三。他 3 岁死爹，5 岁死娘，孤苦伶仃，无依无靠。就当叫花子要饭，帮人当放牛娃。吃的是残汤剩饭，住的是岩洞牛棚，穿襟襟，挂纽纽，挨打受骂，吃尽人间苦头。黄三是个诚实的孩子，当他看到多少忠厚老实的人受欺凌，受奴役，饮辱含冤被折磨至死后，于是他开始说谎，用假话来整治恶人，给穷人们出气。久而久之，人们开始喊他“谎三”。

① 落了脉：吓呆了。

谎三定亲

一天，谎三讨口讨到程家庄，饿得走不起路，昏倒在程老爷的朝门外。不知什么时候，程老爷的闺女程秀英看见了，急忙跑去对她爹说："朝门外饿倒一个娃儿，快去救救吧！"

她爹不理她，秀英见爹心肠黑，见死不救，就气哭了。程老爷越是哄，秀英越是哭得伤心。程老爷无奈地说："你喊起矮子去看吧！"等喊起矮子去朝门一看，谎三快断气了。他们急忙把谎三抬回厨房，喂了些汆汤，半天才醒转过来。谎三睁眼看有个小姐在身边，吓了一跳。矮子说："这是个好心肠的小姐，要不是她，你是死定了。"秀英笑笑就走了。

矮子告诉谎三，秀英虽是程老爷的女儿，但也是个苦命的孩子，她娘前几天才被程老爷和小婆子串通迫害死了。谎三听后，非常同情秀英，便在程家当了放牛娃，与秀英和矮子成了好朋友。久而久之，谎三很想和秀英上山去耍，苦无机会，就扯了一个谎。

一天，谎三放牛回来，秀英对谎三说："快去吃饭吧，怕肚子饿扁了！"谎三说："今天我不饿，还胀哩。"秀英问："病了吗？"谎三说："我在山上看见两根人参树，挖开土一看，每根长着三个人参娃娃，我才吃一个就胀了！"秀英说："真的？我不信。"谎三说："不信，没有吃完的还在山岩上哩！"

第二天，秀英和谎三一起上山看人参娃娃，谁知，他们到山岩上一看，哪里有人参娃？谎三掏出些地牯牛说："这可能是人参娃变的。"

秀英不管什么人参娃，只知道和谎三在一起快活极了，就说："我和你要在这山上安个家就好了。"谎三说："这不成了夫妻？"秀英说："夫妻就夫妻！"耍了半天，两个苦命人终于对天发誓，订下了终身。谎三感激秀英，想办个耍法儿让秀英高兴，就去扯些狗尾巴、羊胡子草扎了几根牛尾巴栽在地上，喊："秀英快来看啦，牛钻土了！"本来是办要法儿，不料秀英一看吓昏了，连忙叫喊："快来人啦，牛钻土了！牛钻土了"！这一喊，程老爷带着几个家丁赶来了。看见小姐和谎三两人在这荒山野岭耍，肚皮都气炸了。便叫人把谎三五花大绑捆起来，带回家又用手索吊在挑头子上翻来覆去地打。可怜谎三被打成芋荷梗。半夜，秀英和矮子悄悄把谎三放下来，背着送出程家庄。好几年了，人们没有看到过谎三，想是被程老爷巢办[①]了。

谎三进贡

程老爷想升官发财，就打点起五挑金银财宝、绫罗绸缎，写起进贡文书，选了五个挑夫挑起去朝廷进贡。挑夫们由于担的太重，才走两天，脚都打起果子泡，在那里呻连天。正好谎三来了，谎三问："你们这是干什么？"挑夫们谈起进贡的事。谎三说："你们只把进贡文书给我，这些东西各自挑回家去过日子，我包你们万事大吉，请转告程老爷，谎三进贡，保他禄位高升。"

第二天谎三带着进贡文书上了路。走到天快黑，见到坡上种有小谷，就选了一吊很大的用纸包着。到了一个场镇，选最大的栈房住下。睡觉的时候对老板说："我是到朝廷进贡的，请将进贡方物妥善保管，栈房钱明日结算。"说完就把纸包的小谷交给老板。次日起床算账，叫交出贡物。老板说："小谷被耗子吃了。"他表示可以赔钱。谎三说："那怎么行，耗子吃了，就把耗子拉来。"老板只好请人捉耗子，费了九牛二虎之力才捉到一只耗子，交给谎三，又交了五两银子才了事。

谎三走了一天来到州城，选最大的栈房住下。睡觉的时候对老

① 巢办：暗杀。

板说："我是到朝廷进贡的，请将进贡方物妥善保管，栈房钱和保管钱明天一起算。"说完就把耗子交给老板，次日起来算账，叫交出贡物。老板说："耗子被猫吃了。"他表示愿意赔钱。谎三说："那怎么行？贡物被猫吃了，就把猫抓来。"老板把猫捉来交给谎三，又交了五两银子才了事。

谎三来到府城，选最大的栈房住下。睡觉时对老板说："我是到朝廷进贡的，请将进贡方物妥善保管。栈房钱和保管钱明天一起算。"说完就把猫交给老板。次日起床算账，叫交出贡物。老板说："猫被狗咬死了。"他表示愿意赔钱。谎三说："那怎么行？被狗咬死了，就把狗套来。"老板杷狗套来交给谎三，又赔了十两银子才了事。

谎三走了一天来到省城，选最大的栈房住下，睡觉时对老板说："我是到朝廷进贡的，请将进贡方物妥善保管，栈房钱和保管钱明天一起算。"说完就把狗交给老板。晚上，谎三起来把狗捏死，拖去甩在马圈里。次日起床算账，叫交出贡物。老板说："狗被马踩死了。"他表示愿意赔钱。谎三说："那怎么行？你说被马踩死了，就给我把马牵来。"老板把马牵来交给谎三，又赔十两银子才完事。

谎三来到皇城，选最大的栈房住下，睡觉的时候对老板说："我是来朝廷进贡的，请将进贡方物妥善保管，栈房钱和保管钱明天一起算。"说完就把马交给老板，老板家一个儿子听说是进贡的马，则以为一定是千里马。他早就想买一匹千里马献给太子，好日后升官发财，于是就缠着谎三，一定要用大苑良马和五百两黄金换这匹进贡的马，谎三说："换马可以，少了一千两黄金办不到。"老板的儿子说："千两就千两。"就这样换了。

谎三得了金子，骑着高头大马，离开皇城遍游天下去了。

谎三报仇

谎三游遍东西南北，快活了几年，人已大了，就想起程秀英来，于是又来到了程家庄，准备安个家。矮子来拜访他，谎三问起秀英，谎子便一五一十地把秀英被毒打、被逼嫁、被吊颈、被沉河的经过说了。谎三听后，哭成个泪人儿，说："我一定要给秀英报仇！"矮子说："这仇难报，如今程老爷家的势力比以前更大了。"谎三说："我自已有谱，请矮哥帮助我。"说完，便在矮子耳边说了一阵悄悄话。

矮子将谎三回来的消息告诉了程老爷。程老爷说："我还以为他钻天入地了哩！"第二天，程老爷带着一帮打手来到谎三家。未等程老爷开口，谎三就说："我正准备来报功，老爷就来了，皇上叫我悄悄告诉你……"程老爷叫大家退下，谎三才说："皇上收了你的厚礼，龙颜大悦，叫我悄悄告诉你，要你明年春天亲自赴京，不封翰林就封进士，但不可让别人知道。"程老爷连连点头，问道："有回赐吗？"谎三说："打发给你的有吴绫蜀绵、紫衣紫袍，够几十个人运，我扛不动，就寄放京城，皇上还赐我一匹屙银子的马。"程老爷不信马会屙银子，要去看。谎三带他到马圈一看，马屎汤圆中，有很多白生生的银锭。程老爷说："皇上赐你的，我不敢夺爱，我用百两金子和十亩良田和你换吧！"谎三说："老爷是我恩人，一匹马还要换吗？"程老爷说："生意归生意，换过之后要写个字据，免生反悔！"这样，就换了。

程老爷喂着马，开头几天矮子还去马屎中塞些银子，几天之后，那马连银花花儿也不屙了。程老爷知道受骗，要找谎三算账。矮子连夜给谎三递了信。当晚天不亮，谎三就用炭火把碓窝烧红，天刚亮程老爷带着一帮人赶拢，谎三把茶叶和水倒进碓窝，马上端过热噜噜的茶来。程老爷喝着茶问："啥子锅这样快"？谎三说：

“这是从京城买回的‘自涨锅’。”程老爷说：“这家伙好，喝茶不用人烧，你要多少钱才卖?”谎三说：“老爷看得起，抬去吧，这锅就是分文不取。”程老爷请人抬回家，晚上一试，行个屁。程老爷大骂谎三是骗子，说非办他不可！

矮子听到这话，深更半夜去叫谎三快跑，说天亮可没命了。谎三不慌不忙，只去矮子耳边嘀咕了几句。

第二天一早，程家庄上妈呀娘的骂开了，等程老爷开门一看，是谎三和矮子刀枪棍棒地打架。程老爷急忙喊醒家丁，给矮子帮忙捉拿谎三。家丁们还没按拢，谎三一标子捅在矮子的肚皮上，一股鲜血直冒，矮子倒在血泊中。程老爷大呼：“快抓杀人犯，快抓杀人犯！”等家丁们按拢，谎三从腰中取出一尺多长的一根小棒，去矮子头上敲了三下，喊到：“还魂！还魂！还魂！”话音才落，矮子一抬头就站了起来。程老爷和在场的人惊讶万分。程老爷忙问：“谎三，这是什么棒?”谎三说：“还魂棒。它能起死回生。”

程老爷说：“不管多少银子，你一定要卖给我。”谎三说：“我三件宝物，老爷得了两件。这‘还魂棒’可以使人死而复生，寿齐盘古，任你多少金银我是不卖的。”程老爷想将其骗到手，就说：“借吧。”谎三说：“老爷要借，不借也难啦，但只借一天啰！”说完，把棒递给了程老爷。

晚上，程老爷的小婆子又发脾气，把程老爷骂得狗血淋头。程老爷想：这烂婆娘，今晚要教训教训她。想完，就提起锄把小婆娘当头一棒，小婆子倒下就死了。一家人被吓得目瞪口呆。只有程老爷不慌不忙还笑眯眯的。隔了顿饭，程老爷取出“还魂棒”去敲小婆子的头，喊着：“还魂！还魂！还魂！”敲了三下人没有动，又敲三下也没有动，再敲三下还是没有动。弯腰一看，尸体都硬了。打死的人怎能还魂呢？原来谎三捅的是吊在矮子腰上装着狗血的猪尿泡。程老爷知道又上当了，咬牙切齿地说：“不杀谎三我死不瞑目！”

程老爷派人去抓来了谎三。程老爷说："不能叫他便宜死，用麻布口袋把他装起来，拿去吊在皂角树上，慢慢饿死！"谎三被吊在树上又痛又饿，难受极了。下午，程老爷的岳父李驼背从这里过，看到吊着的麻布口袋，问："这是做哪样？"谎三说："医驼背！"李驼背问："这样能医？哪来的方子？"谎三说："祖传秘方。"李驼背一听，急忙把谎三放下来，说："你先将我医一下！"说着就自己钻进了麻布口袋。谎三用绳子把麻布口袋系紧，然后吊在树上，就离去了。吊到第三天晚上，程老爷对两个打手说："去看看吊死了没有，死了就丢下河去。"打手把麻布袋放下一摸，人早都冰冷了，就抛下了大河。

事隔几天，谎三来了，程老爷以为是鬼，吓破了胆。谎三说："多承老爷周全，我被抛进河中，龙王就派人来请，在龙宫会见了秀英，由龙王主婚，我们成了夫妻。秀英惦念着爹，叫我来请。"程老爷上了几次当，就不很相信。谎三说："这回不去，我们岳婿父女就难再相见了。"说完这感伤的话就要告辞。程老爷想：一生都想进龙宫，这回不去，怕这一辈子都没机会了。急忙问："不知该带些什么去？"

谎三说："龙宫什么都有，只差一个坛子和簸箕。"程老爷说："这个容易！"于是，自己背着坛子，谎三拿着簸箕来到河边。谎三说："我们把眼睛闭上，我拍三下簸箕就一起跳下河去，一睁眼就去不成了。"接着把簸箕"啪啪啪"地拍了三下，程老爷就跳下了大河。坛子一进水就下沉，程老爷被淹死了。

谎三见报了仇，伤心地哭了一场秀英就走了。

谎三领赏

谎三到处游，到处逛。一天来到莫家庄，见莫老爷正在悬赏讲故事。说：只要讲的故事怪诞、离奇，莫老爷认为天下确无其事，便奖赏百两彩银。自从悬赏以后，去讲故事的人成千上万。但不管故事怎样荒唐，莫老爷总以“天下事无奇不有”一句话，使得所有讲故事的人一无所获，愤愤而去。谎三听说以后心中不平，也去献艺。谎三上台以后说：“莫老爷，我叫谎三，说谎是远近闻名的，你得注意，害怕输了你的赏银。”莫老爷说：“施展你的平生本事，能得赏银，算你天下第一。”谎三说：“我讲段亲身经历。”莫老爷答应：“很好！”

谎三说：“我娶了三房妻子，大的是天上的八仙姐，二的是八洞神仙何仙姑，三的是观音菩萨的幺女儿。”莫老爷说：“算你命好。”谎三说：“我晚上就搂着三房妻子一起睡觉，白天把她们的头发编成绳子，我就抓住绳子与她们一起进入天堂，到了天堂看见玉帝坐朝，王母设宴、群仙斗智斗勇、列宿逞武，真是热闹极了。”莫老爷说：“天上人间，自是不同啊！”谎三说：“我们去到仙畜牧场，见到三个老人，据我妻子八仙姐说：这三个人是莫老爷的高祖、曾祖、老祖三代人，被玉帝封为神仙。”莫老非常高兴地说：“我列祖列宗功德无量，该当如此。”谎三说：“三个老人家看到我们，便伤伤心心哭起来。”莫老爷问：“为什么呢？”谎三说：“他们讲，才当神仙不久，灶神就向玉帝禀告，说他们的儿孙在凡间伤天害理，残害百姓，敲骨吸髓，鱼肉黎庶，男盗女娼，无恶不作，犯下弥天大罪，玉帝降罪他们，撤去仙职，打成罪人，罚在牧场，为牧男牧女舔屁股！”莫老爷听后气吹了，说：“胡说，哪有这样的事！”谎三说：“真的，我们亲眼看见的，你家三代祖宗每天舔三次屁股哩！”莫老爷把桌子一拍吼道：“少放屁，快给我滚！”谎三问：“天上的事你都不相信吗？”莫老爷说：“少啰唆，你天上地下全是鬼话！谎三笑嘻嘻地说：“多谢老爷奖赏。”于是，把百两赏银拿着就走了。莫老爷一把抓住银子说：“什么？你骂得我狗血淋头，还领赏？”谎三状告到大堂，调查下来，全是莫老爷耍赖。大老爷说：“莫某，你一个读书人尚且言而无信，我们怎能取信于天下？

来人啦！把莫老爷的顶子革了，给我乱棒打出。”

莫老爷遭惩罚，谎三高兴极了，带着赏银大摇大摆走出了大堂。

谎三打赌

涪州有个赌棍是远近闻名的“打赌大王”，不管你是谁，只要和他打赌，都会败在他门下。

一天，谎三来到涪州，被打赌大王看见了，便请进屋去喝盖碗茶。打赌大王说：“久闻谎兄大名，今日相会，敢赌一场么？”谎三说：“打赌，小弟浅学，老兄相约，可以奉陪！”打赌大王说：“就以你说谎的特长打赌吧，你如能谎得我，我输百两银子，给你鸣锣喊场扬名；你谎不到我，包输百两银子，给我传名。”谎三说：“好，就一言为定。”

于是，双方各拿出百两银子摆在桌上。打赌大王说：“开始吧！”谎三说：“就此开始了，不过这阵龙王沱赶闹①，我去拣了鱼就来。”打赌大王说：“请快一点，有鱼提几尾来。”谎三来到河边耍了两顿饭时间。打赌大王想：“这家伙一去不来，莫非骗我？”便对老婆说：“内当家你看住屋，我去找谎三。”说完往大河方向去了。谎三见打赌大王来了，便赤右脚急速往回走，路上遇见打赌大王说：“闹鱼的‘老龙愁’药在你家忘了，把鞋借我穿穿，取了药就来。”打赌大王说：“请快一点！”谎三回到打赌大王家，心心慌慌对打赌大王的婆娘说：“不好了，不好了，打赌大王去到河边，见到鱼大，下河抓鱼被淹死了，这是他的鞋！”

说完把提着的鞋递过去，打赌大王的婆娘一看，“天呀天”的就哭了起来，谎三把门板下下来背起就走，说：“你慢慢来，我用

① 赶闹：用毒药毒死鱼。

门板去把尸体停好。”谎三把门板背到河边，对打赌大王说：“不好了，不好了，你房子失火，我去迟了，我去迟了，只抢到这块门板。”打赌大王一听，天呀天的就哭起来，急忙往回走。走到半路夫妻都哭着相见，互相一问，才知道打赌输了。

打赌大王输了不服，说：“谎三，我们各押两百两银子，再赌一场好吗？”谎三说：“听便！”打赌大王说：“我们排起去街上走，看恭维谁的多，谁就赢。”谎三说：“好吧，一言为定。”这样就各自去准备。打赌大王穿起耀眼的长袍马褂，谎三还是素打扮，只在背上贴了一张写着“谎三大老爷”几个字的纸条。两人并排走在街上，他们一过，两旁和后边的大人孩子都在喊：“谎三大老爷！谎三大老爷！”

走到终点，谎三悄悄把纸条撕掉。打赌大王说：“万没想到，你还有功名，连我们涪州都有这么多人认识你，我只好认输了。”

打赌大王两场连输三百两银子，又提锣喊场给谎三传名，实在不服，决定暗算谎三，要他当面出丑。晚上请谎三吃饭，在谎三的菜里放些巴豆，吃饭后打赌大王亲自把谎三送进自己的卧室睡觉。把门拿大锁锁着。半夜，谎三拉肚子，出不了门，就拉在一双长筒靴里。第二天谎三起床若无其事，带着赢的银子走了。打赌大王说：“这谎三真不是凡人，吃了那么多巴豆也保得住啊！”

几天以后，打赌大王出远门，双脚伸进长筒靴，才知又上了谎三的当，哭笑不得。

谎三经商

快到过年的时候，谎三来到灌州，在路上见到有许多车碗匠，坐在路边啼哭。谎三一问，才知道，车碗匠们给碗厂的史老板干了一年活，年尽毕期，老板分文不给，他们年也过不起了。谎三非常同情他们，就拿出打赌赢的银子分给他们办过年盘缠。分手时对车碗匠们说："明年，你们给史老板干活，必须做一天要他开一天，做一月开一月，不开就不做。"车碗匠们都点头答应。

谎三装成个大商人，专程到史老板家联系生意。两人见面，谎三自我介绍说："我叫谎三，是武汉二口的大商人，听说史老板开的有窑厂，特来订购一万个河灯罩子和五万只同边草鞋。"史老板问："规格和行情呢？"谎三说："河灯罩子要水桶那么大，那么长，两头是空的要细陶车成，我出一两银子一个。同边草鞋用竹麻为料，安线耳子，全是左脚穿的，我出一两银子一只，限定重阳交货，你看怎样？"史老板想：他张口就出这样高的价，莫非有假。正在疑惑，谎三看破了急忙说："几万两银子的生意不是儿戏，我们要写个字约，免生反悔。"史老板才打消了疑虑，迅即签字画押，办了一应手续。中人、证人、代笔人的画押钱全部由谎三支付，走时又交了一笔定钱，共花了三十两雪花银。

开春，史老板就扩大陶窑，派人四面八方收购竹麻，整整忙了八个月，花了上万两银子才把两种货物备齐。重阳到了，不见谎三提货，重阳过了，一等不来，二等也不来，史老板只好把河灯罩子和同边草鞋拿到市场出售，但谁买这两种宝货呢？史老板没法，去武汉二口一告起，大老爷派人找遍了武汉镇的大街小巷也没找到谎三。大老爷要史老板支付衙役办差所费的千两白银。史老板不交，大老爷治他"自身不谨，扰乱世人"之罪，打了他一顿屁股，又抄了他的家。

车碗匠们听到这个消息，心里当喝凉水儿一般痛快极了。

谎三治霸

谎三来到霸桥，见一位双目失明的老太太守着一排新坟在数呀数地哭。谎三过去一问，才知道这一排八座新坟，是老太太的八个儿女，遭罗霸天家四父子来抢亲活活打死的。谎三不信又去向周围的人打听，人们说的和瞎婆婆说的一合合[1]。谎三听后气疯了，说："我一定要治这个狗恶霸。"

谎三谋划了两天，买了一头大宛良马去送给罗员外，罗员外得了这样好的马就想抬举谎三，叫他当了个调走[2]狗。谎三办事能干，深得罗员外一家人的赏识。

一天，罗员外吃多了肚子痛，接着就拉稀，急忙叫谎三去抓药，谎三去医院抓了两副打"结"的药，加了些巴豆，罗员外吃了肚子拉得更厉害，几天就拉死了。罗家三弟兄罗龙、罗虎、罗豹要去找医生算账。谎三说："员外只有这点寿缘。医生嘛，只医得了病，谁又医得命！还是安埋员外要紧。"这一劝，罗家三弟兄才办在正事上来。

罗员外死后，谎三端起板凳两头怂，使得罗龙三弟兄撕内皮。一天，雨过天晴，罗龙叫谎三备马，陪他出去看潮头。谎三说："今天我要去高岩看骟马，不得陪你了。"罗龙听说骟马，一定要去看，谎三当着众人的面劝："今天路稀，骑马上高岩，怕出危险。"罗龙一定要去，周围的人左劝右劝劝不住。谎三只得陪罗龙去。走到高岩半腰的悬岩处，谎三在罗龙骑的马屁股上一钻子，马箭一样地跑，罗龙驾不住，连人带马摔下了高岩。罗老太哭得死去活来。谎三说："看来大公子是该当的，众人劝他不去也劝不住，真是一样生来百样死啊！"

罗虎见大哥已死，自己就是罗家大的一根。一天从街上过，看见苏老爷家小姐漂亮，便叫谎三去勾引。谎三假装办事去到苏家，碰上苏小姐，说："小姐家花园，今晚上昙花要开。"苏小姐问："你怎么知道？"谎三说："这昙花我养过不少，看叶色就知道。"苏小姐信以为真。

---

① 一合合：一个样。

② 调走：跑腿。

谎三回到罗家对罗虎说："苏小姐一听你大名就欢喜，叫今晚擦黑去她家花园相会。"罗虎去到苏家花园见苏小姐在，跑过去一抱就抱住，苏家丫环大喊"歹人!"罗虎就被苏家抓住，打个死去活来，送进监牢。苏老爷又上下塞包袱，结果罗虎被大老爷处决了。

罗家还剩下罗豹一人，在家一人说了算，全无禁忌了。

一天，听说府城打擂台，就叫谎三带他去看。于是，谎三陪罗豹来到府城，谎三假装出城逛了一趟，回来说："三少爷，罗家就只有你一个人，遇到事来，前无杀手，后无救兵，要想振持家业，还要出个名才好。"罗豹说："你说得对，我要怎样才出名呢?"谎三说："要出名也不难。"罗豹说："你快说来我听听。"谎三说："那一等拳师，在这府城摆了三个月擂台，打遍天下无敌手，你只要舍得银子，买通拳师，叫他当众输给你，你不就出名了么?"罗豹听后非常高兴地说："你赶快去使钱，银子嘛，三千五千，一万并八千我不心疼。"谎三带着银子上街耍了半夜，回来说："一切办妥，拳师叫你明天上擂台，样子要凶一点，他好当众输给你。"

第二天，谎三和罗豹来到教场，拳师说："谁敢对擂，请上台来!"谎三给罗豹递个眼色，罗豹装成穷凶极恶的样子跳上台去，被拳师哐当一拳就打死了。谎三收了罗豹的尸后回家对罗太太说："三少爷到了府城，硬要去打擂台，左劝右劝劝不住，被拳师打死了。"罗太太一听，"呀"的一声倒在地上就晕死过去了。谎三把罗豹拉去埋到他父兄一排。罗太太醒来，只好数呀数地哭这一排新坟。

谎三出了气，又漫游天下去了。

狡灵

从前，王家坡有个道士叫王老九，生了一个儿子叫狡灵。狡灵因自己的爹叫王老九，从一开始谈话起，就忌讳说“九”字，王老九夸奖不已。这事被张老九、李老九知道了，不相信地说：“真的，我们去告①一下。如果谈什么话都避得开九，就算一个有孝道的聪明人了。”

一天，张、李二人来到王家，对狡灵说：“我们是张老九和李老九，专门来会王老九，他欠我们九十九吊钱，叫他九月九日一定还清。”说完，假装告辞而去，实际是藏在隔壁偷听。不一会王老九回家来了，狡灵说：“阿爹啊，今天有个张三三和李四五来会你，说你欠他们三六吊和四五百钱，叫你重阳还清。”张李二人听后相信，并对王老九说：“狡灵是个孝道聪明的孩子，你多送他读点书吧。”王老九反倒不相信孩子聪明，他想暗暗自己告一下。一天逢场期，王老九叫狡灵去买两件东西回来，一件叫“招风子”，一件叫“包火纸”。结果狡灵买回来一把纸扇和一个灯笼。王老九想：怕一次告不出来。第二场又叫狡灵去买“皮搭皮”、“皮打皮”、“骨包肉”和“肉包铁”、“皮内两层皮”、“肉包骨”、“骨叫蹄”。狡灵一听，去买回了猪耳朵、猪尾巴、猪肚子、枣子、鸡蛋和猪脾脏、猪脚叉。王老九觉得孩子聪明过人，就送他入学攻书。书没读几天，他回家写了“万事不求人”五个大字贴在门上，碰巧被县里的大老爷看见了，派人一问，是王老九家。大老爷喊来王老九说：“王老九，皇帝死了还要借窝撬，你就‘万事不求人’。我限你三天交山那样大的猪，海那样多的酒，路那样长的布，要是办不到，我做个细火②给你看。”王老九一听被吓昏了，就要打狡灵。狡灵说：“爹吔，你放心，你准备一把秤、一个瓶、一把尺，我去交给大老爷。”王老九把三样东西找齐后，狡灵第三天去县衙门说：“大老爷，我爹王三三，已办好你要的东西，请你用秤称山有多少斤，

① 告：试。
② 细火：动刑。

用瓶印[①]海水有多少瓶，用尺印路有多少尺，我们按数给你送肉、送酒、送布来。”大爷无言以对，便薅起黄瓜皮走了。

这以后，狡灵胆子更大了，又写了一副对子贴在大门枋上。上联是：“买不出的买得出，”下联是“卖不出的卖得出”。大老爷一见气得颈子和脑壳一样粗，说：“上次我没有难着他，这次我要去当面买几样东西。”说着，来王老九家，要买“早遇时、迟遇时、正遇时、不遇时”，狡灵不等他爹开腔就说：“大老爷要买的，都有货，每样定价一百两银子，共需四百两。”

大老爷见他家什么货物也没有摆，便拿出四百两银子来。狡灵收过银子，用笔在一张纸上写了四句话，“甘罗十二为丞相——早遇时；太公八十遇文王——迟遇时；老爷当官来县衙——正遇时；百姓世代当百姓——不遇时。”大老爷一看，又只好灰拖拖地走了。

这以后，狡灵又写了一副对联贴在大门枋上。上联是“惊天动地”，下联是“先斩后奏”。碰巧，这副对联被巡游的皇帝看见了。皇帝问王老九：“这是你写的么？”王老九说：“不敢，是我的儿子狡灵写的。”皇上斥责狡灵说：“你这小子，还乳臭未干，‘惊天动地’，你想造反吗？一个平民百姓，岂敢‘先斩后奏’？”说着，就要打王老九的屁股。狡灵出来说：“我爹是道士，敲锣打鼓，烧焚申状疏表达天庭，这不是‘惊天动地’吗？”皇帝点点头，又问：“你‘先斩后奏’呢？”狡灵说：“我哥杀猪，先杀死，后吹胀，边吹边用棒子揍，这不是‘先斩后奏’是啥？”皇帝说：“长人短人我都见过，还没有见过方[②]人呢！”像钻[③]那样带着人走了。

---

① 印：量。

② 方：叫人当面出丑。

③ 钻：讨个没趣。

郑体人

清朝道光年间，有一个仡佬族后生，名叫郑维学，到正安州应试，考了秀才，戴了顶子，又有了个雅号叫郑体人。

但后来几次上府城考试，都未中举。因家庭经济不宽裕，他便把顶子都卖了。等到另一任大老爷上任，他又去考，又再次考上了秀才。所以，人们称他是“双秀才”！

打官司

道光皇帝末期，思南府管辖的马卜坎，有一个强盗名叫炮火三，到正安州思里七甲，把梅同发家的牛偷到务川都濡去卖。梅同发请人四处清查，一直追到务川城，发现他的牛在牛市坝炮火三手里牵着，还未出卖。追赶的人商定把牛夺走。这一夺，就把事闹开了。强盗们把着门枋根，邀约一帮人，把牛夺了回去，又把去找牛的几个人毒打了一顿。这还不算，还猪八戒过河，倒打钉耙，将他们几个捆绑送进衙门关起来，倒转去大老爷那里告状，说正安州的人，在光天化日之下，去抢他们的牛。李大老爷第二天就派差役来提梅同发去大堂受审。郑体人听到风声后，便叫人去给梅同发讲，叫他装病，不要去听审，官司包侍（给）他郑体人去打。

第三天，郑体人果真以梅同发亲属的身份去务川，接受大老爷的审判。他是秀才，懂得官府规矩，每次公堂受审，首先向大老爷三叩首，跪在地上，向李老爷谢罪。李大老爷见罪人跪着谢罪，把惊堂木一拍，问他：“你是梅同发吗？”郑体人说：“不是，只是因他病危，不能前来受审，我们是亲戚，我代他前来，这是遇雨搭桥！”大老爷听了暴跳如雷，又拍惊堂木吼道：“桥被水打了怎么办?”郑体人马上回答:“启禀大人,清水不打桥,浑水才打桥呀!”

李大老爷见他嘴角子厉害,不再拍惊堂木,改变了口气问郑体人:“你家亲戚为什么唆使一帮人来抢市场上的牛?扰乱本城的市场?”

郑体人站起来,平静地回答说,“大人在上,小人在下,启禀大人,我亲戚的牛不在,半夜三更被强盗偷走是实,那人在贵城牛市坝卖牛,牛是我亲戚的是实。大老爷派差役提我亲戚来受审,他因病危,我受审,了解情况,这也是为了求实。当今皇上颁布大清律十多年,你是执行大清律的。在这太平之年,然何在你管辖下的炮火三,竟在光天化日之下,把我亲戚的牛盗来,还贼喊捉贼呢?我想请李大老爷将我收监,你和炮火三,将牛牵到我亲戚住的山坡上去。牛,它是通人性的,它晓得它的住处,它认识它的主人。你和炮火三吆去,它要不认得关它的圈,我愿代亲戚坐牢!”一席硬邦邦的话,把大老爷问得堵嘴①了。最后,李大老爷派人吆牛认圈。果然,如郑体人所说,牛回到了梅同发家。李大老爷下令把强盗炮火三收了监。就这样,郑体人将一场官司打赢了。

打官轿

自从在思州把官司打赢之后,郑体人的名字传开了。这里请他写状纸,那里请他写契约,成天搞不拢湫②的。一天,他拄着拐棍去赶韩家沟,一上场,看见一乘官轿在上头场口的“万天宫”前蹬着。他在街上晃了一圈,打听到那官轿是正安州周大老爷手下的杨师爷坐来的轿子。杨师爷是正安州防衙班的师爷。郑体人知道他的

① 堵嘴:无言以对。

② 搞不拢湫:忙不过来。

底细，便上前去把锁一把揪了，开门坐在轿内，并高声喊："抬轿子的到哪里去啦？一天光胀饭，快来抬我！"差役和抬班听到喊声，跑来一看，轿子被打开了，里面坐着一个秀才，从窗口伸出头来，做出洋洋得意的样子。杨师爷后面赶来也看见了，他们都吓了一跳，不敢开腔。一是不了解坐轿人的身份，二是怕地方上的人约起来捶他们。其中一个差役硬着头皮上前对郑体人说了一番好话，请他下来。其实郑体人是有意奚落他们一下，见那差役下矮，便走下轿子，在众人面前高声大气地说："你们杨师爷都要坐轿，难道我要骑虎龙啦？"说着，一棍将官轿的窗闸打烂，又把他的轿顶掀翻在地上，洋洋得意地走了。

小小学堂

杨师爷的轿子被打，周大老爷失了面子，真是哑巴吃黄连，有苦说不出。周大老爷半年多来都未忘记。一次，周大老爷路过槐坪，在大兴寺歇气，便派差役去把郑体人叫来，想训斥他一顿。若他不服，就抓走他。差役去通知郑体人，他就支他的妇人（妻子）出来说："他在教书，你们前面走着，他随后就来！"等差役走后，他把弟兄叔侄叫拢来，每人发一本书给他们，在堂屋内的几张方桌上读书。

周老爷等得不耐烦了，又要赶路，害怕天黑，干脆绕道由他家门前过，看他是否在教书，再行发作。等走拢下轿来一看，他的座屋是个三合头的房子，四面用石数子包围得好好的，只有朝门能进出，同时关闭得紧紧的，里面的确有朗朗的读书声。差夫在外面大喊，几个"大学生"拿着书出来站在墙上回答："先生正忙着教书，叫老爷进来就是！"周大老爷看到无法，只得无可奈何地走了。

后来，"学生"们问他，周大老爷为什么不敢进来，他说：

“小小学堂，大如官厅，他要是进来动手，我叫你们捶绒①他们，叫他连官都当不成！”

绰号——郑害人的来历

一天，郑体人进正安州城，走到大鱼塘，坐在船上，触景生情，便吟诵起前人写正安州八景之一的“大鱼明潭”一诗来。孟通塘诗：

一潭澄碧四山青，
寓此喔畦暂驻停。
我有忧怀无处遣，
水声呜咽带愁听。

同舟共渡的一个学生听后，见他是一个秀才，心里暗暗盘算：他一定是个真秀才，不是一般的捐班老爷②。上岸后，一定要拜他一拜，一路上请他指教指教，这是我初次应试的幸运！

上岸后，学生放下背在背上的铺陈③，向先生鞠躬作揖，并说：“学生进州应试，与先生同舟共渡，非常幸运！望先生多多指教！”郑体人见学生有礼貌，也毫不客气，走在前面，那学生后面跟随。登完石梯路，学生又问他的尊姓大名，郑先生只说了他的书名——郑继学，家住槐坪。这个学生听说他是槐坪的郑秀才，就滔滔不绝地说开了：“听说，先生们那边有个叫‘郑害人’的，是真的吗？”郑体人对学生说：“那是我哥哥，他叫郑爱人，他经常与官家斗争。

① 捶绒：打死。
② 捐班老爷：用钱买顶子戴的老爷。
③ 铺陈：被子。

所以，官家把他喊做‘郑害人’啦！”他们一路走，一路闲谈，没好一阵，就走到正安城东门王老板家。郑体人提出与学生同睡一床，那学生也巴心不得。一是想请教请教，二是借此加深情谊。于是，两个同床睡到大天光。第二天早上，学生喊他吃早饭，他不起来，说不大舒服。趁学生去吃饭，他便取出纸、笔、墨、砚，用一张纸条，写了“郑继学记”四个字，塞进铺陈里面。等学生吃完饭，他叫学生把他的铺陈捆好，他也要到遵义府城去应试考举人。学生一听，大吃一惊，忙问他：“先生这话怎样说的？我背来的铺陈，怎么说是你的呢？你不要这样对待学生嘛！”

郑体人马上转过来对王老板讲：“王老板，我考秀才是在你家住，才考起的。那轮，我去领花红①就遭到别人把我的铺陈背起走了，我都没找这家老板的麻烦，我是有良心的人。昨天过了大鱼塘，我叫你跟我背这一截路，今早晨你说是你的，在这里吵闹老板，我们去找堂堂有名的州官老爷详断，看你这样，你还要倒打一钉耙喽！”

说着估到②叫学生弄起铺陈去见大老爷。上了大堂，大老爷问他们有什么案子，叫他们说来。学生抢先将昨天进城来本州应试，因同情郑先生，结果铺陈被郑先生打牙柱③，硬说是他的。郑体人也不等大老爷开腔，就说：“小弟，我们都是来州城求功名的人，有句古话：‘大神面前好打卦，大人面前好说话。’不要开口就谈打牙柱不打牙柱的，你那铺陈有什么凭证，请讲出来！”

“我自己的铺陈，哪个有凭证不得个凭证的！”

郑体人听到这里，不等大老爷问，马上说：“好了！好了！既然你的铺陈无凭证，我的铺陈是有的。我在本堂应试时，吃过亏，

① 花红：顶子。
② 估到：强硬的、硬性的。
③ 打牙柱：说谎话。

我到本堂来领这个顶子，转老板家去，铺陈被盗走了。从那以后，我就在我的铺陈里面，用一张纸条写了‘郑继学记’四个字，请大老爷打开看就是了。”

大老爷扯开铺陈桶子一看，里面果真有一纸条，上面有他说的四个字，便吼了那学生一顿，把铺陈断给郑体人。郑体人抱着铺陈下堂后，见学生在街上大哭起来，非常伤心，还边走边骂。他追到学生身边，对他说：“昨天，你翻来复去问郑害人，我就是郑害人。昨晚，你说世间的事都说得清，我说说不清，小弟，你看如何？这铺陈，明明是你的，大老爷又断给我了，这事说清了吗？”说着把铺陈交给了他，就回家去了。

洞房方丈人命案

道真县大矸区平胜乡东山村，过去有一庵名叫河村寺，寺内常住百来个僧人。方丈大和尚是统领周围庙子的大法师，威望很高。他经常静住在寺后一特地修建的方丈室（观音殿）丹房里参禅、打坐、诵经念佛。方丈丹房比官家闺女的绣阁还要禁锢得严——不许任何人进去。一切寺务都令都寺、临寺、知客等职事僧人照他的旨意办理。即使是有重要事须与他见面，也只能在室外禀报，等他出室外，见面说话。

有一天，方丈大师的一个在峨眉山修行的师弟前来朝山拜见师兄。因为他这个师弟也是个有名望的和尚，就不经禀报径直走进方丈室的丹房。这寺的职事僧等见是方丈大师的师弟，也就不好阻拦。

和尚步进丹房，以亲热的口吻喊到“师兄！”这一喊，六只眼睛愣住了。就因这一喊声吓得方丈和尚一惊愣，方丈和尚怀里的一个满头银花、身穿绫罗、桃红脸面的年轻妇女惊吓得站立起来，无地自容，和尚也惊异得退不是，进不是。过一会，方丈和尚镇静下来，打招呼说：“什么仙风把师弟吹到寒寺来的？请坐！请坐！”手指那个妖娆妇女说：“这是我的干女，今天来拜望我。”又与那女子说：“这是早些年和我同进佛门的最亲热的师弟，你喊师叔。”那女子拐个弯来磕头，喊声：“师叔！”

方丈招呼坐下后，急忙倒茶，招呼备素菜来吃酒摆家常，殷勤款待师弟。不多久，这位师弟突然生病，挨到晚上，连话都说不出来了。

方丈大师出去向职事僧们说：“我师弟远来辛苦，身子不舒适，尔等安排一间清静的丹房与他养病，修炼。每天的饭和我同吃。不许人吵闹他，一切关照都只能由我亲自问管。”又向大家说：“我这师弟佛法广大，我要和他商讨佛法妙诀，任何人不准来扰乱我们。”和尚在这里得到师兄的亲热关照，总不知道是哪样病缠得自己说不出话来。虽是心中有疙瘩，也只能忍耐。哪晓得养病两个月，走路说话都不行了。

方丈大师场面上亲自关顾师弟，说与他同吃同住，共同商讨佛法妙绝，其实是在暗中施毒。两个月后，就向各庙子发出通知——“峨眉山来的师弟佛法广大，道行圆满，应该某日某时坐化升天。”通知一出惊动了各寺庙、各村寨，都准备来看峨眉山的和尚坐化升天。这和尚却蒙在鼓里一点也不晓得。这个峨眉山和尚要坐化升天的消息竟惊动了真安州的郎成模大老爷。到了这天，郎大老爷也亲自坐着轿子来看。

和尚坐化的那天，河村寺用干柴架起比一间房子还要高大得多的柴楼。把已经瘫痪得不能行走的峨眉山和尚抬到柴搂上盘脚坐着。这和尚手捧木鱼不敲，一双眼睛冒出泪水像屋檐水一样往下淌。郎大老爷看了心中感到奇怪——坐化升天是个应该欢乐的喜事，为啥子他反倒悲痛得掉泪了呢？就一面向那和尚祝福，一面问有哪点不放心的事悲痛。和尚听了，眼泪像流水一样涌出来，一句话也不回答。这时人们正要向柴楼点火。郎大老爷叫不忙点火，急令呈笔墨纸砚给和尚，并向和尚说："我是真州知州，我是来祝贺你坐化升天的，你却伤心掉泪，还有哪种不乐心的事情，请写在纸上，我给你办。"

和尚接过纸笔墨砚，将初到河村寺至坐柴楼的过程写完后用手举着。郎大老爷命令随士上柴楼取下看完，勃然大怒。当场把方丈大师捆起来问罪。方丈大师无法抵赖，当场被砍头示众。郎大老爷一把火烧掉寺院后的观音堂——方丈室。

过后，寺院里的和尚就将这方丈大师的尸体，装殓在方丈生前预制的轿棺①里，把轿棺悬挂在他生前预修的、悬挂轿棺的特殊石板墓中。现在此墓的山门虽已打开，被打破了的轿顶和墓门石板尚在墓中。

何法犁石板

从前，有个地主，待人刻薄，远近闻名。他骗过很多人在他家终年做牛马，不给半文钱。这事被长年在外帮人的何法知道了，就想设法治治他。

一天，何法到地主家找他讲理，地主对何法说："你去把我家后面那块大石板犁起来，我就开销所有长年欠的钱，要是犁不起来，你就趁早滚蛋。"何法问所有长工的钱是多少？地主说："无论多少，说话算数。"何法问："牛和铧口呢？"地主说："牛和铧口包你用!"何法说："你要是反悔呢？"地主赌咒说："我要是反悔，死于河当中。"何法知道地主发咒有假，便将计就计，犁起牛，套起铧口，去到大石板上，枷起牛，就"哧"、"哧"地犁了起来，

① 轿棺：轿子棺材。

不一会，把铧口打碎了七八件，牛犁死了三四头。这样犁了三天，大石板丝毫未动，地主的牛和铧口都用光了。何法还在催要铧口和牛。地主跑去一看，石板未动，满地都是打碎的铧口和牛，地主的心肝就像割了几刀，便对何法说："何法，你不要犁了。"何法说："你不反悔吗？"地主说："永不反悔！"何法记住了叫他不犁这句话，整天在地主家玩耍，并要他开工钱。久而久之，地主想赖："你没有犁起石板，还要钱？"何法说："不是我不犁，是你自己叫我不犁，你把牛和铧口找来，我去犁就是。"地主没法，只好年年开钱给何法，从此，地主再也不敢赖他们家长工的工钱了。

三个媳妇拜年

王大妈娶了三个勤劳的儿媳妇，辛勤劳动一年之后，谷满仓，衣满柜，鸡鸭满院，猪羊满圈，王大妈见到这些，眼睛都笑成了弯豆角。大年三十，一家人笑呵呵吃完年夜饭后，王大妈亲自安排三个媳妇，"破五"之后回娘家去拜年。初六的这天，媳妇们离家时，王大妈说："大媳妇你回去要半个月，二媳妇你回去要七八天，三媳妇你回去要四五天，但你们要同一天回来。"并说："你们回来时，大媳妇要给我带回红心萝卜，二媳妇要给我带回无脚团鱼，三媳妇要给我带回老妈妈脚。"

三个媳妇听了王大妈的话，大媳妇和二媳妇鼻子眼睛焦住一堆，只有三媳妇，捂着嘴笑，王大妈含笑地一直送出院坝，又目送到看不见人影才回到屋里。

背过王大妈，大嫂和二嫂都去问三妹子，三妹子便把她的想法一五一十讲了。

正月二十的这天，三个媳妇回到院坝下的竹林内相会，一齐进屋喊道："妈，我们回来了。"没等王大妈问，大媳妇就从竹篮里拣出盐鸭蛋，二媳妇从竹篮里拣出米团粑，三媳妇从竹篮里拣出粽子粑。王大妈见到这些东西，又看看三个聪明的儿媳妇，眼睛又笑成了弯豆角。

圆　梦

古时候，实行科举制度，每隔三年，各省的举子都要赶到京城参加考试。

播州有个举子名叫雷声远，虽然才 20 岁，但已经娶了妻子。妻子出身于富贵家庭，也颇知诗书礼仪。这一年正当朝廷开科选士，雷声远便和几个同学约定，清明过后，就一道赴京赶考。在启程前的一天晚上，雷声远睡着后一连做了三个梦，醒来便对妻子说："明天赶考我不去了！"妻子问："什么都准备好了，怎么又改变主意不去呢?"雷声远说："我刚才做了三个难解的梦，便不想去了。"妻子说："什么梦，说出来，我给你圆一圆。梦再坏，如果圆得好，还是好的。"雷声远说："实在不好讲。"妻子说："说哪里话，你我恩爱夫妻，还有什么不好说的，请快讲。"

雷声远说："我梦见我家屋脊上长出嫩绿的大白菜。"妻子一听吓了一跳，说："贫脊丽生，主穷啊！那你的第二个梦呢?"雷声远说："我梦见我家院坝重叠放起几口棺木。"妻子一听大惊失色说："棺材重叠，是重丧啊！俗话说'家犯重丧，人要死光'啊！那你第三个梦呢?"雷声远说："梦见我和小姨妹在洞房花烛。"妻子一听，哭出声来说："'姐姐死，妹妹填'，看来我的命不长了！"说着哭成一个泪人。

天亮了，妻子还在哭哭啼啼，几个原约定的同学好友都来喊启程了，雷声远无精打采地说："我已经决定不奉陪了！"几个好友同声问："这是怎么回事?"雷声远说："昨晚上我一连做了三个怪梦，而且妻子给我圆也圆得不好，我决定不去了。”同学好友们说：“啥子梦，说来我们听听，也给你圆一圆。”雷声远说：“实在不好讲啊！”同学们说：“什么话？我们是同窗好友亲如弟兄，请快讲。”

于是雷声远说了第一个梦，当他话一停，一个好友说：“这是个好梦啊，嫩绿白菜生在屋脊上，这叫‘脊（技）压群芳’啊，这对赶考的人真是好得很啦！”同学们又催他说第二个梦，雷声远刚说出第二个梦，一个好友接口说：“这梦更好啦，棺木重叠，叫‘官上加官’啦！你快说第三个梦。”当他说出第三个梦，有个好友接口说：“这是‘喜’诗的上句，叫‘洞房花烛夜’，下一句是‘金榜题名时’，正应着你高中啊！”

雷声远和妻子一听好友的圆梦，都转忧为喜，立即收拾启程。

雷声远满怀希望去到京城参加考试，仍然榜上无名。回到家里几年过去，百事大吉。他和妻子才知道，原来“圆梦”是不足凭信的。

栽树修桥惩恶人

天楼山下有一奇怪的地名叫中观音。在那里，居住着三大家族：上观音的陈姓、宋家沟的宋姓、搪岩头的王姓。相传在这三大姓中数宋家最富裕。特别是在宋家沟寨子上，有一个名叫宋三爷的大财主，远近闻名。他脾气古怪，嗜好奇特，性情霸道。不仅占有了宋家沟大片大片的良田好土，拥有众多的妻妾、帮工，而且还不知足，想仗自己的势力，慢慢地把陈姓和王姓吞掉，独霸天楼山脚。陈姓恨他，王姓骂他，他们都在寻找机会，想除掉这个横行霸道的恶棍。但是，由于宋三爷的手腕硬、心肠狠，都拿他没办法。

有一年大年三十夜，天上下着鹅毛大雪，天气异常寒冷，不时传来一阵阵过年的鞭炮声。这时，一位衣着褴褛、步履蹒跚的叫花子来到了宋家沟。他看宋三爷门口张灯结彩，人来人往，自己也随人流走进了宋家的大堂房。宋三爷的那帮狗腿子见一个叫花子蹿进了堂屋，便蜂拥过来，不问青红皂白，挟着就往外拖，扔在雪地里。无可奈何的叫花子，只好捡起已被摔破的土巴碗，转身去了上观音。

凑巧，他要饭的那家主子正是上观音很有名望的老学究，也有钱，此人名叫陈浩然，讲过学堂，很明大义。陈老者看到冷得直发抖的叫花子，连忙招呼他进屋烤火，之后，又请叫花子吃“年夜饭”……就这样，他在陈家整整住了七天时间，深为陈老者的热情所打动。临走时，他才说出了自己的真实身份：

原来，他并不是什么叫花子，而是一位阴阳先生。他给人观风水，能除恶扬善。他向陈浩然老者说：“你们上观音本是一个好地势，风水不错，但还缺少点东西，所以你们不如宋家沟富。”陈老者忙问：“缺少什么？”阴阳先生并不多话，说道：“只要在上观音左面栽九百九十九根柏香树，另外，在与宋家沟交界的雷子溪上修一座‘凉桥’，这凉桥明为过河用，实为配风水。不用多久，宋家沟无恶不作、横行霸道的宋三爷家定会衰败，恶人死无葬身之地。”阴阳先生说完，转眼就消失不见了。

过了些日子，陈老者凭借自己在上观音寨子上的威望，发动寨子上的老老少少，按阴阳先生说的，修了凉桥，栽了九百九十九棵柏香树。

据说没过多久，那陈、宋、王姓都憎恨的恶棍宋三爷家就渐渐败落了——先是一家人变得疯疯癫癫的，拿金银五谷乱抛乱撒，后来宋三爷本人也变得痴痴呆呆，抓屎喝尿哩，不多几年，一命呜呼了。宋三爷的那些万贯家产，也被穷困的老百姓分光了……

至于为什么栽九百九十九棵树，搭一座桥，宋三爷家便会败落死绝，谁也说不清楚。大概就是人们常说的善有善报，恶有恶报吧！

逃　婚

贵州正安洋渡河边有个田家寨，寨里有一女孩叫桂枝，18 岁，有一男孩叫王牛，15 岁，按当地的风俗都该打亲家了。有媒人金凤上门提亲，介绍隔五里路的小湾陈立彬家男孩陈光斗给田家女孩。陈家是个大户人家，田土佃户多，不愁吃穿，坐享清福。田老头满口答应，过几天就放话。几天后陈家提些猪肉、面条、布料到田家作为订婚礼。

这桩亲事没有问过女儿的意见。桂枝知道后给母亲说不愿意，因为她出外做活路时，听旁人讥笑：好好一朵花，插在牛粪上。当家纵然大，子弟笨又麻。陈光斗一脸麻子，从小惯养，什么活路都不做，终日游手好闲，一本“人之初”三年都读不完。桂枝不愿意这门亲事，她有了自己的意中人。因此成天面带苦容，进出不高兴，有话只能给母亲悄悄说几句，也解不了心里的疙瘩。

但田老头不改变主意，几次叫媒人去陈家催着接亲，请木匠来打家具，准备嫁妆，按老规矩烧香合了八字，决定在秋后九月十八接亲。当地有一个不成文的规矩，姑娘在出嫁前三天三夜茶饭不吃，哭夫哭嫁。桂枝开始不愿哭，但父母之命，不敢违抗，心想哭就哭吧，正好把心中的怨言倾诉出来。

九月十八的前三天晚上，桂枝开哭了。先开始哭爹娘：

天晴才出大太阳，
十五才有好月亮。
河中无鱼市上有，
人间难找我爹娘。
生我养我教育我，

长大还要做嫁妆。
只听媒人一句话，
把儿丢进深水塘。
当天姑娘当天官，
当天媳妇当天蛮。
太阳起来竹竿高，
跟着爹娘睡懒觉。
跟着婆家父母过，
哪山哪岭都跑交①。

桂枝姑娘越哭越伤心，劝也劝不住。歇了一会，轮到哭兄弟了：

兄弟是个读书郎，
勤耕苦读响四方。
书可读官不要当，
干干净净做田庄。
服侍双亲全靠你，
休怪姐姐不帮忙。
以后生个胖小子，
进屋就喊亲大姑。

兄弟也陪着流了几股眼泪。第二天早上舅父来了，又哭舅父：

除了青杠无好柴，
除了母舅无好亲。

① 交：遍。

改日朝我当门过，
喝茶吃饭儿担承。

舅父掏出几块铜板，递给姑娘，也忍不住有些伤心。下午，过礼先生和媒人带着两台盒来了，姑娘哭道：

当门有根大柏香，
砍它下来做嫁妆。
看到抬起邦邦重，
打开得个空箱箱。

媒人进屋来看姑娘，引起了姑娘极大不满，开口哭骂：

满桌酒肉摆中央，
别人吃了身体好，
背时媒人吃了屙痢打标枪。

媒人被骂得不高兴，又不好发作，见到在座的人多，只好走近姑娘身边，细声唱到：

泡桐开花空筒筒，
不要媒人自己找老公。

桂枝姑娘气极了，狠狠打了她一下，媒人悻悻走了。半夜交天气，姑娘要扯脸改装拜祖宗，在香火前跪下磕头，哭得更伤心：

是你的男孙烧香换水，
是你的女孙离乡背井。

离乡别祖容易过，
离父离母最伤心。

女伴把姑娘扶回小屋，只等次日早晨出门。天快亮了，这时夜深人静，陪着姑娘的人们很疲倦，东倒西歪地睡着了。姑娘见时机已到，匆匆走出小屋往小路走。在那里等候的王牛急忙迎过去，两人手牵手向远方走去。

天亮了，陪着姑娘的人醒来，慌了手脚，派人到处找，只发现一张小手帕掉在地上，不见人影。远处响起了唢呐声，全家人都着急得团团转，边哭姑娘边找人。田老头坐在凳上呆着，陈家接不去人将如何交代，这多丢脸、臊皮，人们会耻笑他。唢呐、花轿、媒人整整齐齐三十多人来到田家。结果迎不了亲，骂骂咧咧地折腾半天才打回转。田老头派人找了方圆二十多里，仍然没寻着姑娘的下落，倒是听说王家湾的王牛也在昨天晚上不见了。田老头自语，莫非他们一块跑了？我要打断他们的脚杆。他不知道，这时，桂枝和王牛正在一株枇杷树下拜天地哩！

张打枪

从前，有一家姓张的，只有母子两人，家里很穷，全靠儿子打鸟维持生活。儿子没有名字，因为他打鸟为生，人们就叫他张打枪。有一天，张打枪走到一个交叉路口，看见两条蛇在打架，一条是白色的，一条是蓝色的。蓝蛇很凶，把白蛇咬得快要死了。张打枪很同情白蛇，便走去把蓝蛇打死了。后来，白蛇渐渐缓过气来，慢慢地爬走了。

三天以后，张打枪从河边走过，突然听到有人喊：“张打枪！”他转身到处看，又不见人，感到很奇怪。他继续往前走，可又听见有人在喊他。张打枪边张望边说："是谁在叫我呢?"正在疑惑，突然他面前出现一个美丽的姑娘。姑娘很有礼貌地对他说："是我在喊你呀，你是我的大恩人啊!"张打枪不解地说："我是你什么大恩人呢?"姑娘说："三天前你从交叉路口过，看见两条蛇打架了吧，那条白蛇就是我呀，我是龙王的女儿，我爹为了感谢你救了我的命，特地叫我来接你到我家去要。"张打枪说："你家在水下面，我怎么能去得呢?"姑娘说："你把眼睛闭上，背朝河面，顺着这条大石路走，就可以到我家了。"又说："我爹爹给你金子银子你都不要收，你只要大灶门口那捆干柴。"张打枪闭上眼睛，背朝水面，顺着大石路走，不一会就到了龙王家，受到了龙王的热情款待。

他要了三天，急着要回家看望母亲，龙王挽留不住，对他说："你救了我女儿的命，我得好好感谢你。"于是叫手下人端出很多金银送给他。张打枪坚持不收金银，说："如果你真要送我东西，我只要你大灶门口那捆干柴，如果你不愿送我，那我就空手回去。"龙王犹豫了一会儿，答应了他的要求，还派虾兵蟹将把他送出水面。他扛着干柴朝家走去，半路上，感觉有点累了，放下干柴歇口气。刚把干柴放下，那柴就变成了来接他去龙宫玩要的那个姑娘——龙女。龙女高兴地对他说："爹爹让你把干柴带走，就是把我嫁给你了，现在我们一道回家吧。"张打枪又惊又喜，带着龙女欢欢喜喜地回到家里。母亲见儿子三天不回家，正担心得厉害，现在儿子回来了，还带来一个天仙一样的媳妇，那高兴劲儿是不消说的了。张打枪没有房子住，只有一个窝棚，他对龙女说："姑娘，你来我家好倒是好，但安身之处都没有啊!"龙女笑着说："没有房子不要紧，今天晚上就将就住吧。明天就有房子了。"张打枪以为她说的是宽人心的话，也不再说什么，就去收拾东西去了。

当天晚上，龙女等张打枪和他母亲都熟睡以后，回到龙宫请来虾兵蟹将，在窝棚旁边盖起宽大敞亮的新房子。第二天，张打枪起身走出窝棚一看，简直惊呆了，连忙跑去告诉母亲，母亲出来一看，龙女笑嘻嘻地从新房子里走了出来。母子两人都明白这是龙女的本事。从此，张打枪一家三口人就在这新房子里愉快地过生活。张打枪突然住上了新房子，又有一个聪明能干长得十分漂亮的媳妇。这消息就像长了翅膀一样，远近都知道了。县官也听到手下人在议论。于是，他便派了两个差人到张打枪家去查看。果然，同大家讲的一样，高大明亮的房子，天仙一样的媳妇。两个差人回来向县官作了汇报，县官肚里打起了坏主意。他派人去把张打枪找来，说："听说你叫张打枪，那你的枪法一定很准，上司有令，要上缴一千两百只鸟，限你三天打齐交来，交不齐鸟，就拿你媳妇来抵。"

张打枪听了，这差事没法办到，回到家里，只好守着龙女哭。龙女问他："你哭什么啊？"他回答说："县官老爷要我三天打一千两百只鸟去交，交不齐就要拿你去抵。天呀，三天打这么多的鸟，哪能办到？这明摆着是想要霸占你啊！"张打枪说着说着，哭得更伤心了。龙女安慰说："不要紧，你今晚上安心睡觉吧，明天早上我保证你有一千两百只鸟拿去交差。"张打枪联想到龙女盖房子的事，相信她或许有些办法，也就放心地睡觉去了。龙女把张打枪原来打的两只鸟的羽毛全部拔了下来。吹口气，往天上一撒，瞬间就变成了一群鸟，叽叽喳喳叫个不停。龙女用手一招，所有的鸟都落下来挤在一起，不叫也不闹，好像在睡觉一样。第二天，张打枪起来，龙女对他说："你把鸟带去交给县官老爷吧，看他还有什么说的。"张打枪高兴极了，把鸟带到县衙门当点上缴了，一个不多，一个不少，刚好一千两百只。

县官小眼睛一转，坏主意又来了："张打枪，鸟倒是办齐了，但上司还有命令，要上缴一百二十匹龙驹马，限你三天办来交，不然只有拿你的媳妇来抵了。"张打枪哀求说："老爷，我哪里去办这些马啊？龙驹马不要说没有，就有，我也没钱去买呀。"县官瞪起小眼睛："办不来马，就把你媳妇抬来。"说完就退了堂，手下差人把张打枪赶出了县衙门。张打枪回到家里，万分愁苦，在龙女面前更是哭得死去活来。龙女问："是鸟不齐吗?"他边哭边把交鸟以后又要派他交龙驹马的事说给龙女听。龙女说："这个事好办嘛，你到我爹爹那里，请他给你一百二十匹龙驹马就是了。""你爹爹在水下，我去得了吗?"龙女提醒他："你上次去我家怎样去的，这回还是那样去就行了。"张打枪告别了龙女和母亲，来到河边，闭上眼睛，背朝水面，顺着大石路一直走，不多一会儿又来到龙宫。他把来的意思告诉了龙王，龙王说："不要紧，你先回去吧，三天以内我派人把龙驹马送到你家对面山上，你听见喊声就去牵马好啦。"

张打枪告别龙王回到家里，一心只等龙王送马来。第三天，张打枪果然听见对面山上有喊声："张打枪，快来牵你的马。"张打枪听见喊声，拉着龙女就朝对面山上跑去。他们来到山上，便见一大群高大雄壮的骏马站在山上。张打枪十分高兴，赶快走上前去牵马，但那些马又踢又跳，大声嘶叫，根本不听他的招呼，还要咬他。龙女见张打枪对那些马毫无办法，笑着对他说："不要把你累死了，还是看我来吧。"龙女一声吆喝，只见那一百多匹龙驹马都乖乖地朝她走来，不住地摇头摆尾，驯顺得很。龙女对张打枪说："把马赶去交差吧，我同你一道去，看他县大老爷还有什么话说。"

他们赶着一百二十匹龙驹马来到县衙门当堂点交，县官一看这都是些价值千金的千里马，高兴得八字胡直翘。他一边翘胡子，一边又在打鬼主意。他对张打枪说："我拿我的全部家当换你的媳妇，你愿意吗?"张打枪连忙摇头说："老爷，你派我的差全办齐了，一匹不少，你怎么又来强要我的妻子，不换，不换!"县官说："你是不是嫌少了?"张打枪说："再多我也不换!"这时龙女上前一步对县官说："老爷，你把全部家当都给了张打枪，就成了一个穷光蛋，我来跟着你，又怎样过生活啊?"县官连忙说："好办！好办！有这一百二十匹龙驹马，我这个县太爷都不当了，赶马驮盐巴卖，有赚不完的钱，你来跟我，包你一辈子吃得好，穿得好，还要得好。"龙女笑了笑说："既然是这样，那我就来跟着你吧。"张打枪急得满脸通红，连说："这不行，这不行。"龙女笑嘻嘻地对他说："老爷的全部家当都给你了，还不好吗?"县官不管三七二十一，当时就把官服脱下来丢在大堂上，带上龙女，赶着那一百二十四龙驹马走了。

张打枪认为龙女变了心，就气愤地回家去了。那县官赶着马走到一条河边，他就去叫了几条大船，把马全都赶上船后，他和龙女也上了船。船行到河中心时，龙女一声吆喝，那一百二十四龙驹马就像发了狂一般，又是踢又是跳，不多一会，几条船都被龙驹马跳了个底朝天，县官掉在河里淹死了。龙女又一声吆喝，所有的马都不踢不跳了，龙女对它们说："你们都回去吧！"那一百二十四龙驹马全都回龙宫去了，龙女又回到张打枪身边。

拜　寿

有个地主，没有儿子，只有两个女儿。到了该出嫁的年龄，她们都各自选到了自己认为称心如意的丈夫。

大女婿有钱有势，识文断字，二女婿无钱无势，识字不多。地主自然偏爱大女婿，讨厌二女婿。大女儿出嫁时，陪嫁的是双铺双盖，二女儿出嫁时，只给了一床又短又薄又旧的被子。

有一年地主的生日，两个女婿都来拜寿。大女婿雇人挑了一担金银珠宝做寿礼，地主见了眉开眼笑，连声夸赞他有孝道。二女婿挑了一担自己喂养的鸡鸭、亲手捞的鱼虾、自家栽培的蔬菜，地主见了恼眉悻眼，大不高兴。

到了摆酒坐席的时刻，地主有意要卡拿[①]二女婿，便正一作二地对二女婿说："你们每人说个四言八句，哪个先说出来哪个先入席，哪个后说出来哪个后入席，哪个说不出来就吃残汤剩饭。"大

① 卡拿：为难。

女婿觉得容易得很，忙说“要得，要得。”二女婿明白老丈人的用意，也表示同意。

他们都请地主出个题目。地主胸中有数，不紧不慢地说：“你们以什么为题目都可以，不过都得有个限制，每人只准说四句话。第一句话的末尾几个字必须是‘上出头’，第二句末尾几个字是‘下出头’，第三句末尾几个字是‘两不出头’，第四句末尾几个字是‘两出头’”。大女婿略一思索，便抢先以田字为题说：“由字上出头，甲字下出头，田字两不出头，申字两出头”。说罢，洋洋得意的瞟了二女婿一眼，又恭恭敬敬地向着地主。

地主连声夸好，忙叫他入席就座。接着，转过身来，对二女婿说：“这回该听你的喽！”话音刚落，二女婿就不慌不忙的对地主说：“好，我就以你老人家陪嫁给我们的那床被子为题吧：我用它盖着脚，上出头，我用它盖着头，下出头，我卷起睡，两不出头，我伸直睡，两出头。”地主听了，羞得满脸通红，只好叫他入席就座。连自以为满肚皮墨水的大女婿也不得不佩服他的聪明机智。因此，地主再也不敢刁难奚落二女婿了，还专门叫人把一条又宽大又厚实的被子送给他们夫妻俩。

王福天的皇帝梦

莲花寨有个官迷心窍的财主名叫王福天，方圆数十里知名的小小一霸。他的父亲遗留下一幢房子，俨然一座小小的宫殿。房舍周围大大小小山头，参差错落，林茂竹修，松柏掩映。远远望去，颇有莲花开放的气派。据说阴阳先生曾恭维他家的阳宅，正坐落在莲花蕊上，大运到来时必定洪福齐天。王福天的父亲据此给儿子起了这么个名字，以应日后官运亨通之时，名副其实。

王福天虽然大头阔脸，粗眉宽嘴，却才气不佳。年轻时，其父曾把他送到省城求学，望他功成名就，光宗耀祖。他却雇人应考，自己成天出入茶楼酒肆，日赌夜嫖。父亲望子不能成龙，忧郁悲愤，抱疾而亡。王福天听说父亲死了，回归故里，除了照常玩弄女人以外，还巴结了一些权势，想捞个乡长、保长之类的官儿混一混，却又志大才疏，官场上起码的文章都写不来，只得弄几条破枪，雇几个保镖，或骑马，或坐轿，东游游，西逛逛，要要威风过干瘾。

一天，王福天挺着肚子正在他的“宫门”前炫耀，忽然发现他当门的坝子那边的乡村路上，走来七八个行商，或负囊，或挑担，看样子财物不少。王福天喜出望外，又像往常一样，令保镖头目率领小的们同去看一看。看来看去，还不是故伎重演。对不起，把东西留下，人呢，用王福天的口头语：“给老子滚。”那些可怜巴巴的商贾，叩头哀求，反讨得一阵拳打脚踢。其中，唯有一个书生模样的商人，再三劝住伙计们：“都是我们自己不对，算啦！算啦！”并转过脸来对着王福天，躬身合拳道：“吾辈小商小贩，事先未曾通报姓名，贸闯主上贵地，实属罪大难容，但念吾辈上有父老，下有妻小，祈求官人施吾辈生还之恩，日后终生不忘，如获良机，必当厚谢。”王福天还是那句老话：“给老子滚。”

至于那位书生模样的商人生相特征，王福天哪里顾得上仔细端详，只顾督促那些小的们搬财物进“宫”去。那群商人，唉声叹气，无可奈何，往东折回去了。后来听人说，他们曾在东边的山头上边吃烟边嘀咕了好半天，才悻悻而去。过了几年，一次秋收过后，王福天那白发苍苍的老母，不知从哪里得了个消息，说是离莲花寨五里之遥的马镇上，来了一位高明的八字先生，既能断人丁财源，又能测祸福吉凶，还有一套降神息鬼、保一家人吉祥平安之术，一定要王福天去请进屋来看看。王福天说：“妈，还用请，喊来就是，量他不敢歪①。”

---

① 歪：摆架子。

不到半天工夫，一位书生模样的八字先生由保镖头目领进屋来。王福天茶不倒，烟不装，劈头就问："你会算八字?"八字先生谦恭答道："小生略知一二，如不嫌弃，小生愿在贵人面前献丑。"当王福天报过他老母的年庚八字后，八字先生赞声不绝："好，好，好！老夫人好运马上就到了。"王福天听后，迫不及待地要先生也给他算八字，等他报过年庚生月，八字先生低首闭目，大拇指在其他四个指头上掐来掐去，口中念念有词，随即"扑通"一声跪在地上："小生有眼无珠，望祈恕罪。请主上叫退左右，小生有密言相告"。王福天立即对左右吼道："你们给我出去!"围观的人见状莫名其妙，想看个究竟，但又晓得王福天是惹不起的，不敢违拗。旁边人走完了，八字先生贴着王福天的耳朵："天子之福，百日之内定坐皇位。"

王福天眼睛一眨一眨的，似信非信。先前阴阳先生说过，阳宅选得好，说不定现在要应验了。想着想着，喜上眉梢，盯着八字先生问："当真的了?"八字先生伸着手板，像把刀对准自己的脖颈："如若主上当不了皇帝，小生愿以性命担保。"并向王福天再三叮嘱："一旦失密，前功尽弃，家破人亡。"

向来简单鲁莽的王福天，此时却突然问八字先生有何依据。八字先生说："请主上备香烛供果，斋戒三日，我请玉皇大帝显灵。"斋戒三日已满，晚上在香案前，玉皇大帝托八字先生密告王福天："今夜鸡叫头遍时，请皇上选最得力的心腹一人，出院门向东面山上走大约七十二步，有一草坪，坪中有三棵柏香树，三棵柏香树之间有一块石头，撬开石头往下深挖三尺，定有宝物。如获宝物，必须将皇上身边仅有的一人杀掉，防止走漏风声，败皇上江山。如没有宝物，请皇上回来将我斩首。事关大局，请皇上拿定主意，机不可失，时不再来。切莫留下后患，贻误大事啊!"

王福天听后，手提大刀一把，选中保镖头目提着灯笼，来到东面山上，果然找到草坪，确实有三棵柏香树，当真有一块石头，撬开石头挖下三尺，实实在在露出一个瓦坛，石灰封口，启开一看，坛中青铜宝剑一把、《孙子兵法》一部。两人顿时惊喜万分。王福天见八字先生的话已经应验，说了声："老子对不起了。"保镖头目还没有反应过来，已刀起头落，多年跟随王福天作威作福、欺压百姓的小头目，就这么糊里糊涂地结果在王福天手下，成了王福天皇帝梦的第一个牺牲品。

王福天用衣服包着宝剑和兵书回来，把八字先生召进卧室，喜形于色，设酒席款待，连连称赞："好先生！好先生！"当即赐银一百两。八字先生再三推让："此乃皇上洪福齐天，小生所尽犬马之劳，岂敢受赏。"王福天却执意相送，并急切地催问下一步到底怎么办。八字先生只得收下银子，酒足饭饱之后才慢吞吞地说："办法当然是有的。玉皇大帝已向我托梦指路，不知皇上意下如何，是否舍得？"这时的王福天，显然没有正式登位，但听得八字先生开口一个"皇上"，闭口一个"皇上"，已是昏昏然，飘飘然，确认自己肯定有天子之福，玉皇大帝都显灵了，还有假？难道那宝剑、兵书都假得出来？笑话！

王福天对八字先生深信不疑："快说，快说，只要事情办得成，还有什么舍不得？我不相信你，又信哪个？就按玉皇大帝给你说的办。"王福天冲着几分醉意在桌上拍了板。八字先生眯着眼睛，微微颔首，又夹了一筷子菜："按玉皇授旨，皇上要想尽快得位，必须借助天兵天将。请皇上筹备香烛供果，斋戒七七四十九天，每七天由小生带银子七百两去拜请一方天兵天将。请满七方天兵天将七七四十九万，要花去七七四千九百两。"

八字先生瞟了一眼王福天的神色，发现他的眉头皱了一下，接着又慢慢道来："这怕要花去皇上现有全部家产，但请皇上算一算，花去一个小小的家当换来一个天下，黄金白银，绫罗缎匹，妃嫔媵嫱，宫娥彩女……应有尽有，普天之下，莫非王土，享不尽的荣华富贵，子子孙孙传之万世而无穷，这难道还不合算？"

王福天越听越动心。想起那两年在省城干过的买卖，赌场上也是舍得本钱才有利钱，押得重才赢得多，“舍得宝来宝调宝，舍得珍珠换玛瑙。乡长保长算老几？百把挑谷子算得个哪样？哼，干！”于是欣然答应八字先生。“当然，当然……”八字先生紧接着说，“皇上气派宏大，其胆略非凡人所及。小生愿为成全大业肝脑涂地。”又贴近王福天耳朵：“这事只有天知地知，你知我知……这七七四十九天，就说成是给祖先除灵，千万不能……”王福天满口答应：“是，是。”八字先生的斋戒在七天七天的进行，王福天的家产田土在一批一批地卖出去，得到的一口袋又一口袋白花花的银子，全部交给八字先生一次又一次地去请天兵天将。老母和双妻见王福天在卖田卖地，哭丧似的制止。王福天说：“你们女流之辈，懂个屁，我有大事哩！”最后把妻子都卖掉了，才凑足四千九百两银子。

斋戒到了四十八天晚上，秋收进仓的粮食连吃带卖，花销殆尽。八字先生把王福天叫到暗处窃窃私语：“天兵天将已经请完，共计七七四十九万，一个不差，明天午时向京城进军。为确保进军顺利，早日拿下京城，今夜鸡叫头遍时需要一个人头祭旗。祭旗后，由皇上任命国师和各路兵马都督将军。”王福天说：“要人头，随便抓一个来杀就是。”八字先生把手一扬：“皇上，哪能随你抓？必须要出生年份属龙，生月属虎，生日属猪，生时属鸡的人头，方能祭旗。龙虎威力盖世，助皇上天下无敌，猪为六畜之首，助皇上的庶民六畜兴旺，雄鸡一叫太阳出，助皇上旗开得胜。请皇上立即查访，男女均可。”

王福天立即指派小的们迅速查访。听说要一个人头，小的们都被吓得直打哆嗦。忙了好一阵子，有个小的战战兢兢地说：“人倒有一个，只怕说不得。”王福天心急如焚，一把抓住：“快说，那个？”小的直说出王福天母亲正是这个时候出生。啊！王福天想起了，对的，对的。但毕竟是自己的母亲，怎好下手呢？又去求教八字先生，得到如此这般的答复。王福天连连点头。

颇有孝心的王福天，来到里屋，屈膝跪在老母跟前，哭着脸，无论如何要当妈的助他一臂之力，还说："如果你老人家答应了，我做皇帝以后，给你做七七四十九天道场，超度亡魂。"老母眼泪直流，悲痛欲绝，眼看儿子把田土已卖光，主意已定，想着自己这把老骨头活不到几天了，便抹着泪说："做什么七七四十九天道场哟！做个早起晚散就要得了。"说罢闭门痛哭。待到王福天需要祭旗时，打开房门，老母已自缢身亡。

祭旗过后，王福天举行了"登基典礼"，并亲自把"王"字大旗插在院坝中间，拜八字先生为国师，协助他总管国事。他的那群小的们来个论资排辈，分别任各路都督，准备带领即将到来的七路天兵天将。莲花寨四周的老百姓，不知怎么一传十，十传百，说是地方上出了个皇帝，皆奔走相告，议论纷纷，惊叹不已，从四面八方赶来看热闹。顿时人声鼎沸，灯火辉煌，盛况空前。

天已大亮，却不见天兵天将到来，王福天召见他刚任命的国师："怎么还不来？"国师以手护眼，仰观天象："皇上放心，有六路天兵天将已在前来途中，只有正东路兵马受阻尚未出动。请皇上给臣快马一匹，臣亲往催督，免误皇上战机。"王福天点头称是，即令小的们牵出他平时最赏识的那匹金色马。国师扬鞭策马向东飞驰而去。又约摸过了一个时辰，皇帝正在发愁，国师怎的一去不复返？忽听得北边大道上人吼马嘶，顿时旌旗猎猎，尘土飞扬，直奔莲花寨"王宫"而来。小的们迅速禀告皇上："天兵天将已到。"

皇帝整整衣冠，出得门来，正准备检阅各路兵马挥戈进京，一路全副武装的官军已冲进院来，不管三七二十一，毁了"王"字大旗，横冲直撞，连砍带杀。皇帝慌了神，即令人呼国师，国师却无影无踪，根本没有回来。官军问明谁是王福天，随即将他五花大绑，说是要押进京城，按流寇造反罪斩首。官军将王氏宫殿翻了个底朝天，能运走的运走，不能运走的放一把火。下午，官军押着王福天向北方凯旋而去。

王福天当了不到一天的皇帝，从凌晨祭旗，到下午被押上囚车，正好应了他母亲临终前的遗愿：做个早起晚散。那个国师呢？他正是当年遭王福天抢劫的过路行商中那个书生模样的人。坛子和宝剑、兵书是他数年前派人化装成挖草药的土医生，暗暗埋在莲花寨东边山头上的。捉拿皇帝的官军也是他请来的。当王福天家破人亡落得个斩首问罪结局时，国师正在同他的伙计们将七七四千九百两银子，分发给地方上的穷苦百姓呢！

两姊妹

从前，有一个老头养了两个姑娘。大女儿嫁给了财主，妹妹找了一个老实巴交的农民成了家。

有一年，遇上了大干旱，田里的禾苗见一颗火星星都烧得燃。妹妹的丈夫得病死了，给她甩下几个饿得皮包骨头的孩子。大的叫饿，小的要吃，缠得她实在无法。她只好咬着牙，打定主意去找姐姐，借点米来给孩子吊吊命。进了姐姐家大门，妹妹简直不敢搁脚了。花砖铺的路，灰都不见一点，她生怕给踩脏喽。见姐姐还热情，妹妹就把来意向姐姐说了。姐姐伸手抓了抓头发，愁眉苦脸地说："这些丫头，像猪一样只会吃，连个头也篦不干净。妹妹，我脑壳痒得很，快给我找找虱子。找完了虱子，我借一升米给你。"妹妹只得站到姐姐的背后去，帮她理开了头发。姐姐又说："我们办个交涉——你要给我把虱子找得一个不剩，我才借米给你，只要我篦下了一个虱子来，借给你的米我就要追回来啊！"

妹妹只好咬着牙答应了，耐心地给姐姐找虱子。她把姐姐的头发翻过来扒过去地寻找，一直找到天黑了，头发都差不多能数清了，妹妹才小心地说："姐姐，找完了，我得回去——恐怕娃儿们都饿得哭死喽！"

姐撮了一升白米出来，又交涉说：“记住哟，我只要篦下一个虱子来，你就得把米还给我。”妹妹有气无力地说：“是呀，姐姐。”她忙扯起衣兜接了米，转身出门，巴不得一步就奔回家。可是还没有走多远，就听见姐姐在喊，妹妹只好站住。等姐姐跑拢来，忙问：“姐姐，还有啥事情？”姐姐气急败坏地说：“哎呀，亲姊热妹的，还不如我一把破篦子。你前脚刚跨出门，我就篦得一个虱子。”

有啥子办法？交涉是办在先的，只怪自己不细心——妹妹只得把米还给了姐姐。妹妹回头往家走，一想起家里饿得哇哇叫唤的儿女，心头很难过，就伤心地哭了起来。突然，一条全身雪白的蛇把路拦住。妹妹睁大了眼睛，在蛇身边转来转去，就是不敢过去。蛇也怪，脑壳虽然朝她抬得高高的，但却不张口咬她。“哎！”妹妹长长地叹了一口气，只好壮着胆子说：“蛇啊，你要是我的财喜，就蹿到我的衣兜里来，要不是，就请你让我过路吧。”说罢，她真就牵起衣兜来将就蛇，蛇也真的蹿进了她的衣兜，盘成一盘。

她好不高兴，兜着蛇忙赶回家去。饿得眼巴巴的孩子们一见到她，都高兴地叫了起来：“娘借米来了，娘借米来了。”她忙说：“快烧火，娘煮嘎嘎[1]给你们吃。”一听说吃嘎嘎，孩子们只剩一张皮的脸也笑成了一朵花，精神也来了。抱柴的抱柴，烧火的烧火，涮锅的涮锅，又是忙又是笑的。不一会儿，水开了。大姑娘忙喊：“娘，水涨了。”她早已背着孩子把蛇宰成节节，忙用破斗篷遮着放进锅里，再用锅盖盖好。煮了一顿饭的工夫，她揭开锅盖一看，呀，她惊喜得双手直在破衣襟上搓——满锅都是银子，有五十两重的马鞍形的元宝，有十两一锭的大锭，有两把重的圆颗，还有大一颗、细一颗的闪碎。白光闪闪，晃得她眼睛都睁不开了。大姑娘被晃得调过脸去，忙问：“娘，嘎嘎呢？”她忙说：“蛇嘎嘎变成了银

---

① 嘎嘎：肉。

子了，我们再饿一晚上吧，明天就有饱饭吃了。”

晚上，她翻来覆去地睡不着，心头老在盘算：这么多银子可不能乱花啊，首先得多买点粮食，大人细娃吃饱之外，孩子们一年一年地大了，不能再老和娘挤一张床，得修幢房子，每个娃儿还得先缝两套遮羞的衣裳。第二天，她就照心头想的办事了。没多久，她家就变成了地方上生活富裕的人家了。富有的姐姐却因好吃懒做，没几年就变成了一个穷光蛋。她虽听说妹妹的日子过得很不错。可是却不好意思去找妹妹要周济。

一天，姐姐饿得清口水长淌，实在无法过，只好厚着脸皮去找妹妹了。又因为听说妹妹得银子发财的事，她想学妹妹当年借米一样，去碰碰财喜。一见面，姐姐忙说：“妹妹，姐姐如今穷喽！亲姊热妹的，望你接济一下。”妹妹热情地招呼她坐，并说：“姐姐放心，吃了饭，我让你担一挑回去。”姐姐忙摆着手说：“妹妹，我晓得你们也并不是富得很，姐姐只借一升米，一升……”妹妹想了想，只好说：“随姐姐的便。”姐姐又说：“妹妹，为了借这升米，还是像那年一样，让姐姐也给你找干净脑壳上的虱子吧?”妹妹笑了笑，说：“姐姐，你怎么这样?”姐姐忙说：“妹妹，不这样，姐姐心里难过哇。”妹妹信以为真，就说：“好吧!”姐姐强装出笑脸说：“妹妹，我们也办一个交涉——只要篦得一个虱子，就把借给我的米收回去。”妹妹为了让姐姐高兴，就点了点头。

姐姐给妹妹翻开了头发，找来找去都不见一个虱子的影子。想了想，她从自己身上摸了一个虱子放进妹妹的头发里。太阳刚刚偏西，她就停住手，哭丧着脸说：“我的好妹妹，可怜可怜我吧。这阵不晓得娃儿饿成啥样子喽。”妹妹立马撮了一升米给她，并一再叫她要让孩子们吃饱饭，吃完了再来拿就是了。姐姐一边“嗯”着答应，一边已奔出了门。她巴不得早早上路，妹妹好早点来收回米，她好早点遇上财喜。走了好远好远，却不见妹妹追来。姐姐心头直埋怨：妹妹太老实喽。她只好边走边装着哭，反正只要遇到老蛇就行。让它蹿进口袋，拿回家去也宰成节节煮。不，得去隔壁家借口大锅来煮，煮出一大锅银子来，就能重新当一个大财主了。一想到这里，心头暗暗高兴，一双眼睛从指缝瞅着路上的每一丝动静。

她慢慢地走哇，走哇，恨不得老蛇马上横在面前。走到一个山弯弯，果然看到一条大黑蛇横躺在路上。“好！该发大财了！”她好不开心，赶忙向蛇祷告：“蛇啊，你真是我的财喜呀，快，快蹿进我的口袋来。”她忙牵起口袋向蛇脑壳伸去。大黑蛇仰起脑壳，鼓着眼睛，毒舌一袅一袅的向她牵口袋的手伸来，“嗖”的一口，她痛得在地上打滚，哭得死去活来……

杵路棍

从前有个穷人，家里穷得起火，全靠背挑下力为生。他的财产除了一身巴上补巴的旧衣服外，就是背上的一个背篓和手中的一根杵路棍。这根杵路棍，是他开始下力时在坡上砍的一根青杠柴棒棒，也是他几十年来背东西时上坡下坡的得力助手。由于年深月久，经风历雨，它早已黑里透红，活像油漆过的一样。

有一次，他给财主背盐巴在赤水河边歇气时，看见一条很大的乌梢蛇，凶恶地在河里追鱼吃蟹，他看不惯这个以强欺弱的家伙，便扬起手中的棍子，狠劲地给它一棍。那家伙挨了一棍，负痛游到深水里去了。过了不久，他又背着财主家的一背包谷，从一条小河中踩水过路。说来也怪，他的杵路棍刚一着水，河水便哗哗让开，给他留出一条路来，棍子抽开几尺远，河水才平复如初。他背着背篓走拢河对岸，连脚背也没沾上一滴水花花。他感到奇怪，连忙拿起棍子细看，才发现棍子上裂开的小隙缝里，巴了两片不显眼的黑鳞，这才恍然大悟，原来那天他挥棍狠打的不是乌梢蛇，而是一条能够避水的大黑蟒。

从此，他便把这根棍子当做宝贝，整日不离手，连睡觉都放在枕头边。不过，只要穷哥们有急事要过滔滔的赤水河，或者被暴发的山洪隔断去路时，他就主动地把棍子借给他们。穷兄弟们也很守信用，用后总是及时归还给他。

俗话说没有不透风的墙。日子一长，这件事三传两传，就传进一个又贪又狠的地主耳中。地主眼珠子一转，便死乞白赖地上门来借杵路棍过河。这号人借东西，不用说，是耗子借粮，有借无还。所以这个穷人二话没说，就把脑壳一摆。地主见他不肯钻套套，又假意说愿出一百两银子跟他买。这穷人依旧摆着脑壳，不愿搭腔。地主恼羞成怒，叫来几个狗腿子，硬是把棍子抢走了。穷人心痛得哭了好几场。无奈这家伙权大势大，奈何他不得，只好打落牙齿和血吞，把仇恨记在心里。

地主得了这根宝棍，就像恶狼长上了翅膀，经常拄着它在赤水河里穿来穿去，欺压两岸的穷人。有一年，地主讨了个妖里妖气的小老婆，她也要拄着这根棍子过河玩耍，地主当然依从了她。当她看到这根黑糊糊的棍子，立刻皱起眉头，把嘴一扁，撒娇撒泼地要地主找人把它刨光刮净，免得脏了她的手。地主自然又是不折不扣地遵命照办，立马叫来一个木匠，把木棍推刨打磨得光生生，漆得金光闪亮，还在上面雕刻花草，用漆漆过之后，还用香草熏过。这婆娘拿着花皮俏脸的棍子，高兴得像发了羊痫风一样，偏偏倒倒的直往赤水河里摇去。谁知前脚刚踏进河里，便妈的一声惨叫，被狂波大浪卷走了。

地主派人打捞了三天三夜，才把尸体和木棍捞了出来。他像一头被打伤了的野猪一样嗷嗷大叫，差人把那个穷人捉来，棍子朝他面前一摔，诬赖他谋害人命，要给小老婆抵命。没谙①那个穷人是

---

① 谙：想到。

个穷得骨头硬的角色，当着众人便粗声大气的顶撞他："地主老爷，你自家打整杵路棍时把上面巴的蟒鳞弄掉了，反倒猪八戒过河倒打我一钉耙，要说是谋害你老婆的命，凶手正是你自己。"接着，他又把打黑蟒的经过一五一十地抖落了出来。一席响当当的话，噎得地主舌头打绞绞，半天答不上话来。过了好一阵，他才像冬天在洞内昏睡的蛇一样，从懵懂中苏醒过来，亲自到磨整杵路棍的刨花木屑中去找蟒鳞，可是已经被煮饭的下人烧掉了。

他眼珠子又转了一转，立刻打出一个坏主意，他把杵路棍交给穷人，叫两名走卒和他一道押起穷人到从前他打黑蟒的地方去等黑蟒，好再让杵路棍上巴几片蟒鳞。他们在河边等了四天四夜，还没见黑蟒的影影。地主马起那张寡骨脸气呼呼地说："你扯谎掠白骗我，让我陪着你在这里喝风受冻，我要叫你不得好死，明天要是再见不到黑蟒，就把你捆起丢到河里去喂大鱼。"穷人恨得咬破了嘴唇，但仍没有吭声。到了第二天下午，仍不见黑蟒出来，他们便把穷人捆起来，扬起杵路棍就打，准备打个半死后再推进河中，好让他多受点罪。没料到刚打了两棍，第三棍才扬起时，呼啦一声，黑蟒蹿出水面。见有人扬起棍子，认为像头回一样要打它，火性发作。连尾带腰横扫过来，把地主和两名走狗卷进河中淹死了，只有那根木棍在惊慌中丢在岸上。过路的人把捆穷人的绳子解开，那根杵路棍才又回到穷人的手里，不过再也不能够用它避水过河了。

六月六的传说

仡佬族称六月六为"登记岩婆"，并把其作为仡佬族的传统节日之一。传说在很久很久以前，六月六这天，天空晴朗，骄阳似火，一群孩子相约到寨门外的大树下去玩耍。孩子们玩布龙蛋、打草球。晌午时刻，正当孩子们玩得兴起时，突然天空刮起一阵狂风，霎时天昏地暗，孩子们惊慌失措，呼叫声惊天动地。大一点的孩子就把小一点的孩子抱在怀里。狂风过后，孩子们四周出现了张牙舞爪的豺狼、虎豹和大小不等的蛇，胆小的孩子见到这些猛兽吓得尖叫着，大一点的孩子和胆大的孩子们就组成一道人墙围护着那些胆小的孩子。这群猛兽和蛇昂头张牙或伸出舌头，围着孩子们转。

在这危急时刻，山脚忽然出现一位拄着拐杖的老奶奶，那拐杖上还挂着一个葫芦，老奶奶把拐杖的葫芦取下来，拔掉葫芦口的塞子，将葫芦口对准猛兽和蛇。葫芦里喷出一团火焰和烟雾，猛兽和蛇见到火光，闻到烟味，吓得往深山老林里逃。老奶奶见猛兽与蛇全逃走了，就从身上取出一个土碗，从葫芦里倒出一碗水，把水撒在孩子们身上，于是被吓坏和吓昏的孩子感到有一股清香之气像流水一般从胸中传遍全身，立即清醒过来。这时老奶奶说："孩子们，现在没事了，有我在这里守着，你们尽情地玩吧！以后再也不会有猛兽和蛇到这里来吓唬你们了。"

老奶奶还分给每个孩子一块石头（传说是雄黄），叫孩子们时常放在身上可驱邪避虫，当孩子们把石头放进衣袋里老奶奶就不见了。孩子们回到家中把遇到的事情给大人讲述，于是人们到白天孩子玩耍的地方去查看，只见山脚下多了一块直立的大石头，形象酷似一位老奶奶，身边还有一根拐杖，拐杖上还挂着一个葫芦。老人们看后认为是山神给孩子们派来的保护神。从那以后，为了纪念这个日子，每逢六月初六这一天，人们都要带孩子到这块石头前登记，久而久之就形成了传统节日——"登记岩婆"。

仡佬族踩堂舞

踩堂舞，是居住在贵州省黔北一带仡佬族人民的一种丧葬仪式。每当仡佬族有人辞世以后，便把死者停放在堂屋中，然后在遗体前跳踩堂舞，表示对死者的哀悼和怀念。

舞者以三人为一组，一人吹芦笙，一人打钱杆，一人舞丝刀，边舞边唱挽歌。其歌词多为叙述死者生前事迹和祝福早升天堂一类的吉语。舞时身体微曲，来回跳跃，右足落地稍重，略如微跛状。舞蹈人数的多少，依据堂屋的大小而定，舞蹈的时间一般在一小时以上，有多至四五个小时的。踩堂舞是这一带仡佬族人民的传统风俗，据说远在唐代已经开始，究其来源，当地还流传着这样一个故事：

在很多很多年前，以开荒辟草著称的仡佬族人民，原本住在河谷沿岸的坝子上，和汉族兄弟一起开发着所谓“蛮夷之地”的贵州高原。后来，汉族的统治者残酷地镇压其他少数民族，仡佬人民被驱赶得四分五裂，纷纷向僻远荒凉的高山逃命。因此，直到今天，这一带还流传着“高山苗，水汉家，仡佬住在石树柱”的民谣。就在这时，有户仡佬人家，一家八口，扶老携幼，离乡背井，逃到四处高山难见日、长年雾里难逢晴的大娄山脊的荒坡上居住。他们的家长——一个善良的年已七十多岁的老人，对汉族统治者的行为气愤交加，加上沿途逃奔时的风霜劳顿，没过多久便与世长辞了。全家人悲痛到了极点，老人下葬后仍守在坟边哀哀哭泣。一个两个喉咙都哭哑了，再也哭不出声来了，他们只好用吹打钱杆来代替他们的哭泣……哭着哭着，他们发觉坟地上有很多蚂蚁爬来爬去，他们怕蚂蚁损坏老人的坟墓，便边吹芦笙边打钱杆边用脚踩蚂蚁，远远望去宛如歌舞。时间一长，习惯成了自然，就这样一代一代地流传下来，便成了仡佬族人民风行的丧葬礼仪——踩堂舞。

踩堂舞最初是在坟台前跳、唱，因常受地形限制，才改在屋中进行的。最初舞蹈时只吹芦笙和打钱杆，后见邻近村寨汉族人家做道场时，巫师常执丝刀、令牌作驱鬼状，才逐渐学着舞丝刀的。原来跳舞者舞毕，用清茶解渴，现已改用饮酒代替了。

泡木筒的来历

独特的仡佬族乐器——泡木筒，是用一尺五寸左右长、拇指大小粗的泡桐树打空，在尾部钻两个眼，头部用水竹做成哨子而成。泡木筒乐器，可以吹奏仡佬族民歌，音调悠扬婉转，悦耳动听。

关于泡木筒的来历，在仡佬族人民中流传着一个十分动人的故事：

从前，一个有着十口人的仡佬人家，住在一个荒凉的山洞里。那时，没有田地，没有房子，一家人全靠吃野菜、野果生活。有一年冬天，接连下了一个多月的大雪，四野白茫茫，野菜、野果全冻死了。这家仡佬族人在山洞里又冷又饿，无法可想，全家十口抱头痛哭：

天苍苍，野茫茫，四野白雪，群山荒凉。
没有吃，没有穿，仡佬儿女，快要死亡。
苍天呀苍天，睁开你的双眼，看看这凄凉世界。
玉皇呀玉皇，伸出你的神手，救救我仡佬一家。

悲痛凄凉的歌声响遍千山万水，直冲九霄，惊动了天上玉皇。玉皇立即责令织女下凡查访。

织女变成一只神鹰，飞到人间，查清了情况，立即回报玉皇。玉皇听到这十口的仡佬之家在受苦受难，十分同情，就派织女把他们全部接上天庭。

一天，玉皇心血来潮，掐指一算，人间缺少仡佬这个民族，就命令太上老君，给在天上的这一家中最小的那个男孩老七阿力和最小的姑娘达勒各服了一粒金丹，然后又命织女将他们送回人间，待他俩长大后成家立业，为仡佬传宗接代。

阿力、达勒又回到了人间。达勒离开了父母，到了一个生疏的地方，人又小，生活又不习惯，整天愁眉不展，唉声叹气。比妹妹大一岁的哥哥阿力，为了给妹妹消愁解闷，就爬上高山的岩边砍了一尺五寸长的一节泡桐木，把中间打空，在尾部钻了两个洞（一个代表阿力，一个代表达勒）。再砍来了水竹做成哨子，装在泡桐木的头部，做成了泡木筒乐器。阿力就用泡木筒吹起仡佬族歌曲《妈戛傲》。达勒听了哥哥吹奏的曲调，高兴极了，就跟着泡木筒的节拍唱起了歌。泡木筒的乐曲和达勒的歌声由小到大，由近到远，悠扬婉转，悦耳动听。树上的小鸟停止了跳舞，蓝天上的雄鹰停止了飞翔，都在聚精会神地听阿力兄妹俩绝妙的乐曲。

年复一年。每当妹妹愁苦的时候，阿力就吹起泡木筒，为达勒消愁解闷。有一天，达勒绣完了一幅十分漂亮的锦缎，抑制不住内心的高兴，唱起了《妈戛傲》。阿力伴奏的泡木筒乐器声也特别嘹亮。歌声、泡木筒乐器声直冲天庭。玉皇问阿力、达勒爹妈，这是什么曲调、什么乐器？两个老人回答说："这个曲调叫《妈戛傲》，吹奏的乐器是泡木筒，只有我们仡佬才会唱，才能吹。这一定是在人间的阿力、达勒所为，望玉皇开恩！"玉皇越听越入神，对泡木筒优美的乐曲赞不绝口。玉皇一高兴，就下了一道旨，规定泡木筒为仡佬族乐器，不准其他民族仿制和乱用，违者处以刑法。

阿力、达勒在人间慢慢长大成人了，凭着双手开出了坝坝良田，用辛劳和智慧按季节种出了粮食、棉花，盖起了房子。按照天意，他兄妹俩结为了夫妻，繁衍了子孙。

阿力、达勒过着幸福美满的生活。每年秋后，粮食丰收了，他们做好喷香的白米饭，先敬贡天上的玉皇和爹妈，再敬为他们耕种的老牛，然后自己再吃。这就是仡佬族的"吃新节"。在"吃新节"的时候，他们就吹起泡木筒，唱歌跳舞，庆祝五谷丰收：

冬天去，春天来，勤耕种，好收获。
谷子扭成绳，包谷似牛角。
白米饭，新衣衫，美人间，好生活。
玉皇与爹妈，仡佬多快乐。

仡佬族的古老乐器——泡木筒，就这样由玉皇降旨由阿力、达勒传下来，一代传一代，直到今天。

和尚棋

传说，有一个出家和尚，整天躲在山上念经，没吃的就下山化缘。有一天，和尚下山化缘空手而归。他灰溜溜回到山庙里，坐在地上，用木棍写字度日。他把自己的庙写了“◇”形，在中间写上个“十”字，又在庙下面写个“田”字，又想到很多田，就把一个“田”字分成四个“田”字，并与庙相连。和尚肚子饿得咕咕直叫，无心再写，就在每个“田”字上打个“×”，嘴中叽咕着：看来今天得饿肚皮了，他丢下了木棍，又随地摸着了几颗石子拿在手中。和尚盘脚坐着，手中倒绊着小石子直发呆，有几颗石子从手中掉在地上的图中，和尚眼前一亮，来了精神。他要想办法去智取化缘，不能白要，让农夫心甘情愿给他粮食。于是他把自己比作一个石子放在庙中的十字路中，把有粮食的农夫比作几个石子摆放在大“田”字四周，把所有的笔画都看成路，可四通八达。和尚设想，自己走一下，农夫走一步，不能在路上一见面就向别人化缘。他想出一个办法，就是只要在一条直路上，同时遇着两个农夫，自己站在中间才能化缘，而且农夫都得给，这一着叫“挑”，农夫不愿给，就要想法子改变路线，关键就看和尚自己怎样走，才能把农夫的子全部“挑”完，只有这样才给斋饭。

和尚决定下山试试这个办法。于是他来到一个院子，找了几家农夫化缘，人家都不给，他就在地上画出自己发明的图形，再找几颗石子，自己取一小节木棍替代，给大家说明各自的走法，谁输了，谁就给粮食。大家一看，这个方法可以，又好耍，于是做起游戏来。后来民间把这种耍物叫“和尚棋”，也有人称其为“五马棋”。

猪蹄叉棋

听说有两弟兄，爹妈死得早，自己又好吃懒做，就要饭过日子。一天，讨得猪蹄叉一个，两弟兄争了起来，平日都是哥哥让弟弟，尽量让弟弟多吃一点。可今天哥哥不肯让，他想多肥的猪蹄叉，好久没进油荤了！但他不能硬争，得想个法子。哥哥在地上画了个“猪蹄叉”样子，先画一个“冂”外框，又在里面打个“×”，找来四颗石子，每人两颗，颜色不同，放在“冈”的四角。对弟弟说：我们来走子，哪个把对方的子围着走不动了就算赢，猪蹄叉就归哪个。结果哥哥输了，但弟弟还是拿个叉叉给哥哥吃。从此以后，两弟兄只要讨得好吃的，就用这个办法分配食物。

天麻的传说

传说，天麻是从天上降下来的，自生自灭。因为它的根很像仙人的脚，所以人们又叫它“仙人脚”。还有人说，因为它在人间成了家，生了小孩，不愿回天上去，所以又叫“棒打不退”。

在道真县周盖垭这个地方，古时候住着一对父子俩，父亲名叫韩八，经常七痛八病的，他的儿子叫韩春，三十多岁了，还没娶媳妇。韩春家里很穷，靠打猎过日子。一天，他到一个名叫红春窝的森林里打猎，一眼看到从天上飞来一只雀，歇在青杠树上，又白净，又肥实。他刚举起箭，那雀就飞落到青杠树脚了，还冒了一股青烟。韩春用手去东刨西刨，刨了好久，都没刨到。正在这时，一个姑娘站在青杠树脚，抿嘴一笑，说道："大哥，你刨哪样？雀都飞啰。"韩春听见有人说话的声音，站起来一看。见是一个很乖的姑娘，心头激动得咚咚直跳，连问都不敢问一声，但又不由自主地向那姑娘走近了一步。那姑娘见韩春走来，一手撑住青杠树，又对他说："大哥，你刚才刨的那个东西叫'仙人脚'，到明年的今天，你再到这儿来找吧。"姑娘一说完，招了招手就不见了。

韩春每天早出晚归，不是去打猎，就是到街上去卖山货，忙得个溜溜转。有几次打猎回到家里，饭已弄好，他父亲吃的药也熬好了，但却不知是谁弄的。韩春想，会不会是那个姑娘来做的？第二年冬天，韩春又到红春窝森林里打猎，不多一阵，那姑娘果真又来了。一见到韩春就问："老人家的病好了没有，大哥你要好生照护。"韩春红着脸答道："姑娘你真不嫌弃我们，几次到我们家里煮饭、熬药，多谢你了。"那姑娘蹲在青杠树脚，在地上用手刨了一下，说道："大哥，不谈这些了，青杠树脚有'仙人脚'，你挖去熬来给老人家治病，我叫'棒打不退'，日后你来找我。"说完，那姑娘招了招手又不见了。韩春羞答答地，也不问一声那姑娘往哪里走。后来，他拿起弯刀就刨"仙人脚"。这一刨，确实挖出来有一篼篼白生生的"仙人脚"，他把那些小个的"仙人脚"又放回凼凼里，砍了一些细青杠棒棒搁在里面，用树叶草草搭起，盖上泥巴，打了记号，把那大个的，包回家了。

韩春提起那"仙人脚"，高兴得不得了，拿来熬成药给他父亲吃。不久，他父亲的病就好了。韩春赶场去卖山货，顺便把"仙人脚"拿去给人治病，也治好了。不多久，"仙人脚"这服药的名声也传出去喽。后来，有个媒婆来到韩春家，对韩春说："石笋坝金家有个姑娘叫金仙，30 岁，病了几年，到处求医都治不好，金老汉说哪个给他女儿治好病，就许配给他，成亲后，说棒打不退了。”韩春听说这“棒打不退”，心里有几分奇怪，就和那媒婆去到金家。走拢一看，那姑娘头痛得厉害，神志不清。他抓了半把“仙人脚”，加了点草，煨来给金仙姑娘吃了，然后又用“仙人脚”配了几包草药，叫金仙继续吃。金仙吃了这些药，一个月后就好了，还能下地做活路啦。金仙的病好后，金老汉便请那媒婆把金仙送到韩春家成亲。韩春还半信半疑地说：“是不是哪个把皇历造颠倒喽，像这样娶的媳妇靠得住不了？”金仙回答道：“你想到哪点去嘞，我们是棒打不退的夫妻，白头到老。”他俩拜了天地，就算成亲了。

韩春和金仙笑笑和和地过日子，确实成了棒打不退的一对。红春窝森林里，青杠树脚的那窝“仙人脚”，一年比一年的多。两口子卖“仙人脚”得了不少钱，还修了一幢大房子，韩春口口声声说这是托“棒打不退”的福。韩春这才明白，因为遇见“棒打不退”的仙女，才认得了“棒打不退”的“仙人脚”，然后才得跟金仙结成了“棒打不退”的夫妻，过上了幸福的日子。

尹珍树

正安县新州区毋敛坝尹珍①，东汉桓帝时学者，曾以经术选用，历尚书丞郎、荆州刺史等。后人称汉儒尹先生。据《华阳国志·后汉书》等志书记叙：“荆川刺史尹珍，字道真，毋敛人。自以生于荒裔，不知礼仪，乃从汝南许慎，应奉受经书图纬，学成，返乡里教授，于是南城始有学焉。”尹先生是贵州文化的开拓者之一，也是贵州最早的著名书法家。贵州正安县新州区毋敛坝的尹珍务本

① 尹珍，字道真，牂舸郡毋敛县，即今正安县人。

堂，就是当年小学的场所。为了纪念尹珍先生的功绩，1942年在贵州遵义地区靠近务本堂的道真，设立了道真县，以此地名来缅怀尹先生，现在道真县成立了道真仡佬族苗族自治县。尹先生虽然逝世一千八百多年，但他的功绩世代铭刻在当地人民的心中。他的奇闻轶事，世代相传。务本堂对面的杨东山上，有一棵古老的柏树，至今枝繁叶茂，四季常青。树干平胸四大抱，树高五六丈，加之耸立在高山顶上，川黔交界处远近数十里都能看见。据当地的仡佬族民间传说，此树是很早以前尹珍先生亲手所栽。

那时尹珍先生远道去中原求学，学成后，返回乡里，途经四川，在来到杨东山时，因自己身上背负的行李、书籍足有百把斤，加之长途跋涉，已经累得筋疲力尽。这时，又正逢春雨，山路崎岖，道路就显得更加难走。他随手在路旁扯下一棵小柏树拄路。当他艰难地登上山顶歇气时，便信手插在地上，也没去管它。当地人见尹珍出外求学归来，格外高兴，纷纷上前迎接，帮助他扛书籍，提行李，问长问短。家家备办酒席，慰劳他一路的艰辛。尹珍先生也不辜负大家期望，把在中原所学的全部知识都贡献给了这里的父老乡亲，培养了众多的优秀才子。

一日三，三日九。他信手插的这棵拄路棍，不知不觉地生根发芽，长出了枝叶。原来把手处有个枝，后来长成两股大枝桠，双枝向外开展，像特制的大伞，人们就叫它“团团树”，因而闻名川黔，并有团团树影映照进重庆府太平缸中之美谈。千余年来人们对这棵古树的来历，一代一代，口耳相传，越传越奇。有说“汉儒尹珍亲手栽，文明风水启后代”，它是“文人宝盖”；有说“山中难找千年树，古树长青福命长”；有说它是“长寿树”，而且是棵“保安树”。因此长久以来，老百姓中小孩多病，遇灾遇难，都去祭拜这棵古树。

每到逢年过节，树前焚香化帛、献酒献茶的人络绎不绝，都来虔心祈祷，香烛纸灰铺满地，彩花彩红（布）挂满梢。他们中有勤劳勇敢的农民，来祈求古树保佑当年的六畜兴旺、五谷丰登；青年男女则祈求婚姻幸福、白头偕老；而那些书生们，则祈求大树赐以聪明，能早日成才。老幼祈求保佑地方平安，人丁兴旺。总之，前来祈祷的人都非常虔诚。说也真灵，当年尹珍先生所栽的这棵古树，也没有辜负乡亲父老对它的期望，只要有人祈求，总是有求必应。而对它不尊或伤害它的人，它就要惩罚他。现在这棵古树依然苍劲挺拔，巍然屹立在杨东山上。杨东山也因此成为了方圆几百里的旅游胜地。

法衣法帽和铰子

灵鹫山是一座仙山，山下有一条灵鹫河，河中有一口深塘，塘边有一个洞叫龟灵洞，有一只修炼了多年能转化成人形的雌龟仙子就住在洞中。她经常到河中洗澡，洗澡时有对对鸳鸯伴着她。

山上就是释迦佛传道的地方，他有两个徒弟，大弟子叫阿难，常常站在他右边；小弟子叫迦叶，常常站在他的左边。

阿难在学法期间，每逢热天也到河中洗澡，每次洗澡都引来对喜鹊。一天，阿难来到河边，脱了衣帽下到河里，不料，两只喜鹊把阿难的帽子用嘴抬着飞走了。阿难急忙上岸穿好衣服就追。他看见喜鹊在不远处站着，一追，喜鹊又飞了，不追，喜鹊又停了，一追又飞了。就这样追追停停、停停追追，一直追到雌龟仙子游泳的塘中。喜鹊把帽子从空中放下，不偏不倚落在雌龟仙子手中。阿难上气不接下气追拢，合掌说："阿弥陀佛，这帽子是我的，望小姐还我。"

雌龟仙子问："这位大哥，尊姓大名?"阿难答道："我叫阿难，是释迦佛的大徒弟，请问小姐芳名?"

"我叫雌龟仙子，住在龟灵洞中，若不择敝，请到洞中一叙。"

太阳快落山，阿难说道："今天时间不早，望小姐还我帽子，怕回去迟了佛祖见怪。"

雌龟仙子问："大哥去后，什么时候再来？"

阿难说："天一热，我就到河中洗澡，后会有期的。"

雌龟仙子把帽子还给阿难，阿难匆匆回山去了。

第二天，又是大太阳，阿难又下河洗澡，他刚脱掉衣服和帽子下水，两只喜鹊又把他的帽子抬走了。阿难又去追，追到塘边，帽子又在雌龟仙子手中，照旧央求还帽。雌龟仙子故意为难阿难说："这帽子又不是我去你家偷的，是喜鹊给我，要还你自己去问喜鹊要。"阿难很气愤，他看树上的喜鹊一个在叫"哈哈"，一个在叫"娇娇"，塘中的鸳鸯也叽叽咕咕成双成对地游来游去。阿难看了觉得奇怪，便对雌龟仙子说："我也不明白，这喜鹊为啥把我的帽子偏偏衔到你手中，昨天如此，今天又如此，帽子在你手中，我只好求你还了。"

雌龟仙子娇声娇气说："阿难哥，你的帽子两次都是喜鹊衔来给我，这肯定是天作之合的事情，你不要身在福中不知福啊！"

阿难说："如果明日洗澡，喜鹊还把帽子衔来给你，我就相信了。"

雌龟仙子说："阿难哥，说话可要算数啊！"

"一个大男子汉，怎能说话不算数？"阿难说。

这样，雌龟仙子又把帽子还给了阿难。

第三天，天气很热，阿难要去洗澡，又怕喜鹊抬帽子，就把帽子藏在山上寺中，才去洗澡。他光着头脱了衣服下河，跳到河中心放心地洗起来。一会儿，喜鹊又来了。阿难想，今天没有帽子抬了，看你喜鹊咋个办。万没想到，那么重的上衣也被两个喜鹊抬走了。阿难气极了，追到塘边一看上衣又落在雌龟仙子手中。还没等阿难开腔，雌龟仙子说："阿难哥，男子汉的话没有忘吧！"

阿难为了讨还衣服急忙说："没有忘，没有忘！"

“既然没有忘，到我洞中一坐吧！”阿难没法，只好跟着雌龟仙子去到洞中。雌龟仙子把阿难引进一间绣房，招呼他坐在鸳鸯椅上，又捧上香茶。阿难喝了两口，神魂颠倒，忘了佛子禅机，便和雌龟仙子做了夫妻。夕阳西下了，阿难才回到灵鹫山。

从这以后，雌龟仙子有了身孕，后来，生了一个男娃，很像阿难。孩子长到六七岁，和别的孩子一起放牛读书，他看到别人有爹有母，只有他有母无爹，便硬向母亲要爹。雌龟仙子无法，只好对他说：“你爹在灵鹫山上，站在佛爷右边那个就是。”孩子去到灵鹫山，果然看到佛爷两边都站着一个人，他揪住右边的那个就爹呀爹地喊起来。阿难怕佛祖知道怪罪，便悄悄对孩子说：“乖乖你不要闹，我给你铰子玩。”孩子还不依，阿难说：“我再给你衣服、帽子，拿起回去，给别人敲敲打打，还得钱儿哩！”孩子穿起衣，戴起帽，敲着铰子高高兴兴回家，这就是“法衣法帽和铰子”的来历。以后给别人敲敲打打，就被人称为“道师”。佛祖的阴追阳荐中有一坛法事，叫《迎尊》，就是迎阿难的。雌龟仙子后来成了龟灵圣母。

白果花

在仡佬坪，有一个美丽的姑娘叫阿秀。阿秀10岁时死去了亲妈，跟着爹爹长到十一二岁，便绣得一手好花，什么腊梅、秋菊、春兰、夏荷，凡是她看见过的，都绣得出来。那些花绣在姐妹们的围裙上，绣在新娘子的枕套上。找她绣花的人多得无数，上门来说媒的客也数不完。真是花儿开在手上，花香香千家。她就像天上的一颗晶亮的星星。后来她爹给她娶进个后妈。后妈是个钱财迷，见阿秀绣的花儿出了名，也就把她当做进宝的财神，整日把阿秀关在屋里绣呀绣呀，绣好一件，后妈便拿出去卖一件。阿秀从早到晚，绣了春夏绣秋冬，绣过山茶绣海棠。她一点不觉得累，只觉得小时候，光着脚丫和姐妹们上山放牛采猪草时，看见过那满山遍野的山花，要绣很多时间才能绣完。她想：我要把仡佬坪所有的花儿都绣出来，让这些花儿四季常开，那才实在是好。

她就这样没日没夜地绣，一朵、两朵、千朵、万朵……凡是看见过的花儿都绣过了。还应该绣什么样的花儿呢？她望着窗外那远远的青山，淡淡的白云……这时，她忽然感到这多年的绣房生活实在有些单调和寂寞，胸口也闷得慌。是的，应该出去走一走，到小时候走过的山沟草坪上，再去看看那些绿色的叶片儿，闻闻那些醉人的花香……阿秀这样想着。但是，她推了推房门，门却被后妈反锁着。于是，她把绣花的布绢一条条接起来，从窗口偷偷地跑了出去。

盛夏的仡佬坪，绿茵的草丛中，五颜六色的花儿像群星闪烁。但是，没有哪一朵不是阿秀绣过的。可阿秀并不是一个自满自足的人，她继续往前走去。忽然，一棵高大的白果树出现在她的眼前。聪明的阿秀立刻想："哎呀！什么花儿都绣过，还没见过白果花哩！我们只看见白果一年年结下丰硕的果实，却从来没见过白果花是什么样儿。听老年人说，白果是在夏天的晚上，待所有的人都睡去了，才肯开出那宝贵的花。我何不躲在树上，看个仔细呢！"

云霞在叶缝里退去了，月光从叶缝间照了进来。在那茂盛的白果树上，深夜的冷露冻得阿秀浑身发抖，但她还是忍受着，忍受着……

忽然，阿秀的眼前闪出一片霞光，只见整棵白果树熠熠发光，满树的花儿一齐怒放了。阿秀惊呆了。这是她从来没有见过的，世上最美丽、最耀眼、最洁净的花儿。银光闪闪，把天地都映照得通亮通亮。即刻，一幅最美的花样在阿秀胸中绘成了。

天亮了，阿秀兴奋地回到家里。谁知道她的后妈却认为她一定是半夜出去做了见不得人的勾当，逼问她去裹了哪一个野小子。阿秀一再地解释，她后妈总是不信："白果开花，哪有这样的事？哼！这样半夜三更地摸出去，不知已是多久了，怕是要出货了。"她爹爹一听"要出货"，也火冒三丈，便狠狠地把阿秀打了一顿，然后关进房里。

阿秀本来在树上就着了凉，此时又遭一顿毒打。身子单薄的阿秀一气之下，竟病倒了，几天后，便凄惨地死在她的绣花房里。

阿秀被埋在屋后的一个小山堡上。从那以后，每当夜晚来临，便听得那小山堡上传来一声声凄婉的叫声："唧唧、吱吱，唧唧、吱吱，白果开花天知地知；唧唧、吱吱，唧唧、吱吱，白果开花女儿我知……"

这时，阿秀的爹爹后悔极了，顺着那凄切的叫声找去。只见阿秀的坟边草丛里，有一只灶鸡[①]在悲泣地叫着。她爹爹便含着泪把它捧回来，并用草编了一个灶鸡笼子，把它挂在屋里，伤心地说："我的阿秀，别哭了，爹对不起你，是……"话还没说完，她后妈竟一步从屋外撞进来，一下子夺过那笼子，连同那灶鸡一脚踩在脚底下。但是，第二天夜里，整个仡佬坪的草丛里，都响起了灶鸡的叫声："唧唧、吱吱，唧唧、吱吱，白果开花，天知地知；唧唧、吱吱，唧唧、吱吱，白果开花，只有我知。"

这吱吱叫声，不停地，不停地，永远地延续着。

木磨心木磨担的来历

鲁班带着两个徒弟，从山上伐木回家，肚子饿得咕咕叫。他连忙安排：大徒弟去磨面，小徒弟去生火，搭伙煮饭吃，自己想休息一会。鲁班坐下抽烟。不一会儿，磨房"咔嚓"一声，鲁班跑去一

① 灶鸡：蟋蟀。

看，磨子的石磨心坏了。原来是大徒弟急，想吃饭，用力过猛，不但把磨心推断，磨子的上扇也掀下来了，把石磨担也摔得粉碎。

鲁班气得心慌，没奈何，只好赶快提着钻子篼篼去找石头打磨子，出门时，见大徒弟还蹲着不动，就发怒吼道："今天，你就别吃饭！"说完，生气地把门轰的一声关上，走了。大徒弟见门碰着门框，又弹了回来，看着户枢在门柱中旋了一下，心里猛然一喜。

鲁班和小徒弟上山以后就选石头，搞得手忙脚乱，不一会就汗流浃背。石头还没有选得好，山下传来了大徒弟的呼喊："师傅，快回家吃饭！鲁班一听吃饭的喊声，肺都气炸了。大徒弟来到山上说："师傅，饭已经煮熟了，去吃了再说吧！"鲁班不听，一股劲生气。大徒弟就说："师傅息怒，且请回家吃了饭，要打要罚都由你。"可鲁班根本不听，也根本不相信大徒弟的饭已经熟了，你就是神仙，也不会这么快。但鲁班饿得慌，也只好回家。

回到家里，待大徒弟把锅盖揭开，鲁班惊呆了，锅里的饭，热气腾腾的，还是磨的细面，灶上的菜香喷喷的，还用碗盛着。

鲁班去到磨房，仔细观察磨子，见石磨担和石磨心都换上结实的木料了，一推，比原来的石磨心石磨担还灵巧方便哩！鲁班看过石磨后，默默地回到屋里。大徒弟惶恐不安地将饭舀好，给师傅递上去。鲁班激动地说："徒弟！我今天错怪你了，这碗饭，你就先吃吧！你实在不愧是我的高徒，你做的这木磨心木磨担比石头好多了，你为天下造了多大的福啊！"

大徒弟说："说起来这功劳还应归于师傅。""为什么？"鲁班十分诧异。大徒弟说："你上山打磨时，生气地把门弄得轰的一声，我看见弹过来时，门柱旋了一转，心想，何不把石头磨心换上木头的呢？去换了一试，确实灵便，要不是师傅生气，我能做出来吗？""好家伙，大家都吃饭吧，以后就把石磨心石磨担改成木头的罢。"

从此以后，磨子的磨心和磨担都是木头做的！

黄桷和棕榈

据说贵州的棕树祖籍本在天府境内，它是怎样客居夜郎的呢?

很久以前，巴蜀境内遭遇一次百年难遇的天灾。一个村子里的两个年轻后生是一对孪生兄弟，哥哥叫黄桷，弟弟叫棕榈。眼看在家乡无法生活了，兄弟二人便商议逃出家园，寻找一块安身的地方，把全村男女老少迁出灾难的故土。但是如果两人都走，村里人更无法生存了，因为整个村子里的大事，全靠他们兄弟俩。

后来商定，弟弟棕榈单独先行，哥哥黄桷留下看守家园、照顾父老乡亲。棕榈出发那天，兄弟俩一前一后走着相行无言。送了三里又三里，过了一湾又一湾。两人来到一块大石板上，弟弟棕榈停住了脚步，对哥哥黄桷说:“哥哥哟，回去吧，众多父老乡亲就靠你一人了，等我寻找到安居的乐土，再来接你们。”哥哥握住弟弟的手说:“弟弟哟，此次独行，任重道远，你要多保重……”

于是二人跪在大石板上，点燃天香，对天起誓。黄桷说:“弟弟呀，我今后每天站在这大石板旁等你回来，苍天在上。”棕榈说:“哥哥呀，我若乐而忘返，置乡亲父老不顾，定遭千刀万剐，苍天在上。”兄弟俩挥泪告别。黄桷站在大石板旁，目送弟弟翻过了山垭，棕榈一步一回头，直到看不见哥哥的身影。

棕榈溯江而行。走啊走，走了九十九天，翻了九十九座山，趟了九十九道水，行了九百九十里路，走到了河的源头，只见一股清清细流。他掬起一捧水喝下，啊，这水没了下游的苦涩，无比清冽甘甜。再抬头看时，只见重峦叠嶂之间，霭岚清飞，树木苍郁，百草丰茂，珍禽异兽，灵芝奇卉。好一幅安静闲适的奇山秀水画卷。他惊呆了，这不正是自己梦中寻找的安居乐土吗?

家乡的父老等待着棕榈带回好消息，大青石旁黄桷朝朝暮暮还在期盼。一天又一天，一年又一年，黄桷终于没有等来棕榈音讯，便化成黄桷树，留在四川。棕榈终于违背了诺言，忘却了乡亲父老和黄桷哥哥，寄居在贵州的土地上，化成了棕树。从此，“黄桷留川，棕树进山”的说法一代代传了下来。而一年一度被剥去棕衣的棕树躯干上刀痕累累，正是违背诺言后受到的惩罚。

摇钱树

从前，在张村住着张大、张二两弟兄，他们父母早已去世，弟兄二人靠着左邻右舍的帮助，在艰苦的岁月中煎熬。哥长大了，为了娶个嫂子，两弟兄节衣缩食，起早摸黑劳动着。几年过去了，有人来提亲，张大终于娶了一个姓王的姑娘。

自从嫂子娶过门，从前弟兄的和睦就不见了，原因是嫂子待不得人，连一个弟弟也嫌多了。俗话说：有怎样的媳妇就有怎样的儿，有怎样的嫂子就有怎样的哥。自从娶过嫂子，家里的挑水、弄柴、犁牛做铧的事就全落到十五六岁的张二身上了。张二如牛一样干着，换来的却是哥嫂的白眼、打骂。

一天傍晚，张二收工回家，嫂嫂早已迎候门外，摆上热乎的饭菜，“兄弟，你怎么不早点儿回来，每天都是冷菜冷饭的。”嫂嫂满面笑容地说。张二见嫂嫂第一回这样客气，真是感激不尽。嫂嫂又说：“兄弟，我们都是苦命的，你从小是你哥哥拉扯大，现在你已经大了，也该当家立人了，不能靠着我们一辈子啊。”张二想：“她这话是要分我出去了，分家，如今爹娘不在，该请舅爷过来做个主吧！”嫂子看出了张二的心思，便说：“别人分家凭这凭那，倒显得兄弟不和睦，我们也没有三兄四弟，俗话说长哥当父，长嫂当母，就由我们分吧！”没有立个分关，也没有凭个中证，嫂嫂说：“哥哥人大，就归牛，弟弟人小就归狗；哥哥人大归大田大土，弟弟人小，就归小田小土吧！”张二只图分个笑和，也不争多论少，就这样，各人打米开锅了。

春耕大忙，看着一家家栽秧插草。张二向哥嫂讨牛耕地，哥嫂鼻子都不应。张二心急如焚，看着分得的那只狗发呆。狗似乎理解主人的心，摆动尾巴，舔舔他的脚背。

张二想，狗既然这样通人性，也该知晓我的苦楚。这天，他准备饭团，牵着狗，扛着犁铧上了坡。他把枷担铧口套在狗脖子上，把饭团分着两份，放在土的两边，狗拖过一铧便喂它一嘴饭，一天工夫，原来草丛满坡的荒土犁完了。

却说张大得知这一消息，心想：我的板土这头牛五六天才犁完，他的土一天就犁完了，看来这只狗不凡。于是，去找张二说：“弟弟，我愿将牛与你换狗，你家人少，一头牛，也够用了。”张二心慈，听哥哥一说就同意换了。

狗到了张大手里，每天喂得饱饱的，没多久，长得又大又肥。张大心里乐开了花，第二年，人们开始春耕了，他才不慌呢，在家闲着，准备后来居上，让人们看看他的福分。

春耕季节要过了，他兴高采烈地牵了狗，带了犁铧和白米粑上坡犁土。

但任凭他怎样哄骗，狗还是乱蹦乱跳。张大急了，大骂懒狗不中用，手提棍棒乱打。狗也火了，将张大乱咬一气。

张大无可奈何，一顿棍棒将狗打死了。回家找张二，说骗了他，要还回他的牛。

牛被张大牵走了，张二失望了，只伤心地把狗尸埋在屋边园子里。第二天，新土堆上长出一棵小树，张二又给小树浇水上肥，不到一月，树长得又高又大。一天清晨，张二为树上好肥，看看自己几坡荒土，既没牛也无狗来耕犁了，不觉伤心起来。想起自己以后的生活如何过，肝肠欲断，他一头扑在树干上，痛哭起来。

当他碰到树干，听见有什么东西落下的声响，惊得他一跳。他抹去两眼模糊的泪水一看，他不敢相信了，因为在他面前的是锭锭白花银。他喜出望外，拿去街上换回了粮食和衣服。从此，他需要钱时，只要闭上眼睛把树一摇，银子就落下来了。所以，他把这树叫“摇钱树”。

张大正为去年春耕没赶上季节收成减半而发愁，得知兄弟有棵“摇钱树”，肚内算盘又拨开了。两口子商定之后，由张大出马，找兄弟说情了：“兄弟，听说你有棵‘摇钱树’，真的吗？”“是呀！哥哥来拿几个银子去用吧！”张二说着，就拿上几个银锭给哥哥。可张大不满足于几锭银子，哀求道：“兄弟，你这几年倒阔绰了，哥哥是一天不如一天啦，我人口比你多，生活越过越紧，看在亲骨肉的份上，我愿用我的全部家产、房屋换你这棵树，行吗？”张二是个憨厚心软的人，又服从了。

且说张二住进哥家不久，就有本村一个姑娘和他订下了终身。

张大得了“摇钱树”，就盘算修庭院，买田土、山林，后来还要请佣人，过吃穿不愁的日子。他想过后迫不及待来到树边，闭上眼睛，拼命猛摇，只听地上劈里啪啦响成一片，以为落下来的是金银财宝，绫罗绸缎，他欢喜昏了。希望更多……更多……

待他手摇软了，满怀喜悦睁大眼睛一看，一声大叫，倒在地下没气了。原来，他摇下的全是蛤蟆、臭虫、毒蛇……

神仙碾

在谢坝仡佬族苗族乡东礼村，传说着一个神仙碾的故事。那是在 1927 年，东礼有一个叫谢润芝的人，家道小康，有一定的文化水平，好思考。他在自鸣钟的启示下，想修一个不用水力、风力和畜力的自动碾房，如果这一想法能成功实现，住在山上的群众就可以不用将稻谷挑到几里路或者十几里路的河边来碾米了。他的目的是为群众办点好事，行善积德。

于是，他将这一想法提出，跟父母亲商量，征得父母同意后，便根据钟的原理，展开科学想象，做成大小不一的三层齿轮，下面是大齿轮，中间的稍小一些，上面更小，以杠杆原理用木棒撬动下面的大齿轮，大齿轮启动后，带动稍小的齿轮和上面最小的齿轮，小齿轮再带动碾子运转，这样就能实施碾米。设计好后，就开始备料。砍木料，铸铁器，挖机坑，请来木匠、石匠，全部安排完后，谢润芝便指挥工人实施。木工做了大齿轮车二十四把，石工打碾石三十多方，挖机坑七十多方，大约做了三个多月，完工进行试车，空碾还可以，加上稻谷，就无能为力了，因为稻谷有阻力。就此宣告失败。由于谢润芝设计的碾房不用水、风、畜等动力，人们就将他造的碾房叫神仙碾。

工程完后算账，他原有的家底全部用完，还变卖了一些家产，才算清楚。谢润芝神仙碾虽然缺乏科学依据而失败，但他这种想为人民办好事，敢于探索、大胆实践的精神，对于在 20 世纪 20 年代身处偏僻之地只读过“四书五经”的人，是难能可贵的。他的精神一直激励着谢坝一代代人好学上进，大胆探索。

启蒙树

贵州省正安县正南 70 公里处的偏僻山村，有一棵高 30 米、直径约 4 米的桂花树，枝叶繁茂，远看像一把巨伞。桂花盛开时十里飘香。当地人把这棵桂花树称为“启蒙树”。

相传这个山寨有个叫潘二爷的财主，年过四十，只有五女绕膝。他盼子心切，又续一妻，终于生得一子，起名德珠。他对儿子十分宠爱、护短，若有人说他儿子一句坏话，他是绝不饶人的。一天，德珠跟随山娃子去放牛，脸被牛尾巴抽了一下，德珠又哭又跳，硬说山娃子故意用牛尾巴抽打他的。这下可把潘二爷惹怒了，逼着山娃子的爹把牛尾巴砍掉，为儿子出气。

一晃德珠8岁了，潘二爷想起祖宗遗训，决定请先生来教德珠读书，长大好光宗耀祖，传承家业。但德珠对读书十分厌烦，拿着书本就头昏脑胀。他不仅听不进先生教诲，还动不动就骂爹骂娘，拳脚相待。潘二爷三年请三个先生都被儿子气走了。说来也巧，正当潘二爷想再为儿子请老师而犯难时，在外地从教多年的罗光华先生回到故土。潘二爷便让一个叫潘狗的管家带上厚礼，去请罗光华做德珠的老师。罗老先生虽在外多年，但对家乡事也略知一二，因此，他很不愿意做德珠的老师。潘二爷只好亲自上门求请。罗先生见他如此真心，便说："要我做德珠的老师，就得在我家里读书，按我的规矩行事。""只要先生肯赏脸，一切按你的办，过两天我把娃儿送来。"二爷感激不尽。

一天，罗先生给德珠讲解"之乎者也"，德珠却脸朝窗外，看着树上雀儿，做着不守规矩的动作。罗先生一板抽在德珠身上，这下可惹发了德珠的野性，他一步跳到课桌上，扯着罗先生的头发便要动武。正在这时，他的胳膊反被扭住了，三下五除二被捆了个结实。这下可苦了德珠，吃饭只给松双手，睡觉课桌当床，还要捆着双脚听课，任他喊爹哭娘，罗先生都不搭理。从此，德珠奋发用功，读书十分刻苦，考取了秀才，又当上了县衙师爷。道光中叶，罗老先生仙逝，德珠闻讯赶回故里。他在罗先生遗体旁号啕大哭，守灵七七四十九天。为了悼念罗先生，他在罗先生的坟边栽了一棵桂花树，并立碑纪念，上写"道光二十七年丁未岁仲春时启蒙先师罗光华千古"。这棵树也因此被人们称为"启蒙树"。

围腰坟

在贵州省正安县境内，流淌着一条秀丽的河，名叫芙蓉江。芙蓉江边有个寨子叫红花寨。离寨子不远的红花山脚下的崖里，有一座坟墓，青草簇拥，幽深静寂，显得很灵气，当地人叫它围腰坟。

从前红花寨有一个孤女名叫杏子，长着一对水汪汪的大眼睛，一条辫子又黑又长，像出水的芙蓉亭亭玉立。她时常戴着一条青布围腰，围腰上绣着两朵洁白的杏花，更加增添了女儿家的风采。加之她心地善良、贤淑、勤劳，惹得好些年轻后生有事没事都想和她说话，即使不说话，看上一眼心里也满足。到 18 岁，杏子出落得更加美丽，她家门槛天天都有媒人来踩，屋后竹林里天天都有憨厚的后生在张望。

杏子心中已经有了一个人，他便是给寨主当帮工的岩旺。杏子和岩旺青梅竹马，杏子身上戴的围腰，就是岩旺娘临终前给她戴的。杏子和岩旺都到了谈婚论嫁的年龄，他们定下了八月十五月儿圆的时候举行婚礼。这事被寨主知道了，寨主早就对杏子垂涎三尺。于是寨主动了黑心眼。

这天下着大雨，寨主故意支走岩旺，要他担杠油到城里卖，卖不完不许回来。岩旺走了，寨主又派人给杏子放信，说岩旺得了急病。杏子不知是计，急急忙忙赶来。当杏子知道是圈套时，已经晚了，寨主关上房门，对杏子动手动脚，杏子被逼到一个角落，再也没有地方可以躲避。寨主淫笑着，向杏子扑过来。杏子闪着火一样刚烈的眼睛，顺手拿起桌上的一把剪刀，朝寨主的眼睛刺去，只听寨主一声惨叫，捂着流血的眼，在地上乱滚。杏子打开窗户跑进了雨幕里。寨主又气又恨，叫家丁捉拿杏子，开刀问斩，以解心头之恨。

天擦黑，岩旺才冒着大雨从城里回来，知道了发生的事情后要去找寨主拼命。好心人劝住了他，说寨主心狠手辣，赶紧带着杏子逃命去吧！岩旺心如刀绞，冒着大雨，在红花山上找啊找，终于在一个崖洞里找到了昏迷的杏子。岩旺把杏子抱在怀里大声呼唤，杏子渐渐睁开眼睛，看到心爱的人就伤心地哭起来。大雨不知何时停住了，朦胧的月光透进了崖洞里，两个相爱的人紧紧搂在了一起。天渐渐亮了，鸟儿的啼鸣把杏子从睡梦中叫醒。她轻轻推了推岩旺，岩旺还在沉睡。岩旺由于疲劳过度，又被大雨淋透了全身，就这样幸福的死在杏子的怀抱里。

杏子的心破碎了，她紧紧地抱着相爱的人，不断地呼唤着。这时外面传来吵嚷声，寨主派人搜山来了。杏子流着泪解下身上的围腰，轻轻地搭在岩旺的脸上，轻声说："岩旺哥，妹对不起你，不能掩埋你了。"说着，泪水像不断的线流在岩旺身上，流在岩旺身边的蚂蚁窝里。

杏子流落他乡，历尽了人生的苦难。一年后，她生下了一个男孩。孩子很聪明，长大读书做了州官。杏子临终前告诉了他父亲的事。州官找到了红花山脚下的崖洞，在崖洞里见了一座大坟，坟里埋着他的父亲岩旺。原来这座坟是那窝蚂蚁含来黄泥一点一点堆起来的。州官很是感动，就发布了告示，禁止伤害野生动物，大搞封山育林。后来，芙蓉江一带树木参天，百兽群居，青山更青，江水更绿，人们安居乐业，粮丰人寿。

五桠树

从前，在重庆府有一个姓刘的富商，早年丧妻后，只有女儿翠碧与他相依为命。翠碧天生丽质，淳朴善良，是当地有名的美女。为了女儿的终身幸福，刘老板的择婿条件很是苛刻，把一个个前来求婚的公子王孙拒之门外。刘老板这样做，固然是想择一位品貌俱佳的女婿，眼见得女儿一年年长大，他心里说不出的忧虑。

也是合该经受点风波曲折吧。正在刘老板忙着择婿之时，翠碧忽然间得了一种怪病，尽管请遍了全城名医，跑遍了全城庙宇，她的病却有增无减，成天躺在床上不吃不喝，除了有股游丝般的冷气外，几乎就跟死人差不多。刘老板走投无路，只得听从旁人意见，将“求医招婿”的告示贴遍了全城，巴望有个神医搭救女儿一条性命。

告示贴出不到十天，除了不少前来碰运气的贵公子外，还真的来了两个有点真本事的年轻人。第一个名叫陈海，自称是成都人，会道法，刚来就夸口三天之内定能治好，可结果不行，便灰溜溜地又到峨眉山寻师学道去了。第二个叫张述，贵州省真州（现正安县）人，他医术确实高明，才两天，翠碧便痊愈如初。刘老板见张述年轻英俊、文质彬彬、忠厚踏实，征得女儿同意，便择日为他俩办了喜事。张述、翠碧喜结良缘后，夫妻恩爱，日子过得甜甜蜜蜜的。刘老板了却了这桩心事，便将一应生意事务全交给张述，自己安闲自在地享清福。而张述也不负老人厚望，苦心经营，把生意做得更红火了。一年过后，一个白胖胖的小子呱呱坠地，全家人更是高兴得合不上嘴。小两口一商量，给儿子取名刘樟。刘老板尽享天伦之乐，越发高兴，逢人便夸张述精明能干，处事周全。

光阴似箭，不觉过去了十年，刘老板去世了，刘樟也长大了。但翠碧发觉张述终日愁眉不展的，不像往常那么欢乐，于是询问原因。张述见问，踌躇了好一会，终于开口说道：“有一件事我早就想告诉你了，我实际上是棵香樟树，一棵生长在贵州省遵义府真安州黄渡竹园坝的樟树。我经过近千年的苦苦修炼，终于修成人形，但我决不害人。那年，我准备去峨眉山再行修炼，路过这里时，得知你久病不治，便起了恻隐之心，经不住你父女俩的再三挽留，我就断了去峨眉山的念头。可是，当年也曾帮你治过病的那个陈海，在峨眉山学道已整整十年，现已功德圆满下山，明天将路过这里。我虽然不是害人的精怪，但他肯定不容我在此，就算他不置我于死地，至少也要将我打回原籍，也难恢复人形。”

丈夫还未说完，翠碧早已哭成了泪人。她紧紧搂住丈夫，生怕一松手他就会被人夺去似的。她哭着表白道：“我不管你是人还是怪，我不怕也不嫌弃，我只知道你是疼我爱我的好夫君。不管生死，我也要和你在一起。”

张述被妻子真挚的情意感动得热泪盈眶，但他不赞同她的打算，要她好好哺养刘樟。可翠碧坚定地摇摇头，扯根红头绳系在张述的手腕上说：“刘樟我会交给大伯抚养的。你回去后，我马上就到贵州来找你，就凭这根红头绳和你相认。”

正当夫妻俩生离死别、抱头痛哭之际，只听得“咔嚓”一声巨响，红漆木门轰然洞开。二人惊得忙转眼一望，看见陈海面带寒霜、手持拂尘逼了进来，漠然地将手中拂尘疾速一甩，马上就幻化出一张金丝巨网疾速飞来，将张述稳稳罩住，厉声喝道：“大胆妖孽，竟敢作祟人间，还不现出原形。”张述刚被罩住时，左冲右突，无奈神消力退，渐渐瘫软在地，转眼就变成了一棵小小香樟树了。

“官人——”见夫君转瞬之间便惨遭毒害，翠碧似万箭穿心，一声惨叫便昏倒在地。陈海冷冷一笑，再挥拂尘，已完全缩小的香樟树，便如弹丸般向远方疾射而去。

第二天，憔悴不堪的翠碧一身缟素，踏上了寻夫的路途。她强忍饥渴，日夜兼程，翻过了九十九座险峰，穿过九十九条深谷，察看了九百九十九棵香樟，终于找到了那棵枝桠上系了红绳的香樟树。她紧挨树身，搭起茅屋，开始了与它长相厮守的漫长岁月。从那以后，每当月黑风高之夜，人们就听见香樟树和翠碧的哭声在山间萦绕，愁怨凄怆，久久不散，引得当地男女老少也跟着淌下一捧捧同情的泪水。

就这样，山间的树木青了几十回，又黄了几十回。在一个寒风呼号的夜晚，白发蓬乱的翠碧看完最后一眼香樟树，依偎着它，永远睡去了。第二天清晨，人们发现那棵千年古树倒下了。有人说，翠碧去了，香樟树才跟着去的。于是不忍心伤害它，让它一直静静地躺在垭口上，免得长眠在这里的翠碧感到孤单。不知道又过去了好多年，香樟树居然又活了。就在那横躺着的、已朽坏大半的树身上，五根碧绿的桠枝迎着阳光，一天天长高了，到现在每株已有水桶那么粗壮了，人们从此把它叫做“五桠树”。这奇迹的出现，传说是张述和翠碧生死不渝的爱情感动了上天，从而重新给了他们新的生命。那五株粗壮茂盛的桠枝，就是他们五个可爱的儿子。据说，在明月当空的半夜，只要心诚，在这儿还可以听见他们一家人的悄悄话哩！

“杆杆酒”

“杆杆酒”，亦名“咂酒”。据说饮用此酒，干活、挑担、上坡不费力，又名“爬坡酒”，是仡佬族饮用的主酒之一。

贵州正安县石井坝马鞍石的仡佬族居民龙长万（出生年月不详），是龙氏族长，以他为首的龙姓仡佬族居户，家家都喜欢“杆杆酒”，也会煮“杆杆酒”，远近闻名。其酿制方法极富民族特色。他们用高粱、包谷、稻谷、小米、小麦、大麦等粮食为原料，酿制时，除小米用水浸泡两三天外，其余分别洗后下锅，沸水煮熟沥过，捞起加进小米，用竹席凉到适当温度拌上曲药发酵到成熟，待温度降到适宜时装缸用柴灰拌黄泥密封。贮存备用，或送亲友，乃为上品。仡佬居民祖传习惯，在生辰喜庆、逢年过节、婚丧嫁娶、贵宾临门等日子里，都要吃“咂酒”。其吃法有讲究，在饮前将酒缸置于火塘边烫温，然后开盖，将一节食指粗细的空心竹竿插入缸内吸饮，馨香馥郁，沁人心脾。缸口设有酒卡，吸吮时酒卡活动，卡动为一巡。一般吸吮一巡，但贵宾尊长可吸三巡。在饮酒时很有讲究，须按宾客亲疏、辈分、年龄顺序，不得有错。吸后再加入等量的泉水，封口存放，待下次再饮。讲究一些的人家，在宾客来到之前就要准备菜肴，如杀鸡炖汤、蒸米打粑等等。在开饮前先吃菜肴粑粑等，接着才按礼节饮“咂酒”。

据传清代同治年间，太平天国翼王石达开因内讧（内乱）而率部西进时，一部由大将朱王率领进入正安南门外一个山寨驻扎（此寨至今叫“朱王寨”），一部进入安场石井，石达开率部进驻石井海褰马鞍石龙家院子，族长龙长万聚族众用“咂酒”热情款待太平军。石达开饮后赞不绝口，当即吟诗二首赞之。诗曰：

“仡佬人民动爱心，一缸咂酒款天兵。
除暴安良民尽喜，天国江山永太平。”

“万颗明珠一瓮收，君王到此亦低头。
五岳紧握擎天柱，吸得黄河水倒流。”

龙女洞

贵州省正安县流渡镇白石至市坪的山路附近，有个地名叫龙唐沟，泉水终年不断。它的源头是在绝壁下一个约 20 平方米的深潭，从地下自然涌出泉水。更奇特的是，有时泉水猛涨猛落，甚至喷出几丈远，这样的事七至十年会发生一次。据传说是因为深潭下面有龙宫、龙王，有蛟龙之故。如果要进入龙宫，另有一条道，就是离深潭十来里路的一个岩壁窟窿，叫做“龙洞”，后来人们把这个龙洞改称为“龙女洞”。

为什么改称“龙女洞”呢？故事得从头说起。

传说，在古历的前几个甲子年，流渡河一带地区出现了前所未有的天旱，七十余天不下雨，连日骄阳似火，溪河断流，田园禾苗枯萎，人心焦急、慌乱。这时在白石农村有一位姓陈的勇士，不到三十岁，从幼习武练功，武艺超群。他常常带着12个“鸡蛋”不停地搓磨掷击、练习，二十余年不间断。鸡蛋被他练成用石碾也压不烂，比铁比钢还坚硬的特殊武器。他眼看着干旱还在发展，民众不安，自己心如火焚，于是同弟弟带着兵器寻“龙洞”，进入“龙宫”，去找管雨的“龙王”算账。去到洞前，脱下一双草鞋，叫弟弟守着。并吩咐：“如果草鞋跳动，一定要压住不动。”陈勇士身佩宝剑，手持常练的12个“鸡蛋”，孤身赤脚进入“龙洞”了。进入“龙宫”，发现满堂鱼兵虾将正在猜拳醉酒，寻欢作乐。陈勇士火冒三丈，大声吼道：“龙王在否？你们不务正业，世上干旱如火，怎么不下雨？”鱼兵虾将一看是个外来生人，群起交战。陈勇士挥拳迎击，一一击溃。只见败者退逃深宫，并关闭龙门堵路。陈勇士“砰”的一声，一个“鸡蛋”砸去，把龙门砸个破碎。“龙宫”连续关闭了十二道龙门，陈勇士“砰”！“砰”！“砰”！十二道门都被一一砸坏了。后来惊动了“龙宫”大将出击，正欲施展绝招致陈勇士于死命，恰好“龙女”出来散闷，一见陈勇士相貌非凡，身强体健，胆略可钦，顿生爱慕之意，施舍了慈善之心，下令：“可追，不可伤人！”等待在洞门口的弟弟本来早就看见草鞋越跳越高，越跳越急，可是他好奇地看着好玩，忘记了哥哥叫他要是跳动就压按着不动的吩咐。因而陈勇士在洞中脚力不足，蹬不起劲。眼看力不胜敌，趁“龙女”松口之机，只好边打边退。退到洞口，感到心里不服，抽出“宝剑”用他最后一股虎劲向追兵首领的头部重掷过去。这时陈勇士算是松了一口气。可是出洞后由于过累，口含鲜血死去。不料“宝剑”却偏插在“龙洞”门的岩石上，半截露在外面，摇得动，拔不出。从此给人们留下了一个难忘的“古迹”。

第二天，“龙女”借故出来游玩，内心主要是想出来寻找这位可钦可爱的陈勇士。一听年轻的陈勇士已经离别人间，顿时感到惋惜、失望、伤心。说来也玄妙，“龙女”号啕大哭，天上雷声大作，闪电飞光，“龙女”双泪下垂，天上大雨滂沱。不到一两个小时，这地方数十里地的田园水灌满了，溪河的水涨了，在一阵雷雨交加的烟雾中，“龙女”也不见了。

干旱解除，人心大喜。人们感谢陈勇士，也感谢同情陈勇士的“龙女”。为了纪念他们，乡民们自发筹款，献工献料修起了“龙女庙”、“龙桥阁”，把原来的“龙洞”改名为“龙女洞”。

哑巴洞

在贵州省正安县安场镇境内，有座又长又高的大山，名叫横担山。“哑巴洞”就在这座大山的半腰。“哑巴洞”的名称是怎样来的呢？这里流传着一个生动感人、奇特美妙的故事。

（一）

很久很久以前，纵横几十里的横担山是一片古木参天：荆棘丛生的大森林，茫茫林海成了山禽野兽的栖宿之地。由于虎狼出没，林海无边，山里绝无人迹，就是高明的猎手也从来不敢进入，担心入林迷路。

传说天上有个仙女，厌倦过清规戒律、寡欲清心的日子。有一天闲来无事，私自跑到南天门，站在云头观看人景，被巡逻神发现，禀报玉皇大帝。玉皇发怒，说她违犯天规，要解除仙体，贬降下凡，使她永远过不了神仙生活。仙女无奈只好去往人间。她在半空一看，只见人世上兵荒马乱，杀气纵横，到处是烧、杀、掳、抢，民众不得安宁。这是为什么呢？原来，这里是一个少数民族聚居的地方，由于统治者对少数民族的残酷迫害，激起了各民族的反抗。当朝为了镇压民族起义，每到一处便逐寨清剿，挨户追逐。对违抗不走的就进行烧、杀、打、押，死伤无数。有的跳进粪池用粪瓢盖顶来掩护；有的住进岩洞被烟火熏死；有的背着簸箕跳岩……

这个仙女见此惨状，没有到人群聚居的地方，却从空中降落到横担山的林海里，在半山腰找着一个岩洞，洞门被很多开满野花的藤蔓像门帘一样遮掩着，洞边有一块草地，洞上面有一股长流不断的山泉。她就以洞为家，以野菜、野果为食，过着幽静的人间生活。后来，她用树条做成弓，用竹签做成箭，猎取一些山鸡野兔之类来改善生活，日子虽苦，尚有乐趣。

（二）

当时的朝廷腐败无能，奸贼当道，忠臣遭殃。有个姓冯的大臣正直无私，秉公办事，爱国爱民，经常到各地视察，为百姓排忧解难，深受民众爱戴，老百姓称之为“冯青天”。这年久晴不雨，遭受百日大旱，河水干枯，禾苗干死，大片大片的土地颗粒无收，百姓生活十分困难，树皮野菜都吃干净了，成群结队的饥民只好去挖“观音米”[①]充饥，饿死的人不计其数。在这种情况下，官府还穷逼硬追，强迫老百姓上交皇粮。“冯青天”见此惨景，几次上奏皇帝，要求“减免皇粮，发粮救民”。皇帝不理民事，对此半信半疑。这时一个奸臣私奏皇上，说冯“蓄意扩大灾情，笼络人心，不怀好意”。皇帝听信谗言，加上过去经常听到很多大臣（忠臣）都赞扬“冯青天”的美德，便顿起疑心，要除掉“冯青天”。这个奸臣回家同夫人闲谈，透露皇帝要除掉“冯青天”的消息时，被正在端茶

① 观音米：白善泥。

送水的丫环听见了。丫环早对主人荒淫无道、逞势欺人的行为痛恨极了，便想方设法将此消息传给了“冯青天”。

“冯青天”得此消息，坚信自己无罪，问心无愧。但也知道朝风不正，圣旨难违，为使自己的五个儿子免遭诛灭之罪，暗中设了一计：命其长子冯温，带领弟兄五人长驱于边远山区打猎，并亲笔书有“远猎真经”一文，密封交与长子，要他途越百里方可拆封阅读，远猎定能获胜。弟兄五人按照父亲的安排，跨马行将百里，拆封阅读，方知其父巧计让弟兄逃命之意。正在他们逃避途中，一些善良百姓已经传出朝廷有一冯姓清官无辜被害，还要诛九族、灭子孙等的议论。

兄弟五人逃出后，为缩小目标，决定各走一方。其中老二名冯良，二十余岁，眉清目秀，身材魁伟，一表人才。在各地都有画像捉拿他们的情况下，只好白天躲藏，晚上赶路。最后逃到大夜郎珍州境内，已是筋疲力尽。他见横担山一片林海，毫无路径，便知此山平时绝对无人进出，正好作为安身之处。冯良从小随父出征，练武学艺，学到不少刀枪剑戟等方面的本领。他来到横担山腰，就在仙女居住的岩洞下面发现一个小山堡，名叫马颈堡，山堡后面有块小平地，前面有股小山泉。他在这里用树枝茅草搭起一间小茅棚，从此居住下来了。冯良对贪官污吏、奸臣贼子恨之入骨，他白天开荒种地，晚上练功习武，立志练好本领，为民除害，为父报仇。

（三）

仙女所住的岩洞，离冯良所住的茅棚虽然不远，但山大树密，虎豹横行，她根本不知道这山上除了自己之外，还住有他人。一个冬天的中午，仙女在洞口练射击，正好一只野兔跑来，她一箭射中兔子。又肥又大的野兔带着箭杆往山下飞跑，仙女紧追不舍，谁知，追到离茅棚不远处，一只猛虎直向仙女扑来。她虽然是个凡体仙姑，由于长久山居野外，不停锻炼，在猛虎面前还是勇气十足，两手死死箍住虎颈，虎头在她肩上能动不能伤人，这一场人虎之争异常惊险。

冯良在马颈堡，忽然听见离茅棚不远处咔咔作响。他站起一看，仿佛是老虎咬着一只“狐狸”在刺巴笼里打滚，冯良心想，豺狼虎豹也是老百姓的一大祸害，我何不将虎打死，把虎皮拿来垫铺取暖。于是，他手执宝剑赶去，对准虎头，唰唰唰几剑，老虎再也不动了。冯良仔细一看，发现老虎下面并不是狐狸，而是一个年约十七八岁、生得如花似玉的俊美姑娘，她经过一场恶斗，已经晕过去了。只是她衣衫单薄，背上和胸前用两张狐狸皮御寒。脸上、手上、身上被虎爪和野刺划破一道道伤口。冯良将她背回家里，用清水帮她洗净泥土，用汤匙喂她一些温开水，又出去找些草药一口口嚼烂敷在伤口上。仙女慢慢苏醒过来了，但不说话，她用两手比比划划，不愿在此久留，请不要管她，让她走。正直善良的冯良，领会她的意思，并看出她是个“哑巴”，自己单身一人，也不好意思久留，便安慰她好好养伤，给她一包草药，送她出门去了。

仙女回到洞中，十分感激，也十分想念她的救命恩人冯良。冯良的身影时刻在她脑海里浮现。一天，她有意藏在马颈堡附近的一棵松树上，观察冯良从早到晚的行踪、住处和家庭人丁情况，最后判定他是单身一人。于是，当冯良上山做活后，她便潜入茅草棚为他做饭、洗衣、缝补，办完这些家务后就提前离开。冯良每天干活回来都能吃上现成的饭菜，穿上干净的衣服。接连好多天了，冯良迷惑不解。有一天，他上山后，有意提前回家看动静，以便解开疑团。通过茅草棚的缝隙一瞧，只见一个姑娘的身影在屋里料理家务。她身影一转，他看清了正是那个被自己相救的“哑巴”姑娘。冯良偷偷靠近家门跨进屋去，正好同仙女四眼相遇，两人腼腆地各自低下了头。良缘巧遇，佳偶天成。俩人一见钟情，都向对方怀着敬意，倾吐内心。原来，仙女并非哑巴，为不致招惹是非，一来到人间就决心不说话。她没有暴露仙女被贬的真相，婉转地对冯良说："我从小离开父母，被善良人家收养，名叫'山姑'，12岁时养父母都相继去世，我孤身一人到处漂流，帮人为生。前些年兵荒马乱，只好在这杳无人迹的半山岩洞里栖身……"冯良也将自己的身世和遭遇向她倾诉。这对青年人从此结为夫妻。男耕女织，互敬互爱，和睦相处。几年后，生了两个胖娃娃，一个叫"其一"，一个叫"其二"，生活越过越美好。

（四）

当时珍州城乡社会秩序有所好转，人们逐步转向正常生产生活。可是，官府的苛捐杂税仍然多如牛毛，地方官吏明争暗斗、巧取豪夺、敲诈勒索、强占民女等类事情时常发生。

冯良夫妇勤耕苦种，节俭度日，有时打些干柴、兽皮下山到集市换些吃的、穿的、用的物品，生活过得还不错。一天，冯良卖了干柴，买几斤盐巴往回走。行至半路，听见一个年轻女人声音惨叫着哀求："老爷，先生，放了我吧，我是有夫之妇，家里还有一个吃奶的孩子呀，放了我吧！"冯良越听越气愤，"这些吃人的野兽，竟敢在光天化日之下抢夺民妻，天理何在！"他循声赶去，原来是一个地方官吏带着几名随从，拖着一个村妇不放。冯良怒目圆睁，挡住这帮歹徒的去路，大吼一声："放手！你们这帮豺狼，整天就在老百姓身上打主意，要钱不算，还要抢人，岂有此理！"眼看主子嘴巴一歪，几个恶棍松开妇女，一起扑向冯良。冯良不慌不忙，将挑柴的硬木扁担紧握手中，向扑来的歹徒使劲一扫。几个狗崽子倒成一堆。这官吏见势不妙，只好夹着尾巴跑了。冯良叫村妇赶快回家，自己也很快上山去了。

几个家伙吃了大亏，贼心不死，暗地查访冯良的去处，知道冯良住在横担山腰马颈堡后，狗官亲自带领几十个乡勇准备包围这间茅草房。冯良在马颈堡上看着这伙恶棍越逼越近，便提着一把斧头等待厮杀。山姑拿着弓箭守在门口，照看熟睡的孩子。这些在百姓面前作威作福的家伙，看起来凶神恶煞，其实没有一点真本事，扑上来的歹徒还未接近茅屋，便被冯良一阵大斧砍得东倒西歪，上来一批败下一批，有的又被弓箭射中，带着箭杆逃命。狗官见硬拼不能取胜，便指挥所有乡兵一起围攻上去，当场又被冯良砍死几个。但终因贼兵人多，冯良寡不敌众，只好边打边退，将歹徒引向远方。冯良长期在这一望无际的林海里生活，环境对他很有利，歹徒们眼看再追还要吃亏，便退回马颈堡。不幸山姑被这些残兵败将抓住押送下山。在途中，山姑想了很多问题，她估计这一去，免不了要受这些狼心狗肺的坏家伙糟蹋。为了使自己清白之躯不被玷污，必须设法逃跑，宁愿丢命也不能丢名，绝不能给后代子孙丢脸。走到马颈堡下面的一片密林深处，几只山鸡被惊飞起来，发出很大声响。山姑急中生智，猛吼一声："老虎来了！"这些歹徒好似惊弓之鸟，吓得乱奔倒退，放松了警惕。山姑趁机逃进密林。她知道马颈堡是去不得的，便直往原住的岩洞跑去。这帮残兵败将们哪里追得上她，赶到岩洞时，仙姑已经钻进深处。这帮歹徒摸着路径钻进深洞，山姑在无路可逃的绝境中碰壁而死。

歹徒们扫兴撤走后，冯良带着两个孩子到处寻找山姑。在岩洞发现了山姑的一双绣花鞋。他起初以为她躲进洞里是怕贼兵未走，不敢出来。可尽管告诉她坏人已经走了，其一其二两个孩子都来了，也不见出洞，不闻应声，叫了老半天没动静。冯良钻进深洞，才发现山姑已离开人世了。他悲痛欲绝，和两个孩子一起扑在山姑的遗体上放声大哭："孩子的妈，孩子的娘，快快睁眼见冯良，不看其一看其二。可怜呀，孩儿以为你入梦乡，在你胸前要奶尝……"冯良怕狗官再来报复，忍痛将山姑遗体安葬在马颈堡的茅草房内，以示夫妻永不分离。自己用箩筐挑着两个孩子远走他乡。几年过去了，冯良对心爱的山姑一直念念不忘，纯真的感情，驱使他带着两个天真活泼的孩子重返故乡，居住在横担山下，父子三人苦度春秋。

后人为纪念这位贤淑、纯真、聪明、勇敢的女人，把山姑伪装哑巴居住多年又告终于此的岩洞命名为“哑巴洞”。马颈堡也成为冯良千万子孙后代的瞻仰之地。

石鹅坪

贵州省正安县乐俭乡迎接村原来的地名叫“石鹅坪”。相传很久以前，石鹅坪这个地方偏僻荒芜，人烟稀少，土地干旱，住在这里的人都是靠做手艺过日子。有个男扮女装的年轻石匠，人称“石鹅大姐”。他想解决这个地方的缺水问题，组织山里的人凿岩修渠，决心把脑盖山下穿心洞的水引过山来灌田。谁知刚动工，脑盖山下的一个财主立即带了一群爪牙，凶神恶煞地奔到工地抓人抢工具，说是破坏了他家的“龙脉”。“石鹅大姐”手持铁锤相迎，保护修水渠的伙伴们安全脱险，但她却在搏斗中英勇牺牲了。山里的人为了纪念他，用石头精雕细刻塑了一只石鹅，安放在山顶上，从此人们就把这个地方叫做“石鹅坪”。

说来也怪，这石鹅白天岿然不动，晚上便展翅飞翔。时而飞到芙蓉江去喝水，时而飞到渔溪河去吃鱼。人们最难忘的是每当久旱无雨的时节，他饱饮芙蓉江的水后，飞到天空扇动着两翅，顿时泻下滂沱大雨。从此这个山村风调雨顺，年年丰收，四面八方的劳动人民都纷纷搬进山来，开田造地，春耕夏耘，勤劳种植，过上了好日子。劳动人民对石鹅十分崇敬，地主老财却对石鹅恨之入骨。一天夜晚，石鹅照样飞进渔溪河里去吃鱼，被脑盖山下那个财主一箭射死了。从那以后，石鹅不再飞了，这里又年年干旱成灾。人们盼望有朝一日石鹅能够展翅重飞。

韩婆岭

贵州省正安县市坪苗族仡佬族乡境内有座韩婆岭。相传在很久很久以前，在市坪乡的一个小山村里，住着一个精于单方草药治病的仡佬族老人——韩老太太。她膝下无儿无女，孑然一身。她医术高超，众称“回春妙手”，周围一带的人病了，都爱找她医治。哪怕是疑难怪症，经她一治，无不药到病除。久而久之，数十里数百里外的病人也找她求医讨药。人们都尊敬地叫她韩婆婆。

一天，邻县一位农民背着一个生命垂危的小女孩前来求医。不巧，韩婆婆也病倒了，但她听说是邻县来的穷苦农民，仍然强撑起身体，立即给病孩检查。女孩的父亲看到韩婆婆脸上露出的忧郁神情，焦急地对韩婆婆说：“求求你老人家开恩，一定要帮我抢救。这几年兵荒马乱，家破人亡，这是我剩下的唯一一个女儿啊！”韩婆婆回答说：“小女孩的病，我看是可以治的，但需要一种悬崖绝壁上长的稀有草药，这种药见热卷叶，见水回生，比较难找。你去不认识，只有我去了。”说完后就准备动身。女孩的父亲看着韩婆婆那老迈的病体，一再要求陪同韩婆婆上山采药。韩婆婆对他说：“你女儿病成这样，身边没人怎么行呢？放心吧，我很快就回来了。”女孩的父亲含着感激、期望的热泪，望着韩婆婆出门了。韩婆婆拖着病体，爬上了山岭，寻找草药。不知费了多少工夫，终于在一座陡峭的山崖上找到了此药。她采到药后，准备下山，由于救人心切，再加上身病体弱，一脚踏空，从悬崖山壁上摔了下来……

这两父女在韩婆婆家里焦急地等待着韩婆婆带药回来。他看着韩婆婆远去的山路，怀抱着昏迷不醒的爱女，忧心如焚……等啊，等啊，等到夜深也不见人回，他怀抱着女儿，迷迷糊糊地睡着了。

东方渐渐露出了鱼肚白。迷糊中的父亲被女儿叫醒了：“爹，昨晚我做了一个梦，当时我渴得要命，正想喝水，一个老婆婆给我端来一大碗糖水，一勺一勺地喂我，我舒服极了。我刚一喝完，她笑着亲了我一下，一股青烟就不见了。”父亲看着女儿红润的笑脸，听到女儿昏睡了几天后重新说出的清脆话音，简直弄不清楚这是梦，还是现实。他紧贴着女儿，高兴得流出了热泪。他带着脱病还魂的女儿，循着韩婆婆远去的山路奔去。父女俩找遍了整个山岭也没见到韩婆婆的身影。下山途中，女儿忽然惊奇地叫道：“爹！你来看！”父亲循声奔去，山脚倒着一个背篼，正是韩婆婆采药用的。在周围寻找，可还是不见韩婆婆的身影，只发现在小背篼旁边，有一座全是用碎石垒起来的新坟……

以后，过路的人们经过这里，都要在坟旁默默祈祷，然后给石坟献上一些石块，以表示对这位舍己救人的老人的怀念。就这样，不知过了几百年、几千年，这座石坟被人们用碎石块堆成了一座逶迤数里长的山岭。人们后来就把这韩婆坟叫做了韩婆岭。

谢坝来历

贵州省正安县谢坝仡佬族苗族乡，是一个美丽富饶的坝子。以前，这地方名叫杨柳沟，东西两面是两座大山，南北是长长的峡谷，谷里有好几眼山泉，溢出道道清流，顺沟而下汇集成一条小河。沟内沼泽遍布，箭竹杨柳丛生，一片荒凉。由于多生杨柳树，地名就叫杨柳沟。杨柳沟北部山泉边，住着一户人家，由于家境贫困，儿孙们都外出谋生，家里只住着老两口。老两口都是勤劳之人，每天除种庄稼、打野菜度日外，闲时就去清理山泉，栽花种树。年复一年，把一个小小的山泉疏通流畅，山泉两旁绿树成荫，周围环境清新幽静，风景优美宜人。

在山泉的暗河里，住着一条小龙，由于山泉出口不通，久久不得起身归海，甚是发愁。老两口疏通山泉后，小龙异常高兴，便打算外出归海。一天夜里，老人得一梦，要他早点起床打开大门，辰时以前不要把鸡放出，小龙要起身，待小龙起身后一定酬谢他们。第二天早上老人按照梦里的情景去做，在打开大门时，只见雷电轰鸣，黑风暴雨，甚是惊人，老人便退回小屋坐下观看。不一会工夫，见一条蚯蚓从堂屋后面爬出来，由大门出去，到屋外就变成很大的一条龙，顺着滔滔流水游去。老人出门一看，只见洪浪滔天，小龙在沟内不断翻滚。过了一会，雨过天晴，沟里填满沃泥，变成了一坝良田。从此，老人召回儿孙在这里耕种，日子一天天好起来。为了感激小龙的恩赐，就将杨柳沟更名为谢坝。

黑龙洞

贵州省仁怀县南部有座藏龙山，藏龙山半山腰有个黑龙洞，黑龙洞中流出一股像大碗碗口般粗的山泉水。这股泉水四季常清，终年不断，灌溉着山下坝子里的大片田地，使这一带老百姓种的庄稼无旱无涝，年年丰收。对于这股清泉水，当地仡佬族人民中还流传着这样一个动人的故事。

相传在许多年以前，藏龙山叫干山，黑龙洞叫干洞，连山下有个居住着几十户人家的寨子也叫干寨。干山上草木稀少，干洞里滴水俱无。由于水缺雨少，人们种下的庄稼也总是十年难有一年丰，硬是天干地干人也干了。干寨里住的几十户人家，大多是仡佬族的人。其中有个叫田牛的小伙子，父母双亡，无兄无弟无妻子，孤身一人打发着岁月。他长得浓眉大眼，膀粗腰圆，浑身皮肤黝黑闪亮，人们都亲热地喊他黑牛。黑牛聪明能干，做事有股子牛劲。为了寻找水源，让当地人民过上好日子，他披星戴月爬山岭，只差把脚板都磨坏了，也没有找到一处冒水珠儿的地方。他领头挖塘，筑坝拦截雨水，费了九牛二虎之力，也只是填洞洞，补缝缝，无法从根儿上解决问题。每逢大天旱，莫说庄稼颗粒无收，连人畜吃的水都得跑到几十里以外去挑，硬是焦人得很。

有一年夏天，骄阳似火，一连几个月不下雨，地面干得龇牙咧嘴，庄稼干得奄奄一息。这一带的人没有一个不愁眉苦脸，黑牛更如烈火烧心，愁得每晚觉都睡不着。他心里想：只要能找到水源，哪怕是豁出这条性命也心甘情愿。有一天，他从二十多里外的河里挑回一担清水，一路爬坡上坎，等到快拢寨子时，已经累得呼哧呼哧地喘粗气，汗珠儿一颗颗地往下滚。他正要放下水桶歇口气，忽然迎面走来一个穿得破破烂烂的老人，手里拄着根竹子拐棍，东偏西倒，连嘴皮都干起了壳壳。他一见黑牛挑来的那担清水，便哑着嗓子要求给他一点儿水喝。黑牛二话没说，就用手从桶里捧了几捧水给老人喝，可老人还是喊口渴，黑牛干脆用双手端起水桶，让老人把头伸进水桶里喝个够。一阵咕咕噜噜，老人把一桶水喝了个一干二净。

黑牛把剩下的一桶水匀一半在空桶里，准备挑起回寨。已经解渴恢复了精神的老人这时却开腔说话了："小伙子，你真想找到一股四季长流的山泉水吗?""是的，那是我做梦都在想的呀!""不过，那股水被一条恶龙占据着，你得把它斗败才行哩!""老人家，请你告诉我，那条恶龙在哪里？我立刻去把它撵走，好让泉水流出来。""说得轻巧，你咋个斗得过那有鳞有角、能走能飞、又凶又狠的恶龙呢?""我多约几个人去斗它嘛!""再多的人也斗不赢的！要想和它斗，除非你也变成一条龙!""只要能找到水，让这一带人人都吃饱饭，莫说变一条龙，就是变一条蛇我都一百个愿意，一千个愿意！只是不晓得要哪个才能变得成一条龙?" "你真的愿意吗?""真的!""果然愿意吗?""愿意!""好，那我就把实话告诉你吧——干山半坡的干洞深处，有一条凶恶的黄龙，是它用身躯故意把水的出路挡住了，让水流不出来。水流不出来，只好从缝隙中淌到深深的阴河中去了。你既然愿意舍己为大家，我就助你一臂之力，成全你了。我给你两颗药丸，吞下去就会变成一条龙。不过，那样就永远回不到人间了，你可不要后悔哟!”说罢，从怀里取出两颗黑豆似的药丸，递给了黑牛。

黑牛接过药丸，立刻往嘴里一丢，就着桶含了一大口水，一仰脖吞下肚里去了。药一下肚，黑牛马上心里发烧，身上奇痒，不大一会儿，就头上长角，身上披鳞，变成一条乌黑闪亮的黑龙。它呼的一声，腾空而起，驾着一溜黑云，向干洞快速飞去。老人微微一笑，将手中竹拐一掷说:“把这个也送给你。”话音刚落，黑龙头上立刻多了一只金光闪烁的长角。没过多久，干洞里轰轰隆隆一阵巨响，如同打雷放炮一般，一团团黑云黄雾，从洞中飘涌出来。约摸过了顿把饭时间，两条龙从洞中打斗着飞了出来，一黄一黑，一前一后，苦缠苦斗，一下卷在半空，一下搅在平地，连田土都滚压平了。在洞内打斗时，黑龙因地形不熟，曾遭黄龙暗算负伤。时间一长，便渐渐有些抵挡不住了，但它仍然苦熬苦挣地拼搏着。就在这时，黑龙头上的金角突然独自飞出，化作一根竹杖，神速地向黄龙头上劈去——说来也怪，黄龙竟被小小的竹杖击落在地。黑龙见黄龙伏地不动，认为它已经死了，便鼓劲向干洞飞去。谁知黄龙并没有摔死，它缓了口气又挣扎飞起，摆着一副拼命的架势，恶狠狠地向黑龙扑去。黑龙听到身后呼呼的风声，急忙向一旁闪躲，腰部仍然挨了重重的一角，它知道已经到了不是鱼死便是网破的时候了。为了不让黄龙再去宿洞堵水祸害这一带的乡亲，它忍着剧烈的疼痛，豁出全身力气，蓦地向黄龙的头部撞去……只听天崩地裂似的一声巨响，两条龙同时扑落在地同归于尽了。

天长日久，两条龙的尸体化成了两座山，人们管它叫二龙山。黑龙山在东，泥土全是黑的；黄龙山在西，泥土全是黄的。打那以后，干洞里便有一股终年不断的泉水涌流出来，滋润得干山上草木繁茂，干山下年年丰收。为了纪念黑龙舍己为众人的高尚精神，表达对他的感激和怀念，当地的各族人民便把干山改名藏龙山，干洞改名黑龙洞，干寨改为黑龙寨，还在寨子里他原来住的地方修了一座黑龙庙，庙里塑了一尊黑牛的鎏金像，有一条活灵活现的黑龙缠在他的身上。这个庙宇虽然早已不存在了，这个故事却一代一代流传了下来。

洛龙的传说

道真县有个地方叫洛龙。相传很久很久以前，这个地方被一个凶恶的山神霸占。有一年，天大旱，田土干得张开了嘴巴。山神把泉水喝了个精光，又张开大口，喷出熊熊烈火，庄稼都枯死了。这里的仡佬族人民很苦，天天跑到很远的地方挑水吃。四川有条蔡龙，知道这里的人民遭到山神危害，发了善心，前来帮助人民。

一天，天空没有一丝彩云，突然一条巨龙披着彩云，闪着金光，从四川飞过来。接着，乌云翻滚，雷声隆隆，一场大雨，湿透了土地，灌满了干田。仡佬族人民高兴极了，大家杀猪宰羊，摆酒烧香，拜谢蔡龙的大恩大德。第二天，蔡龙回四川去了，凶恶的山神又来作乱。他张开大口，把雨水全都吞进肚子里，大地又干旱了。蔡龙知道了，又赶快跑来，与山神搏斗。蔡龙和山神，打来杀去，不知斗了多少回合。最后，蔡龙掐住了山神的脖子，山神断气了。这时，人们又摆酒烧香，拜谢蔡龙。他们还请求蔡龙留下来和大家一道建设家园。蔡龙看到大家那么诚心诚意，就变成个小伙子，在这里安家落户。因为蔡龙在这里落户，所以，大家就把这个地方叫“落龙”，后来改为“洛龙”。蔡龙还成了家，有了后代。现在洛龙姓蔡的，就是蔡龙的子孙。蔡龙后来老了，他想，趁还在人世的时候，为大家做点好事。于是，和大家一道修沟筑塘。最后，他变成一条巨龙，张开大口，吐出清亮亮的龙泉水；又顺水而下，冲成一条大江，那就是现在的长江支流——芙蓉江。

老龙洞

道真县三会乡的东面，是一座横跨南北的花岩梁子。它的北端，矗立着一座又高又大的石岩。这座石岩，除了岩顶上长着一些稀疏的藤蔓、小草和小树外，四面都是笔直的岩壁。岩脚的南面，有一个巨大的洞口。里面有一股终年不断的泉水，带着巨大的轰隆声，从洞中向南流出，再顺山流下，灌溉着山脚下的后团、打鼓坪、二甲、石板上、杨家湾等二十多里远的上万亩良田，这就是有名的老龙洞。这个老龙洞有一条老龙，人们把它当着镇山之神。因为它保住了洞中的那股泉水，长流不断，灌溉良田。所以，这一带的老百姓，都敬奉他，并在洞中塑了龙王和其他一些神像。过去，凡是久晴不雨的时候，人们都要去洞中，向老龙王请水、求雨，有时也还有求必应。老龙王在这洞中，不是轻轻省省就度过来，而是经过一场十分激烈的战斗，才得到了安宁的。

听老人们讲，古时候，有一天，不知从哪里飞来了一条已经修炼成精的大鲤鱼。她看到这个洞，就非常喜欢，特别是洞里头那股清清亮亮的水。洞口高大宽敞，洞里神奇幽深，更使她舍不得这个水国仙境，决定在此修炼。于是，她顺着流水，梭进洞去了。大鲤鱼精这一进去呀，就惊动了洞中的老龙王。老龙王见有鲤鱼精来扰乱他的安乐窝——龙宫宝殿，那怎么得了！他愤怒得眼珠都突出来了。他想：我老龙王是水国的统帅，过去你属于我管。现在，你一个小小鲤鱼，竟然妄想翻个大浪，真是岂有此理！他凶狠地对鲤鱼精说："这个洞是我开辟出来的呀！你小小鲤鱼，有好大点本事？竟敢来霸占我的洞府！你如果有本事，来，我们比一比。"殊不知这鲤鱼精才不让嘞！回答说："你虽是龙王，可是你已经不是嫩龙王，而是老龙王了，龙老了，总会有一天要死啊！还守住这个洞干什么呢？倒不如把它让给我作为修行之处，让我来兴云布雨，你自己到别的地方去清闲清闲吧！”老龙王一听，心中更火了。心想：“这个鲤鱼精，鱼虽不大，野心还不小嘞！”便对鲤鱼精说：“你也不想想，我老虽老，可是，我的骨头也要比你重几倍呀！单凭我这身躯，也要压坏你，你滚吧！要想霸占我的洞府宝殿，哼！除非海底朝天！”

鲤鱼精见龙王冒火，反而软下来了，改用温和的口气说：“老龙王，请别发火嘛！自古以来就是这样的，神开路，人来走。这个洞，虽然是你先在此开辟出来，有你的一份功劳，但你已经老而无用了。你看看我，正是年纪轻轻，身体也肥肥胖胖的。就算是你开辟的洞府呢，也该让我来享受享受哇！况且，我们都身居水国之中，你又何必那么小气呢？以后你还可以来这里耍嘛！”老龙王听了，心想：“这个鲤鱼精，真有一张会说话的利嘴，看不出，还很阴险嘞！”于是说：“那好，既然你看中了我这个洞府，我们就比一比吧！只要你赢得我手中的宝剑，我就让你，要不然，就趁早滚开。”鲤鱼精早就想用武力压服老龙王，迫使其让出洞府，早就脚不停、手不住地想动武了。老龙王说要比一比，正合她意。她回答老龙王说：“可以，但如果我伤到你的筋骨，你就不要怪我无礼了。”

说罢，鲤鱼精摇身一变，变作一个英俊少年，手执宝剑，向龙王刺去，龙王也举剑相迎。一来一往，杀进杀出，只杀得黄水翻滚，山顶也都快要崩裂了，出现一道宽宽的裂痕。洞中翻滚的黄水，尤如下山猛虎，疯狂地冲卷着沟渠两岸的庄稼，水打沙壅，损害了许多良田，冲走了许多人的房屋和财产……鲤鱼精造成的这一场灾难，被太白金星李长庚在云端看见了。他立即禀奏玉皇，玉皇立即差降魔大将附身于石滚箐的应童①、仡佬族青年吴童子，帮助

① 应童：筶应菩萨的人。

老龙王斩掉鲤鱼精。事情的经过是：吴童子已经睡熟在床，他在梦中，忽然觉得像有一个巨大的铁毛盖①向他头上囥②来。他立即翻身下床，打着赤足，黑起摸摸，跑到正在做会③的回龙寺中，把掌坛师④的宝剑提在手里，头也不回，如箭似的就跑到老龙洞去了。由石滚箐到老龙洞，不是很近的，少说也有四十里，而且不是平坦大路，多数都是毛狗路，很不好走，就是善于走山路的人，一去一来，也得要狠走一天。但是吴童子却只用了半夜的时间，就到老龙洞跑了一个回转。这时，鲤鱼精已退出到离洞口不远的地方休息，老龙王也进入洞底养神，双方都准备再战一场，以决胜负。

忽然，鲤鱼精见外面来了一人，正是吴童子。只见他两眼射出万道金光，手提一口宝剑，向洞内冲杀而来。鲤鱼精摇身一变，变成一个仙女，执剑迎战。两个杀来杀去，鲤鱼精兴风作浪，洞中又是黄水翻滚，吼声大震。吴童子用宝剑劈开黄水，直逼鲤鱼精。鲤鱼精翻了一个波浪，马上变成了青面獠牙的大将，两眼射出凶光，执剑向吴童子砍来。吴童子毫不让步，一股劲地举剑砍杀。正杀得激烈，龙王由洞底杀出，吴童子由洞外杀进，把鲤鱼精夹在当中。她前遮后拦，左砍右杀，身手确实不凡。只见吴童子左手一抬，一个火闪，照亮全洞，右脚一踢，咔嚓一声炸雷。鲤鱼精慌了，她让假象和老龙王、吴童子战斗，却让真身化一道红光，潜入水底。正想逃走，不料，吴童子眼睛里射出的金光，射得她难以藏身，最终被吴童子赶上，拦腰一剑，劈为两段。鲤鱼精虽然修道千年，一旦作恶，也难免死于刀下。

吴童子斩了鲤鱼精，便提着宝剑，由原路返回回龙寺，交还了宝剑，他也苏醒了。宝剑上凝满了鲜血，还粘着巴掌大的鱼鳞甲。

---

① 铁毛盖：方言，即甑盖，一般用竹编成。

② 囥：方言，读作 kang，覆盖之意。

③ 做会：做法事。

④ 掌坛师：巫师或道士头子。

人们还看见鲤鱼精的血水从老龙洞里流出来，一连流了三天。鲤鱼精被斩，保住了这座岩洞未垮，但至今那洞顶的裂痕尚存。不过，老龙洞从此得到安宁，人民的田园屋舍，也才没遭到洪水的冲刷和淹没。为了敬奉龙王，人们就在那里塑像立庙，让龙王和众神得享人间烟火。吴童子也因此被人们大加赞扬，他斩妖的事一直流传到现在。老龙洞也因此成了风景区，每年都有成百上千的男女老少来这里游玩，瞻仰古迹，一些文人也常常来此吟诗作画。

哑　塘

在仁怀县的仡佬族山区里，有一口终年见底的干塘，人们都管它叫“哑塘”。据老辈人讲，哑塘原本叫“叮咚塘”。塘的后坎上有一块晒席般大小的连山石，连山石上有大拇指粗的一个小孔孔，一年到头都有一小股泉水从里头叮咚叮咚流出来，因此喊叫叮咚塘。俗话说：“细水长流，毫毛成线。”这股小小的泉水，每天晚上把这口塘灌得满凼凼的。隔塘不远，有一个住着几十户人家的仡家寨子，这塘水正好够全寨人畜一天的用水，白天挑干了，晚上又渗得满边满沿的。年年月月，大家平平安安地过着日子。

寨子里有一个财主，名叫山心良。他为人贪婪狠毒，硬是捡个鹅卵石都想榨出二两油来，人们便给他取了个绰号叫贪心狼。这口塘的下面，有一大片包谷土，全是贪心狼家的，由于没有水源，这片土地虽然平坦，也一直没有改成水田。有一天，贪心狼在塘边转悠了几转，看看塘坎底下那一大坝枯焦干巴的土地，瞧瞧塘后坎叮叮咚咚流着的山泉，心里不禁打起如意算盘来：这股水小，看来是出水孔流不赢的缘故。要是把山水孔打大些，让泉水大股大股冒出来，我家塘坎下这片干烧土就可以改为水田，谷子就会像河水一样淌进我家的谷仓里，把谷仓都胀破哟……想着想着，就像饿狗抢到新鲜屎一样高兴，大三步小两步赶忙颠回家里。贪心狼回家跟婆娘一商量，立刻到山下请了几个石匠来打水孔。说来也怪，出水孔越打得大，水流出来越少；孔孔打到茶杯大，流水小到小拇指粗；孔孔打到缸钵大，流水细得像一根丝线。没得几天石匠便把出水孔打到像黄桶般粗，两个人并排梭进去都空捞捞的，一滴水都没有了。

贪心狼见如此结果，肚子都差点气爆了。偷鸡不得蚀把米，贪心狼花钱花米，换来的只是一个干洞洞和众人的抱怨、咒骂。他越想越不是味，脸皮气青了，牙齿也差点咬落了。可他还不死心，心想："是不是打洞的石匠搞了啥子名堂？"决定亲自钻进洞去看个子丑寅卯。洞里乱石交错，伸手不见巴掌。贪心狼又肥又胖，活像一只上得案桌的肥猪，左拐右拐，一不小心，一跟头从洞里摔出来，跌得个半死不活：嘴巴碰歪了，舌头被利石片割掉半截，成了个哑巴。从此，人们就把叮咚塘唤做哑巴塘。塘里没有了水，塘边寨子里仡家人只好接二连三地搬家，那个已经变成了哑巴的贪心狼也只得夹起尾巴逃走了。

银子石

田家湾有座黑石山，山上的石头全都是黑不溜秋的。只有山半腰有块大约两丈见方的连山石，银光闪亮，葱根儿白。因它外形像一锭大银子，人们便叫它做银子石。为啥叫银子石呢？当地流传着这样一个故事：

从前有个青年叫田布潭，父母早已亡故，只剩他孤单一人。家里穷得叮当响，一年到头，全靠他打柴卖草来糊嘴巴。有一天，田布潭砍了一大捆柴回家，走在半路碰到一个要饭的人，面黄肌瘦，衣衫褴褛，此人不小心跌了一个跟头，跌得头破血流，只有一丝儿气了。田布潭赶忙放下柴担，把他背回自己的茅草棚里，安放在床上，把看坛坛的一碗碎米熬成稀饭来给他喝了，还跑到深山老林里去挖了些草药来给他医伤治病，就像侍奉自己的老人一样。这样护理个把多月，老人才伤好病除复了原，告辞田布潭走了。临行时，老人从怀中摸出一颗白生生的种子，送给田布潭说："这是一粒摇钱树的种子，你拿去种上吧，它会结出银锭子来的，只要摇它一下，便可落下二百两银子，不过，每次最多只能摇三下，超过三下便会受到惩罚的。"话刚说完，老人便脚下生云，飞上天去了。田布潭才知道自己遇到了神仙。

田布潭田无一垅，地无一丘，只好在黑石山半山腰的荒坡土上搭个草棚遮风挡雨，并在房后的石旮旯里开了一块横竖两丈长的荒地来种菜。他得到摇钱树种子后，便在菜园里挖了一个深坑埋了下去。说来也怪，过了三天便长出一株雪白的树秧子。又过了三天，便成了一株枝叶繁茂的大银树。再过了三天，满树都结起银白色的果子。他伸手一摇，便哗啦啦地落下来许多白花花的银子。用秤一约，不多不少，正好二百两。恰巧正是青黄不接的时候，他便把银子分给穷人们买粮度荒，自己只留了几两银子，买了一件衣裳和几斗米回家，依旧靠打柴过日子。

第二年青黄不接的时候，他又去摇下二百两银子，分给周围的穷人救急。一晃三年过去了，这消息三传两传，终于传到财主李喜才的耳朵里。这个家伙是个划破肚子装珠宝——爱财不爱命的角色。一听到这个消息，他立刻带上几个家丁，跑到田布潭住的荒坡上来，抡刀动棍地威胁说田布潭住的是他家的荒坡，如不把摇钱树送他，他就要马上把田布潭撵走。周围的人听说李喜才要来霸占摇钱树，都跑来和他评理。可是，这家伙是四季豆米不进油盐，不肯退让半步。有个农民看到这样子，便站出来说："布潭兄弟，搬到我家去住吧，来，我们先把摇钱树挖到我家菜园里去栽起，看哪个敢来抢夺！"这一举动，乐得穷人们连声叫好。只有李喜才眉毛结成疙瘩，嘴巴翘起可以挂把夜壶。见一计不成就生二计，武的不行来文的。李喜才干笑几声，眨巴着秏子眼睛说：“布潭老弟，一方一里的，早不见晚见，我能叫你吃亏吗？我把我的家产分一半给你，你把摇钱树换给我，这该行了吧！”

田布潭默算了一下，反问到：“说话可算话？”“我几时扯过谎的？”“那你得先立个字据，你把家产平分给我以后，我再把摇钱树交给你。”李喜才阴了半天，才眉头一皱，把牙齿一咬，迸出了个“行”字。田布潭拿到了李喜才的一半家财，立刻三一三十一地分给了周围的穷人们。李喜才得到了摇钱树，马上买了几十担箩筐，把一家大小都吆起去捡银子。李喜才全家围着树干站了一圈。他伸手摇了一下树干，哗啦啦落下二百两银子，再摇一下，又落下二百两银子。他连摇了三下，整整落下了六百两银子。

“海水难满无底壶，财主贪心难满足”。李喜才早把田布潭告诉他的多摇了要受到惩罚的话抛到了九霄云外去了，索性抱住树干拼命地摇起来。稀里哗啦，银锭子像暴雨般泼在他全家的周围，越堆越高，眼看要没顶了，他才住了手。可是迟了，银子还是继续不断地落下来，不多一会，便把他全家埋住了。只听轰隆一声，天崩地裂，树倒枝飞，摇钱树和银子，全都变成了一块雪白的大石头，李喜才一家被活活的埋在里面了。从此，人们便把这里叫做银子石，一直叫到今天。

赤水河

从前赤水河叫白水河。河里有条鲤鱼精。它头有缸钵大，腰像黄桶粗，尾巴赛过门板，又能走，又能飞。只要它抬头吼一声，水就涨三尺，吼两声，水就涨六尺，吼三声，水就涨九尺……越吼水就涨得越高。每年逢端阳都要吼一回，每回最少要吼三声。可是，它这种本事只能在水中施展，一着陆就完全不中用了。那时候，每年端阳节，由于鲤鱼精的三声吼，涨了大水，两岸仡家人民的生命、财产、庄稼被害得实在惨。人们没办法，只好抬着生猪、活羊、祭酒，到河边去顶礼膜拜，祈求它不再兴风作浪。

有一年的端阳节，人们来到河边，忽然，呼啦一声，河水涌起数尺，鲤鱼精开腔了：“你们要我不吼也行，以后每年端阳节给我送来一对童男童女做午饭。不然的话，我还要吼得更凶！”说完，噗的一声，窜到水里去了。人们焦虑起来了，谁愿把自己的亲生儿女送给鲤鱼精吃呢？老老少少的头发都愁白了，但对付它的法子始终没有想出来。

河边有个名叫阿勇的仡家少年，看着大家焦急成那个样子，心里也着实难受。他想了又想，便自告奋勇地向大家说：“为了家乡不再遭灾受害挨水淹，我甘愿送去给鲤鱼精吃。”大家听他这么一说，全都惊呆了。谁知他却不慌不忙地接着补充说：“你们不用替我担心，它飞上河岸来吃我，我就用刀子捅它的肚皮，它负痛怕死，来到沙滩上，就凶不起来了，它凶不起来水就不会涨了。那时只要你们齐心合力，一起上前把它杀死，不就斩草挖根除了大祸害了嘛！死我一个没啥，只要以后大家生活平安，我也心甘情愿。”虽然大家都不愿阿勇去送死，可是也想不出更好的办法，只好这样做了。

第二年端阳那天，阿勇一清早便把自己用惯的两把尖刀磨得飞快飞快，又涂了一层厚厚的毒药，然后不慌不忙地走向河边，站在河沙坝上。其余的人拿起刀刀叉叉，静静地埋伏在河的两旁。等着等着，河面上突然发出一阵响声，水冒起好几尺高，鲤鱼精飞到沙滩上，一口把阿勇吞下。阿勇到了鲤鱼精的肚皮里，用刀狠命地到处乱戳，鲤鱼精痛得乱吼乱叫，在沙滩上乱蹦乱跳。这时，埋伏在两岸的人们一齐上前，一顿砍杀。阿勇和大家内外夹攻，鲤鱼精飞也飞不起来，跳又跳不动，吼又吼不出，没多久便被杀死了。人们从鲤鱼精的肚子里取出阿勇的尸体，安埋在河边。然后把这条鲤鱼精甩进河里，河水红了七天七夜，从此白水河就被称作赤水河。

直到现在，人们还可以看到两岸石壁上显出来的阿勇杀鲤鱼精的各种形象。住在赤水河畔的仡家人民，每到端阳，有的还要拿着酒肉果品，到河边祭奠阿勇哩！

公公背媳妇岩的传说

从务川自治县的蕉坝场往北走两华里，有个寨子叫石丫口。石丫口后面崛起一座插入云天的山崖。崖上有一石笋，远远望去，俨然两个石人。那两个石人，是一老者背着一个年轻的媳妇。那小媳妇从胸部高出公公的头，显出十分拘谨的样子，双双遥望着三百里以外的酉阳城。当地人们把这两个石人叫“公公背媳妇”，并流传着一个凄婉动人的故事。

不知是哪朝哪代，石丫口有个青年，叫石郎。石郎的母亲给财主当奶妈，被折磨死了，抛下父子两人相依为命。石郎长到十七八岁，身材魁梧，相貌英俊。年轻的小伙子喜欢他，如花的姑娘爱恋他。他上山打柴，虎豹远远地逃遁；下河捉鱼，蛟龙远远地避开。他的歌喉清甜，歌声婉转，又会吹一管洞箫。他清脆的歌声在山间萦绕，能使百鸟驻足枝头，忘了归巢，能叫鲜花倏然间绽开；他一声长笛，会引来凤凰歌唱，连群山也翩翩起舞。

那一年，岁在甲子，天大旱，农夫的犁插不进土，下不了种。眼看是一个罕见的灾荒年成。这年，从四川的酉阳城来了个贩生漆的商人。这漆贩子把生漆收上一挑后，就请一个脚夫，给他挑往酉阳城去卖。石郎面对这饥荒年，为了父子俩的生活，只好为这漆贩子当脚夫。像石郎这样英俊的小伙子，臂力过人，且有胆有识，漆贩子是求之不得的，当然十分高兴。

石郎辞了父亲，一头挑上一百多斤重的担子，跟漆贩子上路。

跋山涉水，石郎健步如飞，那漆贩子在后面空甩两手，也赶得气喘咻咻。主仆俩晓行夜宿，来到酉阳城外一个去处。这地方离酉阳城还有十里之遥，古木森森，遮天蔽日。漆贩子早与石郎说过，这个去处常有强人出没。此时，石郎挑着担子在前面疾走，漆贩子在后面提心吊胆、东张西望，努力地尾随石郎。主仆俩正走进一片森林的腹地，果不出所料，前面冲来了数十个蒙面大盗，大声吆喝，上前抢劫。说时迟，那时快，石郎放下担子，抡起扁担，大喝一声，上前迎敌。石郎这一声吼，使山摇地动，把个漆贩子吓得筛糠似的发抖，那些强人一个个闻声丧胆。但当他们发现只有石郎一人时，又壮了胆子围将上来。且说石郎抡起扁担，上下左右，一阵乱打，直打得那伙强盗哭爹叫娘。此时，只见从斜刺里冲出一彪人马，将强盗们一个个五花大绑了。石郎却乘机去那青石板上歇着。漆贩子被吓得屁滚尿流，踉踉跄跄地上前跪在一个官人面前，结结巴巴地直叫："大老爷，救——救——救命哪!"

原来这是酉阳吴县令狩猎归来，正遇这伙强人行劫。吴县令看坐在石板上那汉子气宇轩昂，模样俊俏，天下无双。先前，石郎抡起扁担杀贼的场面就使吴县令十分赞赏。眼下，吴县令看着这个魁梧健壮的汉子，心里又产生了爱慕之情。吴县令下马来，挽着石郎的手问："壮士尊姓大名?"石郎慢慢起身，通报了姓名。吴县令看着他那副威武雄壮的样子，更加喜欢，于是要石郎到县衙当差。石郎见吴县令如此诚意，也就应允了。

石郎来到县衙，和弟兄们相处得很好。他善于为人排忧解难，同伴们十分敬重他。石郎生长在深山野谷，就像鹰鹫一样敏捷，像虎豹一样勇猛。因此，吴县令每回狩猎，都要唤石郎同往。回回出猎，都是满载而归。吴县令十分欢喜，不久便把石郎调为内侍，早晚不离左右。

石郎深得吴县令厚爱，生活应该是有欢乐的，但离家日深，他时常思念家中的父亲、长眠地下的慈母。每当夜深人静时，缠绵的乡思更使他十分惆怅。这时候的石郎，或对着潇潇清风朗月，或对着夜雨，他总是亮开他的歌喉或吹起他的长笛，让歌声抒发他思乡思亲的情怀，让长笛寄托他的幽怨。

吴县令有一女，名曰秀鸾，正值豆蔻年华，玉貌仙颜，久居深闺，多愁善感。琴棋书画，不能舒展她的芳容。但石郎的歌声，石郎的笛韵，却使她春心萌动。她的魂，被那清脆的歌声和那婉转的笛韵系住了。

石郎的住处与秀鸾的闺房只隔一花园。一日，石郎和吴县令狩猎归来，路经花园，秀鸾正和丫环在花间追逐嬉戏，偶然抬头看见了潇洒英俊、气宇轩昂的石郎，倏然间只觉得神魂儿飘然跃出花间。多长的日子，被他的笛韵缠绵，她春心激荡，不能自已！这玉人儿害得奴家好苦！再说，石郎此时，被那花间送来的一股如兰如麝的清香熏得魄荡魂颠，几番疑入仙境！石郎只见环佩响处，秀鸾亭亭玉立，跟着一个妙龄丫环，正拈花微笑，神韵婀娜，清艳两绝。石郎只此一瞥，就觉得秀鸾脸上，射来几道强有力的神秘之光，把他的灵魂儿摄至半天云外去了。石郎呆了好大一阵，后面一个兄弟跟上来在他身上捏了一把，他才从仙雾中省悟过来，急急地跟着吴县令入衙。

此后，石郎思乡的情怀中，又添了一份剪不断、理还乱的思恋秀鸾之情。每晚，他怕他的歌声露出破绽，只用那一管长笛，传送他思恋秀鸾的情怀。秀鸾呢？每每被他的笛声撩拨得心神欲飞，远远地望着那花木掩映中笛声传来处，如痴如醉！

如此天涯咫尺，一样相思，两地折磨！一夜，玉宇无尘，银河泻影，圆月横空，花眼迷离。秀鸾耐不住深闺相思的折磨，与丫环来到石郎的住处，与石郎相会。石郎虽然从心里爱上了秀鸾，但想到自己凄苦的身世，想到门第的悬殊，好似仙凡相隔，虽有满腹相思，一腔衷肠，也不敢大胆地吐露。可是，此时的秀鸾，这个怀春着少女的一腔情怀，像抑不住的泉流，在爱的心底汹涌！她青春的热血在沸腾——它要冲决深闺的闸门，砸碎相思的桎梏！她大胆地倾吐着对石郎的爱慕之情。她真诚的言辞深深地打动了石郎的心，石郎被她的深情感动了，接受了秀鸾的爱情。

自那夜以后，秀鸾常常派丫环在夜静更深的时候把石郎接到她的闺房里去。他们先是互诉爱慕之情，渐渐地便拥凤颠鸾，翻云覆雨，两情缱绻。不久，他们便对着神灵，焚香结为夫妻，立下誓盟：即使海枯石烂，生死相随！

光阴荏苒，冬去春来。石郎来到酉阳县衙已有一年，与秀鸾相爱，骨肉相亲已过半载。此时，秀鸾已怀孕四个月了。石郎既思念家中的父亲，又担心他与秀鸾的事一朝泄露，不堪设想的后果。他整天忧心忡忡，但又只好强颜欢笑，侍候吴县令。身子渐渐的变化，也使秀鸾失去了少女那如火如炽的激情，使她冷静下来。她看到石郎成天身形憔悴，衣带渐宽，心下既怜悯石郎，又为他们即将面临的绝境担惊受怕。

一夜，秀鸾投在石郎的怀里，止不住的眼泪直流："石郎，我因你的歌声缠绵，被你的容貌胆识所迷恋，那男女之间互相吸引、倾慕所生出来的一往情深，使我以身许你。现在，我已身怀有孕，事情必将败露。但我已下决心与你相爱，即使死在九泉也不后悔！一想到我堂上还有父母，你家中也还有父亲，倘若事情一旦暴露，你我性命难保。我们尚未尽人子之道，死不瞑目！现今之计，是你尽快逃离虎口，回家孝敬父亲。奴家命薄，不能与你白头到老，遗恨终生！但能和你相爱，也算夫妻一场，不枉到这人世一趟。你离开这里后，我即奔赴黄泉，就不会牵连到你了。我父亲很爱你，等过了三年两载，你再来孝敬我父母。每逢寒食清明，你有心，给我烧挂纸钱，我在黄泉之下也就心满意足了。"说罢，抱着石郎痛哭。

石郎虽是一个有血性的男子汉，但此时他的眼泪也如注地流出来。他不能丢了秀鸾只身逃生！他俩相拥痛哭了一场，思来想去，还是双双逃出虎口为好。俩人商定：待吴县令清明节回家扫墓时，石郎托病不随护，然后双双乔装，踏青走出酉阳城。

吴县令未到清明就告假回乡扫墓去了，石郎依计没有跟去。石郎与秀鸾瞒了家人，五更天就出了城门，急急地往石郎的家乡奔。夫妻俩晓行夜宿，少不了跋涉辛苦，回到了石郎的家乡。石郎的父亲还健在。

石郎虽跟随吴县令多年，但从未说出过自己的家住哪里。待到吴县令回衙，见走了秀鸾和石郎，方才从云雾中省悟过来。将秀鸾的丫环拿来严刑拷打盘问，丫环只好原原本本地说出究竟。这吴县令平时很爱石郎和自己的女儿，不愿轻易伤折他们，又不知秀鸾二人逃往何方？他不声张，想让事情过去。

吴县令虽然从政清明，百姓拥护，但一些贪赃枉法的下属早就怀恨在心。当下，就有一官员将吴女养奸外逃的事申报府尹。这府尹平时也恨吴县令秉公执法，不孝敬他，早想惩治吴县令，于是派出府差，将吴县令满门抄斩，四处捉拿淫女奸夫。

再说石郎回家来，安顿了妻子，孝敬父亲。虽有天伦之乐，但一想到吴县令对他的好处，又不免生出无限的恻隐之情。秀鸾为了与石郎爱恋，抛去了父母流落他乡，也常伤心落泪。于是夫妻俩商量：让石郎仍乔装前去酉阳打听吴家近况。

石郎告辞了父亲，洒泪和秀鸾分别，打点上路。待到石郎走到龚滩，传来了吴家被满门抄斩的消息，他痛哭失声，正欲往回赶，却遇着一伙兵丁押着那个生漆贩子。主仆俩异日相见，倍生感情。此时又不好说话，主仆俩只用眼神传递问候。那漆贩子竟坐在路边的一块石上不走了，望着天，没头没脑，疯言疯语地说："好一个石郎，你今在何处？你拐骗了吴县令的女儿，使吴家灭门；现又害得要我四处去认你，折磨得我好苦啊！我要是找着你时，必吃你的肉，喝你的血！"石郎知道漆贩子分明是要他逃走。但石郎想，事已至此，又连累了他人，何必贪生怕死，苟全性命！于是一脚踢翻了一个差役，夺了刀，连斩了几个差，然后割断了捆绑漆贩子的绳索。一边抡刀向众差役砍去，一边对那漆贩子说："你若能去给石郎家报信，我死在九泉也不会忘你。"石郎好一阵厮杀，杀得府差人仰马翻。但终因寡不敌众，石郎纵身投入洪渡河自尽。

那漆贩子趁石郎与府差交战之机，逃得性命。他熟悉路径，昼夜兼程，来到石郎家中告知消息，之后逃往他乡去了。此时秀鸾即将临盆，听到府差追来捉拿的消息，只好和公公躲到后山的崖上去。那些府差在龚滩损伤了人丁，也不知投河的就是石郎。剩下的人急急地追赶，一直赶到蕉坝，方知石郎已在龚滩与他们厮杀，投河身亡，秀鸾与公公藏进了大山中。于是上山去四处搜查，要捉拿秀鸾回府交差。

此时正是隆冬，秀鸾刚生下来的孩子被活活冻死。看看府差渐渐逼近，秀鸾又不能走动，公公只好背着秀鸾在荆棘丛中逃生。追兵越逼越近，眼看就要被擒。公公背着秀鸾来到悬崖前，只好向着崖下纵身一跳，倏忽间，只见四面昏暗，狂风骤起，纷纷扬扬落下漫天大雪，地冻三尺，差役们也全被冻死在山上。

春天冰消雪融，秀鸾与公公的尸体变成了石人，巍然屹立，岿然不动，也就是今天的石笋"公公背媳妇"。据传，后来，这对石人还经常到酉阳去寻找他们的亲人。他们的影子常常映到衙门口前的水池里，他们的英魂使许多为非作歹的酉阳县令惊骇不已，寝食不安。曾有县令派差役前来砸石人，那公公的脑壳被砸下来，砸成了今天的石郎溪。但等到差役走后，那脑壳又自然地长了上去。

现在，石人依然矗立在石丫口后的山岩上，传说还有两条大蛇护卫。谁若要上去砸石人，只要走至半山腰，立刻天昏地暗，狂风暴雨就会把人赶下山来。

落亡洞的传说

金鱼寺下面，沿洪渡河往下游走七八里路就是落亡洞了。落亡洞，你听这名字就胆寒，就紧张。你看这地势：洪渡河流到这里，变得一点动静也没有，成了长长的、深深的一口塘，这就是龙塘。龙塘的两山又是清一色的飞白悬崖。只有在下滩口的崖口上才闪出两个口子，一条陡峭、弯曲的石板路就从这里通向丹砂、水银的产地和县城。而连接这条险路的是由三四根圆木架成的独木桥，这就是落亡洞独木桥。独木桥架在几墩不规则的大石头上，河水冲刷着桥墩，摇曳着只有一二十公分宽的独木桥。更为可怕的是，桥下的河下面还有暗洞。这些暗洞的水在那里发出嚯嚯嚯、轰轰轰的声音。又从桥底下、石头中间、大塘里冒出许多白泡、烟雾。整个一座独木桥就在这烟雾中时隐时现。从这样的桥上摔下去，莫说有命，就连尸骨也找不到。但这里又是连接丹砂与县城的一条便捷之路。因此，过往行人、商贾络绎不绝。因此，也常常演绎出许多传说。这里有一个关于落亡洞闹鬼的传说：

据说有一天，一个端公先生从桥上过。有个水鬼装成一个热心的人，说是桥危险，可以把端公背过河。端公讲："这桥这样危险，你还把我背过河?!"水鬼说："别怕，你爬在我的背上。"端公先生想，这水鬼又要害人，我不如把它收拾了。于是将计就计爬在水鬼的背上。端公先生爬在水鬼的背上之后，就抽出了一只手在水鬼的背上划了一道符。水鬼把端公先生背在桥中间可怎么摔也摔不下去。水鬼知道被整住了，于是告饶道："我不害你了，你下来吧。"端公先生哪能依它告饶，说道："把我背在翻平再说。"翻平了，端公先生仍不下来，水鬼说："翻平了，你下来吧。"端公先生说："你要把我背拢屋。"

水鬼把端公先生背到院坝里。端公先生对妻子喊道："给我整几个菜，我要与朋友喝杯酒。"妻子说："人呢?"端公先生讲："你不管嘛，把菜拿来。"

妻子把菜拿出来后，端公先生就像与人说话似的，"你吃嘛"，鬼说鬼说的。端公先生的妻子道："你今天是啷个啦，鬼念鬼念的，使人毛根直在张。"端公先生也不听她的，只是吃自己的菜，只是给人劝酒。妻子见他这样，也不同他多说，准备上坡上去。端公先生见她要上坡，就连忙说道："你把仓的钥匙拿来，我请人把谷子、包谷整干净。"妻子把钥匙甩给他，就到坡上去了。

可妻子回来后，吃惊不小，平时连脸都不想洗的人，怎么变得勤快了？米碾得干干净净，包谷筛得面面是面面，壳壳是壳壳。说是请人，又没见个人影。端公先生笑道："嘿嘿，你不管嘛，你把院子那些需要推包谷、舂谷子的喊来，我把他们整干净。"村民们一听推包谷、舂谷子不要钱，就纷纷把箩筐、背篼背在屋子里来。那几天，端公先生的磨房里冲碓声、推磨声响个不停。端公先生的妻子，也知道他有些符法，但也未见过这样的场面，于是就到磨房看个究竟。"怪了，一个人也没有，怎么就见推磨、冲碓整个不停，米是米，壳是壳，谷筛得好好的，摆得整整齐齐。"心里一阵纳闷。这时，有声音喊道："大娘，我也是苦命的人，你先生把我弄来，做了这些天的活路，还要喊人家做，我也该回去了。"端公先生的妻子先是吃了一惊，后来才静下心来。一定是那老东西，把那些鬼东西整在屋里来了。于是说道："我又没有符法，你啷个回去哇?"水鬼道："只要把柱子上的符撕去就行了。"端公先生的妻子才看到，磨房的中柱上确实贴了一张符。说是："把这些东西弄到屋里来了。"说着就顺手将符扯了一下，符还未扯下，只听得"嘎"的一声长叫，水鬼化作一道青烟，没命地跑了出来。端公先生知道妻子放跑了水鬼，说道："那是落亡洞的水鬼，你把它放跑了，又要去害人。"果不然，这水鬼又回到落亡洞干起了推人下水、取替胎的事情。

这天，这个端公先生在朋友家喝酒，多吃了几杯，天又晚了。这时，落亡洞已是明月初升。两岸森林猿声啼叫，豹虎哀鸣。端公先生不由得一阵心紧。这时，一个身形枯篙的老婆婆坐在落亡洞的独木桥头哭泣。端公先生一问，才知道这老婆婆的女儿快死了，老婆婆想过河去会她一面。于是讲："这桥就是白天，一个年轻人过去都危险，这么晚了你一个老婆婆要过去?"又说："你回去，明天我找个人背你过去。"说着端公先生自己一个人就往独木桥上走去。这时，这老婆婆就要往桥下面跳。端公先生忙拉着说道："你哪个这样啥?过不了河就跳水嗪?"老婆婆说："我过河去见我女儿一命也是死，过不了河喂豹狗老虎也是死，不如就在这里死。"说着又要往河里跳。端公急了："我把你背过河行了!"说着就向老婆婆蹲下身去。老婆婆没见端公蹲稳，就爬在端公先生的背上。

端公把老婆婆背到河中间，老婆婆就在端公先生的背上一个劲地往河里跳。端公先生道："哪个这样，我们摔下去还有命没有?"这时背上响起哈哈哈的笑声。老婆婆在端公先生的背上叫道："你也有今天啦?上回你把我捉去，做了那么多天的苦力，使我取不成替胎，还不了阳，现在还坐在水牢里，又冷又饿。这下是你背我，我在你背上，你哪个在我背上划符了?你整不了我，你成我的替胎，我也有出头之日了。"说着又是一阵哈哈哈的笑声。

原来，这老婆婆是水鬼变的。今天多喝了几杯，上当不浅!一身冷汗从端公身上冒了出来，酒已醒去了大半。也许是天不该绝端公先生，或者这水鬼是气数已尽。冷风一吹，端公先生似乎清醒了许多。我能在它背上划符，就不能在它身体的其他地方划符?于是，他就腾出一只手，在水鬼的两只脚上重重地划了一道符。水鬼的双脚立刻像戴了一副千斤重的脚镣，丝毫也动弹不得。水鬼知道不妙，急忙哀求道："放了我吧，我也是没办法的办法，哪个想坐水牢，哪个不想还阳过好日子，而且大家都这样，都取替胎，我也是被人家取的……”端公说：“你这样下去，要整多少人？落亡洞哪还有个安稳的日子？”水鬼说：“你总不能让我坐一辈子的牢，这不公平嘛，我也得过日子。”端公先生说：“这样吧，你吃亏是吃就的，我把你归了案，把你超度七七四十九天，向阎王帝君写禀告文书，使你转世回阳，这样对地方也有好处。”水鬼想，只要我能回阳，我也没说的，于是就皈依佛法了。

回来后，端公先生不食言，立即摆上香案，点了香烛，烧了纸钱，写了禀告文书，念了七七四十九天的道场，超度了水鬼的亡灵。这样，落亡洞就安宁下来，不再闹鬼了。

围　腰

传说，古时候女子比男子聪明。天上的仙人就下凡来考察这人世间到底是男人聪明还是女的聪明，并来到仡佬人居住的地方。这天，他骑马路过一个仡佬村寨，见一个青年正在村边犁田。这神仙扮凡人样，问这青年：“你这个哥子，我问问你，你犁田的本事实在强，干田犁得明晃晃，你犁了几多泥饼子，有几多阴来几多阳？”这犁田的青年被问堵嘴了。神仙见他答不出，就说：“哥子，你想想，下午我回来再告诉我。”

太阳当顶了。年轻人回家吃晌午饭，把这事向妻子说了。妻子教他，那骑马的回来，你反问他怎样怎样，他也无法回答清楚的。年轻人回到田中，不多时，那个骑马者就回来了。还未等骑马者歇住脚，年轻人抢步上前就问：“客官，现在轮到我先问你了——客官打马奔前程，一路行来像腾云，踩了多少马蹄印，有几多阳来几多阴？”这骑马者也被问得哑口了，心想，这一定是他回家去，他妻子教他的。于是便对青年说：“你回去，对你妻子说，我明天要去你家做客，我要吃白皮红心萝卜，百样菜，用空筒筷子，一定一定啊!”说完，打马去了。

年轻人回去，一一向妻子说了，并说那骑马者说要来做客。第二天，妻子让丈夫到荞子地里扯来几根荞秆，又去白菜地里扯来几蔸白菜，便开始煮饭。饭刚熟，那骑马者就在外面叫门。妻子安排丈夫摆上饭菜，自己出门迎客。一开门，那客人即要下马，脚还未离鞍蹬，没等女主人开口，劈头就问:“大嫂，你说我是要上马还是下马?”女主人顺脚踩上门坎:“客官你说我要进屋还是要出来?”这样你问我我问你，双方不分高下。最后双方哈哈大笑，各收住脚，一个说:“我要下马做客”;一个说:“我要开门迎客。”客人进屋，见桌上摆着他要吃的白皮红心萝卜——盐蛋一盘，百样菜——白菜煮汤一大碗，饭碗上放着用粗大的荞秆做成的空心筷子一双，思忖着，这世间的女子真比我们神仙还聪明，不如收拾收拾她。于是从怀里取出一件十分花哨的围腰递给女主人:“大嫂，你给我煮饭弄脏了衣服，我给你围腰，你拴在胸前，以后就不会弄脏衣服了。”说完转身打马而去。

客人走后，夫妻俩看这围腰十分新奇，丈夫笑哈哈地把围腰给妻子拴在胸前，连声称赞“漂亮，漂亮……”妻子也觉得自己拴上围腰，比原来更好看了，很乐意地拴着。哪知道，这一拴，围腰却遮住了女性的聪明伶俐。原来，那骑马者是天上的罗英秀才，他忌妒世间的女人聪明，有意下凡来搞鬼。

金鱼寺的传说

务川城东约二十里，有条小河叫“金鱼寺河”。它两岸风光绮丽，重山叠翠，层次分明。这条清澈的金鱼寺河，流到这里，从那几十丈高的岩口上跌落下来，形成一道银白色的瀑布，好多飘逸，好多缥缈。这些瀑布又跌落在石头上、岩石上，形成了许多珍珠、雾霭和彩虹。而旁边，一座十分像鱼的山头上，又有一座漂亮的寺庙，这就是金鱼寺。相传，这原是一片宅院。什么时候这宅院变成了寺庙，还有这样一个传说：

不远处住着一家人，虽说这家人人丁兴旺，但日子仍过得丁当响。也许是这家人命中该有这份情缘。这天，远处的山梁上来了阴阳先生俩师徒。他们走到这里时已是夕阳西下，远处已是野狼哀嚎，腹中更是饥饿难忍。这样，这师徒俩就向这家人走去。

这家人也好客。把师徒俩让进屋去，并盛了一碗饭给他们。饿肚好吞饭，这碗饭囫囵吞枣吃完了，这家人又给他们添了一碗。吃完饭之后，天就全黑了。这样就着柴火拉起家常来。这家主人说："我们这里穷，又没有办法，日子很不好过。这也许是'人穷怪屋基'。"这人又谈到想把屋子迁一下。

这时师傅说："我们过来时，那边有块好地基……"徒弟见说走了嘴，用手拐了一下师傅说："时候不早了，我们找个地方去安身吧！"

这家主人说："就在我们这里吧，楼上有间铺。"其实哪是什么铺？是在架棚杆上甩了一铺草秧。这样师徒俩就在这架棚杆上睡了一个好觉。第二天，师徒俩说要走。这家主人说："饭都煮起了，吃了再走。"师徒俩确实旅途太疲惫，这样就在这人家吃饭。饭还没吃完，天空中就下起雨来，一连下了好几天，真是"人不留客，天留客"。

天终于晴了，师徒俩准备上路。师傅说："我们住了这些天，这点银钱，给你们作添补之用。"这家人说什么也不肯："我们荒山野岭的，来个人就不容易，又不是开店，哪个要收你们的钱。"师徒俩感激而去。也是这家人的造化，师徒俩走到洪渡河河边时已是水涨船高了。更为糟糕的是渡河的船已被洪水打去。这样，师徒俩只好又回到这户人家。

半夜里师傅一觉醒来，听见主人家在讲："哪样都没有了，拿哪样下锅?”这家主人说:“把那只鸡抓去做了吃。”师傅听到了自言自语道:“大善也,非他莫属。”次日,仍吃上黄灿灿的饭。师傅对这家人说:“你们把房子搬去吧,那里要发。”徒弟听见了:“天机不可泄露,而且自己会伤残的。”师傅说:“是天意吧,天意难违。”这家主人听到之后说:“师傅就是我的再生父母,我有一口饭,绝不让师傅只吃半口。我的眼睛就是师傅的眼睛,我的脚就是师傅的脚,决不食言。”这样,徒弟只好云游去了。

这天,师傅领着这家人来到瀑布旁鱼形的山头上说:“就在这里,你在这里修房子,保证发。”话音未落,晴空就一阵霹雳,天立刻暗了下来。而金鱼寺的水平地涨起三尺,瀑布轰鸣。阴阳先生的双目全瞎了,伸手不见五指。这家人把阴阳先生接进屋里,真的像对待亲娘一样把阴阳先生供了起来,并按阴阳先生的指点,择一良辰,在鱼形的山头上把房子修了起来。

说来也怪,这家人自从在鱼形的山头上修了房子,养猪,猪壮如牛;养鸡,鸡一坝坝,地里的庄稼平地长。而这家几个儿子又连连科考中举,都在外面做了官。这家人发了之后,又将原来的房子拆了重新修建,而且一次比一次好,一次比一次富丽堂皇,就连洗脸用的盆子也是金子做的。这家人起初还对阴阳先生好,但随着越来越富,就逐步嫌这阴阳先生丑陋、脏。先是不准阴阳先生陪客,以后又不准阴阳先生同桌吃饭,再后来干脆将其打入柴房,每天冲碓、推磨,吃的是残汤剩饭,还免不了挨打受骂。

一天,这阴阳先生一反常态,念道:“金鱼寺,金鱼在。金鱼去,鲤鱼来。鲤鱼去,木鱼来。”而且反反复复,念个不停。管家就把这情况报告给这家主人了。这家主人说:“得了就得了,管他金鱼、鲤鱼的,今后严加看管。”一天,一个衣衫褴褛的叫花子要饭要到这家人面前,并唱道:“金鱼寺,金鱼台,金盆打水洗草鞋。”这家主人听了说:“怪了,难道我还要富,还要富得用金盆子来打水,洗草鞋?”于是问这叫花子。叫花子说:“我不能说,我说了眼睛就要瞎。”这家主人说：“你瞎了有我，我这样大的家产你要哪样有哪样，我把你养起来。”这个叫花子说：“你命中还要发，还有一段起伏，只是你不晓得。”这家主人说：“请讲，快满酒上肉。”叫花子说：“我这个样子，怎好上席吃菜！”这家主人说：“用盆子打水来，给师傅沐浴更衣。”佣人用木盆打来水，这叫花子不洗，只是唱：“金盆打水洗草鞋。”这家主人说：“你老是唱‘金盆打水洗草鞋’是什么意思？”叫花子说：“你这个都不懂，金盆打水嘛形容你还要富，洗脸的盆子都是用金子做的，逗富有逗豪华！”这家主人顿时醒悟：“行行行，用金盆给师傅打水来洗脸。”金盆盛上水来之后，这个叫花子就把一双湿漉漉的草鞋往金盆里洗。这家主人有些不快，但似乎马上醒悟：“对，对，对，‘金盆打水洗草鞋’，好，好，好。”

这样，这家主人就按叫花子的指点，把整个宅院做成黄灿灿的，又砍了七十二堆柴火，准备了二十四门抬炮。泡房子酒那天，远近的绅士、官僚都来了，只听叫花子一讲：“开始了……”房前屋后，整个被那大红烛、七十二堆柴火照得通红，特别是那二十四门抬炮，对着对面的山头嘣嘣地轰了起来，就像要垮岩一样，地动山摇。这时，这鱼形的山头下面，一对金鱼就从下面的山洞里游了出来，顺着金鱼寺河向洪渡河游去。

这时，天色暗淡，金鱼寺河的水也是平地三尺。这叫花子也成了双目看不见的瞎子了。主人一看，又是这样，就把这叫花子也关进了柴房。叫花子一进屋就喊“师傅”。这阴阳先生说：“我晓得你要来，这是天意，是缘分。”口中念道：“得了没得，富了没富，固而不固……”

事隔不久，这家人就衰败起来：不是人病就是猪瘟，而在外做官的几个儿子也连连发丧回来。以后这家人就死绝了。这家房产就被当地充作庙寺，就叫金鱼寺，田产就充作寺里的产业。寺里每天木鱼声不断。原来是阴阳先生的徒弟云游回来，用“二十四杆抬炮”破了金鱼寺的灵气。金鱼走，这家人就败了。

这时，这位阴阳先生向徒弟眼上吹了口气，徒弟眼睛就复明了。师傅自己用手一拂，自己的眼睛也亮了。他们仍自去云游去了。

附记：据《思南府志·道光志》：务川最大庙宇“金鱼寺”，花水银一百零八筒（当时水银是用猪尿泡、竹筒装。每筒五斤），购买材料请能工巧匠修建。“金鱼寺”在解放初期被毁（1950—1951年）。

神仙洞的传说

相传在明末清初年间，重庆长寿县万家坝有一罗姓的大户人家，人称罗员外。一日，员外独子忽染风寒，危在旦夕。在生命弥留之际，巧遇一乞丐老人相救。员外独子病愈后，乞丐便一去无踪。罗员外为报施救之恩，便四处打听这位衣着青袍、头戴斗笠的老人的居所。几经周折，罗员外终于打听到那位神秘的乞丐老人居住在贵州濯水三岔河境内，常以竹笠系红带为其标记。

第二年春天，罗员外备足盘缠，焚香洁身择期上路。一路跋山涉水，寻踪觅径，历经七七四十九天，终于到达了濯水的石桥子。在当地乡民的指引下，罗员外沿着田埂往里走一公里就来到了三岔河，果然发现依山一片茂密的竹林中悬挂着一个竹笠，竹笠上飘着一条红带子。穿过竹林，便有一岩洞，洞内殿宇林立，景象万千。宫殿的正厅有一慈眉善目的观音菩萨坐其上。罗员外顿时醒悟：自己千里迢迢寻找的乞丐老人原来是下凡神仙。

冉疤子拴龙

从前有个仡佬寨叫龙井坡，这地方很干烧。有个姓冉的青年立志要到海里去牵一条龙来制水灌田，改变这一方水土。这个青年几经周折、几经磨难，牵来了青龙，因一时降不住，青龙跑了。他不甘心，又到海边去牵来了黄龙。龙井坡才终于有了水。可这青年在与龙搏斗时，被龙抓得满面伤痕，成了疤子。于是这“冉疤子拴龙”也就远近闻名了！

三块石

三块石位于贵州省正安县城东南面，属流渡镇保林村，在湄潭到文家坟公路84—85公里之间。

据《续遵义府志》古迹篇载：“在正安城东，平列巨石三，其一则印人手掌于上，指痕深二寸许，长五尺余。相传仙人张果老所印。”古书记录文字虽简，但巨石指痕至今尚存，在乡民中流传的张果老在三块石打草鞋的故事，更为细致生动。

从前张果老很穷，靠打草鞋维持生活。他常常坐在三块石下打草鞋。据说他的草鞋打得很好，不仅样式美观，经磨耐用，而且冬暖夏凉，泥泞不滑。更奇特的是，穿上他的草鞋，顿感身轻脚健，终日跋涉不知腿软。曾有人把它誉为“登云履”。张果老的草鞋非常畅销，很难买到，加之他的草鞋价格稳定便宜，一双草鞋换一碗米，四季不变。而且他一天只打一双，一年就打三百六十五双。不管抢购的人再多，再紧俏，他也从不粗制滥造。所以，后来有句民谣“一双草鞋一碗米，不打草鞋饿死你”大概就从这里来的。

据说张果老这个人，力气很大，脚劲、手劲十分惊人。一次他在打草鞋时卡上的木橛紧，用力过猛，腰绳一断，弄了个头仰脚伸，双脚蹬垮了流渡河对岸的半匹岩，至今村台坡上仍留一个大岩洞；屁股一坐，土地下陷几丈深，至今保林村还留一道形似撮箕的大深槽；右手往后一撑，恰好按在后面三块平列巨石中的一块石壁上，至今“五指痕深二寸许”清晰可见。从此，人们将这个地方叫做“三块石”，张果老在三块石打草鞋的故事也代代相传。

灯笼坝

贵州省正安县乐俭乡附近，有一个群山环抱的小村落，当地人称“灯笼坝”。灯笼坝从何得名？若以其地形地貌看，则毫无灯笼之状，若以姓氏村落论，则《百家姓》中又无灯氏之姓。原来，灯笼坝的得名有这样一个动人的故事：

南宋末期，皇帝昏庸，朝廷腐败，大片国土已沦陷元兵之手。当时正安县称珍州。珍州虽然僻远，元兵仍大兵压境，形势险恶，百姓惶然不安。时任珍州总制的宋将郑昌孙，自小随父征战，习有一身高强武艺，又善带兵打仗。郑昌孙出于爱国爱民，立即点兵征讨，行至南山寨，便凭借地形险要，修筑工事，设置障碍，用以阻击入侵的元兵。

势如洪水的大队元兵开来，便被郑昌孙拒之于南山寨外。由于郑昌孙英勇善战，亲临指挥，使元兵锐气顿减。郑昌孙抗元的英名也顿时在珍州百姓中广为传播。元兵悍于郑昌孙的威力，便猛增兵力决心与郑昌孙决一死战。经一月鏖战，终因敌众势大，郑昌孙损兵折将，因无援兵，南山寨被元兵围困，岌岌可危。

眼见郑昌孙抗元部队将全军覆没，正在杉木坪筹集军粮的郑昌孙夫人郑康氏，闻讯立即集中后路守军，限令士兵于天黑之前必须赶来山羊数千头，并发动当地百姓扎制竹篾灯笼数千盏，插烛灯笼内，在乐俭台聚集待令。号令一出，还不等天黑，百姓和士兵早已提灯赶羊集中等候于乐俭台附近的村中大坝上。天黑后，伸手不见五指，郑夫人披挂战甲，下令将灯笼绑在羊角上，点燃灯烛，霎时照得天地通红，兵众呼声震天撼地，急向南山寨挺进。而在南山寨的元兵误认为郑昌孙大队援兵已到，吓得丢盔弃甲而逃。郑昌孙率部乘势追击，一举大败元军。战后郑昌孙偕夫人亲往南山寨祭奠忠烈，又到羊群灯笼集中之地看望百姓，并亲植红枫一株以作纪念。事后，周围群众便称其地叫“灯笼坝”。从此，灯笼坝就出名了。那棵红枫越长越大，合围数抱，红叶遮天，既像红伞也像红灯笼。

石 牛

相传很久以前，贵州正安瑞濠乡新宅坪这个坝子，下雨常被淹，天晴成旱灾，坝子上有个庞然大物石牛，身高六尺，长一丈。它白天睡觉如磐石岿然不动，一到深夜便苏醒活动。

有年夏天炎热如焚，井水干涸，稻禾、树木干死，人畜饮水困难。一天晚上，这头石牛渴得实在难忍，四处寻水，跑到十多华里的何家湾滥坝子找到了水喝，由于高兴得发狂，损坏了田里的秧苗。

次日天明，土豪的管家见到了田里的秧苗受损，感到很惊奇。仔细一看，发现有泥浆脚迹。于是，管家邀约了数人，立即寻迹追踪，找到了正在酣睡的石牛，见石牛浑身是泥，这群追踪的人气势汹汹，有的拿锄，有的执锤，把石牛的角打断了一只。这头石牛流了三天三夜的黄水后就死去了。当地的乡亲父老见此惨景，就在田坝的一角挖了丈多深的一个坑，将这头石牛埋葬了。

说来也怪，第二年的夏天，恰好是这头石牛死去一周年的日子，突然天昏地暗，雷鸣电闪，下起了倾盆大雨，就在埋葬石牛的地方，发出三声吼叫，其声如雷，震天动地，接着石牛的埋葬地就慢慢地下沉陷落，变成了一个万丈深渊的消水坑。雷雨过后，只见天空出现了一只金凤凰，它绕坝飞翔，还不时鸣叫，好像是向父老乡亲告别，飞向了远方。

从此，这个坝子几百亩农田再没被洪水淹。每逢干旱时，这只金凤凰就会飞来这个坝子的上空呼叫，天空就会布满了乌云，顷刻降下喜雨，岁岁风调雨顺，年年丰收，人们丰衣足食。人们为了纪念这好心的石牛，就将这个坝子叫“石牛坝”。至今，在这个地方还流传着这样的歌谣：

石牛是个好心肠，死后变成金凤凰。
天旱送来及时雨，石牛坝子鱼米香。

麻窝洞

在黔北正安县安场镇佳元村，有一座触着云彩的大石山，名字叫华尖山，海拔高约 1080 米。石山边有个石洞，洞有多深，谁也说不清，反正附近村民很多人进去过没有走到头。洞里边有石凳、石桌、石柱、石虎。每年春天，有清泉水涌出洞外，泉水边有个穿红挂绿的俊俏姑娘常在那里洗衣裳，所以人们就叫它“麻窝洞”。

麻窝洞为什么远近闻名？源于一个麻窝娘娘的故事。

传说在几百年前，华尖山里有了人家。有一年，华尖山这个地方旱情严重，春天雨不断，夏天起大风，秋天粮不收，大户小户都断了烟火。有的卖儿卖女，有的背井离乡，有的抛尸荒野，甚至有的寻死上吊。兵荒马乱，山里人叫天天不语，叫地地不灵，要过年啦！可真难啊！

离麻窝洞几里路远，有个叫韦家山的小山村。村里住着几户仡佬族人家，其中有一户人家姓陈，男的叫陈实基，忠厚老实，为人正直，小两口勤俭节约过日子，媳妇已怀孕几个月。

大年三十晚上，媳妇挺着个大肚子急得乱转，说："一粒粮食都没有，怎么过年哪？"陈实基也很着急，媳妇有身孕，几天没有吃东西了，这怎么办呢？

人到这个时候还说什么呢？只有绝路一条。陈实基想喝毒药毒死算了，可买药的钱也没有啊！他左思右想，对媳妇说："我出去一趟。"媳妇问："干啥去？"陈实基说："借点米去。"媳妇说："家家都断烟火，你去哪里借啊？""哎！那也得想个办法呀！"陈实基说完，深情地看了媳妇一眼，头也不回就走了。这荒年乱月，别说借粮，就是借糠皮也不知到哪去借啊！陈实基真是走投无路了。

腊月三十晚上没有月亮，陈实基在山路上深一脚浅一脚地走着。走了一阵子，一条深沟挡住了去路，对面是一座触天的大石山，这个地方他从没有来过。都说天无绝人之路，可如今陈实基往哪里走呢！他望望天，瞧瞧地，发现身旁有一棵歪脖子乌柏树。他想，这就是我的归宿吧！于是，他解下身上拴的腰带，结了一个扣，踏着脚下的石头，就要把脖子往套里伸。就在这时，他好像听到了鸟叫声。"实基，实基，你别上吊，要想活命，快跟我走。"

实基往外一看，没人儿，他又把脖子伸进圈套。刚要蹬石头，忽然又听鸟叫："实基、实基，你别上吊，要想活命，快跟我走。"

陈实基这下可纳闷了，怎么？看来不该我实基死，是神仙在搭救我。他细心地四处察看，好不容易发现在青杠树上有一只灰白色喜鹊。喜鹊看见陈实基看它，又叫："实基，实基，你别上吊，要想活命，快跟我走。"

喜鹊叫着就起飞了。但奇怪的是它没飞多远，就又停了下来，落在一棵树枝上瞧着实基，好像在等他，陈实基只好跟着它深一脚浅一脚地往前走……

走来走去，还是没有离开眼前的大山沟和触天的石壁。这下可好，连一棵上吊的树都没有了呢！陈实基一想，干脆，跳下深沟算了。他把眼一闭，头朝下栽了下去。说也奇怪，就觉得忽悠一下，不但没有摔着，反而两脚落地。他睁眼一望，竟到了沟的对岸。这时又听见喜鹊叫声：“实基别急，石头敲门，石门自开，自有福来。”

陈实基一听，立刻拾起一块石头，投向石壁，石壁真的开出了扇石门，陈实基一看，啊！眼前虽不是雕梁画栋，却也是红墙瓦舍。这哪是隆冬数九寒天啊！满院子盛开着各色各样的鲜花，点着灯笼火把，屋里热气腾腾，也在过年。这时丫环模样的姑娘走过来和他说：“我家小姐请你去。”陈实基犯难了，我衣衫褴褛，怎么好进小姐的房？他正在犹豫时，立刻传来喜鹊的声音：“快去，快去呢！”陈实基抬头一看，又是那只喜鹊正站在一棵树枝上叫呢。这时丫环又催着：“走吧，陈公子，小姐在屋里等候多时。”陈实基只好跟着丫环进了上屋。

上屋布置得朴素、典雅、大方，墙上贴了年画春联，正面墙上还供着一位白胡子老头的中堂。供桌上香雾缭绕，仙果齐全，客厅的桌上摆着山珍海味，鸡肉鱼蛋，香气扑鼻。太师椅上坐着一位如花似玉的姑娘，见陈实基进来，便起身面带微笑地说：“陈公子请坐！”

陈实基自觉衣衫褴褛，不好意思坐下，愣愣地站在那里。姑娘看出了陈实基的心思，又说：“陈公子坐吧！今晚上是大年三十，请你喝一杯，你别客气。”

丫环搬过凳子，陈实基只好坐下。

姑娘说：“陈公子，我知道你家断了烟火，就在我这里过年吧。没有好吃的，随便吃点。”姑娘说着给陈实基斟上一杯酒。

陈实基没有端杯，祈求道：“我家中还有妻子，已几天粒米没进了，我在这里怎么吃得下呀！请小姐开恩，借点米给我，救救我一家吧!”姑娘说:“你在我这里吃好的、喝好的,就住在我这里,何必挂念着她们呢!”

陈实基一听,急忙站起来说:“谢谢姑娘的好意,我不能忘恩负义只顾自己,不顾家人的死活,我得回去了。”陈实基说着就往外走。

姑娘一看留不住陈实基,他真心要走,便偷偷地笑了。她吩咐丫环拿来一小袋米,交给陈实基。陈实基一看有一小袋米,连声向姑娘道谢,他出了上屋。

这时,那只喜鹊又叫:“实基,跟我走……”

陈实基跟着喜鹊出石洞,丫环跟着送到洞口,交给他一根高粱秆说:“你拿着这根高粱秆,只要用它一指,沟上就出来一道小桥,有事你好再来。”丫环说着就不见了,石门也闭了。这时,就听着喜鹊叫:“再来,再来。”喜鹊就飞走了。

离开了麻窝洞,陈实基握着只有一把米的口袋思量着,不论如何,总算是借到了一点米,别上吊了,拿回家去煮点粥给老婆喝吧,也算过个年。陈实基拿定主意,急忙往家走。

陈实基回到家,妻子正坐在门前掉眼泪呢。他一看实基回来,立刻站起来迎了上去:“你回来啦,借着米啦?”实基递过米口袋说:“只借了这么一点。”

妻子接过一看,是少了点,但总比没有强。于是说:“你坐下,我给你熬点粥喝,也算过个年。”妻子说着拿着一个盛米的碗,往里倒米。说来也怪,盛米的碗倒满了,小口袋的米并不见少。这下可乐坏了两口子,陈实基的媳妇没有煮粥,做了一顿香喷喷的大米饭,两口子饱饱地吃了一顿,过了一个好年。

陈实基有了这个米口袋,日子越过越红火,盖了几间新房子,还买了地,并开设了售粮店。他卖的米比别人的便宜,有些孤寡老人没钱买米,他就无偿相送,乡亲们都叫他是“行善的人”。这时的陈实基已经有了八男二女,于是他想起了石洞那借米的麻窝娘娘，觉得应该去还米口袋了。他把想法告诉了老婆和儿子。全家都同意，他便找出了收藏的米口袋和那根高粱秸秆，进山了。

自从那年三十晚上陈实基借米之后，有二十来年了，他一次也没有到这里来过，当年的小树长大成材，过去的小溪也成了如今的下寺河，只有那条深沟还是老模样。到了沟边，他用高粱秸秆一指，就出现了一道桥。他过了沟，对石壁一指，石门开了。他进洞后一看，还是那花那草那房那树。丫环早已等候在门口，见陈实基到来，便热情地说："陈公子快进屋，小姐知道你来，叫我在这里迎候你，快进来吧！"

陈实基和那次可不一样了，褴褛的衣衫换了长袍，脸上红扑扑的，人也精神了许多。他走进上屋，小姐迎上前笑盈盈地说："陈公子，这几年过得还好吗？"

陈实基说："多谢小姐的帮助，家里不缺吃穿。我这次来是还米袋的。"

麻窝姑娘说："坐下吧。丫环给公子倒茶。"

丫环端过茶，递给陈实基，陈实基喝了一口，真香。于是几口就把茶喝光了。这时就见窗外的树木花草，青了又黄，黄了又青，变换得很快。陈实基喝了茶，感到身上有说不出的感觉，好像年轻了许多，脸上的皱纹也不见了，身子骨壮实了许多。他问姑娘，这是怎么一回事，姑娘说："公子，你该回家了。洞中一日，洞外千年，回去后不愿在家就回来啊！"

陈实基千恩万谢地出了洞，回到了他的小荒沟。

陈实基一进村，感到非常奇怪，原来小荒沟的模样没有了，村子变大了，人也多了，房屋也变样了。十字路口原来一株小柏树，现已长成几抱粗了。村子里来往的行人没有一个是他认识的。他想：我才出去半天工夫，怎么变化这么大啊！他只好往家走。他来到家门口一看，也不是原来那个样子，房子也多了，但他一个人也不认识。院里的人都用一种陌生的眼光瞧着他。这时，从院子里走出一个白胡子老头，他急忙上前问："老人家，这家是姓陈吗？"

白胡子老头说："是姓陈，你找谁？"

陈实基说："陈刚住这里吧？"

白胡子老头问："他是你的什么人？"

陈实基说："他是我儿子。"

白胡子老头一听，气得胡子直往上翘。便说："那是我爷爷，怎么成了你的儿子呢？"他就喊了家人，出来打这个疯子。白胡子老头一说，院子里真的出来一帮人要打陈实基。陈实基给他们解释，但谁能相信呢，陈实基只好离开自己的家，向外村走去。

陈实基无精打采地走着，上哪儿去呢！回家，人家不认识了，不回家又到何方呢？他走啊，走啊，忽然喜鹊又叫："实基跟我走……"实基自然熟悉这只喜鹊，就跟着走进了大山林子。还是那个方向、那个地方。陈实基来到沟边用高粱秸秆一指，又出现了一道桥，陈实基过了桥，石门自开，丫环出来迎接陈实基，喜鹊也出来欢迎。

陈实基进了上屋，姑娘也梳洗打扮完毕，见陈实基进来，便问："陈公子，回家看到了什么？"

陈实基说："都变了！"姑娘说："陈公子，你可知，你已经离家百来年了，现在的老头子，都是你的重孙子了，你来洞时还没有他们呢！他们怎么能认识你呢？你就住在洞里吧。"

陈公子只好答应了，他再也没有出洞。但陈实基借米的事，却传遍了石井坝子的沟沟岔岔，人人皆知，家喻户晓。有人说那麻窝姑娘是龙女，有人说那麻窝姑娘是天仙下凡。于是，人们就在石洞的四周修围墙，建庙宇，点起了烟火，一直持续了很久……

石　剑

贵州省正安县流渡镇白石村境内有一个美丽雄奇的溶洞，人称“白龙洞”。洞口处喷珠吐玉，水声潺潺。大股清澈的暗河水由洞内冒出，经几十里溪涧，融无数山泉小溪而成为芙蓉江的干流。洞的首部由十个大小不均的子洞串联而成，每个子洞的洞口窄如一道门，人称“十道门”。穿过十道门就进入一个能容纳一栋楼房的大洞窟，洞窟下面是一潭黑魆魆的暗河水，洞窟顶上倒插着一柄硕大的石剑。提起那柄石剑，在当地仡佬族同胞中还流传着一个故事：

相传很久以前，这一带地方都是干烧地，大片大片的旱田靠老天降雨。久旱不雨时，坡土干得起灰，稻田龟裂，秧子成了一点就燃的干草，吃水也得到几十里外的地方去挑。人们叫苦连天，从饥饿的嘴里省下一点粮食去龙王庙进贡，祈求龙王爷降雨赐水。可龙王爷很少有发慈悲的时候。多年来，人们没有从求神拜佛中得到寻找水源的启示。

一天，人们正为祈雨找水愁苦绝望时，一个身着青衣、腰挎斩妖剑的云游老道人带着徒弟路过这里。他们饥渴难忍，便向一个叫梦水的青年讨水喝。梦水把桶里仅有的一点水倒出来给他们师徒俩喝。喝完水，老道人激动地叹道：“白石地方水为贵，仡佬人心比水贵啊！”

从梦水家出来，师徒俩就走乡串寨。他们在喂有白母鸡的人家精选出十个白母鸡下的蛋，放到碓窝里舂了十天十夜，然后沿着山涧走至一堵大悬岩下。老道人脱下草鞋放在岩脚的一墩巨石上，对徒弟说：“我要打开十道石门，把龙潭里的水引出来，拯救白石的苦难百姓。我进去后，你眼盯着这双草鞋，若草鞋跳动，就说明我有生命危险，你就要赶快将草鞋按住才能使我化险为夷。”说完脱下青衣，赤着上身，马步蹲身，提神运气，左手持剑，右手摊着一个白鸡蛋，口念咒语后，猛然大吼一声，将鸡蛋向岩壁砸去。轰隆一声巨响，一缕青烟散去后，岩壁裂开了个门洞，第一道石门被打开了。老道带着剩余的九个鸡蛋，手握斩妖剑钻进洞里。随着一声声闷响，老道打开了一道道石门。当他打开最后一道石门时，惊动了龙潭里的一条白龙。白龙鼓着一对马灯般大的闪着绿光的眼睛，张着血盆大口，舞着钢叉般的利爪，向老道凶猛地扑来。老道镇静自如，挥动斩妖剑与白龙展开了一场血战。由于老道接连破了十道石门，底气消耗过大，再加上年迈，渐渐的功力有些不足，迫切需要徒弟帮助他，因此洞外巨石上的那双草鞋在频频跳动。可徒弟看着觉得好玩，一时忘了将草鞋按住。老道的功力耗尽，终未能战胜白龙，被遍体鳞伤的白龙一口气吸进嘴里，在将要被完全吞进龙颈的瞬间，他使尽余力一扬手，将斩妖剑掷出去，直插进龙潭上方的洞窟顶上。白龙看见那柄明晃晃的斩妖剑悬吊在头上，再也不敢在这里盘留，沿着暗河逃之夭夭。天长日久，那柄斩妖剑就化成了石剑。为了纪念祛恶除邪、英勇献身的老道人，沿河一带的石拱桥都安上了老道人用过的那种斩妖剑。

洋渡河·天楼山

据传，楚国时候有个叫鲁班的，又名公输班，也就是大家平常所说的鲁班先师。他是一个能工巧匠，在楚国为楚惠王造攻城用的云梯。楚王准备用它去攻打宋国。墨子听到了这个消息，布置好了守城兵械后，从鲁国动身去见鲁班和楚王。墨子一路走一路想着劝说鲁班的办法。到楚国见到了鲁班，他机智地抓住鲁班“无义固不杀人”的美德，问：“你为楚王造云梯去攻打弱小的宋国，义吗?”鲁班被这突如其来的话问住了。回过头来墨子又抓住楚王以强凌弱、以富欺贫、杀所不足、争所有余的无道行为跟楚王争辩，弄得楚王十分尴尬。最后，墨子又进一步和鲁班比试攻城和守城的战术。墨子解带为城，以牒为械，鲁班九战九败，墨子九战九胜。看见鲁班使尽办法终不能取胜，楚王自动放弃了攻打宋国的主张。鲁班也受到了很大的启发和教育，从此，再也不造杀人器械，改行修桥造屋，为民办好事。

之后，鲁班留下妻室儿女，离开了楚国，来到南蛮之地的珍州（现在的正安）大赤岩安家落户，在赤岩山顶修造了一间楼房。雨天茫茫大雾笼罩，楼房好像修在天上的天楼。晴天站在楼上，四面望去，珍州到处青山绿水，是一个山清水秀的好地方。可是，这里的先民们都住着茅草棚。鲁班四处走访，教先民们伐木造屋。他每到一地都受到先民们的热情款待。几年之后，珍州先民的茅草棚都换成了吊脚楼、三合头、四合院，高大的木房依山傍水，错落有致。

鲁班心灵手巧的得意门徒赵巧，自从师傅离家出走以后，四处寻访，八方打听，终于得知师傅到了南蛮地方的珍州赤岩山顶。赵巧跋山涉水，历尽千辛万苦，来到珍州洋渡河边，准备上赤岩见师傅。刚好鲁班下山伐木也来到河边。师徒俩长期不见面，要说的话三天三夜也说不完。刚开始拉起家常，远处传来闷雷声，天空乌云密布，雷声隆隆，下起倾盆大雨。一时山洪暴发，河水陡涨，浪涛翻滚。在河两岸田间做活的先民们赶着回家，有的还未走到河心就被洪水冲走。河岸上哭爹叫娘声不断，一片惨状。师徒俩站在河岸眼睁睁看着这一切，心中火烧火燎，万般焦急，又听先民们诉说着洪水年年淹死人的不幸遭遇，更是心酸。

太阳快落山时，云散雨停，夕阳照着赤岩一片殷红，好像先民们的血染过一样。洋渡河水像匹野马嘶叫奔腾而去。

鲁班师徒回到住处，想着今天的凄惨情景，不谋而合地想到了一起：从河面上架座桥，把两岸连接起来，让先民们从桥上平安来往。于是，师徒俩冒酷暑、顶烈日，费尽九牛二虎力气，从赤岩搬来石头在洋渡河修起桥来。把拱圈垒完，又去岩上各挑了一担桥面石往洋渡河走。烈日当头，天气闷热，走至高山寺，两师徒卸下担子，去寺里讨口水喝。不一会儿，大雨铺天盖地。师徒俩担着担子，冒着大雨，踩着泥泞的山路，继续下山，汗水、雨水湿透一身。走到杨家岭岗，赵巧一跤跌了个仰面朝天，前边的一垛石头翻滚下山，后边的一垛石头搁在杨家岭岗。雨越下越大，师徒俩担心桥拱被洪水冲走，放下担子，飞跑下山。一看，桥拱被洪水冲横一边。滚滚的洪水像一条凶猛的黄龙扑向桥拱，大浪一浪接一浪向桥拱撞着，被冲横在一边的桥拱一次又一次地将大浪劈开。两师徒坐在河边连声叹惜，一时又想不出好主意。

雨过天晴，河水渐渐消去，上游河面上漂来一样东西，随着波浪一起一伏，慢慢漂到眼前。赵巧一把抓起，是一只布鞋。鲁班接过细看，鞋底绣着“何仙姑”几个字，原来是何仙姑的鞋。鲁班想这只鞋为啥随波漂浮不沉下水？想着想着开窍了，“啊”了一声，对赵巧说：“有了，用木板做成鞋样的木舟不就得了！”赵巧一听，高兴得跳了起来，连声说：“妙！妙！妙！真是灯不拨不明。”他急催着师傅赶快动手。师徒俩伐木解板，又干始做起木舟来。在先民们的帮助下，经过七七四十九天的日夜赶制，木舟终于做成，下水试渡成功。消息传出去，远远近近的男女老幼闻讯，纷纷赶来观看。河两岸人山人海，欢呼雀跃，感谢鲁班师徒排忧解难。从此，珍州人有了木舟，再不用踩水过河了。

鲁班师徒教会先民摆渡木舟后，在一片欢呼和感谢声中悄然离开。

后来，先民们带着山珍佳肴上赤岩去答谢鲁班师徒，却不见鲁班修的天楼，只见赤岩顶云腾腾，雾漫漫，与天相连；洋渡河波滔滔，浪滚滚，木舟来回摆渡，穿波射浪。为了纪念鲁班师徒，先民们将赤岩改名“天楼山”，将杨家岭岗改名“重石”，将石拱桥改名“隐桥”，名传至今。

华尖山与冤家沟

在贵州正安县石井仡佬族苗族乡境内，有一座高大的华尖山，大山的半腰就是冤家沟。

相传，早些年这里住着一户姓陈的人家，家中只有老母和儿子、媳妇三口人。儿子为人忠厚老实，身材魁梧，力大过人，全家除了耕种几亩田土外，还经常在华尖山上打柴烧炭，到城里换些油盐柴米。那媳妇十分贤惠，在家除每日帮助婆婆料理家务外，还栽桑养蚕，织麻纺纱，种瓜种豆，全家人勤俭节约过日子，虽然清苦，倒也十分和睦。

婆婆年老，见自家儿子媳妇十分恩爱，满心欢喜，逢人便说，只等媳妇生下一个小宝宝，好继承陈家香火。因此，婆婆每天起早摸黑，面朝黄土背朝天，晚间在桐油灯下早早地做了虎头帽、小裹肚，以备小宝宝生下来穿用，还养了一头大肥猪，一心等待孙子出生之后，准备好好庆贺一番。

冬去春来，转眼几年过去了，可媳妇那里却一点动静都没有。这可把盼孙心切的婆婆急坏了。于是，她到处打听偏方秘药叫媳妇服用。每年六月十九日还到后山冤家沟的小庙烧香许愿，挂了一丈二尺长的红布盖头，求观音菩萨大发慈悲，早些赐给一个肥胖的小孙子。

一天晌午时分，婆婆正在屋前地里打猪草，忽听大路上传来一阵“算命啦”的声音，仔细一看，是一个算命瞎子。婆婆心中一动，她听旁人讲过，这瞎子算命极灵，便上前说道：“请先生到我家去吃杯淡茶！”算命先生随老人来到堂前坐定，开口问：“老太太有何吩咐？”老人道：“只因儿媳进门多年，未有生育，可怜我家三代孤丁，不知何日方能有人继承香火?”接着，老人就报了生辰八字。算命瞎子心想，乡下人家，婆媳大多不和，几年不生孩子，大概这女人不能生育。就顺着这个路子摇头晃脑算起八字来，念念有词道:“这个命算得说不得。”婆婆惊问，瞎子顺口说:“富贵不可求，死生都由命。你家难得子，缘在白虎星。”婆婆一听，犹如五雷轰顶，半天不说话。而瞎子骗了算命钱，扬长而去。

事又凑巧，儿子是一个敦敦实实的山里汉子，岁月的风雨和人事的烟尘给他留下一副饱经沧桑的脸庞。过了一段时间，儿子上后山打柴烧炭，不幸炭窑陷塌压倒他，伤势很重，抬回家没几天，就一命归西了。这一来“证实”了算命瞎子的话“白虎星进门要断子绝孙”。从此，婆婆便把媳妇视为眼中钉、肉中刺，恨得咬牙切齿。

儿子死后，家境一天不如一天，幸亏媳妇处处精打细算，东拉西借，才勉强维持生计。可是她婆婆的脾气非常暴躁，稍不如意，便拍桌摔凳，指桑骂槐。媳妇认为是婆婆死了心爱的儿子心情不好，便百般劝慰，谁知媳妇越劝婆婆骂得越厉害，整天没有一点儿好脸色。后来媳妇知道了事情的原委，心里万分的委曲，但她除了自叹命苦，仍是毫无怨言，小心侍奉老人。

又过了不久，媳妇时常腹中骚动，似乎像有喜了。她悲的是丈夫已经去世，就是生了孩子已没有父亲；喜的是自己能为陈家传宗接代，以后婆婆能与自己和好如初。从此每天日耕夜织，凡是有好吃的必先敬奉老人，想方设法孝敬婆婆，比以前还要体贴。哪知道婆婆完全不理解媳妇的一片苦心，里里外外全让媳妇一人操劳，不帮上一把，还处处刁难。这年冬天，大雪纷飞，天寒地冻，婆婆因心情郁闷，加上穿着单薄感冒受病，卧床不起，茶不喝饭不饮，只想喝口鲜鱼汤。这可难为了媳妇，家中早就一贫如洗，哪有钱买鱼呢？眼看婆婆几天没有吃一点东西，瘦得皮包骨头了，实在是无法子想。于是，媳妇冒着漫天大雪，上冤家沟韦家山打柴，换来几个钱，买来两条小鱼。回到家门口时，已是月上东山了。她奔波了一天，又没有吃点东西，这时只觉得头昏眼花，天旋地转，肚子一阵绞痛，勉强挣扎了几步，眼睛一黑便跌倒在地上，当即生下一个小男孩。婴儿的啼哭，惊动了四邻。人们赶来，七手八脚把小孩用衣服裹好，把媳妇抬回家中。当晚媳妇因流血过多，临终前对婆婆说："媳妇不孝，不能再敬奉婆婆，这孩子是陈家骨肉，只要他能长大我死也瞑目了。我死后就把我葬在门前的华尖山上，离家近些，我好时常来看望。"左邻右舍凑些钱财给媳妇办了丧事，就按照她说的将她葬在华尖山上。

话说那婆婆见媳妇生下孙子，想起平时媳妇的许多好处，深悔自己听信算命瞎子的话亏待了媳妇。待病稍好后，便一心扑在孙子身上，做些米粥，走东家串西家，找有奶汁的贤妇哺育。那孩子由于老祖母的精心抚养，一天天长大。每年的清明节，婆婆照例到坟前祭奠，为媳妇的坟添土除草。等到孙子长大成人，婆婆也因年老死去了，孙子就把老祖母葬在门后的冤家沟边。奇怪的是年年清明节，媳妇坟上必会添上一层新土，天长日久，葬媳妇的华尖山越来越高，而葬婆婆的那冤家沟则渐渐低下去。后来人们传说：这是婆婆觉得生前冤屈了媳妇，死后越发感到问心有愧，便在每年清明节，把自己坟上的土添到媳妇坟上去了。

三富庙

汪家坪的娃崽们，从娘肚下来记得的第一件事便是到三富庙去"上佛"。

虽然庙早没了，规矩则成了遗传基因——代代相传。三富庙在天龙山下的峡谷岭，是汪家坪的祖先修建的，挺考究！据说汪家坪一个失贞姑娘嫁不出去，在那儿做了尼姑，庙内三个菩萨：川公老祖、四官老爷、四季王，分管人、畜、庄稼。每年腊月，汪家坪的人家按规矩拿出财物到庙上，请来道士打打唱唱十天，每户一个成年男子一律穿手工缝制的黑衣黑裤黑鞋子，头戴白布帕子，排除杂念到庙上去，跟在道士屁股后面鞠躬、帮腔，即将出嫁而又纯贞的女孩到庙上煮饭，大伙一起热闹地吃，过十天“共产主义”，这叫“上佛”——给菩萨老爷拜早年，请求保佑来年百姓安康、六畜兴旺、五谷丰收。

据说三富庙的修建，是为了教育未婚女子，要自尊自爱，不要与男人乱伦，保持一身清白。同时，也告诫男子汉们，不可欺侮弱女，致使她们失贞。

汪家坪嫁姑娘，要陪嫁一只羊，新婚之夜如果发现新娘失贞，新郎就把羊的舌头和耳朵割掉，由姑娘牵着滴血的羊回娘家亮丑！汪家坪曾有过这样的丑闻，男方家邀约几十号人威胁女方家交出那臭崽子，行至途中看到了一个巨型怪人，身穿黑色长衫，腰缠白色布袋，身高大约两百丈，一脚踩在清溪河，一脚踏在天龙山（与天楼山相连），用手从清溪河向三富庙那尊石上浇水磨刀，那帮人见了，魂飞魄散，闻风而逃。传说这是川公老祖现身显灵，保护弱女。尽管失贞，但男人岂能无过？老祖不允许要霸强，也磨刀霍霍，以儆这帮胡闹的人……

据说，自从有了三富庙，汪家坪的男男女女都守规矩，男子尊重妇女，女子洁身自爱，形成了良好的风气。

白脚塘

“寨有十二盆，大盆连小盆。白脚塘里把脚洗，塘里塘外甜。”这首歌谣说的就是十二盆，一个仡佬族聚居的寨子。寨下的那口白脚塘，一年四季水汪汪。人们经常在塘里洗澡、浣衣、捞鱼。塘中有十几墩两三米见方的巨石，塘坎上还有一头断颈的石牛和一匹完好无损的石马，石牛周围的大石板，有二十多个瓷盆般大小的牛脚印。

据说那石牛、石马是山精、水怪化成的，它们的同伙还有石鸡、石鹅。它们是突然来的，不但将塘中的鱼全部吃了，还时常把塘水搅得浑浊不堪，晚上还跑进地里糟蹋庄稼。大家气愤不过，便燃起柏香树皮火把，提着装满铁砂的火枪，咣咣咣地敲起铜锣，从四面八方围拢，准备打死它们。但走拢一看才发觉不对头，那伙精怪凶得很，它们见人们走近了，便嗷嗷嗷地大声怒吼，叫声震得人们的耳朵生痛。有几个胆大的对准它们放了几枪，不但打不伤它们，反而惹得它们嗥叫着向人们冲来。

寨上人斗不过它们，只得紧紧地关上大门，任它们作践，可心里恨死它们了。一晃又是中秋节了，人间天上都在欢度节日，可是十二盆却没有一点节日的喜庆气氛。家家紧闭大门，人们坐在家中桐油灯下，愁眉苦脸，唉声叹气。

天长日久，这怨恨之声不觉就冲上天去，惊动了八仙之一的铁拐李。铁拐李是个火性子，弄清了老百姓的苦衷后，铁拐一顿，怒气冲冲地就踏着两朵簸箕云，飘飘荡荡便到了十二盆上空，落下云头，摇身一变成了一个银须飘逸的老道人。他仔细观察了地形后便忙开了：先到山上选了几十墩大石头，两个指头对着石头一指，口中念念有词，大石头便一墩接一墩地悄悄飞进了白脚塘，阻断了精怪们的归路，接着用铁拐在白脚塘前面画了一个八卦阵图。布置好后，他便站在阵图前，引诱精怪们落网。

精怪们当时正吃谷子吃得起劲，一点也没注意到。还是石鸡眼尖，它抬头发现了老道人，就连忙招呼同伴。石牛、石马、石鹅抬头一看情况不妙，白脚塘已被大石头填了，石头还发出万道金光，形成一堵火墙，火墙前还站着一个高大的老道。它们断定是老道干的好事，便彼此招呼着横冲直撞地向老道奔来。

道人见它们跑拢了，身子一纵就到了八卦阵中，然后不慌不忙地用铁拐前后左右一指，八道紫光便分别从八个方位冲天而起。紫光迅速变化，变成八八六十四道光柱，每道光柱上都站着一个手执铁拐的老道。

精怪们这时才知道上了当，但已经晚了。紫光紧紧将它们困住，无论怎样左冲右突都出不去。东西南北，全是紫光，全是老道。紫光烧得它们皮肉生痛，射得它们眼睛直流泪水，老道们又时不时趁机打上一两拐。不多久，精怪们便心慌意乱，疲累不堪。石牛大口大口地喘粗气，石马大腿直打战，石鸡和石鹅更是感到翅膀沉重如山。

老道见时机已经成熟，右手一招，六十四个道人便收回到自己身上。他轻轻地从光柱上跳下来，绕到石牛后面，举起乌黑的铁拐凌空一劈，咔嚓一声就将石牛连头带颈脆生生地劈了下来。石马一见，顿时吓死过去。石鹅略略慌了一下，动作迟钝了一点，老道飞赶上一步，铁拐一戳，石鹅的眼珠就被戳了出来，紧接着一拐，石鹅还没来得及叫唤，就被打成了碎块。

石鸡要狡猾些，它从道人所使的铁拐上，弄清了收拾它们的不是别人，而是道法高超的铁拐李，知道斗不过了，于是打起鬼主意来：铁拐李既然是天上的神仙，肯定不敢白天逗留人间，自己只要一叫，他肯定会吓得往天上跑，不然玉皇大帝就要追究他私下凡间的罪过。主意打定，就伸长颈子，憋足气喔喔喔地叫开了。这一叫，附近寨子的雄鸡也跟着叫了起来。铁拐李以为天要亮了，一跺脚打算回转天庭。但他觉得石鸡太可恶了，就这样放了它实在出不了那口恶气。于是，在转身离去时，趁石鸡全神贯注在叫，反手一拐打去，便将石鸡打到了正安县城东面的田生口岩壁上。从此，白脚塘更清了。

马为什么站着睡觉

据传说，马刚刚在世上出现的时候，睡觉并不像现在这样总是站着。那么，它们为什么后来变成了站着睡觉呢？那是有来历的。

有一次，一只马的老祖宗跑了很远很远的路，实在太累、太疲倦了，便躺在山下的路边呼呼地睡起来。凑巧，从山上下来一只狐狸，它见睡下的马一动也不动，于是猜测：它不是死的，也是快死的了，真是老天送来的丰盛美味呀。它高兴地磨磨牙，猛扑过去就是一大口，咬在那马的屁股上，睡着的马遭到突然袭击，一下子痛醒了，不管三七二十一，爬起来就跑，屁股上一块肉掉着，血洒了一路。它跑啊跑啊，实在跑不动了才停下来，到山泉边洗了血渍，敷上了草药。打这以后，马的老祖宗再也不躺下睡觉了。因为它想：我站着睡，你要咬也咬不着屁股。它呀，还把这个教训当成一条戒律世世代代往下传，马的后代也都遵从照办，一直到今天也没改变。

谁是大哥

从前，老虎和牛经常在一起摆谈。有一天，老虎对牛说："我们到底谁是大哥啊？"牛说："谁的个子大，谁就是大哥。"老虎明明知道自己的个子没有牛大，却很不服气，想要争当大哥。于是，它对牛说："那不算，干脆我们来比赛，谁跑得快，谁就是大哥。"牛说："可以，不过要在烂泥田里跑，你看怎么样？"老虎想："我腾空跳起来往前蹿一次，就要够你跑半天，难道我还怕你！"于是，就答应了牛的条件。老虎和牛一同来到一块烂泥田边，双方约定：

谁先跑到对面的田坎上，谁就算赢了。比赛一开始，老虎一个纵步往前一扑，因为用力过猛，大半个身子已深深地扎进了烂泥田里。牛看到老虎的那种狼狈样子，也不理它，一步一步朝前走去，等老虎从烂泥田里爬出来时，牛已经在那边的田坎上安闲地吃草了。老虎好不容易走到牛的身边，气愤地对牛说："你这笨货，一个小人都能制服你，我呢，没有谁敢惹我，我会甘心情愿当你的兄弟么？这回不算，重新来。"牛问老虎："这回又比什么呢？"老虎说："人人都说你犁土快得很，我不服气，要和你比一比。"牛同意了。于是，它们请来一个人，给牛枷好犁头，牛毫不费力地从田的这头拉到那头去了。轮到老虎的时候，这个人又给老虎枷好犁头，老虎使尽平身力气，可怎么也拉不走。这时，掌犁头的那个人像往常赶牛犁地一样，朝老虎的背上就是一鞭，打得老虎直叫。牛在田坎上看到这情景，禁不住哈哈大笑起来。由于高兴过度，一不小心跌了一跤，上门牙被磕掉了。从此，牛再也没有上门牙了。

"龙哥哥"

现在的公鸡，为什么在每天的子、午两个时辰，都要伸长脖子，红着脸，对天对地高声呼喊："龙——哥——哥——啊！"

传说，东海龙王要满万岁之前，龙子龙孙准备佳肴美味，并向陆地上的泥龙王发出请帖，邀请赴宴，祝贺海龙王万寿无疆。泥龙王接到东海龙王的请帖后，非常高兴，决定按时参加祝贺。为了表示自己的豪富以及对海龙王的深情厚谊，就通知各地的龙子龙孙，将所有的珍宝弄来，挑选出做祝寿的礼物。没过几天，各地的珍宝都送到泥龙王那里，任它挑选。泥龙王看了非常满意，便叫家人办点好吃的，招待各地来的龙子龙孙。在吃酒场中，凤凰山的龙子谈了他的看法。他说："东海龙王请父王参加他的万岁寿礼，我们的礼物是重的，他一定说我们有情有义，不是小气的人家。但可惜的是，父王的龙冠得要有一对金角配衬，就像海龙王的金角一样，不然，岂不是显得小气。他们会说我们虽然已经发财，弟兄之间还是有差别吗！”

泥龙王听了凤凰山龙子这样说后，马上站起来道：“说得有理，我往时就给你们摆过龙门阵，老祖宗分家，是根据自己的需要分的，大家手脚上的佩戴都相同。公鸡它们是幺房，住在山上，身上多一身锦袍，头上多一对金角；东海龙王也多一对金角。这次参加海龙兄万岁生辰，场面一定热闹。我也在想，只是没有给你们讲出来。当时分家，只有两对金角，已经分给他们啦！你们放心，我去公鸡老幺那里借来就是了。”第二天，泥龙王亲自到凤凰山会公鸡老幺去了。它见到老幺说：“明天是东海龙兄的万岁寿辰，下海你去不了。所以，海龙兄没有给你来信。但我不能不去，可是，我还差样东西，特来会你，想讨一讨。”公鸡听说泥龙兄要去给海龙兄祝寿，差一件东西，就说：“泥龙兄，世间的东西只有讨得齐，哪有制得齐呢，尽管说就是了。”泥龙王听了老幺的话，就直截了当地说：“我想讨你的那对金角，配在我的龙冠上去给他祝寿，三天过后，我就亲自送来还你！如果我忘了，或者有事，你喊一喊，我就给你送来，决不误你！”公鸡毫不吝啬，立马把自己的帽子揭下来，摘下金角递给泥龙兄。泥龙王得了金角，非常高兴，急忙把它插在自己的帽子上，向公鸡老幺说了一声“多谢”就走了。

三天过去了，泥龙王没有送还金角。第四天，公鸡在家等了一天，也没有见送金角来，以为他晚上会送来，又一直等到深夜。圆圆的月亮都爬上屋顶啦，还没有见送来。他回想起泥龙兄临走时说的话，可能是他忙，或者忘记了，没有送来，叫我喊他。于是，公鸡便大声喊：“龙——哥——哥——啊！”喊了一阵，还是不见龙兄送来。他又想，可能是龙兄住在山洞里面听不见，便伸开翅膀，“啪！啪！啪！”拍了几下，叫醒子孙们跟着他喊：“龙——哥——

哥——啊，还——给——我——啊！”一直喊到天亮，都不见送来，公鸡见大家都喊累啦，脸都涨红了，便安排大家去找点吃的，再等一等，看他到底送不送来。又等到太阳当顶了，还不见送来，公鸡气了，眼睛瞪得圆圆的说：“泥龙王是个不守信用的家伙，一来讲，我就讨给他，他还说亲自给我送来，直到现在还不送来，该死的家伙。”说着，又拍拍翅膀，伸长脖子，大喊起来：“龙——哥——哥——啊——，还——给——我——啊！”从这以后，泥龙王得到了一对金角，公鸡就不长角了，只好在每天的子、午两个时辰高喊：“龙——哥——哥——啊，还——给——我——啊！”他要让天知道、地晓得，泥龙王骗走了他的一对金角。

“哥哥斧鹊”

——啼血杜鹃的来历

在黔北务川一带，不论春夏秋冬，只要是晴天的深夜，人们都会听到森林里传来一种鸟叫声：“不见哥哥，只见斧凿……”人们称这种鸟叫“哥哥斧鹊①”。据说，这种鸟是人变的呢。

从前，有个仡佬族人家，青年夫妇生有一个宝贝儿子。丈夫叫仡古，儿子叫仡大。仡大才两岁，年轻的妈妈就死了，只剩父子俩相依为命，生活很苦，屋里屋外的活都落在仡古身上。仡古想，给仡大讨个新妈来招呼屋头，抚养仡大，生活会好些。他对仡大说：“儿呀，你妈死两年了，我一年忙到头，也顾不上照看你。我想给你找个新妈来照看你，你喜欢吗？”仡大调皮地说：“我不要后妈，晓得她喜欢不喜欢我？”“乖，你只要听话，后娘来会爱你的，就像你亲妈一样！”听了爸爸这么一说，仡大点了点头。

① 鹊：凿的谐音。

过了一年多，仡古给仡大接个后娘来了。这后娘是山那边的过候人[1]，年纪三十挨边，满脸大麻子，还带来一个比仡大小一岁的阿二。一家四口，生活过得也还快活。仡大和弟弟更是亲热。仡大去看牛，弟弟也跟着去。到了山上，仡大割草，弟弟看牛。回来，两个争着背草。仡大只好分一小半给弟弟背。仡大兄弟慢慢长大了，后娘就有了想法：仡大是哥，阿二是弟，以后这个家一分，阿二还能得多少？后娘越想越不喜欢仡大，成天对仡大凶巴巴的。

仡大十四五岁了，后娘更恨他了，巴不得一锄头把仡大打死，好让自己的儿子独享家业。她自己又不好下手，就私下对阿二说："儿呀，你听着，你要想以后过得好，就想办法把你哥整死，你才能独享家业。"阿二一听，吓了一跳，哥哥对我这么好，能这样做吗？娘也太狠心了！阿二直摇头。后娘看说不过儿子，就硬下命令了："明天你们两个去放牛砍柴，你就说岩上有好柴，叫他去砍，你就推他滚下岩去。"第二天，两弟兄去放牛砍柴割草，晚上回来，仡大挑一担柴，阿二背一背草，后娘见了很不高兴。一天晚上，后娘对仡古说："两个儿子渐渐大了，该跟他们找个屋头人了，我们要想办法挣点钱才好办事呀！"仡古也同意，但有什么办法呢？后娘说："现在市面上需要松脂，就叫他两个去松林凿松脂去卖吧！"仡古同意了。

后娘把两个儿子叫到跟前嘱咐："你两人一起去凿松脂，堆在坡上，午后，阿二先背一背回来，再去接仡大。要勤快点，不到天黑的时候，不准你仡大回家。"第二天，吃过早饭，哥俩带着斧头凿子，各背一个竹篮上山去了。他们在松林里凿呀，砍呀，松脂堆了一堆又一堆。午后，阿二喊哥哥回家吃午饭，哥哥说："弟弟，你去吧，吃了饭再来，我继续凿。"昨天后娘交代了，仡大哪敢回家？阿二只好一个人背了一背松脂回家来吃午饭。后娘在家为儿子

[1] 过候人：方言，即丈夫死后改嫁的妇女。

煮饭炒鸡蛋等着，见儿子一人回来，当然很高兴。吃了饭，阿二急着要上山，说：“哥哥在山上等我，我带点饭给他吃。”他娘吼道：“慌什么，你怕他饿死？死了活该！”等到太阳落山，才让阿二上山。阿二要送饭，娘说：“送什么，让他自己回来吃！”阿二急急忙忙上山，一心想快点找到哥哥一起回来。后娘跟在后面，一来表示“关心”，二来看仡大被狼吃了没有。到了松林里，天快黑了，只见一堆堆松脂堆在那里，却不见仡大。后娘暗暗高兴。这可急坏了阿二，他大声呼喊：“哥哥——哥哥！”

喊声响彻松林，响震山谷，但却听不到哥哥的回声，看不到哥哥的身影。突然几只老虎扑了过来，要吃阿二母子俩。说来也怪，阿二马上变成一只羽毛发亮、头戴红冠的鸟鹊了。它用嘴啄了老虎几下，转身飞向林海，去寻找哥哥。“不见哥哥，只见斧凿！不见哥哥，只见斧凿！”叫呀，叫呀，一直叫到今天。

鸦鹊的头上为什么没毛

相传，人间原来没有春天，到处是冰天雪地。人便派鸦鹊去春山接阳雀来叫春天。开始，阳雀不肯来，经鸦鹊左说右劝，阳雀才答应了。但要飞很远很远的路程，阳雀飞起吃力，怕飞不拢，便向鸦鹊提出：要鸦鹊背它。鸦鹊同意了。但阳雀又怕被摔掉，鸦鹊答应让它抓着自己头上的毛。就这样，鸦鹊背着阳雀一直飞了七天七夜，才飞到人间的冰山上。可是，阳雀把它头上的毛都已经抓掉了。所以，现在到了寒冬腊月，鸦鹊的头上就没有毛了。据说：这就是它背阳雀时，被阳雀抓掉的。它每年去接一次，就掉一次。阳雀没有辜负鸦鹊不辞辛苦老远把它接来，只要一来到人间，它就起早贪黑地不断呼唤春天。果然，只要它一连叫唤十天半月，春天就到来了。阳雀一叫，人们就知春天已经到来，就要赶快动手操办庄稼了。

封排行

在很早以前，猫与老鼠是很好的朋友，它们吃住都在一起。可是现在的猫为什么要咬老鼠呢？说起来还有一段有趣的传说呢：

一天，皇家贴出榜文准备封排行，但怎样封排行呢？就以谁最先到达皇城受封的地方的先后次序来排行。猫与老鼠看过之后，就商量好，准备第二天夜半时早早起来，一同去受皇封，猫还嘱咐老鼠到时候一定要叫醒它。可是，第二天半夜时候，老鼠却偷偷地爬起来，没有去叫醒猫，还生怕猫发觉了自己，就轻脚轻爪地朝皇上敕封的地方赶去。牛比老鼠起得早，但走路比老鼠慢些，所以老鼠就先到达一步，被封为长。牛第二个到达，被封为第二。但在它们后面来的虎、兔、龙、蛇、马、羊、猴、鸡、狗、猪看到后都说："牛起得早，并且比老鼠大，应该封为长。"老鼠听了，很不高兴，一步跳到桌子上，身子抖几抖，变得偌大无比，大家也就无话可说了。于是，老鼠就正式被封为长。随后就是牛二、虎三、兔四，接着按照先后到达的顺序龙、蛇、马、羊、猴、鸡、狗、猪给它们封了位。由于猪走得最慢，所以被封为最后一位。

大家被封以后，都高高兴兴地陆续回家啦。老鼠仍跑到最前面，最先跑到了家里。看到猫还在铺上呼呼大睡，它没惊醒它，自己也去睡了。天亮了，猫突然醒来，想起封位的事，马上去喊老鼠，可老鼠故意装睡得很熟，假装没有听见。猫没有办法，只好一个人赶着去。走到半路，看见这些去受封的牛、虎等都先后回来了，便惊奇地问："你们去受封，为什么都回来了呢？"它们答道："早都已经封过了。"猫悔恨自己和老鼠贪睡，没有受封，十分后悔。最后，又问它们："谁最长啊？""哼，老鼠最长嘛！"猫听了之后，才晓得刚才老鼠睡大觉是装着哄自己的。于是，猫恨死了老鼠，一见到老鼠就要把它吃掉。

胡豆雀巧诘凤凰

胡豆雀草窝里的蛋被白兔偷去了，它去找鸟王凤凰给它清查。凤凰不给它清查，反而责怪它自己不小心。胡豆雀不服，巧使机关——待白兔再来偷蛋时戳瞎它的眼睛。白兔瞎了双眼跳到了塘里惊动了龙蛇，龙蛇一惊，撞坏了凤凰窝，打烂了凤凰窝里的蛋。凤凰一步一步地清查，最后落在胡豆雀的名下，要胡豆雀说出个一二三。胡豆雀说："我的蛋被别人偷了，你说我不小心。现在，你的蛋不在了，也是自己不小心，你还来问哪个？"

屋 漏

晚上，老虎去偷人家的猪，强盗此时也正伏在那家的房上准备进屋去偷东西，他们都听到了屋里的女主人问男主人："你最怕的是哪样？"男人说："我最怕屋漏。"老虎不知"屋漏"有多凶。强盗也不知道"屋漏"有多厉害，被一吓，从房上滚下来，恰恰落在老虎背上。老虎想，这"屋漏"真的说来就来了，心里害怕，就飞快地向外跑。强盗在老虎背上，也觉得这"屋漏"好生厉害，今晚就要命送它那里了！老虎载着强盗飞快地跑，待跑进一树林时，强盗抓住一桠树枝，跃上树去。老虎还怕"屋漏"从天上追下来，更遭殃，跑得更快。猴子见山中大王如此惊骇，问其原因。老虎请猴子一道返回去看那吊在树上的"屋漏"。它们都只见树上有个黑影，老虎命猴子上树看看这"屋漏"到底什么模样，它又怕猴子骗他，就给猴子拴上一根索索套在自己的身上。猴子上树去，强盗就屙尿淋，猴子眼睛被尿淋得不住地眨。老虎见状，以为“屋漏”就要飞下来，更是害怕，反身就跑，跑出树林，猴子早被拖死了。老虎怜惜地哭诉猴子的胆儿比自己还小，竟被“屋漏”吓死了。

耗子嫁姑娘

耗子想把自己的姑娘嫁给一个很有本事的对象。它先找太阳。太阳说，我不如云，云一来就把我遮住了。它又去找云，云说，我不如风，风一吹我就散了。它又去找风，风说，我最怕墙。它又去找墙，墙说，我最怕的是你们耗子，只要你们在我下面打一个洞，我就垮了。耗子找来找去，认为哪个都没有自家的本事大，于是就干脆把姑娘嫁耗子，一代一代传下去。

聪明的小白兔

从前，在一个很远很远的地方，有一座不算太高的大山。这座山周围都是悬崖峭壁，只有一条七弯八拐的小路通到山顶。山顶是一片开阔的草坪，草坪里居住着一群野兔。它们依山傍水而居，欢乐地跳来蹦去。饿了，饱餐鲜嫩的野草；渴了，畅饮山泉的甜水。一年又一年，过着无忧无虑的快活日子。

有一天，山上来了一只头上有个王字、浑身尽是扁担花、横眉鼓眼、牙尖齿利的老虎。它把兔子都吆喝拢来，翘起尾巴，瓮声瓮气地宣布：“从现在起，我是这座山的大王了。这座山上的飞禽走兽，一草一木，全都归我管了。限你们从明天起，每天交六只兔子来给我做早、中、晚饭。如有半个‘不’字，立刻叫你们灭族绝种……”说罢，摇头摆尾地踱回岩洞休息去了。

这可是平地一声炸雷，兔子们你看我、我看你，焦躁得直摇尾巴，谁也想不出一个好主意来。最后，还是一个年纪最大、毛都老卷了的老兔子，把所有的兔子召集到一个僻静的洼地里，共同商量对付老虎的办法。“不是鱼死，就是网破，干脆我们一起去和它拼了吧!”一个身强力壮的中年野兔终于打破了沉闷的局面，首先开了腔。“不行啊！老虎五大三粗，又凶又恶。我们体弱力小，和他硬拼，等于拿着鸡蛋去碰石头啦!”一个老兔愁容满脸地反驳。“那我们不如悄悄离开这里，躲到别处去逃生好了!”一个体弱多病的野兔提出另一个建议。“跑不脱呀！这座山只有一条独路出走，老虎的窝就在下山的路口边，哪个能一个两个都从它的眼皮底下溜得出去呀?”一个尾随侦察老虎下落刚刚回来的野兔，气喘吁吁谈出了自己的看法。沉默了好一阵，一只体瘦身弱、貌不出众的小白兔，才轻言细语地说出了一条计策。大家听后，七嘴八舌，议论纷纷——有的说行，有的说不行，有的说可以试试看。不过，谁都没有想出万全的良策，也只好决定让它去碰碰运气。

第二天清早，小白兔便故意装成一跛一跛的样子，主动上门找虎大王去了。虎大王一见小白兔，立刻胡须倒竖，恶眼圆睁，马起脸气呼呼地大吼：“我叫你们每天送六只兔子来，哪个搞的，今天才来你一个独丁丁？你们活得不耐烦了?”

“虎大王，不要冒火嘛，这不能怪我们呀!”小白兔不慌不忙、一本正经地继续往下说：“本来我们都来了六个，哪晓得走到半路遇着新来的虎大王拦住了，凶神恶煞地要吃我们。我连忙跟它说，吃不得哟，我们是原先那个虎大王指定派来的，你这样半路捡干柴，它晓得了不依你的呀！谁知这个家伙听了一阵冷笑，把血盆大口一歪说，哼，现在我就是这座山的虎大王了。少啰唆，你们五个留下给我做饭菜，等这个跛脚的小杂种去给你们那个啥子狗大王、牛大王报信，叫它识趣点，赶紧夹起尾巴滚蛋，要不然连它一起抓来打牙祭。”

那个自封的虎大王一听，气恼万分，跳得八丈高，两个眼睛鼓得像铜铃般大，龇牙咧嘴，胡须也一根根立了起来："放屁，这座山我就是独一无二的大王，哪里又钻出第二个混账大王来了！你快领我去给它点厉害看，叫他晓得锅儿是铁铸的！""要得。"小白兔若无其事地在前头带路，径直把它带到一口深井边。小白兔用前脚朝井口一指："大王，新来的虎大王就住在这里头，你快去收拾收拾它吧！"

老虎埋起脑壳一看，果然有一只白额吊睛的老虎，也在朝他张望，它气得大吼几声，那只老虎也不客气地跟着叫了几声。"你还要吼！"虎大王急不可待地朝那只老虎一巴掌打下去，那老虎也毫不示弱地一巴掌打上来。"你……你存心跟老子做对，今天我非跟你拼个你死我活。"虎大王气急败坏，暴跳如雷，一个纵步跳下井去……井水又深又冷，井壁又松又滑，虎大王在水里东扳西拱，拼命挣扎，这才知道上了小白兔的大当。可是船到江心补漏迟——后悔已经来不及了，挣扎没有多久，老虎便四脚长伸，淹死在井中了。

小白兔高兴地跑回去向伙伴们报告这个消息。有的野兔还不大相信，小白兔把大家带到井边一看——虎大王果然死在水井里头了。兔子们乐得活蹦乱跳，异口同声夸赞小白兔聪明机智，并一致选举小白兔当它们的头领。从此，这群野兔又在它们世代居住的地方，过起无忧无虑的生活了。

老虎和猫

从前，老虎没啥本事，常常被别的野兽欺侮。于是，他决定去投师学习武艺。

它首先去找豺狗学武艺。豺狗狠狠地甩了一下尾巴，不肯教它。它又去找野猪学武艺，野猪不但不肯收它做徒弟，反而使劲拱了它一嘴。接连碰了两次钉子，它并不灰心，厚着脸皮去求黑熊当它的老师。黑熊半句话没说就扇了它一个大嘴巴，把它撵走了。据说，从此，它们结下了冤仇，直到今天老虎还最恨这三种动物。

老虎没有拜到师傅，便伤心地坐在树林子里哭泣。这时恰有一只猫路过，便问它为啥在这里哭。它便一五一十地把前情告诉了猫。猫听了觉得老虎很可怜，想了想说："你也不用哭了，它们不教你，我来教你。不过，你武艺学好以后，可不能去欺侮那些弱小的同伴。"老虎点头答应了。它立刻恭恭敬敬地向猫磕了三个响头，正式拜猫为师傅。打这以后，老虎便天天跟着猫学起武艺来。

一晃两年多过去了，老虎学会了跳、跑、扑、抓等多种武艺，它便趾高气扬，认为自己已经很了不起了。没出师，便不辞而别了。老虎离开了猫，早把猫当初的嘱咐全都抛到九霄云外去了。它吃了豺狗，咬死了野猪，打伤了黑熊，自称为兽中之王。对于像小鹿、兔子、山羊等弱小的动物，更是随意欺侮，想咬就咬，想吃就吃……

这样一来，受过欺侮的动物便纷纷跑去向猫告状。猫听了很生气，立刻跑到了树林子里去找老虎。正好老虎在龇牙咧嘴地咬吃一只山羊，猫便轻言细语地规劝它道："俗话说，坏事做多了难免栽跟头，你这样以强欺弱，长期下去可不好呀！你怎么把为师当初告诫你的话全都忘记啦？"谁知老虎一听，立刻恼羞成怒，翻脸不认人，咆哮道："你这遭瘟的猫，找死不是？你是谁的师傅？简直是胡说八道。老子今天连你一起抓来打牙祭！"说着说着，张牙舞爪，凶狠地向猫扑来，巴不得一口把它吞下肚去。

猫一见势头不对，"嗖"的一声，爬上了一棵又高又大的树。老虎想爬上树去吃猫，可是一连爬了几次都摔了下来，原来是猫还没有教会老虎爬树，老虎便不辞而别了。老虎爬不上树，只有气得在树下直咬牙，狠狠不休地说："就凭你没教会我爬树这一条，就该把你这个杂种吃掉。”说罢，望着树上悠然自得的猫，无可奈何地走开了。

所以，直到现在，老虎都不会爬树。猫教了这个忘恩负义的徒弟，没脸再见它的同伴们，便悄悄地离开了森林，到人间来帮人们捉老鼠了。

猴子学人

有个庄稼汉在地里掰包谷，被一群猴子看见了，那些猴子就依样画葫芦，跳到地里来学着庄稼汉掰包谷。它们乱掰乱丢，弄得遍地都是。庄稼汉一看气极了，提起木棍去追打猴子，猴子又尖又滑又灵巧，还没等棍儿挨身就溜走了。打了好半天也没打着一个猴子，反而累得他气喘吁吁的。

庄稼汉想了一想，便到邻近的铁匠铺里借了一些菜刀，用一对箩筐挑来放在包谷地旁边，自已拿起一把，用刀背在脖子上反复地抹，并装成快乐的样子。远处的猴子看见庄稼汉用刀抹脖子，羡慕得直流口水。抹了一阵，庄稼汉便放下刀子，走进地里去掰包谷，猴子们便急不可待地一拥而上，一个两个拿起一把菜刀，慌忙火急地往脖子上抹。不多一会，猴子们全都痛得吱吱直叫，带着满颈的鲜血，撂下菜刀四处乱溜，有的猴子连老命都送了。

从此，猴子再也不敢学人了。

结拜弟兄

乌鸦、画眉和耗子结拜为弟兄。乌鸦为大哥，画眉为二哥，耗子为幺兄弟。论定大小之后，他们各走各的路子，各回各的住处，各求各的生活。

春天，百花盛开；夏季，果子满山；秋天，谷黄米熟，日子都很好过。乌鸦大哥和画眉二哥只顾玩，只顾闹，从早到晚，它们由这山飞到那山，又是唱又是蹦，说不完的欢乐。特别是乌鸦大哥，它只要衔得一点臭鱼烂虾或是碎骨头、烂肉皮，就飞到高高的树上，“呱、呱、呱”地大喊大叫，让三冲六坳的伙伴们都知道它有好吃的。

耗子兄弟跟它们不同，它不分白日黑夜，爬高下低，钻头觅缝地拢粮、存粮，它的时间抓得紧，生活上所需粮食，安排得有余有剩。

到了冬天，大雪大凌封山，乌鸦飞来飞去找不到吃的，没办法了，它就来找耗子借粮。那是数九寒天啊，寒风刺骨，乌鸦又冷又饿，上嘴壳和下嘴壳都碰得格格响，可是，它还是翘起二十两的大秤放不下架子来。它站在耗子的门口老远就喊：“耗老三，耗老三！”耗子听到乌鸦大名小字地喊它，心里就很不高兴，它故意慢声拖气地问：“是——哪——个呀?”乌鸦老气横秋地说：“我是鸦大哥嘛。你还听不出来吗？天气不好，雪凌封山，为了找粮我才下山来，把你的干粮借两斗，让我拿去过年关。”耗子一听，更不耐烦，连门也不给它开，就冷声冷气地说：“哎哟，鸦大哥，我也没有粮食吃嘞。”

乌鸦碰了一鼻子冷灰，只好转身往回走，正好又遇到画眉。讲起借粮的事，乌鸦气呼呼地说：“我对耗子讲，‘耗老三，耗老三，天气不好，雪凌封山，为了找粮我才下山来，把你的干粮借两斗，让我拿去过年关。’他不买我的账，连门也不开，还故意装穷，冷声冷气地说他也没有粮食吃了。”画眉说：“哎呀，鸦大哥，难怪他不买你的账，你心高气傲，话没有说对呀。你等我去借一回试试看。”

画眉走到耗子的门口，亲亲热热地喊道：“总管兄弟，你在家没得？”耗子听到这亲热的称呼，也和和气气地回问：“是哪个？”画眉说：“我是你的结拜兄弟画眉呀。”耗子连忙把门打开，招呼画眉二哥进屋去坐。画眉说：“总管兄弟，天气不好，雪凌封山，无法可想，你我是弟兄，我来找你生个方①，望你帮我一把，借两斗粮食给我度难关。”耗子一听它的话说得入耳，就大大方方地答应说：“我怕是什么大事呢。既是你差吃的，背两袋去就是。刚才鸦大哥也来借粮，他背上背的白斑斑，肚皮饿得眼睛翻，嘴壳抖得咯咯响，还要老远就大名小字喊我‘耗老三’，我有粮也不愿借给他。你画眉二哥嘴巴短，称我兄弟叫总管，我不吃也要拿来借给你。弟兄呀，有道是：好言一句三冬暖，话不投机六月寒。”

画眉因为说话和气，大方地从耗子那里借得粮食，也就顺顺当当地度过了寒冬。

毛狗和豺狗

一只毛狗饿了，打算到村里找点吃的，来到大路边探动静。听见远处传来板车的吱吱声，它连忙躲进路边草丛里偷看，见是一个年过花甲的老头儿拉着一筐鱼慢慢走来。毛狗见了鱼，口水就流得三尺长，立马盘算着如何把这些鱼弄到手。

它灵机一动，赶快抄近路，跑到老头前面拐角处，躺下装死。老头儿拉着车走来，见路上躺着死毛狗，心里格外高兴，随手拉起来就把它摔在车上，心想，我运气不错，这家伙毛色也好，可以给老婆子做条围巾了。

老头儿拉着车继续往前走，毛狗在车上便把鱼一条条往下摔。摔完后，它跳下车，捡起鱼就跑了。老头儿只顾高兴，却没发觉毛

① 生方：即想办法。

狗的所作所为，他拉着车一进院子就喊："老婆子、老婆子！"老伴儿答道："什么事情那样高兴，几十岁的人了，还大声嚷嚷。""嘿嘿，你不晓得，我今天运气好得很，一大筐鱼不算，还在半路拾了一个死毛狗，皮毛好，可以给你做条围巾，你出来看嘛！"他自己边说边进了屋舀起一碗冷饭就吃。老婆子出去一看，莫说毛狗，鱼都没见一条，气得她直骂："老不死的，哄起我来了，你的鱼和毛狗在哪里呀？"老头儿慌忙跑出来一看，果然什么都没有。他半天才醒悟过来，一拍脑壳："哎，肯定是那狡猾的毛狗……"

再说毛狗衔了鱼，欢欢喜喜回到丛林里，正撞着憨不溜秋的豺狗。豺狗问："毛狗哥哥，毛狗哥哥，你在哪里拿的鱼呀？"毛狗正在高兴得意，便一步一个谎地扯了起来："在那边水井头钓的。兄弟，你去钓不？""想倒是想。没有鱼竿，唧个钓法哟？""嘿！要什么鱼竿，尾巴钓鱼最安逸。"

豺狗信以为真，也不顾十冬腊月，正下着大雪，它果真跑到村东头的水井里去钓鱼。它硬是按照毛狗告诉它的办法，把尾巴伸进水里去耐心等着。过了一会，它拉了拉尾巴，有点重，心想：鱼上钩了，再等一会，可能还有大点的哟。天快亮了，该把鱼提起来回去啦。它把尾巴一扯，好重，再用力一扯，还是一动不动，回头一看，天哪！原来全被冰冻住了。

天亮了，人们来担水，发现了豺狗，哪还能饶过，喊起全村人，水桶扁担一齐上，豺狗拼命挣扎，最后把尾巴扯断，才算跑脱。

再说毛狗趁人们奔向水井打豺狗的时候，又钻进一家屋里找吃的，不小心翻倒了一盆刚煮起来的糯米稀饭，劈头盖脸倒了一身。见主人回来了，它赶忙从后门逃走。毛狗跑了不远，刚好撞见落荒而逃的豺狗，豺狗痛苦地哼着埋怨道："毛狗哥哥，你叫我钓鱼，看嘛，尾巴都被钓断了。"毛狗答道："你还好点呢，看我，脑髓都给打出来了。"豺狗一看，果然毛狗满身是白浆，于是说："毛狗哥哥，来，我背你。”毛狗也不推辞，只是说：“那倒多承你哟！”

豺狗背着毛狗走，毛狗越想越得意，不禁唱起来：“一个挨了打的背着个没有挨打的……”豺狗问：“毛狗哥哥，你唱的哪样啊？”毛狗一惊，忙改口唱道：“一个挨打得轻的背着个挨打得恼火的……”

民间歌谣

儿 歌 篇

仡佬族跳皮筋童谣

正月正，是开春，跳起皮筋颂春耕，春耕忙，牛儿不放山坡上，黄牛颈上枷担放，吆着牛儿到仡场，跳起皮筋把歌唱。

二三月，播种忙，皮筋放在枕头上，早起床，全家来到田中央。我身只在陇梗里，心儿却在同伴上，跳起皮筋长又长。

四五月，石榴开，放牛姑娘笑起来，拍拍手，你挑我钩跳起来。下山来到麻布坝，上山爬到仡佬丫，跳起皮筋乐哈哈。

六月六，晒衣服，太阳公公打了毒，桂花下，咿呀嘛个好乘凉，路边兰草飘飘香，薅起草来快点忙，忙完一起把歌唱。

七月半，吃新节，仡家公公把纸叠，仡佬罄，焚纸烧香祭祖先，院坝里边姑娘闹，唱起歌儿皮筋跳，花样穿梭忙又忙。

八月半，是中秋，月亮圆圆挂当空，天凉快，蚊虫虼蚤就不在，姑娘都到院坝来，打起快板唱起来，皮筋悠扬乐开怀。

九月九，到重阳，折把桂花戴头上，桂香飘，仡家孩子皮筋跳，你踩头来她踩尾，高抬脚来俯收腿，比高比准比谁快。

十冬月，天好冷，架把草草把火生，偎暖身，草坪地上把腰伸，拿出皮筋大家跳，轮流拍掌齐欢笑，跳起皮筋乐飘飘。

腊月底，要过年，又吃糍粑又吃甜，吃完嘎①，过起年来真好耍，皮筋四季跳不停，代代相传仡佬情，乐在其中健身心。

捉萤火虫唱的歌

萤火虫高高，背上背把刀，萤火虫矮矮，背上背个崽崽。

逗小孩唱的歌

推磨嘎磨，赶场买货，油炸粑粑吃了还饿。
筛糠簸米，筛在锅头煮起。

玩游戏（手拎中指姆）唱的歌

手拎中指姆，倒打一十五，黄牛转过弯，倒打一十三，黄牛转过角，倒打一十六，人往桥上过，水往两边翻，问你要田还是要土，要田（就吐口水在手掌里），要土（就抓把篱笆给他）。

---

① 嘎：肉。

放牛唱的歌（见到山叉鸟就唱）

山叉[1]尾巴长，嫁是幺姑娘，幺姑娘脚矮，嫁是螃海[2]，螃海脚多，嫁是篱窝，篱窝供背，嫁是逃妹，逃妹逃走，嫁是毛狗，毛狗骚臭，嫁是幺舅，幺舅嫌她，嫁是田家，田家没得花花轿子，扯根头发一索吊死。

端午节唱的歌

端阳不打粑，老虎来叼你妈，端阳不包粽，黄雀早起来欢送。

放牧歌

水牛长角弯又弯，帮着农家把田翻。
抽它屁股三鞭子，它在田中奔得欢。

水牛尾巴细又长，帮着农家耕田庄。
天上吼雷下大雨，它在田中更加忙。

黄牛长角尖又尖，犁起地来泥土翻。
从早到晚它不歇，一天要犁几大弯。

黄牛水牛都是牛，犁田耕地顶大头。
千把锄头万把镐，不顶牛身伸个腰。

---

① 山叉：一种鸟。
② 螃海：螃蟹。

黄牛水牛农家宝，庄户人家少不了。
天上打雷下大雨，庄稼无牛空起早。

十月初一牛菩萨，务农之人要祭它。
它是农户庄稼宝，耕田种地全靠它。
大家都把牛神祭，祭祀牛神牛肥壮。

姊妹放牛歌

姊妹上山去看牛，手拿牛鞭吹泡桐。
泡桐声音满坡响，牛马羊群遍山游。

姊妹看牛真欢乐，吹起泡桐唱起歌。
你吹我唱把歌对，对歌玩到日头落。

姊妹看牛真欢乐，又吹泡桐又唱歌。
要吹水牛站着听，要吹黄牛立耳朵。

姊妹看牛遍山坡，遍山牛群遍山歌。
泡桐声音穿山响，唱的歌声响云霄。

姊妹看牛真喜欢，手拿泡桐吹歌声。
泡桐只有两个眼，一气吹到老天边。

姊妹看牛真快乐，手拿泡桐吹唱歌。
你一调来我一调，共吹唱到太阳落。

姊妹看牛跑遍坡，手拿泡桐脚爬坡。

起早吹到早饭熟，午饭吹到太阳落。
吆起牛群回家转，姊妹明天再来乐。

情 歌 篇

在男女还没有确定恋情的时候，一般都是通过对山歌产生感情的，要是哪个小伙对某个姑娘有意思，就要抓住机会来和这个姑娘对歌，不同的情况唱不同的情歌：

男：

两颗枫香背靠背，对门娇妹来相会。
割藤开花吊吊稀，对门下坡是我妻。
我的妻子大认得，身上穿是月蓝衣。

女：（不答应）

两棵白杨门对门，我们不是一家人。
割藤开花吊吊长，对面山上没我郎。
我的爱郎大认得，黄丝腰带丈二长。

（答应）

两棵柏香排对排，对门歌郎快过来。
豌豆开花马鞍桥，我想和哥去鹊桥。
要是哥不嫌弃我，我愿哥家家务娘。

男：（姑娘在放牛时）

哥在山上打石头，妹在沟里放黑牛。

石头打在牛背上，看妹抬头不抬头。

女：（不答应）
山上哥哥好奇怪，石头打妹牛背来。
要是妹妹告诉爹，定把哥哥打哭稀。
（答应）
山上哥哥不奇怪，专打妹的牛背来。
要是哥哥喜欢我，哪年哪月成婚来。

男：
大河水呀慢慢流，何时才到大江游。
望妹手梗嫩如藕，何时得来做枕头。

女：（不答应）
大河水呀慢慢流，明年才到大江游。
小妹手梗嫩如藕，你是不得做枕头？
（答应）
小河水呀细细流，马上要到大江游。
小妹手梗嫩如藕，你可得来做枕头。

男：（姑娘在砍柴时）
这山没得那山高，那山娇妹弄柴烧。
那山娇妹来随我（嫁我），柴不弄来水不挑。

女：（不答应）
这山望去那山矮，对门歌郎是崽崽。
要想妹妹嫁给你，还望山歌快点来。
（答应）

这山望去那山矮，对门歌郎是哪个。
要想娶妹去你家，还望彩礼上门拿。

男：
隔河见妹洗衣衫，水冷洗衣几多难。
心想前去帮妹洗，只恨水深无渡船。

女：
见人就把歌喉亮，问哥脸烫不脸烫？
你我从生面不熟，怎好开口把歌唱？

男：
小妹好像一朵花，鲜花开放人人夸。
心想伸手把花摘，又怕刺来把手扎。

女：
哥在那边把妹望，妹在这边心想郎。
洗衣棒棒将手打，脸红心跳妹心慌。

男：
山高无路哥攀岩，春风不吹花不开。
大河无船哥踩水，妹不抬手哥不来。

女：
河里鱼儿一群群，双双对对水中戏。
想要鱼儿成双对，又怕旁人说是非。

男：
世上鸳鸯无打单，红花绿叶紧相连。
妹若真心把我爱，我请媒人到家来。

女：
高山种荞不用肥，有心相交不用媒。
多个媒人多张嘴，媒人嘴里多是非。

男：
妹是山中一枝梅，哥是喜鹊满天飞。
喜鹊落在梅枝上，枪打箭射撵不去。

女：
哥妹树下定终身，吞下秤砣铁了心。
吃下竹竿不变卦，炖稀[1]牛肉不返生。

男：
情妹是哥好知音，鞋匠锥子要当针。
要学辣椒红到底，莫做花椒黑了心。

女：
有情哥哥你放心，莫从门缝来看人。
妹是后园芭蕉树，年年换叶不换心。

男：
满天黑云天起风，情妹听哥诉苦衷。

① 稀：烂熟。

我的命比牛郎苦，家境更比董永穷。

女：
高坡起房不怕风，水里鱼儿不怕冻。
有心爱郎不怕苦，有手干活不怕穷。

男：
闭眼就见情妹妹，翻来覆去难入眠。
铁打秤钩吞下肚，时刻挂念在心间。

女：
自从那天定姻缘，情妹魂跟情哥转。
手端饭碗不知味，一个鸡蛋吃不完。

女：
今朝哥妹要分开，好比涨水放木排。
急水滩头被打散，不知何时再团圆。

男：
哥要离去妹莫急，止住眼泪莫伤心。
阿哥如像石磨子，转了一圈又回程。

女：
花带织了三尺长，送给情哥系腰上。
情哥莫嫌带子短，要知情意更久长。

男：
离别拿出银手圈，送给情妹戴手上。

手圈戴在妹的手，两颗心儿紧紧拴。

女：

送哥送到屋当头，望哥背影泪长流。
掏出花帕揩不干，泪水淌下衣湿透。

男：

阿妹送我到半坡，坡上树多石也多。
拉妹树脚坐一下，听妹唱首离别歌。

女：

送哥送到竹子山，望着竹子泪流干。
手指竹子把哥叫，千丝万缕挂心间。

男：

妹送哥到竹子山，请妹多多放心宽。
山中竹子根连根，哥妹我俩不分心。

女：

送哥送到半山腰，山中鸟儿唱歌谣。
这鸟唱来那鸟应，妹唱情歌谁来应？

男：

情妹送我过山岭，飞来一对好锦鸡。
锦鸡不会单身过，今天去了明天回。

女：

送哥送到豇豆林，手摸豇豆诉衷情。

要学豇豆成双对，莫学茄子打单身。

男：

路边盛开紫玫瑰，蝴蝶翩翩飞不离。
情妹赛花千倍好，阿哥我比蝴蝶迷。

女：

高山流下两股水，一股浊来一股清。
不怕河中两样水，只怕情哥两样心。

男：

十五明月只一个，胸中红心只一颗。
情妹是我心中月，月落情妹永不落。

女：

手纳鞋底出大门，身倚槐树望郎归。
望眼欲穿人不见，麻线扯痛妹的心。

男：

望妹望到斑竹林，恍惚妹靠竹林立。
跑进竹林不见妹，斑竹枝枝留泪痕。

女：

日思暮想好情哥，哥妹挽手梦中游。
醒来不见哥哥面，眼泪湿透花枕头。

男：

自从与妹分开手，度日好比度年头。

好比吃了豆芽菜，牵心挂肠灰心头。

女：
九天银河万颗星，广阔大地万千人。
星多人多我不想，只想阿哥一个人。

男：
行也想来睡也想，朝思暮想恋断肠。
分明离别才三天，仿佛更比三年长。

男女合唱：（这是姑娘答应了）
生爱死爱永不忘，雷打火烧又何妨？
粉身碎骨双双走，登上天门见玉皇。

生也恋来死也恋，生死要恋数十年。
生生死死在一起，同生同死永相连。

在生同你共双鞋，死后同你共灵牌。
梁祝化蝶翩翩舞，哥妹生死笑开颜。

生不丢来死不丢，江边踱步志更酬。
手拉着手同跳水，任它飘来任它流。

还有另外的唱词：

男：
去年许哥一双袜，为何许下你不拿。
为何许下你不给，你要拿去送哪家？

女：

去年许哥一双袜，牛病不发马病发。
要等哪时病好了，帮哥做对白水袜。

男：

去年许哥一双鞋，为何许下不带来。
为何许下你不给，你要拿去送谁家？

女：

去年许哥一双鞋，牛病不来马病来。
要等哪时病好了，帮哥做双白水鞋。

男：

去年许哥花手巾，为何许下又不给？
为何许下你不送，你要送给哪一人？

女：

石榴开花叶叶青，去年许哥花手巾。
活路繁忙无空做，不是妹妹不肯送。

男：

石榴开花叶叶青，去年许哥花手巾。
你要哪时才做好？又要哪天才做成？
上天要织哪一样？还要织成哪样形？
一织天上哪样青？二织地上哪样明？
三织铜盆谁洗脸？四织明灯照何人？
五织牙床跟谁睡？六织花园跟谁人？
七织天上哪样妹？八织神仙哪样宾？

九织哪样归大海？十织哪样坐京城？
十一织棵什么树？十二织个哪样盆？

女：
去年许哥花手巾，今年花贵织不成。
只等来年花贱了，帮哥织块花手巾。
要到鹅年才织好，要到猫年才织成。
上天织起牡丹样，织对蝴蝶双双飞。
一织天上日月青，二织日月照地明。
三织铜盆哥洗脸，四织明镜照哥身。
五织牙床给哥睡，六织花园同哥行。
七织天上七姊妹，八织神仙吕洞宾。
九织九龙归大海，十织皇帝坐京城。
十一织棵摇钱树，十二织个聚宝盆。
样样花名我织起，花帕包来送哥们。
大姐打开二姐看，世上难找恩爱人。

以上的歌还可以这样唱：

男：
老鸦飞来黑幽幽，妹们叫我起歌头。
歌头歌尾我都会，要唱鲤鱼水上游。

女：
叫我唱来我就唱，唱得一排好一排。
唱得一首好一首，随哥唱由哪头来。

男：
叫我唱歌我不愁，不是雕花绣枕头。
不是雕花枕头绣，唱歌能唱水倒流。

女：
叫我唱歌我不焦，不是雕花绣荷包。
不是雕花荷包绣，唱歌能唱龙翻腰。

男：
今天是个阴阴天，整天想妹心不安。
喝茶吃饭想着你，眼泪落在碗中间。

女：
马儿吃草在沟边，我妹想哥泪涟涟。
吃茶吃饭想到你，哥心挂在妹心间。

男：
隔河看见花一片，妹坐封山瓦房边。
哪怕妹坐封山房，翻墙揭瓦哥不慌。

女：
隔河看见花一槽，花红叶鲜你想摘。
你想过河摘朵戴，船家不渡毁花郎。

男：
隔河看见花一槽，妹坐瓦房又掰鳌。
哪怕你家掰鳌坐，翻墙揭瓦我要掏。

女：

隔河看见花一林，花多叶少你想摘。
你想过河摘朵戴，船家忌渡贪花人。

男：

隔河看见花一蓬，妹家高高大瓦房。
哪怕你家瓦房大，翻墙跳屋摘一丛。

女：

隔河看见花一林，花红花多荡你心。
你想过河摘起戴，花主不饶损花人。
好花鲜来好花红，好花生在刺林蓬。
你想伸手摘朵戴，恐怕刺林刺手痛。

男：

在生和妹在一排，死去同你共坑埋。
三月清明共张纸，正月十五共灯台。

女：

在生不和坐一排，死后不和共坑埋。
各用阴阳来打井，各供爹娘去投胎。

男：

大河涨水小河翻，两边两岸阳雀山。
哥去阳雀才孵蛋，回来阳雀叫满山。

女：

大河涨水白泡多，铜盆泡米用手搓。

听到妹家要办酒，给妹打对银手镯。

男：
大江下来一条河，金盆打水喂白鹅。
白鹅不吃金盆水，妹妹无心枉自说。

女：
大江下来一条河，花树靠着漆树栽。
妹栽花树有人爱，哥栽漆树无人挨。

男：
上街走到下街来，两把花扇一起开。
情哥爱妹花扇子，愿意和妹上花台。

女：
上街走到下街来，两把花扇一齐开。
情妹爱哥花扇子，二人相约赶花街。

男：
情妹长得像枝花，如同后园白菜桠。
白菜长大来配碗，情妹长大配哥家。
情妹长得白生生，细眉细眼像观音。
妹是观音当堂坐，哥是绣球滚上身。
情妹长得白生生，细皮嫩肉似观音。
什么爹妈生的妹，盖过前朝穆桂英。
情妹长得白生生，眉毛弯弯像柳叶。
心想连妹去当家，又苦没有穿针人。

女：

月亮出来明又明，照着哥家大财门。
财门上面贴门神，门神上面守门人。
月亮出来亮堂堂，照在哥家田埂上。
田埂弯弯堵田水，哥妹相会对成双。

男：

月亮出来两头尖，两颗星宿挂两边。
金钩挂在银钩上，哥心挂在妹心间。
月亮出来月亮明，照着山上九重城。
九把钥匙九把锁，花园不准乱开门。

女：

哥去赶场来得晚，来到妹家后园歇。
爹妈问是哪样响，风吹桃花打桃叶。

男：

赶场要赶打帮场，打帮摊子摆两行。
百货摊子逛两趟，不见情妹来赶场。

想哄姑娘开心或想在姑娘面前表现自己的时候可以这样唱：

男：

唱首山歌给妹听，看妹骂人不骂人。
多骂别人少骂我，这条亲路要走成。
唱首山歌给妹学，不知愿学不愿学。
要是学到三五首，出门陪哥好欢乐。
唱首山歌给妹学，情妹回去睡不着。

情妹回去慢慢唱，唱到月出太阳落。
哥唱山歌给妹听，帮助情哥配好音。
别人不能当陪手，情妹跟着不分心。
哥唱山歌妹配合，二人一起好欢乐。
别人跟哥难得配，只有哥妹配得乐。
唱歌要有两个人，犁田还要两根绳。
独木搭桥难得过，一人唱歌太单纯。

男：（老远看见妹）
老远见妹在爬坡，妹的脸上起酒窝。
情妹实在会打扮，跟那仙女差不多。
老远见妹走过来，眉毛弯弯两边排。
眉毛弯弯龙戏水，赛过前朝祝英台。
老远见妹跟哥行，哥问情妹哪里人。
妹家是在哪里住，问好下落哥来跟。
老远看见妹穿新，问妹真心不真心。
真心笑在妹脸上，假意难逃哥眼睛。
老远看见妹单身，哥在后边紧紧跟。
妹有心来哥有意，两人约好去成亲。

小伙子和姑娘就这样在山歌的交流中确定了恋爱关系。他们还相互唱出自己对生活的憧憬，这时山间又响起了动人的情歌。要到姑娘的家了，姑娘对小伙难舍难分，于是也唱起山歌，希望两人的爱情到永远：

十二月绣花给哥留

正月绣花绣起头，绣朵杏花给哥留。

杏花有情妹有意，一心跟哥到白头。
二月绣花正春分，绣了南京绣北京。
南京走到北京转，哥妹俩是一条心。
三月绣花三月三，小郎一心把花攀。
有心约妹一同去，不知我妹玩不玩？
四月绣花活正忙，拖泥带水湿衣裳。
打湿妹衣不要紧，打湿哥衣难洗浆。
五月绣花雨淋淋，大水淹到哥家门。
小郎有家归不去，哥妹恩情比海深。
六月绣花头伏天，哥妹玩耍在河边。
借哥手帕擦汗水，哥心留在妹心间。
七月绣花热难当，绣对桥鹊歇歇凉。
哥妹双双桥上坐，好比织女配牛郎。
八月绣花谷子黄，哥妹下田割谷忙。
谷把搭在谷桩上，哥心挂在妹心肠。
九月绣花恩爱深，哥妹难舍又难分。
情哥离妹无路走，情妹无郎难活成。
十月绣花小阳春，哥有情来妹有心。
妹变鲤鱼飘过海，哥变鲤鱼跳龙门。
冬月绣花情更浓，毛雨浸湿哥妹胸。
哥在前边挡风雨，免得情妹受凉风。
腊月雪花遍地白，妹绣雪梅好颜色。
人人称赞梅花好，妹似梅花哥似雪。

送帕子

一块帕子有三尺，送哥帕子用麻织。
送哥一块麻织帕，情也值来意也值。

一块帕子长三尺，妹的帕子是麻织。
送哥一块麻织帕，妹要等哥到何时。
妹送帕子都是麻，等哥二八就二八。
哥等情妹二十五，又合理来又合法。
妹送帕子用麻织，人到十八长知识。
父母年老做不动，种田种地老人吃。
送哥帕子不是丝，人无文化真无知。
先去学堂把书念，还要去拜有名师。
麻织帕子丝线挑，给哥绣个花荷包。
紧紧拴在哥身上，过河过水不心焦。
送哥帕子长三尺，劝哥不要误了时。
早来一时花还在，迟来一时花丢失。
麻布织好妹染青，做件衣裳哥穿身。
出门穿起衣裳走，免得别人起孬心。
送哥帕子长三尺，情哥带上把酒吃。
天晴不让太阳晒，下雨不让雨淋湿。
送哥麻带长三尺，劝哥不要再推辞。
若是情哥看得起，妹到哥家把布织。
麻布缝衣亮堂堂，情哥穿起走四方。
老老小小都称赞，要接情妹把家当。
妹织布来哥种田，哥妹前世有姻缘。
好好商量过日子，当家立业要几年。
有心有意成一家，哥种田来妹纺纱。
吃也有来穿也有，谁不说妹会当家。
妹当哥的管家人，哥出外去妹看门。
家中事情妹做主，心中只有哥一人。

过了一段时间，姑娘和小伙都没有见面，彼此都思念着对方，有空的时候他们又都唱起思念对方的情歌。

想妹歌

子时想妹半夜三，左思右想把身翻。
只为姻缘没有到，如今哥妹单打单。
丑时想妹鸡正啼，想来想去眼泪滴。
只为姻缘没有到，不好上门把亲提。
寅时想妹天还黑，天边还有一丝月。
只为姻缘没有到，哥妹单身好造孽。
卯时想妹大天光，妹一方来哥一方。
妹想哥来哥想妹，生不成双死成双。
辰时想妹见太阳，长夜相思脸发黄。
哥妹天生是一对，等到何时才同房。
巳时想妹心不安，时时手中不离烟。
一支香烟来解闷，谁知我们心不变。
午时想妹日正中，没有得妹想不通。
哪路神仙在捣鬼，害得哥妹空对空。
未时想妹日偏西，到妹身边心着急。
心中多少知心话，怕妹多心不敢提。
申时想妹日正西，妹到身边我心虚。
今朝有酒今朝醉，为了情妹我空虚。
酉时想妹黑了天，看到情妹站路边。
心想上前对妹讲，又怕情妹心不宽。
戌时想妹住在家，天不巴来地不巴。
想妹得了一身病，脚又软来手又粑。
亥时想妹闷气消，站在堂中伸懒腰。
哪天将妹得到手，有吃无吃心不焦。

想妹整整想一天，只想为妹来团圆。
只想把妹得到手，不到黄河心不甘。

望郎歌

黄牛水牛共个坡，清水浑水共条河。
赶场和哥共条路，不得当家心不落。
郎在高坡妹在冲，想来相会路不通。
郎变黄莺妹变鸟，半天云头来相逢。
天上乌鸦独一行，地上竹子生一塘。
笋子无聊靠岩出，情妹无处靠小郎。
栽秧要栽路边田，正在栽秧哥来连。
正在栽秧哥来耍，又得栽秧又得玩。
新打戒指银钻边，叫哥戴在中指间。
叫哥戴在中指上，忠心忠义来团圆。
郎想妹来妹想郎，二人想得脸发黄。
哪个坡头不掉泪，哪个丫口不望郎。
郎想妹来妹想哥，二人想得皱纹多。
哪个坡上不掉泪，哪个丫口不望哥。

阿哥想妹

阳雀打单树上啼，声声叫唤惨凄凄。
阿哥好比阳雀叫，声声叫妹眼泪滴。
自从阿妹绝了情，阿哥好比丢了魂。
手端饭碗不知味，眼泪泡着苦胆吞。
只要情妹肯回头，同生共死永不丢。
牛郎隔河等织女，哪怕人老到白头。

金打锄头银打刀，金碗吃饭银筷拈。
山珍海味哥不吃，情愿跟妹吃苦蒿。

妹想郎

郎想妹来妹想郎，两人想得脸发黄。
哪个坡头不掉泪，哪条大路不望郎。
郎想妹来妹想郎，二人邀约去赶场。
别人忙去做买卖，哥妹好好谈家常。
郎想妹来妹想哥，二人约好去游坡。
哪个坡头不住过，哪股泉水不得喝。
想妹想得夜难眠，蜂糖拌饭饭不甜。
事后才知贪花苦，当家才知买油盐。
哥想情妹心发愁，十颗眼泪九颗流。
白天流了怕人见，夜晚流了湿枕头。
想妹想得病缠身，灵丹妙药难断根。
灵丹妙药吃不好，割妹心肝伴水吞。
想妹想得不好说，心想爬坡脚筋缩。
哥变悬岩倒挂刺，一把抓住不放脱。
想妹想得病在身，好似水中照人影。
水中人影捞不起，镜中人影喊不应。
想妹想得心发酸，好比六月爬高山。
几天不见妹的面，好比孤鸟度日难。
想妹想得病在床，三天两头进药房。
饭不吃来水不进，几天几夜不起床。
一天想妹在心中，爹妈将妹配表兄。
爱妹得了相思病，水中捞月一场空。
一天想妹在心中，瞎子读书空对空。

白纸画饼枉自大，镜中美人话不通。
想妹想得死去来，爹妈活活拉去埋。
千了万了这回了，要想相会梦中来。

牙筷落他乡

牙骨筷子一双双，失落一支在你乡。
哥在哥乡单牙筷，要来你乡配成双。
牙骨筷子哥丢失，落在妹乡妹拾得。
哥在哥乡单牙筷，一来找筷二做客。
牙骨筷子丢一支，只有情哥和妹知。
把妹那支送给我，公归公来私对私。
牙骨筷子落妹边，哥妹一支都是单。
把妹那支配给我，合在一起几多欢。
牙骨筷子落妹方，来到妹家靠妹帮。
妹家好的哥吃去，千方百计要成双。
牙骨筷子丝线拴，一直放在哥身边。
哥妹就像筷子样，只能成双不能单。

爹妈管得严

爹妈管妹管得乖，拿妹拴在书房呆。
不怕爹妈言令紧，哥变耗子咬门开。
爹妈管妹管得宽，把妹拴在书房边。
只要二人约得好，房上掏瓦进房间。
爹妈管妹管得恶，拿妹拴在房角角。
不怕爹妈管得紧，哥变耗子咬断索。
爹妈管妹实在严，不敢外面对人言。

心中有话不敢讲，要会情哥难上难。

久不见妹

久不见妹心不落，白天黑夜睡不着。
包起盘缠到处找，人财两空各在各。
久不见妹好伤心，到处找得脚抽筋。
心又急来人变老，就怕情妹起黑心。
久不见妹脸皮簿，见到情妹不敢说。
心中好似打擂鼓，脸上就像大烧坡。
久不见妹心发慌，只怕情妹去跳江。
带起情妹一道走，走到哪方亮哪方。

约哥家中来

子时约哥半夜三，哥进妹房把灯煽。
爹妈问妹哪样响，猫拉耗子落床边。
丑时哥来鸡正啼，进妹房中好心急。
要是爹妈看见了，肯定拳打又脚踢。
寅时哥来天还黑，窗外仍是带月色。
要是天亮人看见，惹出是非了不得。
卯时哥来大天光，情妹早起去何方？
情哥来了妹不在，心麻如乱好慌张。
辰时哥来太阳红，妹在家中把衣缝。
喊声爹妈叫声妹，妹不答应装耳聋。
巳时哥来妹不吭，越想越气好伤心。
别人问话不答应，想妹得了病一身。
午时哥来日中央，汗水打湿哥衣裳。

为妹得了一身病，害哥四处求药方。
未时哥来日偏西，进到妹家心着急。
心里多少知心话，怕妹多心不敢提。
申时哥来日落西，假意向妹借东西。
东张西望陪妹耍，爹妈出门好时机。
酉时哥来黑了天，情妹刚好在路边。
留哥进门请坐下，又倒茶来又装烟。
戌时哥来霜正落，又冷手来又冷脚。
进到妹家不敢坐，想妹得个病来磨。
亥时哥来妹不通，到了家中妹装风。
爹妈喊我快坐下，又问西来又问东。
进到妹家一整天，伸手向妹要支烟。
只想得到妹一个，不到黄河心不甘。
情哥守妹一整天，当然就该哥优先。
哥妹成家双双去，不去庙头求神仙。

过了一天又一天

过了一天又一天，太阳太阳不落山。
等到太阳落山了，不见情妹泪不干。
过了一天又一天，只见太阳落西边。
等了多年不得妹，脸也黄来泪也干。
过了一天又一天，又愁吃来又愁穿。
又愁家中父母老，又焦哥妹各半边。
过了一天又一天，不见情妹心不闲。
哪天接妹家中坐，有吃无吃当过年。
过了一天又一天，时时挂妹在心间。
早晚接妹家中住，不到黄河心不甘。

天要下雨

天要下雨起乌云，地上刮风起灰尘。
妹要跟哥就跟你，妹不跟哥不是人。
天要下雨起乌云，地上刮风起灰尘。
跟哥就跟你一个，要跟别人万不能。
天要下雨起乌云，地上无雨起灰尘。
天上打雷要下雨，地下无媒难成亲。
天上乌云起得多，地下灰尘堆成坡。
哥妹早就预约好，城门楼上来会哥。
天要下雨起乌云，地上刮风起灰尘。
昨晚有事没有到，改在今晚行不行。
天要下雨起黑云，情妹有心哥也行。
我们相好早约会，看好日子接过门。
天要下雨黑云多，妹要嫁人就嫁哥。
哥快回家做准备，不能再把时间拖。

半夜找妹

半夜三更又三更，家家关门冷清清。
别人回去成双对，小郎回去打单身。
半夜三更又三更，看到妹家还点灯。
闯进妹家去玩耍，飞蛾扑火自烧身。
半夜鸡叫已三更，睡了一觉哥起身。
约妹出门去玩耍，生米当成熟饭蒸。
半夜三更又三更，来到妹家妹反心。
开口喊妹不答应，别人对我起坏心。

睡到半夜睡不着，来到妹家把妹约。
喊了几声妹不应，别人把妹来挑拨。
半夜三更到妹家，又喊爹来又喊妈。
开口喊妹不答应，抹把眼泪转回家。

第二天又去唱：

清早起来就动身，到了妹家就点灯。
转声喊妹不答应，变个飞蛾去扑灯。
清早一起哥就来，来到妹家门前挨。
轻声喊妹不答应，变个飞蛾钻进来。
清早一起哥出来，妹家住在九重岩。
走了多少冤枉路，穿烂几双水草鞋。
清早起来就进城，不知妹家住哪门。
走了多少冤枉路，问了多少好心人。
清早起来把门开，等哥不来去逛街。
前街后街都走遍，不见情哥想不开。
火烟秋秋妹在家，砧板咚咚在切瓜。
要想留哥吃顿饭，情妹还没有当家。
火烟秋秋妹在屋，砧板咚咚在切肉。
心想留哥吃顿饭，主意还要哥来出。
火烟秋秋家有人，砧板咚咚来客人。
不留客人妹留我，这条亲路要走成。
火烟秋秋妹在屋，妹在楼上做衣服。
哥一进门递给试，明不成家暗享福。
火烟秋秋家有人，情哥清早就启程。
来到妹家吃午饭，妹家爹妈好热情。
火烟秋秋妹在家，楼上点灯在绣花。

进门送双花鞋垫，一心同哥去成家。

望郎哥

初一早起郎过街，头戴丝帕脚踏鞋，相思毛病哪里来？太平郎。十字街上得病来，郎太平。

初二早起去望郎，小郎睡在象牙床，双手撑开红笼帐，太平郎。头又烧来脚又凉，郎太平。

初三早起去望郎，小郎要吃白米糖，花碗端来瓢羹舀，太平郎。郎不吃来奴心焦，郎太平。

初四早起去望郎，小郎要吃乌鸡汤，罐罐煨来人看见，太平郎。帕帕包来又无汤，郎太平。

初五早起去望郎，小郎吩咐请郎中，谁能医得相思病？太平郎。头上玉簪抽一双，郎太平。

初六早起去望郎，小郎吩咐请阴阳，前山看来后山转，太平郎。后龙山上好葬坟，郎太平。

初七早起去望郎，小郎吩咐洗衣裳，浑水洗来清水透，太平郎。穿上衣服会阎王，郎太平。

初八早起去望郎，锣鼓敲起亮堂堂，两边站起红花女，太平郎。中间摆着少年郎，郎太平。

初九早起去望郎，麻风细雨垒不成，望牛娃儿好生望，太平郎。莫等牛儿踩新坟，郎太平。

初十早起去上坟，走迄半路撮媒人，媒公媒婆请转去，太平郎。陆家小姐等三年，郎太平。

有一天小伙来到姑娘家的门外吹起哨子，姑娘正在煮饭，听见了哨声连忙跑出去，这时娘问她在跑哪样，她说湿柴不燃烟子秋。要是自己不撒谎的话，一定要被娘打。这首歌唱出了封建婚姻的毒害，使很多相爱的人不能携手到老。

郎把哨子应声钩，娇美还在灶背后。
突然听见郎哨子，瓢瓢铲铲一起丢。
娘问女儿丢哪样，湿柴不燃烟子秋①。
不是奴家会转拐，背上背个火柴篼②。

过一段时间大家见面了，一起唱《牛郎织女》：

牛郎织女

牛郎织女隔银河，两个相好会不着。
你看我来我看你，长年相思眼泪落。
牛郎织女会不着，多年相好各在各。
你想我来我想你，两个永远无着落。
牛郎织女生得痴，日夜相思不挨边。
长年相好不相会，只有来世到人间。
不学织女和牛郎，哥妹相好永不忘。
早点接妹哥家去，大事小事好商量。

谈恋爱那么久了，到谈婚论嫁的时候了，于是妹唱《采茶歌》，希望哥哥早点把妹娶回去：

采茶歌

女：
妹在大地采茶叶，老老嫩嫩都要摘。

① 秋：熏。
② 火柴篼：用于燃烧取暖的大树桩。

正好那年茶叶贵，老茶盖过嫩茶叶。
哥妹约起去采茶，茶在茶山正发芽。
老茶嫩茶都可采，就是不许连根拔。
三月采的清明菜，两匹叶子一个芽。
情哥喝了妹家水，跟着情妹去天涯。
吃茶不够上茶山，吃烟不燃点二杆。
茶山四边都有路，情哥你要走哪边？
山中无医靠吃茶，茶在山中天天发。
茶叶能够治百病，不喝茶水病就发。

去年吃了妹家茶，香到今年四月八。
今年不吃妹家水，哥的毛病经常发。
妹家茶叶种茶山，茶得采来花得贪。
去年和妹茶园会，要等今年三月三。
三月茶园来会娘，二人共同来协商。
早点接妹哥家去，来迟婚姻要泡汤。

男：
高坡点荞荞开花，情妹挽头要当家。
妹去当家丢了我，城隍庙里求菩萨。
高坡点荞不放肥，哥妹相好不用媒。
二人选个好日子，情哥带妹把家回。
高坡点荞一窝窝，哥得势来妹爱哥。
哪天哪月不得势，情妹慢慢往后缩。
高坡点荞沟对沟，好个情妹不害羞。
手把肩头同长大，忘恩负义把哥丢。
高坡点荞点得密，哥妹相好不要提。
妹家爹妈拉后腿，等你大了他会急。

高坡荞子开白花，情妹爱我我爱她。
只要哥妹心合意，早晚都要成一家。

由于在那个年代，儿女婚姻都是由父母包办，等父母知道儿女在外面有了心上人，一定都会反对的，所以好多儿女又唱起了《倾诉歌》，反映了男女青年对爱情的忠贞不渝：

倾诉歌

女：
出门抬脚就过沟，清水悠悠满沟流。
捧把清水来洗脸，浑身凉爽舒心头。
弯下腰去照照脸，相貌长得不一般。
河边有个美貌郎，又有文才又善良。
身材壮实手勤快，哪个姑娘不爱上？
他爱我来我爱他，可恨爹娘不乐意。
一对鸳鸯隔河望，薄命女难配有情郎。
不怨他来不怨我，只怨爹娘心似狼。
娘说他家最穷苦，打柴过日子只有半边屋。
爹说他家穷酸样，黑锅烂碗无处放。
爹娘异口同声说：嫁到他家受折磨。
为了你的日子长，这桩亲事要挡阻。
我的爹呀，我的娘！为何不知儿心肠？
我爱他胜过爱神仙，他人品好来身体壮。
他再穷我也无怨言，贫穷日子不会长，心心相爱情意长。
人勤地不懒，勤快能把命运改。
有情女要嫁有情郎，可惜如今你我各一方。
常相思呀苦相连，不知哪天我们配成双？

今世除你我不嫁，死到阴间也要成双。

门对门户对户

对门对户对条街，漆树对着花树栽。
妹是花树有人讨，哥是漆树无人挨。
对门对户对条河，漆树对着花树脚。
妹是花树有人讨，哥是漆树无人摸。
对门对户对条街，郎门对着妹门开。
梳头洗脸我常见，相亲相爱无法挨。
对门对户对条河，郎门对着妹门角。
梳头洗脸天天见，不和妹玩划不着。
对门对户对山坡，隔山隔水隔条河。
妹到河边去挑水，哥找良机对妹说。
对门对户对条街，郎门对着妹门开。
妹家喂个咬人狗，叫哥怎样敢来挨。
对门对户对条街，两家同用一把筛。
出门进门天天见，不爱情哥妹装呆。
同妹大门对大门，天晴下雨一同行。
只怪情哥无主意，不会请媒妹家行。
同妹大门封大门，哥不是妹意中人。
讲了多少真心话，献妹多少小殷勤。

生死不丢

生不丢来死不丢，除非天狗吃日头。
天狗吃了明月亮，冷饭盘牙哥才丢。
生不丢来死不丢，哥妹同船共一舟。

变鸟同妹共棵树，变鱼同妹在水头。
生要巴来死要巴，不怕爹来不怕妈。
若不同妹在一起，黄泉路上打冤家。
生要连来死要连，不怕是非不避嫌。
见官犹如见父母，坐牢好像坐花园。
生要跟来死要跟，哥是秤砣铁了心。
在生同妹在一起，死要同妹在一坟。

人 才

千林竹子选一棵，万马营中选一哥。
一要情哥人才好，二要情哥点子多。
千林竹子选一根，万马营中选一人。
一选情哥能文武，二选心好待得人。
千林竹子选一棵，砍了一棵搓索索。
千年不让索离手，万年不让妹离哥。
千林竹子随妹挑，选了一棵做长哨。
出门带起哨筒走，哪个知道我心焦。
千林竹子选一棵，砍了一棵送情哥。
看到竹子想到妹，不让别人迷住哥。
千林竹子选一篷，砍下一棵编鸟笼。
鸡抱鸭儿空欢喜，母鸡叫死不回窝。
千林竹子选一根，砍了一棵做芦笙。
哥吹芦笙妹跳舞，哥妹二人永不分。
千林竹子选一根，砍下一棵做芦笙。
哥吹芦笙妹捏眼，这台把戏靠我们。
千林竹子选一根，砍下一根把船撑。
哥划船来妹掌舵，二人划起去成亲。

二人划船回到家，喊声爹来喊声妈。
不拜天地拜父母，从此我们当了家。
哥妹成了一家人，出门下地一同行。
人人都夸哥妹好，我们好好做个人。

燕　子

燕子含泥为做窝，不见情哥想情哥。
见到情哥难开口，只因没有把底摸。
燕子含泥顺河飞，牡丹开花转微微。
想了想尽才开口，为何开口把话推。
燕子含泥为成家，飞来飞去想贪花。
话到嘴边难开口，花在园中怕人挖。
燕子做窝要含泥，哥妹相好心不急。
妹家父母不欢喜，哥来几次不敢提。
燕子含泥顺房角，心中有话口难说。
只怪情哥无主意，事先没有对妹说。
若我二人相约好，眨眨眼睛点脑壳。
燕子含泥顺墙来，妹家老辈不识才。
给哥出个好主意，花言巧语把他抬。

看见儿女是那么的铁了心，父母又找人来做思想工作，儿女还是不听劝说。

阳雀飞

阳雀飞去站半坡，多少朋友劝情哥。
花园里边找个妹，免得到处去奔波。

阳雀飞去站半山，多少情人讲哥憨。
劝我花园找个妹，免得一人好孤单。
阳雀飞去站半岩，情妹带信叫哥来。
到了花园见着妹，心中有话说不来。
阳雀飞来站树尖，我和情妹肩并肩。
天生哥妹是一对，总有一天要团圆。

在父母的阻挠下，有好多恋人都没能在一起，有的情郎一直在等待心中的情妹妹，一直等到了三十多。

等女三十多

为了等妹过三十，情不得来意不值。
要想别处找一个，六月栽秧过了时。
等妹等到三十三，饭少吃来衣少穿。
要想别处找一个，午时太阳已翻山。
等妹等到夜半三，等妹不来把灯煽。
硬着心肠去盖火，抹干眼泪把门关。
等妹等到冬腊月，寨子门前去迎接。
等了多时妹不到，腊月无衣好造孽。
等妹过了一冬天，情哥无处去寻觅。
到了春天不见妹，只好神庙去问仙。
想妹想得闷焉焉，城隍庙里去抽签。
别人抽得成双对，情哥抽得单打单。

最后没有办法见到自己喜欢的人，只有给她写封信。

写信给妹

昨天我去妹家来，看见花鞋一排排。
开门不见妹的面，写封书信妹家来。
闲得无事去逛街，看到有人把妹挨。
当着人多怕伤妹，只好偷偷快走开。
去年妹许我的鞋，只因天干没送来。
心慌意乱等急了，干脆妹家来拿鞋。
去年许哥一双袜，等到今年四月来。
四月花园来看妹，不需妹送我来拿。
去年等妹到如今，等妹不来怕变心。
约妹没有来相会，哥来妹家取红庚。
情哥上山去砍柴，大风刮倒望花台。
生怕情妹看不见，送封书信妹家来。

除了一唱一和的情歌外，仡佬族民众中还流传着大量有标题、有特定内容的歌谣。

五幺姑

葛藤开花紫乌乌，听我唱个五幺姑。
五幺姑，好人才，脚踏马背不下来。
五幺姑，人才好，人才美貌脚又小。
五幺姑，好把发，头梳燕尾花帕搭。
五幺姑，好个脸，盆子脸来眉毛弯。
五幺姑，好口牙，开口说话好秀雅。
五幺姑，好双手，十个戒箍戴满手。

五幺姑，好双脚，两只船上都踏脚。
五幺姑，不叫人，把我戒箍送别人。
五幺姑，不要犟，我的戒箍有字样。

学堂望郎

情妹常常到学堂，走到学堂去望郎，
郎差那样只管讲，妹家办好送学堂。

春季里，百花香，情妹学堂去望郎，
背起米粮和银两，又带笔墨和纸张。

十五自古圆月亮，嫦娥仙子下天堂，
莫把妹家天天想，安安心心读文章。

夏季里，热忙忙，情妹学堂去望郎，
白布衬衫好几样，扮底鞋儿好几双。

杭州扇子白亮亮，绣花手巾有清香，
送给情哥过三伏，知心话儿说一场。

三月过去四月上，五月六月精神爽，
莫贪花街和柳巷，野花哪有家花香。

秋季蚊虫闹嚷嚷，生怕咬着我的郎，
亲手缝笼麻布帐，帐帘绣对美鸳鸯。

鞋子袜子洗停当，情妹回家收割忙，

八月中秋桂花放，九月九日是重阳。

冬季里，降寒霜，情哥难坐冷书房。
熬更守夜做针线，又送寒衣到学堂。

情妹一心把郎望，情哥一心读文章，
只要情哥得功名，妹等十年心不慌。

时时想妹在心中

子时想妹半夜中，想来想去想不通。
云儿追月情意好，一心想妹来相逢。

丑时想妹鸡快啼，想来想去眼泪滴。
双手抹去眼泪水，不知情妹在哪里。

寅时想妹天蒙蒙，明月还在天空中。
双手推开窗前望，眼望明月手捂胸。

卯时想妹大天光，不知情妹在哪方。
不知情妹在哪处，不知何时得成双。

辰时想妹太阳红，想来想去心朦胧。
想去想来心不安，情妹哪时来相逢。

巳时想妹闷沉沉，出门进屋没作声。
别人问我没答应，想妹得了病一身。

午时想妹日正当，想妹想得心头慌。
想妹得了一身病，南海岸上求药方。

未时想妹日偏西，不知情妹没忘记。
时时想妹没忘记，你在东来我在西。

申时想妹日落西，不见情妹在哪里。
白日夜晚都在想，恐怕是个空欢喜。

酉时想妹黑了天，情哥坐在大门边。
情哥坐到大门口，喝口凉水吸口烟。

戌时想妹无下落，又冷手来又冷脚。
为哥八字生错了，想妹得个病来磨。

亥时想妹想不通，掐着鼻子捂着胸。
看到人家花园美，眼泪汪汪滴胸中。

交情哥

正月逢美去交情，郎打戒指送情人。
郎的钱财如粪土，妹的仁义值千斤。

二月逢美去交情，粉壁墙上画麒麟。
画虎画皮难画骨，知人知面不知心。

三月逢美去交情，路边柳树倒发根。
有意栽花花不开，无心插柳柳成荫。

四月逢美去交情，瘦马拴在青草坪。
马行无力皆因瘦，人不风流只为贫。

五月逢美去交情，端阳龙船伴水行。
易涨易退山溪水，易反易复小人心。

六月逢美去交情，六月太阳如火焚。
有钱有酒多兄弟，急难河滩见一人。

七月逢美去交情，月半酿酒敬神灵。
不信但看筵中酒，杯杯先劝有钱人。

八月逢美去交情，情妹住在远山林。
贫居闹市无人问，富在深山有远亲。

九月逢美去交情，九十公公上山林。
山中只有千年树，世上难逢百岁人。

十日逢美去交情，十月有个小阳春。
人不求人一般大，水不下滩一掌平。

送郎哥

接哥来呀送哥归，情妹心中如针锥。
知心话儿没说够，说起要走你就走。

情哥你呀来得稀，啷个想起就回去。
是我父母得罪你，是我兄嫂怠慢你。

千也留来万也留，情哥要走情难留。
手牵衣角逮不住，焦得情妹泪双流。

情哥情哥你转家，还想说句知心话。
你不要送我要送，挨说挨骂不要怕。

送哥送到当门田，随手拾个青铜钱。
好个铜钱只半边，好个情妹惹人怜。

送哥送到椒树下，摘颗椒子诉衷情。
要学海椒先红脸，莫学椒籽起黑心。

送哥送到对门坡，一对童儿笑呵呵。
龟子童儿笑哪样，你长大了差不多。

送哥送到溪沟边，两对鹅儿叫连天。
情哥你要细品味，莫把妹妹丢一边。

送哥送到大桥头，手扶挢栏水急流。
问你海水哪里去，不到东海不回头。

送哥送到松树坪，松枝松丫有交情。
松树千年身不老，情妹万年不变心。

送郎送到石山窝，手捧凉水给郎喝。
情哥喝了手捧水，三年五载口不渴。

送哥送到桐子坪，落个桐子打行人。

打了情妹不要紧，打了情哥我心疼。

送哥送到两路口，手牵手来头挨头。
愿你情郎走正路，切莫误入亏心楼。

送哥送到山弯弯，取方花帕在手边。
情哥你要慢慢走，汗水出来快擦干。

接哥来又送哥往，把哥送到梁子上。
心想再要送一程，留个余步哥思量。

送哥送过三座山，送时容易回来难。
送时有郎同步走，回来一个好孤单。

接哥来又送哥还，把哥丢下妹回转。
情妹心中落不下，转身回家泪涟涟。

哥要走，郎要回，四面八方有人围。
四面八方人围倒，砍条大路等郎回。

把哥拉在箱子边，反身摸出二百钱。
拿百钱去打酒吃，拿百钱去买好烟。

把哥拉到窗子边，手扶窗子喊皇天。
唯愿皇天落大雨，再留情哥耍两天。

把哥拉到门槛中，一头闯见三叔公。
拿把花伞来遮挡，管他叔公不叔公。

把哥送到大门口，眼泪汪汪难开口。
手挽手儿难分散，叫声情哥慢慢走。

把哥送到天井坝，老虎叫唤我害怕。
双手捉住郎腰带，这时去了哪时来？

把哥送到陡石梯，风萧萧来雨稀稀。
左手与哥撑阳伞，右手与郎挽起衣。

把哥送到桥当头，郎上大路妹回楼。
郎去大路低着头，妹在楼上泪双流。

十送郎

送郎一把伞，打开月半边。
好个伞儿遮风雨，夫妻早成全。

送郎一把刀，金打银皮包。
把刀腰中挎，好件防身宝。

送郎一条帕，情妹亲手扎。
手脚粗糙你莫嫌，拿去把汗擦。

送郎一匹马，金鞍银蹬踏。
一副串铃与鞍配，郎骑走天下。

送郎一匹绸，缝身棉衣有。
人前人后显面子，与郎丢想头。

送银一两三，与郎打烟杆。
吃烟不要忘记我，越吃越新鲜。

送郎一副圈，本是妹心肝。
提笔写字放桌上，与郎面对面。

送郎一支笔，情妹小心意。
考上状元把官作，把妹记心里。

送郎一缕发，胸前揣着它。
金银财宝莫看重，前程第一大。

送郎绣腰带，腰带一丈三。
两头绣的双飞燕，拴起非①好看。

十样都记清，妹是有情人。
情妹等你到白头，莫起贪花心。

会唱歌来歌赶歌，会爬坡来坡连坡。
会吃炒豆牙齿好，会吃炒面口水多。

说要唱歌就唱歌，管他口水多不多。
唱个小调绣荷包，荷包绣好送情哥。

不要慌、不要忙，奴在房中绣鸳鸯。
要把蝴蝶绣成对，要把鸟儿绣成双。

---

① 非：很，十分。

绣荷包

正月荷包绣起头，绣个荷包滚绣球。
绣球滚到黄河内，塞倒黄河水倒流。

二月荷包二点青，绣个荷包下南京。
南京巧遇绿绣妹，荷包收口招人心。

三月荷包三点黄，绣个荷包相送郎。
粗针大线绿绣姐，扪倒情郎好心肠。

四绣荷包四包花，我郎出门少贪花。
你去贪花奴不爱，黄泉路上遇冤家。

五绣荷包五色绸，绣个荷包配鸳柳。
鸳柳配在郎身上，白盖相思夜盖愁。

六月荷包情意长，荷包带上留衣裳。
你去南山我先洗，遨转北山妹拦江。

七月荷包七楞楞，七天七夜绣不成。
白天绣来人看见，夜晚绣来灯不明。

八月荷包绣八方，左绣年月右绣光。
左绣年月当朝坐，右绣年月到四方。

九绣荷包九点红，荷包上面九条龙。

叫郎莫从江边过，荷包落水变真龙。

十绣荷包绣得奇，荷包上面马一匹。
黄金万两都不卖，留在家中小郎骑。

绣腰带

正月腰带排起头，郎在外面耍风流。
五洲四海漂流过，但愿腰带不要丢。

二月腰带二股纱，郎在外面莫贪花。
你要贪花奴吊死，花你银钱败你家。

三绣腰带三点红，腰带绣起三条龙。
劝郎莫去江边耍，腰带落水变成龙。

四月腰带四角方，四只角儿洒麝香。
劝哥莫拿涨水烫，涨水烫过麝不香。

五根腰带五色绸，五色花线绣包头。
东绣月来西绣月，把郎绣在月里头。

六月腰带要须多，劝郎不拿汗手摸。
汗手摸了花褪色，妹费心肠你晓得。

七条腰带七颗子，七天七夜绣不清。
白天绣花人看见，夜晚绣花奴费心。

八月腰带棵棵长，拖泥带水打着郎。
打湿外衫不要紧，打湿内衫妹难浆。

九条腰带九点红，腰带绣起九条龙。
九龙治水天大旱，晒死后园花一丛。

十月带子正当时，腰带绣起马一匹。
将我白银二十两，我要买马情哥骑。

冬月里来冬月冬，腰带绣的红彤彤。
哥拴腰带不会冷，妹心时时热烘烘。

腊月里来去一年，才把腰带绣成团。
情哥回来看情妹，腰带拴起过新年。

想情郎

一更得梦一更想，二更得梦想情郎。
三更得梦想起你，四更得梦想成双。
五更得梦金鸡叫，金鸡叫了天发光。
天发光来天发亮，推开帐子穿衣裳。
一脚踩在房门口，二脚踩在灶炉堂。
手拿火钩去掏火，眼泪汪汪落胸膛。
落在衣上衣要烂，落在岩上草死光。
落在高坡像涨水，落在平地涌成塘。
情郎生病几时好，焦得情妹痛断肠。
你在哪啵[1]忘了歌？你在哪啵忘了河？

---

① 哪啵：方言，哪里。

你在哪啵忘了字？燕子还在理旧窝。

当然，作为民间文学，在民众中大量流传的是青年男女触景生情的、零散的情歌。比如：

想唱山歌唱起来，要唱鲜花遍地开。
要唱百鸟情义好，要唱情歌尽开怀。

牵牛只用绳一根，唱歌还要两个人。
一根单纱难成线，一根独木难成林。

说要来，就要来，打拢板凳镶拢来。
你我二人鸳鸯坐，眼对眼儿唱起来。

不要慌，不要忙，杨树底下好乘凉。
怀中取出花扇子，摇动清风等情郎。

说要来，就要来，两位大姐在锥鞋。
这边一针锥过去，那边一针锥过来。

哥唱山歌妹来还，四言八句不算难。
哥唱天上九姊妹，妹唱地下九连环。

情妹不生好口才，情哥如何答得来。
知人待客般般会，针凿茶饭巧安排。

妹想唱歌难开声，妹唱山歌无好音。
不怕四山人眼多，就怕行家来羞人。

太阳去了天要阴，当门龙塘万丈深。

甩个石头试深浅，唱歌要选合意人。

一林竹子选一根，万人当中选一人。
不选人才不选貌，只选情哥有义人。

细篾斗笠顶顶园，问你小妹生哪年。
你对我说句真情话，打套银饰丢拜钱。

二月红花正含苞，门前杨柳才抽条。
妹心正像冬天树，情哥你还猜不到？

隔河看见妹放牛，连喊三声不抬头。
牛不抬头吃嫩草，妹不抬头更风流。

情妹坐在绣花楼，绣花楼上锁鞋头。
肩头搭线怀内抽，偷看情哥在心头。

隔河看见妹上坡，毛红带子两面拖，
虽然是个素打扮，跟那仙女差不多。

几天不见小情哥，黑了床上睡不着。
壁上有个亮窗格，一眼望到月亮落。

这山没得那山高，那山有树好葡萄。
心想摘颗葡萄吃，人又矮来树又高。

莲子开花一样长，帐子里面画小郎。
风吹帐动郎也动，妹见情哥心里痒。

七月茅草尖又尖，情妹不说哥领先，
你若招郎来招我，人勤志大不是编。

哥在亮山大石岩，妹在园中摘菜苔，
要吃菜苔园中会，要想探花进园来。

小妹长得细细腰，小小嘴儿像樱桃。
人又勤快心又好，我怕不及情妹高。

哥在东方妹南方，好比犀牛望月亮。
犀牛望月涨大水，妹妹望哥配成双。

壁打钉子钉挂钩，时时挂妹在心头。
口说莫挂心要挂，挂起挂起不能丢。

高高山上高高天，望断高山飘青烟。
何日才到哥家去，冷水泡饭也心甘。

唱首山歌妹来听，看妹知心不知心。
点灯还要火来引，哥唱一句妹接声。

刺梨花开在路旁，哥不留心过路忙。
你若有意摘一朵，花是情妹伴情郎。

太阳落土又落阴，小妹站在黄瓜林。
心想唱歌来探问，恐怕已是他家人。

用白帕子外托肩，青布裤脚绣花边，

刺梨花儿别头上，见花不摘必是憨。

吹起木叶唱首歌，木叶送妹几重坡。
有情有义半坡等，无情无义妹翻坡。

满山满岭有鸟啼，燕子飞来要衔泥。
响鼓唧用重锤打，聪明不用话来提。

哥穿白衣坐船头，妹穿花衣坐阁楼，
心想和你说句话，船要走来水要流。

小妹打起青阳伞，好比鲤鱼要下滩。
鲤鱼下滩用网打，撒网容易收网难。

你看天上那朵云，又像落雨又像晴。
你看路边那个妹，又想说话又怕人。

走路不知路远近，过河不知水好深。
和妹相逢难开口，交妹不知妹的心。

油菜开花黄晶晶，芝麻开花共条心。
千百万个我不爱，单单要爱妹一人。

好田不用粪来堆，好墙不用粉石灰。
好木不用漆来光，好郎不用自我吹。

好柴烧火没有烟，好马行路不用鞭。
好花含羞不喧闹，妹是好花藏山间。

桃花溪边洗细纱，流水在说悄悄话。
情哥若是真爱我，杨梅结子暗开花。

去年火烧八角树，今年走过还闻香，
出门不用带白米，妹话一句当干粮。

小郎穿戴白如云，小妹好似豇豆藤。
多情多意才唱歌，哥妹本是年轻人。

马桑树儿发青苔，望郎给妹收胡豆。
妹在绣楼纳鞋底，胡豆收完郎穿鞋。

马桑树儿发青苔，胡豆黄了收进来。
年青之时莫漂流，打两天再给情妹种胡豆。

望郎过河把鞋脱，鞋长鞋短勾码说。
量好尺寸扯好布，做鞋合脚情意和。

多情友好百合花，与妹说句悄悄话。
花园里头一家坐，莫学狂热红菊花。

知心知意玉兰花，干净朴实齐心花。
君子垂兰娇郎配，过了冬秋过春夏。

情妹下坡眼望哥，金鸡下河尾巴拖。
衣袖遮脸偷偷望，想叫又怕人眼多。

天上有雨趁早落，小妹有话趁早说。

小妹有意趁早讲，莫叫情哥遭耽搁。

大田栽秧泥块多，拨开泥块栽一窝。
过路情哥不要笑，妹家人单过生活。

天上落雨又落沙，河中鲤鱼摆尾巴。
不想鲤鱼来下酒，只想鲤鱼来当家。

远远看见仡山郎，摇摇摆摆过鱼塘。
好个鱼塘没得水，好个娇妹没配郎。

情妹当门一株槐，槐树叶叶吊下来。
风不吹来槐不动，情哥有意槐花开。

甜椒落地苦椒生，妹唱山歌郎来听。
妹歌句句说真情，句句真情动哥心。

新打锡壶亮堂堂，提起锡壶就有方。
锡壶盖过十三省，情哥盖过这一方。

妹要唱歌唱大声，细声细气难听清。
妹像园落初春雨，春雨一落花就生。

好个情哥下山来，麻布褂子青布鞋。
草坪边上放羊子，红光满面好人才。

妹多乖来妹多乖，唱得阳雀下树来。
唱得河水动心情，唱得青山笑颜开。

妹下山来妹下山，罗裙飘带排两边。
妹家爹娘会打扮，打扮妹子像神仙。

高山栽姜叶叶青，姜叶滴露亮晶晶。
好吃不过姜叶子，好看不过那山人。

天上只有紫微星，地下只有沙坝坪。
家中只有明灯亮，世上只有妹合心。

老远看妹闲不来，柳叶眉毛两边排。
不擦胭脂不打粉，胜过前朝祝英台。

哥合意来妹喜欢，我俩年纪是一般。
哥是阳雀才学叫，妹是小马才背鞭。

田坎没得天梗高，井水好吃无人挑。
我家有你来做主，有吃有穿我不焦。

出门得见绣花针，路上碰见妹一人。
有句好话对妹讲，开口又怕妹骂人。

出门落了绣花针，路上碰见哥一人。
你哥有话尽开口，情妹不骂心上人。

情妹后园我想要，情妹家屋我想来。
情妹家中有双老，不知双老爱何才？

我家人多眼也多，我家没有千重关。

只要情哥人才好，父母兄嫂都喜欢。

亲又亲来爱又爱，地上只有哥妹爱。
除了青杠无好柴，除了情妹不联姻。

亲又亲，爱又爱，情妹不羞把头抬。
星星月儿夜夜在，我俩成双不分开。

情妹下河洗衣衫，情哥划船下陡滩。
情妹有话快快讲，船到滩头难转弯。

树叶绿来树叶青，树青还靠雨水淋。
半天云内花一朵，哥若不摘误一春。

清早起来天放晴，吃了早饭天又阴。
情郎没得摘花运，走到院坝遭雨淋。

手拿白布下染缸，染得不青又不蓝。
晓得不青不该染，晓得不欢不该连。

金竹林中砍渔竿，郎在河边放渔线。
鱼在河边甩尾巴，不上金钩也枉然。

三月里来三月三，金鸡寻伴在荒山。
去年遇到天下雨，今年又遭火烧山，

我家门前好条河，金盔打水喂天鹅。
天鹅不吃金盔水，郎打单身莫奈何。

妹在河边洗青菜，打落一片顺水来。
郎在下面顺手拣，菜叶无根也难栽。

太阳当顶热烘烘，小妹栽秧在田中。
别人有郎把田办，小妹单身把腰弓。

大田薅秧排对排，一对秧鸡飞出来。
秧鸡抬头望秧林，情妹抬头望哥来。

妹是墙上紫金花，郎是大地黄泥巴。
郎想与妹握个手，又怕金花嫌泥巴。

檐沟坝上栽牡丹，情哥挂在妹心间。
哥是轻风妹是火，轻风吹火慢慢燃。

风吹树叶滚滚翻，初初连哥心不安。
看了一眼哥的貌，脸红好像火烧山。

樱桃树上樱桃花，樱桃结子要开花。
有心陪伴樱桃树，又怕碰落樱桃花。

世上难买灵芝草，山中难找梭椤树。
新打镰刀不用磨，拿起山中找梭椤。

叫哥找树先站着，有句话儿跟哥说。
想说想说难开口，怕哥回去睡不着。

看妹打扮好苗条，手握扇子把手招。

有心跟妹百年老，花儿同并扇同摇。

架桥通路先打磴，同栽秧苗同扎根。
哥妹要个同心结，耐心栽花花成林。

腊月太阳照不久，九月燕子也难留。
花盆栽花勤灌水，千万不要半路丢。

牛郎织女两相爱，只望天空把手抬。
星星月亮夜夜会，我俩成双不分开。

情哥放牛江边来，牛在河边吃柳苔。
栏杆楼上妹绣花，哥变蜜蜂飞过来。

绣好手帕就起身，走到哥家就看灯。
细声叫哥哥不应，变个飞蛾去扑灯。

大河涨水浑沉沉，看见鲤鱼亮晶晶。
只见头来不见尾，只见情妹不见心。

天上星宿出不齐，地上人心隔肚皮。
筲箕漏米隔筲箕，见郎心里拿不一。

天上白云追白云，火烧云山金竹林。
小妹说话难掏心，随时下雨随时晴。

哥哥门前客人多，人来人往是为何。
情哥若是无义人，妹家喜鹊失了窝。

对门白坡对白坡，后园笋子棵对棵。
眼见笋子成双对，靠拢脚步靠拢哥。

一个铜钱甩过江，问哥出乡不出乡。
情哥要是去赶场，妹我回屋换衣裳。

赶场要翻两座山，翻山才把乡场赶。
千里相约走长路，不是贪花好游玩。

妹送情哥下后岩，抓把花籽掷花台。
明年台上花一开，哥要探花随时来。

今天情哥去赶场，妹说家中活路忙。
活路再忙陪哥去，去了转来哥帮忙。

昨天约哥到妹家，一直等到太阳下。
等得妹心急如火，望得头昏眼又花。

约郎约到大桥头，手扶栏杆看水流。
流水伴着青山走，情妹跟哥走后头。

清早起来到妹家，情妹关门未在家。
捡个火炭门上画，画个知情告诉她。

两根竹子同节节，砍下一根做短笛。
笛声惊动兰丝草，妹在房中心头切。

郎在仡家像雄鸡，初到苗山不敢啼。

飞高又怕鹰来打，飞低又怕猫来欺。

远看情哥才华高，一心想把情哥招。
假如情哥瞧起我，海枯石烂不动摇。

我俩上街买菠萝，哥拿秤来妹拿砣。
是甜是苦哥知道，妹也不听人挑拨。

哥是钥匙妹是锁，哥爱妹来妹爱哥。
水不离鱼鱼跟水，砣不离秤秤有砣。

上山砍柴刺荆多，劝哥不要打光脚。
哥想穿鞋跟妹走，白布凉鞋送给哥。

高山岭上种稻禾，收成全靠雨来落。
我俩路远来相见，良心好坏全在哥。

哥为妹来妹为哥，鸟栖青山鱼靠河。
鸟为青山死在岭，鱼为江水死在河。

哥爱妹来妹爱哥，愿学鸦鹊做一窝。
妹爱哥来哥爱妹，愿学鲤鱼共条河。

情妹说话说得确，没有半句欺骗多。
把话刻在石板上，千年大雨洗不脱。

割草不怕草头稀，只要镰刀下得密。
连晴不怕天天见，就怕三年逢一时。

竹丫打水细纷飞，江边洗衣不用捶。
细石磨刀不用水，我俩结交不用媒。

妹是南山一枝梅，蜜蜂招花满山飞。
蜜蜂落在梅树上，两翅摇摇不愿归。

妹望大河闷忧忧，盼哥不来眼泪流。
情哥记妹记外表，情妹记哥记心头。

大海中间种仙桃，根深不怕大风摇。
只要我俩情义好，哪怕旁人两面刀。

哥在山上放早牛，妹在窗口对望愁。
哥在山上唱一首，妹在窗前点点头。

我俩情义重如山，情深如海永不干。
乌云当伞遮得远，月亮为灯照得宽。

蜜蜂为花死在坡，鱼儿为水死在河。
情哥为妹太心焦，罐子煮鸡露出脚。

只有情哥求情妹，哪有情妹求情哥。
只有竹壳包嫩笋，哪有嫩笋包竹壳。

豌豆开花绿茵茵，叫我丢你万不能。
如果要我来丢你，除非换过这朝人。

一条帕子五尺长，挽个疙瘩甩过墙。

千年不准疙瘩散，万年不准妹丢郎。

沟底拴牛吃两边，沟里烧火两头烟。
如要连娇连一个，莫学青藤满山牵。

情妹要去慢转身，细茶好吃苦咽咽。
黄瓜好吃蒂蒂苦，人好相交老平生。

这山没得那山平，那山坪上好竹林。
竹子长大望人砍，情妹长大望媒人。

对门下来像是他，急忙洗手去烧茶。
烧茶不如煲热酒，热酒不如找罗帕。

对门有个石板坡，石板坡上好洋藿。
扯把洋藿来坐倒，假装缠脚等情哥。

对门有个仡佬埫，仡佬埫上好高粱。
高粱黄了红红脸，哥是高粱好心肠。

莫怪情妹不专心，早晨放牛落了针。
情哥捡到针还我，绣条腰带送郎君。

不上高山不见天，几时得过太平年？
只要情妹心不变，则如天天在过年。

不上高山不翻坪，不读诗书不考人。
仄近道路你不走，远去他山为何情？

高高山上一树槐，手扶槐树望郎来。
娘问女儿望啥子，我看那槐花几时开。

望郎望到夜黑头，满肚相思泪长流。
娘问女儿望啥子，灰尘落在眼里头。

望郎望到夜黑头，妹家望得泪双流。
娘问女儿哭哪样，湿柴烧火烟子秋[①]。

细白草帽圆又圆，重庆买成三百钱。
你想草帽你拿去，只讲情义不讲钱。

太阳落土四山黄，河里有个打鱼郎。
打不到鱼早收网，连不到妹早回乡。

一塘春水绿茵茵，丢个石头试浅深。
山中只有藤缠树，世上哪有树缠藤。

大田薅秧行对行，一对秧鸡在歇凉。
秧鸡盯倒秧鸡路，小妹盯住唱歌郎。

一丘大田十二弯，这头挖水种头干。
自从挖沟引起水，好久不见郎的面。

大田栽秧行对行，栽来栽去妹失行。
情哥不怕别人笑，伸手帮妹插两行。

---

① 秋：熏。

情哥要到南京城，难舍娇妹难出门。
手中拿支羊毫笔，你画个样样一路行。

太阳落土又落坡，留郎不如早烧锅。
新把锡壶煲热酒，眼泪汪汪送情哥。

天上起了五色云，小娇穿了五色裙。
天上起云要落雨，小娇打扮要出门。

天上起云云斑斑，小娇梳头往后盘。
不是小妹好打扮，祖坟葬在风流山。

天上起云云撵云，地下狮子撵麒麟。
白脚猫儿撵耗子，知心情妹撵情人。

天上乌云几大堆，雷公和闪雨来临。
天上无雷不下雨，地下无媒不成亲。

天上落雨雨落落，打湿情妹花裤脚。
打湿情妹花腰带，脸上桃花永不落。

当初和妹种莬瓜，攀藤三年不生芽。
如今三年不结子，枉费挑水去浇花。

妹是十七哥十八，你我都是青年家。
哥是生姜才出土，妹是嫩笋才发芽。

当初和哥种莬瓜，种在别园别人家。

如今我俩围园种，早上淋水夜开花。

八月中秋看月牙，哥出糍粑妹出茶。
妹讲糍粑粘牙齿，哥喝浓茶精神发。

哥种田来妹种瓜，哥煮饭来妹烧茶。
清早起来对面讲，世上难找我一家。

千里闻得玉兰香，打马上鞍急忙忙。
一心要看风流妹，一心要摘一枝香。

月亮无灯它也亮，井水无风它也凉。
看妹生得实在好，头上无花自然香。

白布包头糯米浆，妹你好像玉兰样。
妹若一去风里站，一站就是九里香。

讲香不过玉兰香，讲长不过流水长。
讲好不过情妹好，惹得情哥心发慌。

枇杷树上牵牛花，牵牛缠树往上爬。
牵牛缠树死不放，哥今缠妹要成家。

海宽装得千江水，天宽装得万重山。
雷打一声天下知，娇娥好心天下传。

海宽装得千江水，天宽装得万重山。
妹妹心宽哥来爱，不讲妹门是孤寒。

妹会装，头发梳得亮光光。
蚊子上面打得滚，还说妹是懒人样。

妹才乖，抡起锄头把花栽。
走路则如风摆柳，不做人情枉自乖。

妹不乖，你会关门我会开。
门楣下面顿碗水，打磨门楣往上开。

见妹生得乖又乖，脸儿好比牡丹开。
见妹人才生得好，千里路上哥才来。

远远见妹飘过来，不高不矮好人才。
走路好比粉蝶舞，坐下则如莲花开。

看妹生得实在乖，月白绣衫红花鞋。
两眼好比青铜镜，抬头照亮九条街。

见妹生得白皎皎，银丝围裙系在腰。
妹你穿从街上过，十人中有九人瞧。

妹娇娥，妹好连得不用多。
连得一个当十个，半边月亮照山河。

久闻妹妹一枝花，日织绫罗夜纺纱。
一日织得三丈布，哪个不想妹成家？

情妹生得像幅画，情哥望见像枝花。

手臂弯弯像莲藕，十指尖尖像藕芽。

情妹生得白纱纱，脸红好比胭脂擦。
唱歌惹得哥心痒，走路惹得哥眼花。

去年同哥吃杯茶，香到今年八月八。
不信妹到哥家看，床头开着茉莉花。

妹是山中一精灵，妹是山中一娇娥。
下河洗手鱼生蛋，走进青山鸟唱歌。

好个小妹人聪俊，才貌双全赛过人。
头上青丝乌云愁，夜间发亮像乌金。

鸭蛋脸儿不打粉，则如桃花四时新。
眉毛弯弯像月亮，秋波闪闪如水银。

罗裙飘带脚下摆，现出花鞋色色新。
身上软和如棉絮，走路没有脚步声。

说话好似银铃响，清亮悦耳动人心。
好似天仙无人比，赛过南海观世音。

外穿花绸十样锦，内穿缎衫白如银。
唇红齿白眯眯笑，美如昭君好逗人。

扁担担水担钩长，双手扶住桶梁梁。
屋头还有半缸水，假装担水去会郎。

一根圈子二两三，送给情哥打烟杆。
烟杆不离情哥手，时刻把妹记心间。

情哥住在山那边，传话带信要来连。
光是打雷不下雨，男儿说话不值钱。

好个情郎心肠硬，为何一去不来行。
要学燕子常来信，莫学阳雀半年春。

记得去年腊月间，情哥说好来拜年。
看看正月要完了，还是不见情哥面。

为何不见情哥面，必是上了别人船。
或是蛛断连二杆①，还是痛在妹心间。

自从情哥去过后，心中一想脸就烧。
三天没有两天好，情哥哪里会知道。

自从情哥一转身，娇妹心中不安宁。
青天白日打冷噤，不知为了啥事情。

煮了一碗白米饭，吃了三天才一半。
行走坐卧都不安，何时能见情哥面。

一只铜镜圆又圆，送给情哥带身边。
若是情哥没忘我，为啥不想来团圆？

① 连二杆：小腿。

斑鸠翅子圆又圆，一翅飞过胡豆田。
望住胡豆不得吃，好个小妹不得连。

月儿弯弯像盏灯，问妹何年何月生。
郎是后园斑竹笋，三月萌发四月生。

月儿弯弯像支烛，才学连娇路不熟。
情妹与我指条路，则如朝山去拜佛。

叫你栽菜你不栽，别人栽起你掐苔。
叫你请媒你不请，好花要落别人怀。

郎十三，妹十三，请个媒人也十三。
三个十三三十九，这号姻缘哪里有？

柏木扁担松木瓢，妹家担水有人瞧。
你瞧妹家心肠好，还是瞧妹花容貌？

过路不把手势打，仄路不把身子挨。
吃酒场中掉过脸，就是神仙也难猜。

吃了早饭妹上山，情哥安网半路拦。
有情有义妹落网，无情无意妹回转。

仡佬山上安索索，要套锦鸡套阳雀。
锦鸡阳雀不见了，套索落在情妹脚。

云雾缠在半山腰，翻山越岭来看妹。

露水打湿哥衣裳，身上虽冷心发烧。

包谷越老越吊勾，情妹越长越害羞。
包谷老了有人取，哥来连妹妹伸手。

好花红来好花红，可惜生在刺笼蓬。
若是生在哥身边，雨露滋润花更红。

好花红来好花红，三十六朵共一蓬。
妹是好花哥来采，哥得好花花更红。

我的情妹白如云，好似路边豇豆藤。
想把妹妹捏一爪，又怕痛了哥哥心。

白布对衫双梁鞋，情哥穿去打干柴。
路上残花不要采，妹家牡丹正在开。

郎打哨子应过岩，妹在屋内绣花鞋。
情妹听见郎哨子，别断花针如折柴。

情妹来了心欢悦，三步把做两步接。
没得轿子马鞍坐，情哥为你吹木叶。

隔河看见哥砍柴，高声大气唱起来。
来到河边无话说，装模作样洗草鞋。

情妹栽秧绿茵茵，情哥望水水淋淋。
六月秧苗不离水，秧水六月有心情。

秧水六月有心情，栽了秧来望收成。
上丘望水下丘来，两厢情意不用猜。

山对山来弯对弯，马戴响铃跑过山。
只要郎心合妹意，哪怕河南隔四川。

太阳落土哥要回，四面八方有人围。
要围要看随他们，十八小妹谁怕谁。

郎打哨子映过岩，妹家房中在穿鞋。
忽然听见郎哨子，飞云跑马撵起来。

天上落雨雨淋淋，半夜三更到妹门。
喊声情妹门不开，不知为了啥事情。

昨夜不来为何因，把妹等到二三更。
一罐青茶熬干了，一炉杠炭化成灰。

天上星多月不明，地上人多心不平。
河里鱼多打浑水，妹的心多难定情。

知心话儿有几多，不到时候我不说。
日久才把人心见，真假虚实看如何。

隔河看见妹点灯，变个飞蛾去扑灯。
扑灯不怕油淹死，死在黄河也甘心。

情哥哥，你听话，三年五载不变卦。

任凭风吹和雨打，春风一到花就发。

情哥哥，脸莫红，鼓打三锤肚内空。
燕子衔泥嘴要稳，两人有意在心中。

十月里来小阳春，阳雀叫唤打钩声。
冬天哪有阳雀叫，必是情哥喊妹门。

一把扇子两面里，轻轻插在郎怀里。
走在路上有人问，只说自己买来的。

小小弯刀砍大柴，这山砍到那山来。
情妹听见弯刀响，十里赶到郎山来。

杨柳青青清水塘，鸳鸯成对鱼成行。
十八美貌情哥哥，何时才进我绣房？

三月里来是清明，情哥约我去扫坟。
先拜天来后拜地，再拜祖宗行不行？

金竹笋子嫩苔苔，问妹哪些不开怀？
问妹哪些不喜欢，窄处想到宽处来。

好的好来呆的呆，说到呆的一生埋。
找到这号人一个，要想翻身二世来。

小情妹，像朵花，人人见了人人夸。
惹得情哥爱上你，变个蜜蜂学采花。

唱歌要唱声合声，连妹要连心合心，
声不合声口难开，心不合心枉自跟。

郎一声来妹一声，好似花线配花针。
妹是花针朝前走，哥是花线随后跟。

阳雀来了不开声，要等山中树叶青。
山中树叶都青了，一个山头叫几声。

对门坡上像是他，舅踏门槛手挑花。
口衔丝线打抿笑，嘴里不说心想他。

晴起当门栽根棕，手抱棕树望郎公。
娘问女儿望哪样，我数棕树几匹棕。

隔河听到歌一声，三步并作两步行。
三步两步奔拢来，只有歌声不见人。

六月太阳热死妹，妹在后檐薅海椒。
情哥看到心不忍，你来歇凉我来薅。

太阳落岭又朝东，妹叫情哥早收工。
莫把身子累坏了，累坏身子妹心痛。

十八妹妹水灵灵，头上搭张花手巾。
你把手巾我揩汗，我把阳伞你遮荫。

郎妹相交情义厚，麻丝缠手实难丢。

铁打金钩吞下肚，时刻挂念在心头。

清早起来雾茫茫，鸟儿飞到田坝上。
蚂蟥缠住鸟儿脚，情妹心恋十八郎。

郎在高山学鸟叫，妹在园中把手招。
爹娘问我招啥子，风吹头发不叫飘。

山歌不唱不开怀，情妹不约不会来。
吹起木叶听几声，一朵花儿飘过来。

高高山上高高岩，高岩上头两株槐。
风不吹来槐不动，哥不约妹妹不来。

郎在高山砍茅柴，妹从平坝送饭来。
露水打湿鞋和袜，不为情哥何得来。

妹绣荷包四四方，哥吃烟时妹来装。
哥一口来妹一口，哥口没有妹口香。

太阳落土又落坡，情哥有话尽管说。
知心话儿你说了，从今以后不分割。

一根杉木九根苗，砍根杉木架浮桥。
是我情妹桥上过，不是情妹水中泡。

辫子长来辫子长，辫子隔山探情郎。
你的家屋晓得了，半边锅子半边床。

对门园里一丘田，罐罐提水来打田。
这丘干田我不想，这个情妹我不连。

油菜籽花满龙黄，二一二二讨婆娘。
早知你是憨呆子，何不进庙当和尚。
月亮出来像把梳，二一二二没丈夫。
早知你是这等事，何不上山当尼姑。

有女莫嫁高山山，十冬腊月把门关。
一天三顿苗儿饭，肚皮烤起火斑斑。

当门有个红籽坡，情妹嫁来不枉活。
后山有个水竹坡，情妹过来不挨饿。

有女不嫁石板溪，女的拖土男掌犁。
刀耕火种家贫寒，天高地僻人烟稀。

情妹说话真稀奇，不知我家石板溪。
溪中鱼儿肥又大，皇家都想坐这里。

高高山上雾沉沉，豺狼虎豹吓死人。
野沟野岭无边际，难吃饭来难穿衣。

情妹不知山中好，山中日子好逍遥。
情哥本是神枪手，包你来了穿貂袍。

你在东来我在西，你无丈夫我无妻。
我无妻时犹自可，你无夫时好孤凄。

找哥要找有情哥，别嫌我家房屋破。
只要夫妻恩爱深，缺吃少穿也快乐。

山歌不唱不开怀，情妹是把玩笑开。
若把妹心唱活了，十朵花苞九朵开。

月白衫子素打扮，情妹穿起真好看。
不是情哥夸奖你，赛过天上活神仙。

要来连，就来连，莫要张口说甜言。
好话坏话由你说，情妹不是不值钱。

山茶花开朵朵鲜，朵朵开在石岩边。
采花要采红那朵，选郎要选好人才。

油菜花开遍地黄，嫁夫不着怪爹娘。
一怪爹娘二怪嫂，三怪媒人烂心肠。

男女身上一副枷，买卖婚姻由爹妈。
不管男女愿不愿，只凭媒人嚼嘴巴。

大田栽秧行对行，小田栽秧妹对郎。
秧鸡找着歇凉处，小妹找着有情郎。

月亮出来照石桥，东方发白把水挑。
抬头望见娘家路，眼泪打湿花围腰。

太阳出来照白岩，金花银花吊下来。

金花银花我不爱，只爱情哥好人才。

昨夜会妹会不着，今天会妹人又多。
人多事多难开口，眨个眼睛各走各。

细心茅草开白花，穷苦姑娘会当家。
公婆不好分开走，丈夫不好难当家。

哥是天上一条龙，妹是地上花一蓬。
龙不翻身不下雨，雨不撒花花不红。

吃烟要吃卷叶烟，探花要探朵朵鲜。
好烟越吃越有味，好花越探越新鲜。

你要唱歌唱起来，我在这边好安排。
我在这边安排好，一个异声唱起来。

风吹绿叶翻又翻，处处情哥我心安。
同箩谷子难开口，脸红好比火烧山。

清早起来把门开，一股凉风吹进来。
这股凉风吹得好，百般美味哪得来。

高山画眉叫一声，岩脚画眉是知音。
两个画眉同时叫，山上山下响歌声。

好久没走这方来，这方凉水起青苔。
扒开青苔喝凉水，凉水好吃人难来。

这方姑娘爱唱歌，朗朗歌声绕山坡。
为啥歌声这样美，山中鸟语听得多。

家乡天天在变样，姑娘越唱歌越多。
真心实意搞四化，穷山变成金银窝。

太阳落在黄土坡，情妹打米用手搓。
心想留郎吃顿饭，筛子关门眼睛多。

昨夜等郎紧不来，烧了几多冤枉柴。
仔鸡炖汤都干了，油煎豆腐起青苔。

情郎山歌唱得乖，花帕包来荷包揣。
十字街前打开望，发起芽芽正好栽。

郎想妹来妹想郎，二人想得面皮黄。
打开枕头给郎看，眼泪长芽二寸长。

好久没走这条路，这条路上好包谷。
心想掰个烧来吃，一回生来二回熟。

仡佬族出嫁迎亲歌谣

仡佬族出嫁迎亲时，都会用歌谣表达自己内心的感受。出嫁迎亲歌谣历史悠久。不同的村镇，歌词各不相同。若要将仡佬族所有出嫁迎亲的歌曲搜集完备，实难做到。但各地出嫁迎亲的程序大体一致，故摘录了其中部分代表性歌谣，以呈现仡佬族出嫁迎亲礼仪之一斑。这其中就包括了《哭嫁歌》[①]、《迎客歌》、《客为难主的对歌》、《探厨歌》、《敬酒歌》、《贺酒歌》、《恭贺歌》、《陪客对歌》、《迎亲进门歌》、《彩礼对歌》、《出亲歌》、《说福诗》、《辞谢歌》、《送客歌》等。

哭嫁歌

在务川的仡佬族中哭嫁歌又叫哭姊妹，主要表达了出嫁的姑娘对一起长大的姐妹以及家乡亲人和朋友的依依不舍，用歌声来表达自己的离别之情。出嫁的前三天就要哭自己的爹妈、爷爷、奶奶、伯伯、伯娘、幺爷[②]、幺娘、姐姐、妹妹、毛二[③]和好姐妹，等办酒席的时候再哭亲朋好友。在新娘哭谁的时候，那个人必须要拿

---

① 出嫁之际哭别父母及各位亲朋好友的歌谣。

② 幺爷：爸爸的弟弟。

③ 毛二：弟弟。

“开口钱”。有的时候还有陪哭的，即新娘哭谁的时候，那个人也哭出嫁的姑娘。互诉衷肠，叙说离愁别绪。

在出嫁的前一天晚上姑娘就要哭爹妈，叫“开声”。有以下的几种哭法：

（一）

我的娘呀！嗯……我的父母呀！嗯……

桫椤开花朵朵青，父母开声我开声。父母开声怀抱我，冤家开声不送来。

一岁二岁娘怀抱，三岁四岁地周行。当兵扶儿一尺五，什么都是娘辛苦。

十月里小阳春，抚你冤家费苦心。把你冤家把你扶，扶她成圆替别人。

好别之间娘别见，快刀斩断红丝线。好别忠言大好心，拆散娘母两离分。

十四十五月团圆，婆家不比娘跟前，说起婆家我难过，父母心中尤欠[①]我。

（二）

我的妈呀！我的父母呀！

清晨起来露水黄，手提花帕来哭娘。

清晨起来露水青，手提花帕难开声。

隔河看见便竹梗，昨夜指望娘开声。

---

① 欠：想。

隔河看见便竹台，昨夜挨[1]在今夜来。
先打剪刀后点遨，先来开声怕人笑。
先打剪刀后点枝，先想开声怕失痴。
娘不开声由自我，女不开声逗骂名。
黄风吹来空费力，燕子含泥枉费心。
月亮弯弯照荷塘，女儿开口哭爹娘。
才来阳雀不开声，要等三年树木深。
自开口来自开声，争气掏来百花生，
富豪之家你不放，平民之家你要放。
贫困之家娘见我，哥子兄弟说我是个出头人。
啊（那）家大门联王路，出嫁路上绿洋洋。
转角阳山会爹娘，出嫁路上绿阴阴。
转角阳山会你们……

（三）

我的娘呀！嗯……我的父母呀！嗯……
一出人世叫哇哇，屎一泡来尿一泡。
吃粮食来喝娘奶，精心抚养女成家。

刚学走路跟着娘，娘到哪堂跟哪堂。
背上是儿屎尿铺，手弯给女当靠床。

娘省吃来又省喝，只望小女得安乐。
家财万贯娘不想，只盼小女快点长。

---

① 挨：等。

小女长到两岁多，累死累活把女拖。
娘睡湿来女睡干，唯恐小女身不安。

小女长到三岁多，又怕小女抖哆嗦。
求医寻药保儿健，盼子成龙当好汉。

抚女长到四五六，“四书五经”买女读。
早上送女上学去，晚上把女接回屋。

抚女长到十二三，怕女衣裳穿得单。
又问寒来又问暖，只求小女得平安。

抚女长到十四五，女长大来娘辛苦。
女要多为娘着想，不要偷来不要抢。

（四）

父母都在的时候哭《十二月》：

正月立夏是新春，父母生我痛昏晕。
把你怨恨生出去，如何得了线和针。
二月百花喜洋洋，燕子含泥肉和糖。
父母怕儿生寒冷，四箱扎鞋缝衣裳。
把你十指都磨烂，难忘恩断我爹娘。
三月里是清明晴，父母替我诉苦情。
三从四德我知晓，怕嫂穿吃落骂名。
四月里正满年忙，我难离父母去为人。
人家今日离乡背井去，恐怕你冤家难为人。

五月芒种是端阳，姑儿今朝在毛旁。
六月里热茫茫，你儿路上行人少衣裳。
七月里秋风凉，田中栽秧旱稻黄。
自古养儿来防老，只有养女无还尝。
八月里桂花香，父母为儿制嫁妆。
嫁到有钱朝济你，无钱之家丢长江。
九月里菊花香，菊花炒酒好凄伤。
唢呐是个吹命鬼，长班是个活罗王。
十月里冷兮兮，想随父母不多时。
冬月里雪花飘，难离父母泪滔滔。
腊月里是一年，家家户户都办年。
父母坐南我坐北，娘母二人不团圆。
我是你个儿子命，同住阳雀会恋才。
寅时出去卯时来，我是你个女冤家。
同住蜜蜂去打花，一去几年不归家。

（五）

太阳起来三重楼，我慢洗脸来慢梳头。
随倒自己的父母住，父母双手煮来单手递。
吃完早饭碗一丢，想到哪去到哪去。
鸡刚叫来天刚亮，我快洗脸来快梳头。
随倒别个的父母住，急忙把饭煮好递拢去。
筷子落地有人捡，娘儿分离无人留。
今后心想来望你，二姓父母不放口。
二姓父母不放财，望住大路不得来。
喊声娘，娘不听，喊声母，母不应，
想起想起好伤心。

（六）

火烧茅坡发嫩苔，昨夜等到今夜来。
娘不开声由自可，我不开声受人说。
先打剪刀后打告，心想开声怕人笑。
好似曲音难分散，好似浮飘难定根。
多生苦竹梦生笋，严父慈母费尽心。
我是父母一女生，照顾别人一平生。
八尺背带八尺短，这山背到那山转。
一幢房子两重楼，两只凤凰排两头。
凤凰开口我开口，凤凰开声我开声，
一岁二岁娘怀抱，三岁四岁脚下行。
七岁八岁把脚包，有事还要娘来教。
我生活在父母前，八角楼上拴围腰。
到那两姓之家去，满山遍野都跑交。
十条大路十重崖，砍挑茅花挑回来。
一肩挑到凉水井，喝口凉水稳住心。
二肩挑到房屋边，他家老小用秤称。
大秤称来八十两，小秤称来有九斤。
秤钩打我容易受，秤砣打我血泡青。
给我父母带信来，看我父母忍心不忍心？

姑娘开声哭娘后，母亲往往要在姑娘哭唱时“哭训”女儿，内容主要是教诲女儿出嫁后要勤劳孝敬、尊老爱幼等。此时，姑娘要就母亲的“哭训”回哭应答。然后再接着先前的“哭词”继续哭唱下去。这一过程约需要三个小时。

休息片刻，女儿又开始哭唱：

哭父亲

月亮弯弯照华堂，女儿开声哭爹娘。
叫声爹娘声音浅，哭声爹娘挂心肠。
锦鸡开口离山去，我今开口离你们。
堂屋中间八仙桌，八角楼上双点灯。
流年岁月你拖我，唯独今年多我身。
早晨多来二两米，要等冤家同到你。
夜晚多来二两油，将你冤家抚出头。

哭伯父

高山喜鹊闹层层，走到伯父桂花门。
桂花门上喜鹊叫，生朝满期走不到。
桃花红来梨花白，走不到来怪不得。
二姓之家栽青麻，一次人情几次拿。
青菜叶子做人情，拿了几次痛在心。

哭伯母

太阳出来起红斑，照在后头苦竹山。
粉团开花花蕊长，又有伯父又有娘。
与我父母距离近，早晨夜晚劝他声。
一来劝他要吃茶，二来劝他饭要吞。
春季到来遍地花，分儿分女不靠他。

女方摆酒的头一天还要哭家里的亲人和院子里的亲朋好友：

哭哥嫂

哭一声哥来叫一声嫂，难舍难分骨肉同胞。
兄嫂待妹千般好，为妹费心又操劳。
这大恩大德还未报，又得拜托二年高。
大河涨水小河满，百花园里栽牡丹。
牡丹开花朵对朵，先生哥哥后生我。
先生哥哥坡上去，后生妹妹绣房坐。
哥哥满山做活路，妹妹绣房绣花鞋。
白果落叶满天飞，和睦姐妹不同堆。
分离爹妈他家去，离别哥嫂好伤心。
是兄是弟共一堂，是姐是妹各一方。
阳雀开口桂桂阳，我的嫂子多贤良。
教我穿针又引线，教我插花绣衣裳。
教我待人讲礼貌，教我手艺十二行。
妹妹分别从今起，嫂嫂恩情永不忘。

哭哥哥

（一）

太阳出来绿洋洋，照见哥子去赶场。
哥子站在新街上，妹子站在绣花房。
哥问妹妹差哪样，妹子忧愁话难讲。
先生哥子后生我，先生哥子撑天柱，后生妹子混天星。
一来混点茶饭吃，二来混你财帛要起身。
哥是河中大石头，风吹浪打任水流。

妹子是那烂田中间浮飘草，浮起多来定根少。

（二）

我的长兄我的哥，我有话儿几大箩。
请你长兄坐一旁，妹有苦情对你讲。
哥是门前一竹林，根竹紧连万年青。
妹是湖上水浮漂，无根无底水上摆。
哥和我是同根生，生死贵贱不同命。
下贱妹妹要离门，哥在家中做贵人。
假如我是男子汉，兄弟一起把梁看。
走进走出同路走，田里土里活不愁。
可恨我是贱女子，心想把家不由己。
堂屋点灯只有你，敬了祖宗敬天地。
房顶瓦片片片青，片片瓦片妹无片。
仓里粮食千万斤，妹无粮仓米无升。
好田好土由你种，妹无田土心好酸。
当门竹子节节亮，高房大屋妹无望。
屋后竹子节节高，大房大屋妹不得。
豌豆长得弯又弯，平阳大坝望阳山。
平阳大坝好放马，望阳山上好栽花。
哥哥是个找钱手，日子过得好抻抖。
一封饼子两封糕，你孝爹娘把心操。
五封饼子两包糖，你孝爹娘好心肠。
早晨洗脸递毛巾，晚上孝敬端脚盆。
你孝爹娘名声好，往后侄子把你孝。
你的妹妹要离娘，往后家里要你忙。
你的妹妹离开你，你送妹妹新票子。

哥送票子四角轮，留给侄子读书文。
哥送票子两面字，留给侄子去识字。
哥送票子两面花，留给侄女去绣花。
哥送票子两面新，留给侄女缝身新。
侄儿侄女好人才，留给他们划得来。
侄儿侄女要出头，留给他们有想头。
一圆一圆又一圆，送给贱妹是枉然。
大河没水小河干，送给贱妹不划算。
一拾一拾又一拾，送给贱妹还不起。
大河涨水水要浑，送给贱妹还不清。
你妹是个无用人，接哥银钱真羞人。
我的长兄我的哥，兄妹离别心难过。
为啥要我离爹娘？为啥要我离老房？
为啥送我金和银？为啥把我赶出门？
有房为啥不让住？有土为啥不让耕？
有锅为啥不让煮？有凳为啥不让坐？
小鸟要是无窝归，今朝飞去不能回。
我要真的是小鸟，有翅能飞那倒好。
我要飞到天堂去，蟠桃仙果随我吃。
我要飞到龙宫去，龙衣龙袍随我取。
真是要有好天地，我驾彩云接哥去。
兄妹要是在一起，永远不会受人欺。
真是要有好福气，一定请哥坐上席。
好吃柑子十八瓣，好兄好妹要分散。
好吃柑子要剥皮，好兄好妹要分离。
好山好水看不够，好兄好妹要分手。
油菜花开黄又黄，望哥莫把贱妹忘。
好生好死活在世，望哥常来看看我。
兄妹离别就要走，兄妹情谊永长久。
兄妹本是一根藤，兄妹情义比海深。

隔山隔水又隔坡，妹妹常想亲哥哥。
哥哥心中不忘我，好兄好妹有好福。

（三）

一把筷子十二双，拿给哥哥买田桩。
上头买齐云南省，下头买齐北京城。
我的爹呀我的娘，拉钱借米盘进房。
如今我是姑娘命，盘钱费米送出门。
我的爹呀我的娘，我去无钱无米粮。
你们来时只喊坐，无钱无米无脸面。
哥哥送妹要到屋，不要送到半路转回头。
从前你领我长大，如今身离心还留。
含起眼泪分离去，哥哥情义记心头。

哭嫂嫂

父母当门田土块，我和嫂子去种菜。
嫂子种是甜花粉，妹子种是苦瓜蒌。
父母买了一壶油，拿给嫂子去梳头。
嫂子梳头梳得花，拿句好话劝爹妈。
嫂子梳头梳得轻，等不到三五两天你的财帛要装懑[1]。

哭姐姐

（一）

姐姐穿着绣花鞋，蓝布迎风摆起来。

① 懑：音 mèn。懑出来。

太阳朝西滚下坡，月亮升起你才来。
有福姐姐舍得家，好命姐姐舍得财。
又是背来又是提，还请两人抬起来。
姐姐待我硬是好，妹妹不忘姐的爱。
地坝开满金银花，姐姐落在凤凰家。
你把银子包四方，银光闪闪眼看花。
你送箱子四方正，箱盖生起鸳鸯花。
你送新絮花被面，绸缎面子飞红霞。
你送谷子一大背，还送新鞋新花袜。
我的长兄我的姐，妹妹离家好伤心。
姐的福分数不完，妹的苦情数不清。
你妹手长衣袖短，姐的重情难还清。
姐在府上享清福，你的妹是无用人。
接过姐送厚重礼，怎能还清姐的情？
阳雀飞过传远名，鱼水情义比海深。
送给你妹划不着，年年月月没回家。
我的姐呀我的兄，你去吃饭不陪你。
冷饭冷菜吃饱点，人多事多莫嫌弃。
不要陪妹把泪流，帮助爹娘陪客去。
三亲六戚招呼到，姐要多多关照些。
好姐有情情常在，妹妹经常不忘你。

（二）

我的妹呀！我的姊妹呀！
天上下雨水冲沙，铜盆打水水起花。
水花洒在贫穷地，姐姐洒在好人家。
你坐上来我坐下，姐妹好叙家常话。

你家有钱又有米，我家贫穷苦荞粑。
姐姐在家穿绫罗，我去这家受折磨。
白杨开花满天飞，我们姐妹难同堆。
包谷背包慢慢黄，好要姐妹不久长。
桂花开花花又香，姐妹终究要离乡。
黄瓜熟了黄又黄，姐妹情深意又长。
好吃柑子要剥皮，好要姐妹要分离。

哭妹妹

（一）

椒子树、赖子虫，椒子树上挂灯笼。
风吹灯笼团团旋，妹子抽针我抽线。
花线抽去三五根，拿起花线进花园。
花线搭在肩头上，想绣哪样绣哪样。
手拿剪刀儿车车，剪个燕子满天飞。
手拿剪刀儿夹夹，剪个飞扬①鞋上扎。

（二）

三根丝帕一样长，又想姐妹又想娘。
又想姐妹同堆耍，又想姐妹绣花房。
绣花楼中一根藤，父母所生姐妹几个人。
姐妹如今长成人，各州府县媒来谈，谈得同胞姐妹不团圆。

① 飞扬：蝴蝶。

（三）

天上梭罗十八丫，地下梭罗开红花。
往年结的团圆果，今年开的分离花。
我的乖呀我的妹，世上只有金子贵。
你的命比姐姐好，你比金子贵十倍。
我的乖呀我的妹，世上只有狗最贱。
你的姐姐命不好，还比狗命贱十分。
我的乖呀我的妹，世上只有蜂糖甜。
你的命比姐姐好，你比蜂糖甜十分。
我的乖呀我的妹，世上只有黄连苦。
你的姐姐命不好，还比黄连苦十分。
河里大鱼爱小鱼，我走爹娘要靠你。
问寒问暖嘴要甜，缝缝补补好好洗。
八月中秋开桂花，愿乖找个好婆家。
肥田肥土庄稼好，宽房宽屋高又大。
山又高来路又远，妹不要嫌脚杆软。
有空你就来看我，妹姐分离心相连。
一颗谷子两头尖，你来一天我一天。
一颗豆子圆又圆，我一年来你一年。
好妹妹呀好乖乖，快去帮娘把泪揩。
好乖乖来好妹妹，快去叫爹早点睡。
亲亲戚戚都来到，快去倒茶招呼好。

哭大姑娘（未定婚）

太阳起来晒白岩，白岩脚下晒花鞋。
花鞋晒起十二双，枕头晒起十二对。

端起箩筐选又选，大方之地才落点。
铜盆打水慢吞吞，门当户对才开亲。
千万不要我这样，去穷家小户苦一生。

姐妹陪哭

新娘：
橘子好吃要剥皮，笑和姊妹要分离。
陪哭姑娘：
风吹堤边杨柳青，姊妹难舍难离分。
新娘：
姊妹好比一朵云，狂风吹散不回程。
陪哭姑娘：
今日狂风来吹散，吹散吹散又团圆。

哭毛二①

（一）

刀豆开花藤对藤，弟弟是个读书人。
红绸帽子绿绸顶，红舟褂子飘带捆。
坐在学堂苦钻究，后来应考有功名。
骑鞍洋马过他家，胜过他家几代人。

（二）

我的乖呀我的弟，你比姐姐有福气，

① 毛二：弟弟。

好田好土由你选，要读诗书由你去。
我的乖呀我的弟，房子由你安心坐，
房上瓦片由你拣，田里谷子由你割。
我的乖呀我的弟，大树底下好遮荫。
爹娘苦心送读书，莫要虚度混光阴。
太阳出来又要落，日子天天流水过。
世上万物都能买，唯独光阴买不着。
我的乖呀我的弟，读书之人要用心。
莫打架来莫贪玩，先生教的要记清。
我的乖呀我的弟，上学莫要哄先生，
你哄先生不要紧，你哄自己误平生。
我的乖呀我的弟，纸墨砚笔带在身，
一笔一画莫潦草，一字一句读分明。
我的乖呀我的弟，读得诗书当黄金。
夜点灯来勤发奋，读书之人人上人。
我的乖呀我的弟，望你快快长成人，
望你记住盘开天，望你能画意中人。
我的乖呀我的弟，读书不忘爹和娘。
放学回家叫声爹，上学出门叫声娘。
我的乖呀我的弟，读书不忘你姐姐。
姐姐出家离家去，大事小事全靠你。

哭厨师

梦子起梦梦不出，走到街上比三厨。
走遍天下无人比，九州外国都请你。
肥肉瘦肉薄薄切，今朝请你办酒席。
切得薄来炒得脆，吃在口中是美味。

先放花椒后放盐，吃在口中香又甜。
先放大蒜后放姜，吃在口中甜又香。
手拿芝麻十三颗，熬更守夜是为我。
手提大蒜十二根，熬更守夜为我们。
父母门前栽梨子，你今是个好厨子。
切是切来分是分，以后帮忙还你们。
有些事情不周到，要你放宽怀来放宽心。

哭给自己打嫁妆的木匠

请来木匠打嫁奁，木匠来把木料看。
推刨推得平平展，墨线弹得四周清。
斧头砍起月亮架，崩锄崩起梭子形。
四面八方请木匠，人人说他手艺高。

第二天的早上，到了“花圆酒”①，酒家主人唱《迎客歌》，客人又来对答，表达对客人的欢迎。

迎客歌

主人一边给客人倒酒一边唱：

一杯酒儿过街来，一抹金杯二抹盘。
金杯摆在银盘上，这杯美酒迎客来。
贵客吃了金杯酒，恭贺贵客喜事来。

① 花圆酒：正式酒席时。

客：
这杯酒儿亮堂堂，金壶倒酒银杯装。
金壶倒在银杯里，酒儿转敬主家尝。
主家吃了这杯酒，大红喜事满家堂。

主：
一杯酒儿过街行，一抹金杯二抹银。
金杯摆在银盘上，这杯酒儿请客饮。
贵客喝下这杯酒，祝贺喜事双来临。

客：
这杯酒儿亮铮铮，金壶倒来银杯装。
金壶装酒银杯斟，这杯酒儿主家饮。
主家吃过这杯酒，今日主家喜事新。

主：
这杯酒儿过街来，堂屋板凳摆两排。
堂屋板凳两边摆，铺路迎接高客来。
堂屋板凳高客坐，贵客来到喜开怀。

客：
这杯酒儿过街坊，堂屋板凳摆四方。
堂屋板凳四路摆，我们几人进喜堂。
多承主人让我进，主家红喜满屋堂。

主：
一对大蜡红又红，天上银河两星座。
喜鹊登枝挂堂屋，迎请贵客进堂贺。

迎请贵客进家来，三亲六戚两边排。
各位亲戚请坐上，不成礼义请宽怀。

客：
一进堂屋四角方，迎客主人听我言。
我们喜来你贵地，主人何必操心肠。
主人作揖不敢当，多承礼义又沾光。
主人称我为贵客，三迎三让不敢当。

主：
今天贵客我家来，我们寨子高坎岩。
高岩高坎路难走，山高水低客难来。

客：
进门来喜沉沉，桌子板凳一样红。
堂屋好比金银库，神仙喝酒闹春风。

主：
贵客来到我家门，我们寨子多树林。
高山刺林路难走，爬坡下坎路难行。

客：
一进门来喜洋洋，桌子板凳摆成行。
两边胜似金宝殿，神仙吃酒闹春光。

主：
贵客来到我家房，我们坐的茅草房。
茅草房呀扬尘吊，扬尘吊吊脏衣裳。

客：
一进门来四角方，两棵中柱顶金梁。
房上盖的泥烧瓦，家中坐的贤惠郎。

主：
贵客来到我家门，我家草房芦苇门。
家中全是扬尘吊，扬尘吊吊脏衣襟。

客：
一进门来四角平，满屋摆得亮锃锃。
房上盖的泥烧瓦，家中坐的贤惠人。

主：
喜鹊树上叫喳喳，客动龙步到我家。
我们手长衣袖短，不得烟茶待客人。

客：
主人倒茶为我端，手接茶杯仔细看。
玻璃杯子印花朵，草绿浓茶在里边。
沏茶之人多仔细，开水冲泡真在行。
喝在嘴里味道鲜，香茶美味把名传。

主：
今日贵客到我家，口干舌燥应递茶。
茶叶还在茶树上，冷水还在龙王家。
茶杯还在场坝上，茶罐还在匠人家。
心中想有手无拿，实在难煨这杯茶。
今天怠慢众亲戚，少脸无面是我家。

客：

今天走进喜堂门，贤惠主人把茶斟。

茶罐熬茶像个锅，茶杯倒茶像条河。

你家香炉配香纸，又有凤凰配孔雀。

又有巧女婆家来，又有相公去入学。

自从今天喝喜茶，子孙发达穿绫罗。

“花圆酒”这天，在安酒席的时候，新娘要去每桌一个人一个人地哭，表达对亲朋好友的难舍之情。有时候，有些客人要这样那样地为难主人，于是又唱起来：

客为难主的对歌

客：

走了一山又一山，路远路近我要来。

路远路近我要走，亲戚要走才喜欢。

主：

说起来就唱起来，不分主客坐一排。

大家亲戚吃喜酒，一个一首唱起来。

客：

提起酒来我开牌，要唱金牌对银牌。

金牌银牌我开起，一个一首唱起来。

主：

一张桌子四角齐，亲戚吃酒一条心。

亲戚之间心合意，要唱哪首你先提。

客：
蜘蛛扯丝扯一根，主人请客二样心。
上寨下寨你都请，唯独不请我一人。
蜘蛛抽丝抽二根，主人打狗二样心。
哪里来客你都打，我们来了你不吭。

主：
哥们说话要分明，人客太多打不赢。
人客太多打不到，不帮哥们帮谁人？

客：
蜘蛛抽丝抽三根，主人安桌二样心。
上席下席安别人，堂屋角落安哥们。

主：
哥们说话要分明，人客复杂待不匀。
上席下席由你选，不安哥们安谁人？

客：
蜘蛛抽丝抽四根，哥们拿碗二样心。
金碗银碗送别人，拿个土碗送我们。

主：
哥们说话要分明，人客多了拿不赢。
金碗银碗由你选，不敬哥们敬谁人？

客：
蜘蛛抽丝抽五根，哥们拿筷二样心。

牙骨筷子送别个，拿根独筷给我们。

主：
哥们说话要分明，人客太多拿不匀。
金筷银筷由你选，不给哥们给谁人?

客：
蜘蛛抽丝抽六根，哥们提壶两样心。
金壶银壶送别个，拿个土壶送我们。

主：
哥们说话要分明，人客多了提不匀。
金壶银壶由你要，不敬哥们敬何人?

客：
蜘蛛抽丝抽七根，哥们斟酒两样心。
满碗满碗敬别个，只拿半碗待我们。

主：
哥们说话要分清，客人太多斟不匀。
半碗满碗由你选，不敬哥哥敬何人?

客：
蜘蛛抽丝抽八根，哥们招待两样心。
好火大火待别人，堂屋角落给哥一盏灯。

主：
哥们讲话要分明，人客太多待不匀。

大火好火由你烤，不给哥哥给谁人？

客：

蜘蛛抽丝抽九根，哥们递烟两样心。
头杆二杆递别个，拿杆烟脚给哥们。

主：

哥哥说话要分明，人客多杂递不全。
头杆二杆由你选，不装哥哥装谁人？

客：

蜘蛛抽丝抽十根，姐们铺床二样心。
客房里面安别个，马厩楼上安哥们。

主：

哥们说话要分明，人员太多分不清。
楼上屋里由你选，不给哥哥给何人？

客：

蜘蛛抽丝十一根，青姐拿被两样心。
缎被棉被别人盖，拿床秧被送哥们。

主：

哥们说话要分明，人客多了送不匀。
缎被棉被由你选，不敬哥们敬谁人？

客：

蜘蛛抽丝十二根，哥们送客两样心。

上寨下寨你都送，唯独不送哥们们。

主：

哥们说话不分明，人客多杂送不清。

上寨下寨都不送，单送哥哥一个人。

在下午酒席结束的时候，吃完晚饭，姑娘还要去哭送亲客，即送姑娘去新郎家的亲人。务川仡佬族请送亲客要请三辈人，一般10人。花圆酒的晚上，要将他们人人哭到位，再哭直系亲属。

哭送亲客

海椒开花一树细，有心送你妹子去。

海椒开花细朵朵，你今有心来送我。

你到南京去买马，买马要买龙须马。

装鞍要装梭罗鞍，走在前头又好看，坐在后头又观瞻。

走到他家院坝坎，左手撑开乌阳伞。

走到他家院坝中，他家院坝一口塘，三步跳蹬上阶檐。

跳蹬上面生青草，你把龙衣龙袍高高找（挽）。

走到他家堂屋中，你说了一通又一通。

拖条板凳屋前坐，板凳灰尘三尺三。

手提方帕扫灰尘，扫了一层又一层。

扫他千年老板凳，扫他万年老灰尘。

你送我送到州，不要送到半路丢，

你送我送到城，不要丢在半路受骂名。

走到他家阶檐坎，喊二姓之家来接伞。

你送到有钱之家去，装杆烟是顶叶子，倒杯茶是黄阳茶。

送到无情无义之家去，装杆烟是霜打芽，倒杯茶是屋檐茶。

三天三夜未喝茶，心想吃来又怕闹，心想倒来又怕笑。

第三天，是新郎来迎接新娘的日子，还在头天晚上新娘就要梳头打扮，这时姑娘要表达离别时难过的心情，有以下两种哭法：

（一）

阳雀树上叫喳喳，明天女儿去别家。
鸡叫三更心更愁，拿起梳子来梳头。
黄秧梳子弯又弯，为儿梳头心不宽。
三斤菜子一斤油，妈给女儿来梳头。
头上梳个龙凤卷，中间梳个凤凰头。
牡丹开花红艳艳，头戴牡丹身银链。
一棵青藤藤绕藤，两支耳环吊耳根。
爹妈养我十八载，长大要去扶别人。
我若是个儿子娃，愿挨爹妈过一身。
想起亲生我的妈，不养爹妈好寒心。
爹妈要从宽处想，莫把女儿记上心。
生来是个姑娘命，服侍婆家老一双。

（二）

（梳头冠笄完毕，姑娘马上就哭）
三根银丝掉下来，十天十夜你才来。
三月里来好下种，十天十夜你才拢。
黄阳房子黄阳楼，黄阳楼上去梳头。
左手拿把玉石梳，右手提瓶好菜油。
菜油挂在灯钩上，丝帕搭在帐钩楼。

粉团开花白又白，你扯我眉毛好上得。

茄子花开绿茵茵，你扯我眉毛好伤心。

燕子垒窝来回转，你扯我眉毛好凄惨。

扯了眉毛破了相，十人出来喊九样。

你走大户人家去梳头，又有金杯倒茶你漱口，又有金盆倒水你洗手。

你走小家人户来梳头，又无金杯倒茶你漱口，又无金盆倒水你洗手。

你转身回家去，路过大河洗洗手，路过水井漱漱口。

天慢慢地亮了，不久门外就传来了夫子①、礼房②清脆悦耳的说福诗，希望主人把门打开，说福诗是说的，不是唱的。

说福诗

礼房：

我从我的家中来，来到主家朝门边。

我从山的那边来，来到主家朝门外。

主家快把朝门开，你家喜事已到来。

来到主家朝门前，我的心里犯了疑。

不知主家欢迎否？瞪着双眼看着我。

拿来板凳挡着门，还说不知我是谁？

我们同顶一个天，我们同戴一朵云。

今天是良辰吉日，姑爷请我来接亲。

出门不怕路难走，上路还盼天气晴。

---

① 夫子：迎亲队。

② 礼房：迎亲队的总管。

大门那边闹沉沉，大门这边摆双碗。
前看不知是何人，后看有一大群人。
凤凰酒壶亮铿铿，高粱米酒香喷喷。
等我上前问一句：
提酒壶的是何人？拿碗斟酒是哪个？提壶的是长辈还是同辈？
拿碗的是朋友还是亲戚？你为哪个来提壶？你为哪个来斟酒？

新郎：
说先来的喝大碗，讲后来的用小杯。
我们不是找酒喝，我们是来领真情。
一碗酒来表深情，一杯酒来重友情。
接过酒碗领真情，接过酒杯谢主人。
多多感谢主人家，多多感谢众乡亲。
请来抬桌和移凳，好让我们进朝门，
请让我们进门去，拜望丈母和丈人。

迎亲进大门

礼房：
进了主人的朝门，来到主家的大门。
高房瓦屋宽大院，进了一层又一层。
门板本是梭罗做，门斗用的黄秧根。
没有哪个闯得过，何必设防众多人？
请把主家大门开，两位福寿要进门。
请求主人来迎接，儿女两家齐发财。

新郎：
前面站的我两人，大群小伙随后跟。

请开大门让我们进，请敞大门让我们行。
让我们进门去，向你家姑娘问候。
让我们进门去，向丈人丈母叩首作揖。

夫子[1]进屋一安排好，礼房就要陪新郎去摆礼，即要把新郎家最好的东西都拿到新娘家去拜见岳父和岳母，还要给岳父岳母磕头，拜祭祖宗。等把所有的礼品摆好，鞭炮礼炮齐鸣时，姑娘来到堂屋开始哭礼房。

哭礼房

木瓜开花木打样，摆礼先生摆不像。
上摆中堂下摆礼，老半天时间才摆起。
大户人家来摆礼，三张桌子来摆起。
小户人家来摆礼，拖张桌子斜安起。
不怪礼生摆不成，只怪穷家人户讨不全。
大户人家来摆礼，绸缎衣服来摆起。
小户人家来摆礼，麻布衣服就摆起。
大户人家来摆礼，米花米圆来摆起。
小户人家来摆礼，苞花土豆就摆起。

等哭礼房结束，还要交彩礼，这时迎亲的礼房就要和新娘家的总管互唱交彩礼的对歌。

---

① 夫子：迎亲队。

交彩礼

礼房：

水芹菜长在河边，蛤蟆叶生在田坎。
我们的钱财还在钱家，我们的银子还在银家。
去到寨上借，走到第一家，他家不知哪样是钱财。
走到第二家，他家不知哪样叫银子。
走到第三家，他家还要一两加三两利。
打开包包看，里头空空的，
你要发火去发媒人的火！
你要发气去发媒人的气！
原来已问过上房下屋，
全家人已经同意，今天来接姑娘。
戥盘你不用挂，戥子你不用提，
你要提戥子戥砣，就当是扫我脸皮。

总管：

彩虹现在天上，困龙出了深潭；
鲜花开遍山野，因为春天降临。
选好良辰，你们才来我家连亲；
择好吉日，你们才来我家接人。
良辰吉日，万事顺心。
你们带来的钱财，看不完啊数不清。
你们带来的金银，看不完啊数不清。
你们带来的首饰，看不完啊数不清。
你们带来的粑粑米酒，看不完啊数不清。
你们拿来的花鞋衣裙，看不完啊数不清。

亲家家业多富裕，送礼队伍连成群。
拿来的猪肉四人抬，送来的米酒白米几十挑。
眼见亲家好气派，我家惭愧口难开。
我家地方穷，待客很简慢。
敬客没美酒，待客缺烟茶。
没有桌凳难留客，缺少菜肴礼节差。
我家姑娘笨，我家女儿傻。
我们没教好，姑娘空长大。
家事不会做，新花不会绣。
亲家不嫌弃，与我来开亲。
是不是这样啊，亲戚们呀！

礼房：
造好酒，酿好醇。
酒敬神坛祖宗，酒敬家里活神。
酒敬两边亲戚，酒敬双方嘉宾。
良辰才到亲戚吃肉，吉日才喝婚嫁喜酒。
亲家呀！
今天我们已是一家。
从今天起，一家人不说两家话。
我们开亲像月亮一样明亮，我们开亲像成片的树林；
我们开亲像汪洋大海，我们开亲像喜马拉雅高山；
我们开亲像骑高头大马，我们开亲像石桥牢靠坚实。
亲家啊！
我们一家有姑娘，一家有后生，
一家有铜鼓，一家有木鼓。
铜鼓不藏在口袋里，木鼓不装在衣兜里。
拿出来打，取出来擂，

声音响亮传四方，姑娘后生配成双。

总管：

亲家啊！

摆好筷子酒碗，穿好红线绿线。

红线绿线做凭证，一对鸳鸯不变心。

今晚办事已停当，斟酒行令把歌唱。

礼房：

酒杯斟酒酒杯花，不会唱歌无办法。

心想答应唱两句，笨嘴笨舌难回答。

蚊子飞天怕鸟啄，耗子过路怕猫抓。

今天我们落下马，开水烫鸡任你扒。

总管：

酒壶斟酒嘴嘴勾，你们唱歌真是凶。

能唱猛虎下山走，能唱蛟龙水中游。

千言万语你唱透，四面八方把名留。

这杯喜酒大家喝，首先要你唱起头。

礼房：

一个调羹弯又弯，不会唱歌难上难。

心迟口钝不会唱，肚内无歌不会还。

驽马怕走滑石板，野猫怕出火烧山。

不会唱歌睁眼看，听你唱歌喉咙痒。

总管：

酒杯斟酒酒杯青，你是一个好歌手。

唱歌还歌真是凶，见子打子好聪明。
能唱干鱼转活蹦，能唱瞎子开眼睛。
唱得哑巴会说话，唱得驼背把腰伸。

礼房：
一张桌子四个角，不会唱歌奈不何。
唱歌又怕出差错，不唱又怕躲不脱。
无柴又怕难烧火，空枪又怕难打雀。
开门又怕难套锁，舂米又怕难脱壳。

总管：
酒杯斟酒酒杯花，你是一个老歌家。
讲也会来唱也会，能文能武顶呱呱。
见事行事门子大，随机应变有办法。
能唱干树发嫩叶，能唱石头开红花。

礼房：
一张桌子四个角，不会唱歌奈不何。
石匠怕打扫地眼，木匠怕打望天锉。
瞎子熬糖怕老火，鬼师也怕弯牛角。
乖人也怕鬼推磨，呆子也怕打大锣。

总管：
酒杯斟酒酒杯花，你们唱歌顶呱呱。
能唱马桑结仙果，能唱葫芦笑哈哈。
能唱哑巴会说话，能唱瘫子动身爬。
你们唱歌有本事，算得是个朝天辣。

礼房：

一张桌子四角齐，不会唱歌干着急。
野狗怕走火烧地，老鹰怕打树脚鸡。
唱歌好比扯解锯，东一句来西一句。
恐怕唱得不合理，望请多把意见提。

总管：

酒壶斟酒嘴嘴勾，你们唱歌像水流。
见子打子学得好，唱歌还歌不发愁。
能唱斑鸠来开口，能唱秧鸡都点头。
能唱犀牛望月亮，唱得狮子滚绣球。

礼房：

你不推来我不停，我们来贺你主人。
你唱正月我唱二，恭贺主人好年景。

总管：

你不推来我跟唱，恭贺亲戚年岁旺。
一年到头你开起，亲戚年景岁岁旺。

礼房：

正月里来是新年，恭贺主人老幼安。
盼望主家多如意，四季发财似水源。

总管：

二月里来百花开，百花仙子送财来。
亲家金银堆北斗，清静平安永无灾。

礼房：

三月里来三月三，仡佬杀猪来祭山。
山神本是九兄弟，保佑主家永平安。

总管：

四月里来栽早秧，送子娘娘坐当堂。
亲家老幼多信仰，早早出个状元郎。

礼房：

五月里来是端阳，菖蒲美酒满家香。
田中庄稼随风长，主家年年粮满仓。

总管：

六月里来热茫茫，亲家安乐去闲凉。
风调雨顺人欢喜，鸡牲鹅鸭满池塘。

礼房：

七月里来要吃新，满田满坝去收新。
主人规矩记得好，纪念祖先不忘根。

总管：

八月里来桂花香，亲家明年出个状元郎。
从今你们回去后，一代更比一代强。

礼房：

九月里来是重阳，重阳造酒满缸香。
今天吃了主家酒，主家年年百事昌。

总管：

十月里来小阳春，亲家明年定出状元人。
从今你们回去后，一代更比一代强。

礼房：

冬月大雪飞满山，老幼烤火以抗寒。
你言我语把话讲，安排柴火与油盐。

总管：

腊月小寒大寒天，亲家打粑杀猪过新年。
美景良辰任荏苒，大年三十祭祖先。

等把彩礼接交完毕时，姑娘就应该哭骂媒婆了，有以下几种哭法：

哭媒婆

（一）

蚕豆开花倒结果，媒人想吃猪脑壳。
花言巧语弄是非，东家添油西家吹。
嚼起牙巴吹一阵，乱点鸳鸯害人家。
管它牡丹对漆树，管它甜梨对花椒。
乌鸦说成金凤凰，耗子说成好羔羊。
大蒜说成是橘子，苦李说成是仙桃。
说得葫芦沉下水，说得石板水上漂。
树上麻雀哄下地，林中斑鸠哄出窝。
骗了我爹骗我妈，说谎媒人挨刀剐。
人家有个好女子，诳吃诳喝去哄她。

来到我家说谎话，花言巧语骗我家。
她左手提着一把面，右手拄棵老麻麻。
一瘸一拐来我家，硬叫我爹妈来打发。
说他家田地无其数，说他家房子很豪华。
说他家儿子长得好，漂漂亮亮人人夸。
后来暗中去访问，原来是脚瘸脸又麻。
找一碗来吃一碗，穷得烧锅无米下。
坐的是间叉叉房，猪毛鸡种无一双。
这时本想把口改，好女不嫁二夫郎。
错听媒人一句话，害我一辈苦当家。
奉劝世间姐妹们，不要轻听媒人话。

（二）

你饿嘴媒人①来得早，一滴露水一口草。
怀头揣个母狗碗，这头吃了那头转。
你媒人嘴巴长得薄，花言巧语由你说。
你媒人嘴巴长得翘，哄得我父母开口笑。
你媒人走路几颠簸，哄了爹妈又哄我。
你说他家田又圆，水又近，高楼大厦有朝门。
唧不拿你姑娘去配这富家人？

（三）

正月里来正月正，提媒之人无良心。
二月里来百花开，提媒之人大不该。
三月里来三月三，提媒之人想鞋穿。

---

① 饿嘴媒人：方言，骂媒人的，意媒人好吃。

四月里来栽早秧，你找爹娘把亲事来协商。
坐在爹娘板凳上，要我爹娘把话来放。
五月里来是端阳，提媒之人想吃糖。
六月里来六月六，提媒之人想吃肉。
七月里来七月半，提媒之人想吃蛋。
八月里来八月八，你夸娘家有打发。
九月里来九月九，你夸婆家样样有。
梨子开花落下坝，走在路上说大话。
天上起云又起花，走在路上两头夸。
你夸娘家有陪送，又夸婆家有钱用。
媒人想吃猪耳朵，猪圈板上梭两梭。
媒人想吃猪脚杆，猪圈板上扳两扳。
堂屋中间挂把秤，你给二姓之家带封信。
堂屋中间挂把伞，你给二姓之家带信转。
叫他背把良心尺，先量自己后量人。
叫他暴恶心肠丢一边，慈祥耐烦带我们。
你要包我有饭吃，你要包我有衣穿。
我到穷家过不去，提媒之人要淘气。
我到穷家过不了，提媒之人不讨好。
我到穷家过不得，提媒之人要负责。

哭毕，带客的将姑娘领进屋，拿来一张茶盆，让女方总管将记书、盒肉、礼衣、鞋袜、梳子、头绳等首饰齐放在茶盆上，双手抬起茶盆举礼三次然后半蹲下，将茶盆举过头顶，带客的接过茶盆传进屋去，女方就要开始安排饭食，给祖宗烧纸和烧袱包。烧完纸，夫子吃完饭，“唢呐”又一次响起，务川仡佬风俗意在催促女方“发亲”。姑娘穿好衣服，捆完嫁妆，发烛的点燃香烛，将大轿抬进堂屋，姑娘要再一次哭爹妈，述说儿女情长。姑娘哭辞父母有以下几种哭法：

辞父母

（一）

漫天毛雨泥稀稀，留恋妈来留恋爹。
扯棵仙花墙上栽，女儿今天口难开。
阳雀开声很好听，女儿开声泪悲哀。
叫声爹爹要宽怀，仙花总是往外开。
只怪女儿命生错，妈费心来爹花钱。
阳雀难离千年树，女儿难离爹妈怀。
苦莲树来苦莲根，女儿进房去点灯。
明天母女要分散，叫我为何去为人？
月亮弯弯照瓦房，两手抱住我的娘。
爹娘养我费尽心，不想现在要分身。
父母恩情儿难报，细细想起好伤心。
你儿年幼不懂事，许多事得靠双亲。
爹妈面前儿跪下，要请爹妈多宽心。
声泪俱下心沉重，永远不忘爹娘恩。

（二）

恩桃花开恩又恩，五月端午讨年庚。
写张年庚拿过去，拿去放在桌子边。
苦菜籽哟绿油油，我在父母跟前慢梳头。
往天梳头两边分，今天梳头往上撑。
往天梳头两根辫，今天梳头一根绳。

前头梳起两分头，平生之际讨忧愁。
后头梳起一块瓦，平生之际不得要。

（三）

太阳出来绿茵茵，身穿红衣要起身。
一双红鞋脚下踩，远近亲朋站两边。
离娘冤家站中间，双膝跪在你身边，问我父母痛心不痛心？
一把筷子十二双，撒了筷子走别方，哥子（或弟弟）捡起安田庄。
阳雀飞过苦竹林，命定女儿要开声。
庚书开走年期到，女儿越哭越伤心。
角巾帕儿叠方正，拿起帕儿好焦心。
花帕捂着我的脸，眼泪汪汪来开声。
一张花帕湿淋淋，人间对女好无情。
为啥生我是花女，为啥要女来开声？
一张花帕新又新，开声就叫爹娘亲；
喂饭穿衣抚养我，回忆爹娘好苦心。
金竹林生金竹笋，辛劳一生抚我身。
刺藜开花结刺藜果，拖钱借米来送出门。
屋前梨树叶叶青，屋后橙树花迎春。
往年开的随娘花，今年结的离娘橙。

哭　娘

鸡叫五更天要亮，冤家开声先叫娘。
我娘抚我一十八，冤家离娘把娘想。
水有源来树有根，生我抚我是我娘。

天下只有母女好，娘的恩情忘不了。
娘把冤家生下地，一把尿来一把屎。
把女洗得干又净，喜抱女儿穿新衣。
只要女儿叫一声，急忙解衣把奶喂。
花裤花衣穿得好，生怕女儿患感冒。
画龙点睛彩云天上挂，光是好看不得它。
娘种黄豆吃豆腐，娘抚女儿人财空。
冤家好比香炉灰，无依无靠由风吹。
冤家好比林中鸟，飞来飞去没我家。
阳雀叫来声又声，你抚冤家十八岁。
五月端阳来烧香，烧香后你心难受。
八月中秋来开庚，开庚之时你难眠。
庚书放在桌子上，偷看你娘流眼泪。
我的娘啊我的娘，你生冤家没福分。
跟着爹娘样样好，随时穿着新衣裳。
跟着爹娘样样好，天天吃好饭菜。
走进走出我自由，走快走慢随我意。
学煮饭来慢梳头，教会女儿很小声。
我的娘啊我的娘，你的冤家错穿衣。
跟着别人的爹和娘，穿好穿孬不由己。
跟着别人的爹和娘，吃东吃西不入席。
慌煮饭来忙梳头，稍微怠慢婆责骂。
望着大路不得走，想看娘来不由我。

哭　爹

水有源头树有根，女儿想爹来开声。
爹抚女儿到三岁，抱在怀中逗又逗。

爹抚女儿一十三，汗流浃背心里欢。
爹抚女儿一十五，不知吃了多少苦。
爹抚女儿一十八，黑发变成白头发。
庚书开在桌子上，爹办嫁妆累坏身。
星宿还在天边亮，爹就出门踏冰霜。
太阳朝西落下坡，爹爹出门没回来。
东家借钱买本料，西边去求巧木匠。
雨天走路挨雨淋，晴天走路晒死人。
办的嫁妆红彤彤，三亲六戚都高兴。
柜子打得高又大，粮食收来有装处，
箱子做得四方方，装满花被花衣裳。
大锅买得圆又圆，一锅米饭吃一年。
四根板凳八仙桌，酒足饭香贵人坐。
木架火盆新崭崭，一盆红火满屋暖，
爹为女儿费尽心，女儿不忘爹的恩。
仙桃开花结仙果，花去银钱爹为我。
你抚儿子靠得住，你抚女儿划不着。
金竹笋子节节高，花去银钱莫心焦。
鱼在河中常摆尾，花去银钱莫后悔。
我的爹啊想开点，宽处想来窄处丢。
爹抚冤家费尽心，冤家不在你身边。
有空回来把你看，有事你就带个信。
冤家上路快步行，我的爹啊我的爹，女要出阁舍不得。
要想卡门门槛挡，要想走路脚杆软。
只怪冤家生错命，踏断门栏要离门。

这时女儿要离开母亲了，母亲难舍离别之情，于是陪哭，祝福女儿。

母亲哭

送女儿：

我催女儿早起梳，娘为女儿煮饭汤。
再吃一顿娘家饭，好好同去把家当。
带点午饭就出门，上了大路向前行。
女儿呀，去吧，去吧，
下了石梯走路上，欢欢喜喜去婆家。
去吧，去吧，
妈送你到大门口，妈送你到大树下。
我的女儿呀！去吧，去吧，
进了门轻言细语叫声爹，到了家恭恭敬敬喊声娘。

新娘哭拜完父母，起身时还要哭。

拜父母起身

雾罩大来天要晴，你的冤家要出门。
父母眼好看不见，把我放到茅草山，
茅草山上长茅草，长长茅草吃不了。
媒人的话随便听，坑害冤家一平生。
把我嫁到茅草坡，叫你冤家哪个过？
想不当家家又贫，心想为人不得行。
家又贫来命不好，生就性情改不了，
身穿蓝衣洗不白，生就性情改不得。
一把芝麻甩上桌，别人耐烦我爱说。
一把芝麻甩上灶，别人和气我爱叫。

一把芝麻手撒开，别人暴躁我不乖。
一把芝麻甩上天，别人温和我更和。
一把芝麻甩下河，别人翻脸我也恶。
一把芝麻甩下地，我的爹呀我的母，你们辛苦把我抚。
心想抚我二十岁，就怕天下油盐贵。
心想抚我二十一，就怕水涝布价起。
心想抚我二十三，就怕没钱买衣穿。
心想抚我二十五，就怕人多日子苦。
黑夜点灯没有油，你把冤家推外头。
天气变寒没有衣，你把冤家推出去。
弟妹长大没房住，你把冤家推出屋。
冤家上轿就要走，你们心里不好受。
门前有口荷花塘，荷花塘里月光照，
往年望月不少我，今年望月没有我。
金鸡叫来天要明，冤家就要离娘身。
胭脂开花叶子长，冤家就要离爹娘。
天上星多月不明，你的冤家心难平。
你抚女儿费心肠，我走以后空闺房。
拜别父母就起身，不知哪天才回门。
我的爹呀我的母，离爹离娘话最多。
正月桃花开得早，冤家离娘年纪小。
二月李花开得白，你抚冤家费口舌。
三月菜花开得黄，你抚冤家空一场。
四月茄花开得密，你抚冤家枉费力。
五月谷花开得多，你抚冤家受艰苦。
六月里来摘豆角，你抚冤家跑酸脚。
七月里来吃包谷，你抚冤家受折磨。
八月里来谷子黄，你抚冤家空自忙。

九月里来是中秋，你抚冤家受尽罪。
十月立冬小雪降，你抚冤家受寒凉。
冬月里来大雪飘，你抚冤家没柴烧。
腊月里来要过年，你抚冤家泪涟涟。
金盆打水不满边，冤家离家在今天。
木盆打水浑沉沉，冤家离娘在早晨。
我的爹呀我的母，你们不要牵挂我。
我的母呀我的爹，你们自己想宽些，
吹打声声吹得急，冤家不愿坐轿去。
送亲姊妹也来催，磕头作揖来拜别。

等哭拜完了爹妈，这时就要发亲了，姑娘还得去哭拜祖宗。

拜祖宗

（一）

太阳出来照门前，堂屋铺着红红毡。
红毡铺起行对行，双脚跪下拜中堂。
香盒下面是方桌，方桌上面烧香火。
香烛点起一朵红，冤家跪下拜祖宗。
祖宗高坐在阴台，冤家出门来离拜。

（二）

走进堂屋抬头望，祖宗供在香火上。
两支大蜡红亮亮，六封伏包一炉香。
树有根来水有源，烧香烧纸供祖先。

我今堂前来跪下，世代永远祭祀它。
身上花裙一身新，穿起来拜祖宗们。
一拜爹妈养我大，二拜祖宗保安身。
三拜众亲来陪伴，四拜天地请神灵。
拜别爹来拜别妈，爹娘深情难报答。
一棵树子青又青，老鸦还有反哺情。
一棵青藤牢又牢，羊儿还有跪乳恩。

在拜祖宗还没有哭诉完时，迎亲的大轿抬进堂屋，姑娘就被接亲的人拉上轿子，在大门口的礼房又唱起歌来：

出亲歌

清早起来开大门，鱼肚斑白在东方。
斑鸠咕咕在叫，喜鹊出林成双。
主家已发亲，我们上路行。
我们挨到今天，天上的星宿换得了，
人间的巧女换得了，我们该回程。
我们走了，多谢殷勤的主人，
我们走了，多谢各位帮忙人，
我们走了，多谢高龄的公公，
我们走了，多谢年迈的婆婆，
我们走了，多谢姐妹们，
我们走了，多谢兄弟们，
我们走了，多谢亲戚们，
多谢主人，我们启程，
一对鸳鸯，恩爱久长。

经过几个小时的路程，迎亲的队伍就快要到新郎家了，主人家这时就要去探厨，看看饭菜做好没有，还和厨师对起了探厨歌：

探厨歌

主：
厨官师傅好技术，我家请你来做厨。
我家客人几十桌，看你做出做不出？

厨：
主家请我来做厨，你家猪大八百五。
每桌能有四斤半，三斤八两做得出。
肥的拿来做扣碗，骨头拿来炸排骨。
瘦的拿来配盘子，小肠拿来切筒筒。
肝子不配别样菜，大肠炒它卷转来。
茴香八角提口味，黄花本耳配精肉。
海带不配别样菜，酱油拌起才舒服。
全鸡全鸭为两样，全鱼一盘在中央。
每桌菜肴都配齐，主家席面端得出。

主：
厨官师傅不要忙，还有猪膀做哪样？
肚子又拿做什么？腰子又做哪一行？

厨：
主人家来莫心慌，再配几样怎么样？
猪肚拿来炒片片，油炒腰花不放汤。
猪脚用姜来熬煮，熬成鲜汤味更香。

恭请客人来坐下，先吃肉来后喝汤。
你家席面这样做，你看味道香不香？

主：
厨官师傅手艺强，这样配来味道香。
只是我家拿不出，全靠厨官巧帮忙。
我家喜事全靠你，席面全靠你争光。

新娘到时，就要到新郎家去拜堂。当新郎新娘开始拜堂时，礼炮齐鸣，新郎家安排的一男一女（均为未婚）开始唱恭贺歌：

恭贺歌

男：
新婚夫妻笑盈盈，主家喜事闹沉沉。
贵客来到喊恭喜，贵亲贵客请，请！请！
四方亲朋来聚会，同吃喜酒同恭贺。

女：
新郎新娘笑哈哈，恭喜主家喜事多。
三亲来到喊恭喜，六戚坐起把茶喝。
主请先生行酒礼，四条板凳摆一桌。
正方大桌堂中摆，八面贵客来汇合。
喝了主家红喜酒，五子登科在主人。

男：
正月里来是新春，我们来到主家门。
恭喜主家早生子，早生贵人跳龙门。

女：

二月里来百花开，天官赐福送财来。
一送福来二送喜，三送金银进家来。

男：

三月里来是清明，主家大房多美丽。
造得富贵多吉利，红喜大吉富贵春。

女：

四月里来送财郎，主家世代坐高堂。
多贤多惠主家有，个个出来都高强。

男：

五月里来是端阳，主家勤劳置田庄。
上买田地千万亩，下买桃李桂花香。

女：

六月里来热茫茫，主家鸡鸭满池塘。
猪羊牛马无其数，金银财宝用斗量。

男：

七月里来渐渐凉，主家富贵多有方。
主家儿女多能干，一个更比一个强。

女：

八月里来是中秋，主家富贵出在头。
能文能武闯世面，占鳌鸾驾转回头。

男：
九月里来是重阳，主家中榜四方扬。
祖宗有心出贵子，立对桅杆把名扬。

女：
十月里来小阳春，主家大小报得恩。
徒弟接下师傅去，跳过龙门登朝廷。

男：
冬月里来雪花飘，主家代代寿缘高。
祖宗有心八百岁，主家寿缘渐渐高。

女：
腊月里来雪花飞，多谢主人要起身。
自从今天操烦后，富贵荣华万年春。

在拜堂的时候，新郎家的长辈都要在，因为新娘要给各位长辈敬酒。

敬爷爷

高粱酒来绿阴阴，今天美酒敬爷爷。
爷爷吃了这杯酒，寿缘胜过万年青。

敬奶奶

后园白芽发嫩苔，今天美酒敬奶奶。
奶奶吃了这杯酒，寿缘要活万万年。

敬公公

一杯美酒斟满盅，今日美酒敬公公。
公公要吃这杯酒，酬谢公公为孙忙。

敬婆婆

葡萄结果结成坨，二杯美酒敬婆婆。
婆婆要吃这杯酒，酬谢婆婆为孙磨。

敬母舅

今天美酒装满壶，斟杯美酒敬母舅。
舅舅吃了这杯酒，今后我们路好走。

敬媒人

一棵树儿弯弓弓，抬杯酒来敬媒公。
媒公吃了这杯酒，这条亲路走得通。

敬礼房

高粱煮酒绿阴阴，抬杯酒来敬礼生。
押礼先生饮了酒，当家为人是我们。

敬其他老人

这杯酒儿亮晶晶，抬杯酒儿敬老人。

老人吃了这杯酒，富贵荣华照六亲。

敬亲戚

酒不醇，怪酿酒药，酒不香，不敢多斟。
敬工杯，表表心意，亲戚呀，请你多饮。
若不会，也应接杯，不负我，对你尊敬。
亲戚啊，请随便饮。

等拜堂完毕，主人家就要把送亲客迎接进屋，招待送亲客吃“三幺台”[1]。在迎接进堂屋时主人家陪客人要唱迎亲歌：

迎客歌

（一）

主：
红喜大蜡红又红，迎请贵亲进堂屋。
迎请贵亲堂屋来，主亲六戚坐两排。
各位亲戚请坐下，不成礼义会贵客。

客：
红喜大蜡红又明，迎客先生听分明：
我们来到富贵地，不必操烦主人心。

① “三幺台”是务川仡佬族特有的风俗习惯，一般只有在接待重要客人和过年过节的时候才这样吃。“三幺台”指的是吃饭分为三台：一台是吃茶席、二台是饭席、三台是酒席。

主人称我为贵客，三迎三让不敢当。

主：
隔层山水隔层岩，是亲是戚你才来。
要是我家无喜酒，八轿抬你你不来。

客：
穷乡走到贵乡门，不为金来不为银。
今天是为红喜酒，贤惠主人最开怀。

主：
大瓦房来茅草屋，草房不比瓦房同。
我穿麻布客穿缎，两亲相会大不同。

客：
破麻布来好棉衣，麻布棉衣两样衣。
我披绺绺挂襟襟，不好意思会众亲。

主：
高坡起房顶盖瓦，我穿麻布客穿纱。
我穿麻布客穿缎，穿着不好羞煞人。

客：
披纱纱来挂块块，不好意思会主家。
上家跑到下家躲，好比小鸡躲乌鸦。

主：
昨天晓得客要来，跑到下寨去借鞋。

借得鞋来不合脚，穿对破鞋来会客。

客：
家中早知你聪明，晓得你家富贵人。
富贵人家不打扮，有钱人家不逞能。

主：
昨天晓得客来临，跑去下寨借衣裙。
借来衣裙不合身，披件破衣会客们。

客：
在家听说主家能，主家发财真是行。
有衣人家不打扮，有财说话好谦逊。

主：
白布下缸染成绿，贵客在家是英雄。
好亲好戚来相会，我与英雄难相逢。

客：
出门遇到好事情，一把红伞来遮荫。
三十五里桃花园，四十五里桂花村。

主：
白布下缸染成青，贵客在家是强人。
好亲好戚来相会，会着强人心喜欢。

客：
桃花园来桂花村，桂花村里出贤人。

出了贤人多富贵，贤人美酒劝醉人。

主：
客在贵乡坐，来到穷乡村。
坐的不像房，穿的不像衣。
喝的不像酒，吃的也不行。
贵客转回去，不要传我名。

客：
主家一道门，喜堂又一层。
一对高桅杆，立在外朝门。
桅杆千年在，金狮坐朝门。
我们来到此，主家好安顿。

主：
我家坐的茅草堆，自从立起没有装，
天晴是把遮阳伞，下雨是个泥水塘。
白天全靠风扫地，晚上全靠月亮光。

客：
穷乡来到贵乡村，来到贵乡闹沉沉。
房子盖得高又大，堂中活像皇宫廷。
双脚走进堂屋坐，主家贤惠出贵人。

主：
我家住的茅草堆，一捆茅草当散门。
风来门自开，风走自闭门。
白天全靠风扫地，夜晚全靠月照明。

客：

穷乡走到贵府来，来到主家喜盈盈。
房子盖的高又大，红绿纱灯两边挂。
双脚踏进堂中央，主家贤惠又热情。

主：

贵客来到我穷乡，三盘萝卜四盘汤。
桌子上面无好菜，慢怠亲戚转回乡。

客：

我们来到主家中，八盘肉来四盘姜。
样样都是好吃菜，差碗龙肉白菜汤。

主：

贵客进到我家门，青菜白菜待你们。
桌子上面无好菜，怠慢亲友转回村。

客：

我们来到主家门，桌上精肉炒韭黄。
牙骨筷子光又亮，先拈肉来后拈姜。

主：

我们家底实在薄，买个猪来慢慢掩。
虽然今年办喜酒，杀来是个瘦壳壳。
拿到伙房交厨官，厨官看了摆脑壳。
千方百计设法做，只见骨头不见肉。

客：
我们来到主家门，八盘鲜肉九盘鱼。
牙骨筷子叮当响，先拈肉来后挟鱼。
一盏金来二盏银，三盘美味四盘鱼。
五碟五碗香美味，六碟六碗桂花香。
七碟板栗八碟豆，九碟萝卜拌砂糖。
我们今天转回去，带回我乡去传扬。

（二）

主人一边给客人倒酒一边唱：

一杯酒儿过街来，一抹金杯二抹盘，
金杯摆在银盘上，这杯美酒迎客来。
贵客吃了金杯酒，恭贺贵客喜事来。

客：
这杯酒儿亮澄澄，金壶倒酒银杯装，
金壶倒在银杯里，酒儿转敬主家尝。
主家吃了这杯酒，大红喜事满家堂。

主：
一杯酒儿过街行，一抹金杯二抹银，
金杯摆在银盘上，这杯酒儿请客饮。
贵客喝下这杯酒，祝贺喜事双来临。

客：
这杯酒儿亮铮铮，金壶倒来银杯装，

金壶装酒银杯斟，这杯酒儿主家饮。
主家吃过这杯酒，今日主家喜事新。

主：
这杯酒儿过街来，堂屋板凳摆两排，
堂屋板凳两边摆，铺路迎接高客来。
堂屋板凳高客坐，贵客来到喜开怀。

客：
这杯酒儿过街坊，堂屋板凳摆四方，
堂屋板凳四路摆，我们几人进喜堂。
多承主人让我进，主家红喜满屋堂。

主：
一对大蜡红又红，天上银河两星座。
喜鹊登枝挂堂屋，迎请贵客进堂贺。
迎请贵客进家来，三亲六戚两边排。
各位亲戚请坐上，不成礼义请宽怀。

客：
一进堂屋四角方，迎客主人听我言。
我们喜来你贵地，主人何必操心肠。
主人作揖不敢当，多承礼义又沾光。
主人称我为贵客，三迎三让不敢当。

主：
今天贵客我家来，我们寨子高坎岩。
高岩高坎路难走，山高水低客难来。

客：

进门来喜沉沉，桌子板凳一样红。
堂屋好比金银库，神仙喝酒闹春风。

主：

贵客来到我家门，我们寨子多树林。
高山刺林路难走，爬坡下坎路难行。

客：

一进门来喜洋洋，桌子板凳摆成行。
两边胜似金宝殿，神仙吃酒闹春光。

主：

贵客来到我家房，我们坐的茅草房。
茅草房呀扬尘吊，扬尘吊吊脏衣裳。

客：

一进门来四角方，两棵中柱顶金梁。
房上盖的泥烧瓦，家中坐的贤惠郎。

主：

贵客来到我家门，我家草房芦苇门。
家中全是扬尘吊，扬尘吊吊脏衣襟。

客：

一进门来四角平，满屋摆得亮锃锃。
房上盖的泥烧瓦，家中坐的贤惠人。

主：
喜鹊树上叫喳喳，客动龙步到我家。
我们手长衣袖短，不得烟茶待客人。

客：
主人倒茶为我端，手接茶杯仔细看。
玻璃杯子印花朵，草绿浓茶在里边。
沏茶之人多仔细，开水冲泡真在行，
喝在嘴里味道鲜，香茶美味把名传。

主：
今日贵客到我家，口干舌燥应递茶。
茶叶还在茶树上，冷水还在龙王家。
茶杯还在场坝上，茶罐还在匠人家。
心中想有手无拿，实在难煨这杯茶。
今天怠慢众亲戚，少脸无面是我家。

客：
今天走进喜堂门，贤惠主人把茶斟。
茶罐熬茶像个锅，茶杯倒茶像条河。
你家香炉配香纸，又有凤凰配孔雀。
又有巧女婆家来，又有相公去入学。
自从今天喝喜茶，子孙发达穿绫罗。

待到开席的时候，陪客人要和送亲客唱陪客歌：

陪客歌

陪新娘长辈

我家没有宽房地，不得哪样打嫁妆。

栽棵杉树遭霜打，栽棵紫木遭虫灾。

想起家里实在穷，后园砍棵芭茅用。

编得筛子编鸡笼，筛子送给姑娘装针线，鸡笼送给姑娘装鞋袜。

婆家打的花花床，花花床好配花衣裳。

外婆不得被窝送，赶场扯尺粗布纱。

送给姑娘做双鞋，你去婆家会发财。

我家家穷实无法，养个姑娘手脚笨。

从小不会做针线，手拿鞋底不会纳。

怪妈没有教会她，怪爹银钱找不到。

娘家没有婆家有，三百两百婆家拿。

亲家鸡鸭一大群，放出猪来几十个，放出鹅来满田坝。

亲家样样各办好，无人不把亲家夸。

大猪宰了一大个，还要再杀一个添。

大的宰得八百五，小的杀得五百八。

亲家席面办得好，全鸡全鸭桌上有。

还有木耳配猪膀，还有海带配黄花，千盘汤菜不算它。

吃了你家红喜酒，亲家财源滚滚来。

陪客人（赞颂）

正月里来正月正，娘家送有花手巾。

娘家送有花帕子，走亲赶场好用它。
二月里来是春分，娘家送有银手圈。
娘家送有金首饰，赶场走亲把它戴。
三月里来是清明，娘家送有洗脸盆，
娘家送有好明镜，洗脸梳头不求人。
四月里来四月八，娘送围腰绣有花。
腰带两头有耍须，中间绣有牌坊花。
五月里来是端阳，娘家送张雕花床。
绫罗蚊帐床顶挂，绸面被窝摆中央。
六月里来六月六，娘送牙桌摆堂屋。
四条板凳四方摆，观赏陈设为排场。
七月里来秋风凉，娘家送有好书柜。
八月里来收割忙，娘家送有好私房。
婆家不得娘家有，吃得硬气走得长。
九月里来是重阳，重阳造酒满缸香。
重阳造的好美酒，两家亲家吃得长。
十月里来小阳春，娘家勤劳苦耕耘。
收了谷子种小麦，想吃挂面不求人。
冬月里来雪飞山，娘家送有羊毛毡。
哪怕天冷下大凌，拿来盖起不受寒。
腊月里来又一年，娘家杀猪来过年。
豆腐粑粑样样有，合家老少过新年。

我们得个好亲家，栽的鲜花万年发。
晓得女儿要出嫁，早栽紫木又栽杉。
杉树长大成了林，紫木长大还分椏。
外公请来好匠人，来到家中把树栽。
长的用来打大柜，短的用来打碗厨。

打的柜子宽又大，里头装起花铺毯。
五谷盐茶样样有，我们得了为亲家。

送亲客

我家喜事来得忙，众位家族来商量。
家族之中商量好，急忙上山赶山羊。
前山赶到后山转，不见山羊影子样。
赶得野鸡有二两，赶得蚂蚱一寸长。
蚂蚱身上做扣碗，蚂蚱脑壳来烧汤。
赶的野鸡下卤罐，三天三夜卤不香。
不得佐料味难尝，客人来到我心慌。
摘把菜苔来煮汤，没有油盐也不香。
席面办得实在差，我家无能穷当当。

土薄栽树根不深，办席无菜难待人。
洋芋切丝当肉用，萝卜坨坨当肉丁。
茄子拿来当炸鱼，南瓜切来当肉蒸。
螺丝拿来当海味，蕨菜拿来当海参。
酸汤拿来当肉汤，清水拿来当酒喝。
半生不熟难咽口，实在怠慢亲朋们。
我家喜事到临头，亲家来到我焦愁。
抬着板凳叫客坐，假叫厨官把火烧。
围着锅儿来坐起，舀瓢凉水放锅里。
水烧开来无米放，无奈拿升满街游。
上寨游到下寨转，借得半升放水中。
今天亲家吃去后，以后遇到也害羞。

打开心里把话说，席上陪客唱酒歌。
我家贫寒条件差，远方亲家怕落脚。
来到家中无凳坐，房子矮小顶脑壳。
因为平时人懒散，样样缺少无奈何。
油盐柴米无准备，客到现打生米颗。
河中打水当酒饮，凉水淡盐当汤喝。
清汤淡水不像样，青菜萝卜做一锅。
承得亲家看得起，我们害羞摇脑壳。
今天你们来吃去，不拿名誉远方说。

几曲歌谣一下来，已到酒席时间。陪客人就要给各位送亲客倒酒了，送亲客要唱贺酒歌：

贺酒歌

一杯喜酒满满斟，妹妹坐下盘年庚。
你要大我三五岁，我要小你三五春。
二杯喜酒倒酒瓶，酒瓶见照玉美人。
主家席面办得好，一饱二醉转回程。
三杯喜酒三桃园，姊妹坐下划两拳。
你划八仙来过海，我划五子做高官。
四杯喜酒慢慢来，缘法命好送亲来。
今年送个新娘子，明年送个状元来。
五杯喜酒慢慢行，缘法命好送亲行。
今年送个新娘子，明年送个状元人。
六杯喜酒满盈盈，主家喜事好高明。
主家喜事办得好，阳雀过路远传名。
七杯喜酒七月七，主家门前喂画眉。

喂的画眉隔山叫，叫你主家发子孙。
八杯喜酒八月八，桌上全鸡配全鸭。
自从这次吃过后，主家坐地子孙发。
九杯喜酒久久长，主家造酒香蜂糖。
老的吃去活百岁，小的吃去体骼壮。
十杯喜酒喜事多，主家喜事好热闹。
这边有人在吃酒，那边有人在唱歌。

敬酒歌续壶

客：
新打酒壶亮锃锃，主人提壶把酒斟。
酒壶胜过十三省，主家仁义盖过人。

主：
新打酒壶亮堂堂，手中有壶无酒装。
壶中无酒是空心，尽提空壶哄客们。

客：
新打酒壶亮堂堂，主家壶里有酒装。
壶中有酒是实心，主家仁义客难领。

主：
新打酒壶亮锃锃，好壶没有好酒斟。
好客没有好酒待，好比鲜花落粪坑。

客：
新打酒壶亮锃锃，好酒装在好壶中。

我们又得好酒待，好比荞粑蘸点心。

主：
酒在壶，酒在壶，酒在壶里白纸封。
酒在壶里白纸盖，揭开壶盖喝几盅。

客：
壶中酒，壶中酒，酒在壶中塞塞紧。
酒在壶中白纸盖，打开壶盖吃香酒。

主：
天上金鸡叫，地上雄鸡鸣。
此时不早又不迟，正请高客放壶时。
不讲放壶由自可，请你放壶说根生。
土中生的哪样玉？地里出的哪样金？
要去哪里请师傅？要去何处请匠人？
师傅匠人一齐到，金壶是否打得成？
壶首要做哪样嘴？壶尾要做哪样身？
壶前又做哪样嘴？壶后又做哪样形？
哪里有酒遍地香？又是哪个留的名？
开坛好酒香十里，又是谁人提壶斟？
打开壶儿哪样味？要在谁的杯中斟？
首先斟的是哪个？其次斟的是何人？
最后斟的是哪个？从头一二说来听。

客：
天上金鸡叫，地上雄鸡啼。
这时不早又不迟，正是小弟放壶时。

不提放壶由自可，提起放壶存原因：
土中生的是白玉，地里出的是黄金。
要去西方请师傅，要去北边请匠人。
两边匠人一齐到，这把金壶打得成。
壶头做成菠萝嘴，壶尾做成凤凰身。
壶前做成鹦鹉嘴，壶后做成半月形。
皇都有酒遍地香，留名历来是杜康。
开坛好酒十里香，自己提壶自己斟。
打开酒壶美味酒，红喜堂前杯中滴。
上要先斟天和地，下要先斟老贤人。
最后才斟众亲戚，主家红喜万事吉。

敬酒歌续杯

主：

十月有个小阳春，贵客来到我家门。
今天我家红喜酒，奉请贵客讲杯根。
金杯出在哪州县？银杯出在哪个城？
金杯来历凡百岁？哪人留下到如今？
一杯要请哪一个？二杯要请哪个人？
几杯几碗席上敬？喜酒数的是何人？
我今不知来请教？还望贵客讲分明。

客：

十月有个小阳春，我们来到贵府门。
今天主家红喜酒，小弟粗浅讲分明：
金杯出在务川县，银杯出在银州城。
金杯历来八百岁，人氏留下到如今。

一杯要请天仙女，二杯要请古老人。
四盘八碗席上敬，喜酒要数仑乡亲。
周不周来全不全，这是前辈老人传。

主：
高客走到我家来，来到我家无招待。
好朋好友你才走，好亲好戚你才来。
我家贫穷无好酒，端杯淡酒把客待。
杯杯都是清淡酒，众寿饮了莫笑人。

客：
穷乡走到贵乡来，来到主家受款待。
好朋好友我来走，好亲好戚我才来。
我们贫穷你不嫌，端来美酒把客待。
杯杯都是美味酒，连斟带劝乐开怀。

主：
一杯酒，高粱酒，味道淡来又不纯。
高粱造酒味道清，味淡可以喝得久。

客：
一杯酒，斟起来，手把金杯银杯抬。
金杯搁在银杯上，大家坐下慢慢喝。

主：
二杯酒，慢慢咽，毛稗造酒味不纯。
酒味不纯又不美，吃后不醉得安身。

客：

二杯酒，主人斟，我们坐下慢慢咽。

主人说是毛稗酒，酒香味纯才是真。

主：

三杯酒，斟半杯，请你快喝不用推。

快快喝完这杯酒，各人吃了各人归。

客：

三杯酒，竹叶青，杯中照见人有情。

连酒带肉吞下肚，主人满意我领情！

主：

四杯酒，请双杯，真心实意敬客们。

手长袖短来斟酒，家无好酒羞煞人。

客：

四杯酒，端来尝，自古靠爹又靠娘。

今日喜酒我们吃，各人有事各人忙。

主：

五杯酒，提壶斟，提壶斟酒把客敬。

端起盘中杯杯酒，但愿客人能领情。

客：

五杯酒，是端阳，主人喜酒满家香。

大家吃杯雄黄酒，蚊虫不会巴衣裳。

主：
六杯酒，满满斟，酒在壶中话在心。
劝你吃完双杯酒，真是合意又合心。

客：
六杯酒，三伏天，家中坐起热腾腾。
手拿花扇扇几扇，天热吃酒汗满身。

主：
七杯酒，斟不斟，等我提壶问客们。
有心有意再斟酒，不能亏待贵客们。

客：
七杯酒，七支烟，手中花扇扇热天。
各将手帕揩下汗，酒不醉人心不干。

主：
八杯酒，有点浑，包谷白米混合蒸。
劝你喝下混合酒，回去不要笑我们。

客：
八杯酒，桂花香，喜酒场中情意长。
吃酒之人贪玩耍，道谢主人情义深。

主：
九杯酒，斟不盈，倒杯茶水递客们。
茶水拿来当酒敬，确实对不起客们。

客：

九杯酒，吃仙桃，遇到河水没有桥。
你抱石头我搭墩，共同搭墩架铁桥。

主：

十杯酒，端壶斟，双手端来敬友亲。
虽然我家酒不好，一表情意二表心。

客：

十杯酒，满盈盈，杯杯美酒喝不尽。
主人情义记在心，我们回去远传名。

待酒席一吃完成，差不多已是下午了，这时送亲客就要离去，在离别时送亲客要唱辞谢歌：

辞谢歌

多谢主家酒一杯，唱首酒歌贺主人。
喜事美酒吃了后，又发子来又发孙。
家有巧女会裁剪，又有乖儿读诗文。
又有金银配北斗，又有百岁年老人。
席上摆满八大碗，阳雀过山远传名。
阳雀记住千年树，我们记住贤惠人。
多谢一天又一天，多谢主人要回程。
一来多谢主人情，二来多谢厨官人，
三来多谢众亲友，带回我乡永传名。

主人要唱送客歌：

送客歌

送客送出火坑边，脚踏火坑四块砖。
脚踏火坑砖四块，少了一块不团圆。
送客送到小耳门，轻言细语说真情。
轻声细语说真话，下次碰着好喊人。
送客送到堂屋中，左手提壶又拿杯。
还要斟你几杯酒，等你吃去满堂春。
送客送到大门边，一朵乌云遮住天。
但愿老天下大雨，多留客人住几天。
送客送到院坝申，乌云遮天刮狂风。
但愿大风不吹散，下雨留客不走路。
送客送到朝门边，用劲再把客来拦。
强留贵客停住步，挽回再住一场天。
送客送到寨门口，劝留不住客挣手。
好言劝留不肯留，还望今后常来住。
贵客不觉上了路，客人步履快如风。
叫声贵客慢慢走，常来常往好亲密。

等送亲客走后，每个人都可以去找新娘抓喜糖和葵花子，晚上再闹洞房。

劳动歌谣篇

打闹歌

在黔北地区流传较广的打闹歌，分鼓人闹和山歌闹两种，总体属于民歌，是一种在进行农耕作业时由专人敲击锣鼓唱的特殊民歌，目的是起催工和缓解劳动困乏的作用。用于薅包谷时，就称薅打闹草，薅水稻则叫做薅打闹秧。不管薅打闹草还是薅打闹秧，都叫打闹，歌词内容、唱法、形式大体都一样，只是薅打闹草是在薅草人的前面敲击锣鼓唱，薅打闹秧则是在劳作人身后。唱打闹歌的人，叫做闹师。通常是两个，一个打鼓，一个打锣，两个配合着唱。因为鼓锣是以鼓为尊，所以打鼓人就是主唱，总由他领唱。

打闹歌的主要作用是帮助提高生产效率。其次它也有娱乐作用。它号称“十八扯”，讲究九板三腔。打闹歌的打法分古人闹和山歌闹。古人闹是以古代流传久远的故事为内容，包括《梁山伯与祝英台》、《鹦哥记》和《清官图》等。这些故事在民间流传很广，深受农民群众喜欢。它们都有固定的唱法，适合于休闲消遣。可是，打闹歌是在干农活时唱的，不是坐下来听评弹，所以，除非是在大田大土里劳动，闹师慢慢地打唱，干活的也不必太紧张，不慌不忙薅的时候，偶然扯几段来唱提提精神，但大多数情况是用不上排场的。在一般情况下，打闹歌唱的是山歌闹的内容。山歌本来是在生产劳动中产生的，它也很适合在生产劳动中唱，既能提精神，又不妨碍生产劳动。因此，一般的打闹歌都是唱山歌闹的内容。

山歌闹的歌词也有既成篇章的，就像打锣有锣节子名称，诗文有题目，固定的内容，都有其名称，如《鲤鱼号》、《七琴号》、《花鼓号》等。这些固定的歌唱内容，都是由打闹歌流行地区的劳动者，在长期的生产实践中创作出来，通过口头传唱，最后才形成篇章。它们都易唱、易记，具有鲜明的民歌特点。山歌的内容丰富，从做人到子女教育等等都包括了。有的歌唱爱情，有的歌唱农民自己劳动的辛酸，有的歌唱山区农民的希冀，有的则是表达闹师的职责，劝告干活的人要自觉认真。

薅打闹草、薅打闹秧，特别薅打闹草，是十分辛苦的。大家从清晨早早吃了饭下地，一直薅到日落西山，中间只吃一顿午饭，休息一会，就要开始劳作。闹师唱得口干舌燥，薅的人薅得手软腰酸，真是不容易。不过，正是因为如此，才形成了打闹歌这个农耕文化，它曾经世代传承，为山区农民田间劳作增添了乐趣，使他们忘掉疲劳，也成为民间文学中一颗璀璨的明珠。

现代农业实行家庭联产承包责任制，以小家庭为单位进行农业生产的背景下打闹歌正在逐渐消失。为了让这一优秀的民间文学形式得以传承，特搜集了几个打闹歌盛行的地区的打闹歌谣。

务川打闹歌

务川仡佬族的打闹歌又叫薅草歌或薅秧歌，是仡佬人民集体薅草时所唱的一种劳动歌曲，一般情况都有五六十人参加，多则一百多人，在山头成一字排开，犹如一条蛟龙在山间游动。精彩的打闹场面十分壮观，声势浩大、野趣横生的喊唱互答在山间缠绕，体现了仡乡人民与自然的和谐相处。人们不仅在劳动中得到快乐，还完成了生产劳动。打闹歌在形式上有喊号歌、对山歌、盘歌几种。一般都是由三个闹手敲锣打鼓领着劳动者一起歌唱。在劳动中上午有上午的唱法，下午有下午的唱法。

上午大家都吃完了早饭，就要准备出工，大家都把自己的工具准备好，闹手一敲锣打鼓，大家就到薅草的土头①成一字排开，闹手的锣鼓一响，打闹草就开始了。

开场白由打鼓的闹手喊：

锣打三捶跳，鼓打三捶爆。

砸下圆洋鼓，听我歌郎喊口号，

口号口号不说不到，口才口才不喊不来。

老哇②当场叫，口号自然到。

老哇当场吼，口号自然有。

弯刀斗无靶，听我歌郎说实话。

斧头加屑屑（木屑），是一老一实。

我来说个四言八句，八言四句。

张罗王治天，李罗王治地。

神龙皇帝治五谷，伏羲妹妹治人烟。

一娘所生七个崽，个个出来会武艺。

大哥当朝圣天子，二哥海外把龙王。

三哥虚空去打哨，四哥马上去刨刀。

五哥历山去打鹿，六哥唤着要二郎。

只有七哥年纪小，腰畔锣鼓上闹场。

上午由闹手唱号子歌（有快号歌和慢号歌），锣鼓边打边唱。一般闹手唱完了，薅草的又一个接一个的开始唱。

---

① 土头：地方。

② 老哇：乌鸦。

快号（号手唱）：

前方慢去张三姐，后方慢来李四娘。

张三姐　李四娘，借你钥匙开龙箱。

开箱子嘛取衣裳，取一件来一丈二。

取二件来丈二长，一丈二来丈二长。

丈二长来丈二长，打扮姑娘上闹场。

慢号（鼓手唱）：

太阳出东门，主人叫功臣。

功臣来得早，实在薅得好。

香花灵芝草，手拿锄把犁难草。

快号（锣手唱）：

太阳出东方，海中出龙王。

好个龙三姐，上山去放羊。

玉皇传书信，上书老龙王。

打闹场嘛打闹场。

慢号：

前方慢去铅丝网，后方不来网丝钢。

端打画眉十二双，画眉飞到碗边上。

棒打红雀　黑雀，偶喂偶喂上闹场。

快号：

前方慢去田志珍，后方慢来罗慧颖。

迎新客来小王生，良母三人看红灯。

无道王　无道君，崖壁罗氏要成仙。

无道王　无道君，灯杆脚下处藏身。

慢号：
葫芦开白花，有女放①官家。
官家都还好，嫌她脚打鸟②
脚大不管她，朝③她会管家。
家又不会管，朝她会洗碗。
碗又不会洗，朝她会簸米。
米又不会簸，朝她会烧火。
火又不会烧，实在难开娇④。

快号：
黑脸为官包丞相，红脸吃血关打王。
杀人放火赵冠赞，偷牛倒把石梦亮。
马上刨刀沈汉卿，镇守三关杨六郎。

慢号：
关将军穆桂英，迎新王小王生。
平贵打破瓦岗寨，阵上捆了小罗成。

快号：
巴山豆　叶叶长，巴岩巴避去望娘。
前三十年娘望女，后三十年女望娘。
娘望女　女望娘，望来望去不下场。

---

① 放：嫁。
② 脚打鸟：脚太小，封建社会的裹脚。
③ 朝：只要。
④ 难开娇：双关语，一为本人，一为旁人看不起。

慢号：
太阳正当中，幺妹来吹工。
打把乌云伞，插在闹田中。

快号：
前方不去关锁，后方不来关锁。
关刀具镰刀割，刘文备遇关张。
赵张飞有名堂，地位马头喊周仓。
生穿红袍赵无娘。

慢号：
丫雀丫儿丫，丫雀树飞叉。
飞起尾巴煞，丫雀前头爬。
前去喊烧茶，烧茶人又多。
前去跳黄河，黄河人逮住。
叉腰莫奈何。

快号：
油全狗滚鸡样，孟姜女织范西郎。
可恨秦王他无道，一心要修万里墙。
衣裳送到城墙外，不见我夫范西郎。
底①一脚，喊一声，万里长城一起奔。

慢号：
桃心果，果心桃，三个大姐上树摇。
上树摇，摇动伞，伞动摇。

① 底：剁。

青布裤儿白布腰，青布锁白布挑。
好个针子线不牢。

快号：
细娃走得高，皇帝来坐朝。
头戴乌纱帽，身穿滚龙袍。
腰栓白玉带，脚踏靴子鞋。

慢号：
田坎路边窄，来路烧香客。
头打乌云伞，身穿一身白。
手拿粉底扇，白起桃花色，
手提花篮子，假装认不得。
回去翻书看，前世冒（没）修得。
烧香大姐转来进屋来。

快号：
梁山伯祝英台，同在梨山读书来。
同读三年六个月，朝中不考女秀才。
同张桌子共笔砚，同上共枕睡三年。

这时要到中午了，太阳太毒辣了，人们是又渴又饿，想回去吃晌午（午饭）了。

慢号：
前方不来战鼓响，后方不来马骡鞍。
战鼓响来马骡昂，太阳当顶放光芒。
我今汗得太阳转，花花打起晒衣裳。

快号：
对门（面）山上花，大如枌椤丫。
黄桶①大的树，簸箕大的叶。
好个阴凉树，望住不得息。
锄儿高挂起，阴凉树下息。
烧杯茶来凄（吃），晌午都不凄。

太阳太毒辣了，这个时候该回家吃晌午饭，晌午饭吃过就开始唱山歌和对歌。

下午开场白：
锣打三捶跳，鼓打三锤爆。
砸下圆洋鼓，听我歌郎喊口号。
口号口号不说不到，口才口才不喊不来。
方登四只脚，一老一实说。
河这边一匹唉（岩），口号自然来。
藤藤网网掉来，我也冒带镰刀斧头来。
就把山歌唱出来。
安五方土地神，安慰神。
一把黄钱交还你，莫放偏东雨来淋。
安慰人，安慰人来安慰人，
安慰清边②把干③人。
前头清边慢慢去，后头把干慢慢行。

① 黄桶：一种很大的木桶。
② 清边：在边上薅草的。
③ 把干：靠壁薅草的。

说来唱就要唱，要唱甘罗十二为丞相。
太公八十遇文王，大家唱他也无妨。

闹手这个时候就开始唱了，每人一首，大家各唱一首，你一唱我一答。

大十字

大十字来小十字，我来唱个大十字。
一字下来一条街，纣王无道造六台。
女娲庙里取焚香，惹出天大祸出来。
二字下来二条龙，殷郊太子比英雄。
可恨奏王他无道，四大天尊请峥嵘。
三字下来不满街，贾氏夫人女星蔡。
可恨纣王他无道，摘星楼上掉下来。
四字封口不留门，飞虎杀出五从门。
七十三人上了马，要败无道纣王君。
五子下来安五方，陈塘高上李靖王。
靖王说声三太子，只有哪吒武艺强。
六字下来绿阴阴，女娲招下狐狸精。
天下妖精齐召见，一败江山二败臣。
七字下来把脚铐，张飞上马杀出来。
要往红花山前过，丢下郑青和张包。
八字下来两边排，要唱五节去打柴。
王相死在千但下，太公稳坐钓鱼台。
九字下来九道湾，王母悬下妖帆招。
有人前往帆脚过，一步跳出鬼门关。
十字下来进相应，天下摆起十大阵。

洛阳桥上拆十字，隔走瘟神别方贤。

小十字

你唱你的大十字，我来唱个小十字。
一字下来一划长，吴爷站在古城墙。
关爷要往城内过，击鼓三声斩蔡阳。
二字下来二条龙，二娘老爷好英雄。
手拿金钩银链子，万丈深塘锁逆龙。
三字下来三画长，磨坊受苦李三娘。
白日挑水三百担，夜晚推磨到天明。
四字封口不留门，包爷审案不容情。
七十二个无头案，鹰叼老鼠冒审结。
五字下来正当中，杨家有个老练工。
说个练婆佘家女，所生七子在朝中。
六字下来好抽烟，穆家有个穆桂英。
打开天门杨忠宝，战战不离穆桂英。
七字下来打一处，陶家有个陶知府。
所生一女陶三春，配合骑龙马仔仙。
八字下来秋天来，八洞神仙过海来。
有人吃了长生药，长生不老又生身。
九字下来心不干，太公岸上砍鱼竿。
砍起鱼竿无钓线，望着鲤鱼下陡滩。
十字下来还顺走，田中有人老脚手。
有人拆出十个字，杀猪宰羊请吃酒。

改十字

你唱你的小十字，我来唱个改十字。

十字改千字，千征万岁要人潮。
九字原来改瓦字，千里楼房要瓦盖。
八字原来改分字，分仁分芒不分心。
七字原来改化字，画皮画骨难画身。
六字原来改交字，教人教艺不交财。
五字原来改吾字，吾情吾武艺蔡柏杰。
四字原来改骂字，开口不骂老年人。
三字原来改王字，王子王孙坐朝廷。
二字原来改干字，甘罗十二为丞相。
只有一字无改处，一品当朝好主人。

斗古人

唱古人来唱古人，我来唱个斗古人。
高山顶上霜打平，拆开斗字讲古人。
楼上点灯诸葛亮，夜打登州小罗成。
二字齐天是个天，平贵手执白云边。
他在唐朝为好汉，乌泥河内救唐天。
三字架桥是个王，木莲和尚去悬梁。
十八地狱都走过，还在阴朝会阎王。
马字两点是个冯，三国接配赵子龙。
有缘千里来相会，无缘对面不相识。
女字园[1]是个安，江姑才把四飞端。
石料棋子熊氏女，丢下孩儿小安安。
共字三点是个洪，为真丞相斩蛟龙。
一点蛟龙投玉帝，一河白水两离洪。

---

① 园：宝盖。

可字三点是个河，杨家有个老练婆。
练婆坐在天波府，雄兵难过乌泥河。
木字三撇是个杉，皇帝娘娘坐北京。
她今出去要访问，随将三军御林军。
包耳一东是个陈，唐朝有个盖书文。
有人救了唐天子，他为驹子我为臣。
五字一口是个吾，刘备招亲过东吴。
刘备招亲回乡转，周瑜设计一糊涂。
十字一撇是个千，宋朝有个田志珍。
可恨宣王无道君，他抢慧英去成亲。
包爷才把案审清，八字盂盂是个公。
太白金星在云中，太白仙翁云中看。
太白仙翁云中看，河边看见姜太公。

老古人

唱古人来唱古人，我来唱个老古人。
寿元彭祖八百岁，古老二万七千春。
唱古人来唱古人，我又来唱个老古人。
练婆白发又转青，太公百岁遇文王。

小古人

唱古人来唱古人，我来唱个小古人。
安安七岁行大孝，周瑜九岁统雄兵。
甘罗十二为丞相，七岁落难王玉林。

打古人

唱古人来唱古人，我来唱个打古人。
仁贵打破摩天岭，木莲打破地狱城。
穆桂英打天门阵，夜打登州小罗成。

孝古人

唱古人来唱古人，我来唱个孝古人。
眉毛笑眯眉毛眼，十八罗汉孝观音。
宣王望见慧英笑，刘汉孝着贱貂蝉。

大家你一首来我一首，山歌声山间此起彼伏，悦耳动听。

十二月祝英台

你们都唱古人来，我来唱个祝英台。
正月要唱祝英台，鸟为食亡人为才。
尼姑只为探花死，赵晓只为道登台。
二月要唱祝英台，蚕子无娘纸上来。
隔壁有个巧二姐，蚕子毛毛刮下来。
三月要唱祝英台，一对洋雀飞起来。
一来是吹阳春早，二来是吹上花台。
四月要唱祝英台，秧子下田无人栽。
英台下田栽三路，谷子上泡①米又来。
五月要唱祝英台，一双龙船随水来。

① 上泡：出穗。

大船渡是梁山伯，小船渡是祝英台。
六月要唱祝英台，两把蓝伞遍地开。
大伞打是梁山伯，小伞打是祝英台。
七月要唱祝英台，阎王放鬼回家来。（七月半鬼节）
年年有个七月半，家家打纸（纸钱）花钱来。
八月要唱祝英台，八洞神仙过海来。
神仙要到哪里去，南山去望祝英台。
九月要唱祝英台，扯根杉秧栽起来。
哪年哪月杉长大，砍它下来割棺材。
十月要唱祝英台，英台许配马文才。
有年有纪墓门开，无年无纪马家抬。
冬月要唱祝英台，英台死了无人抬。
哪个过路送把纸，哪个过路送双鞋。
腊月要唱祝英台，英台死了有人埋。
张郎路过送把纸，李郎路过送双鞋。

八洞神仙

你们要唱祝英台，我唱八洞神仙过海来。
第一神仙汉钟离，身穿龙衣白如泥。
借你龙衣供座桥，千年古迹万年牢。
第二神仙吕洞宾，身披轻纱一片青。
背上背是清风剑，三个柳杨认不真。
第三神仙铁拐李，宝物放在葫芦里。
问我葫芦装哪样，妖精妖怪放在里。
第四神仙何仙姑，人人说她无丈夫。
本来我是出嫁女，两耳不听别人言。
第五神仙朝国舅，他今不是非凡人。

朝中高官他不住，一心一意去修行。
第六神仙蓝采和，手提花篮去采药。
有人吃了长生药，长生不老又长生。
第七神仙韩湘子，鱼鼓栅板打到钱。
前山打在后山转，渡得文公上天庭。
第八神仙张果老，怀抱月壶看桫椤。
桫椤砍到三年整，桫椤树里把身安。

这时薅草的人开始唱盘歌，大家也是一唱一答。

问：
山歌好唱口难开，果子好吃树难栽。
大米好吃田难办，鲜鱼好吃网难抬。
打下锣鼓听下声，我拿花名问你来。
半岩高上开一朵，你帮我分什么花？
答：
半岩高上开一朵，我帮你分岩白花。

问：
老子打断儿脚杆，你帮我分为什么花？
答：
老子打断儿脚杆，我帮你分茄子花。

问：
半天云里开一朵，你帮我分什么花？
答：
半天云里开一朵，我帮你分太阳花。

问：
半夜子时开一朵，你帮我分什么花？
答：
半夜子时开一朵，我帮你分白果花。

问：
打打扮扮去赶场，你帮我分什么花？
答：
打打扮扮去赶场，我帮你分妖精花。

问：（其中一个薅草的唱）
我才不管你们什么花，唱来唱去还是花。
你们好好打起锣鼓来，我拿盘歌唱开怀。
我拿盘歌来问你们，就怕你们都答不来。
哪样过河不脱鞋？哪样过河横起来？
哪样岩上盘脚坐？哪样岩下织绫罗？
答：
牛儿过河不脱鞋，鸭子过河横起来。
猴子岩上盘脚上，蜘蛛岩下织绫罗。

问：
哪样弯弯弯天边？哪样弯弯河儿边？
哪样夹夹在火边？哪样夹夹在河边？
答：
月亮弯弯弯天边，咪尔①弯弯河儿边。
火钳夹夹在火边，螃蟹夹夹在河边。

---

① 咪尔：眼睛半开半合。

问：（其中一个薅草的唱）

你们唱歌乐开怀，我拿盘歌问你来。

哪样弯弯肩头上？哪样弯弯脚后跟？

哪样有毛飞部起？哪样无毛飞半天？

答：

枷担弯弯肩头上，打脚弯弯脚后跟。

蓑衣有毛飞不起，秤杆无毛飞半天。

问：

哪样出来打三妹？哪样出来打千斤？

哪样不怕山沟坎？哪样不怕跳陡滩？

答：

秤盘出来打三妹，秤砣出来打千斤。

猴子不怕山沟坎，鲤鱼不怕跳陡滩。

问：

你们盘歌唱得好，还是不如我的巧。

我拿盘歌问路来，就怕你们答不来。

哪样吃草不吃跟？哪样睡觉不翻身？

哪样背上背八卦？哪样背上起青苔？

答：

镰刀吃草不吃跟，石头睡觉不翻身。

乌龟背上背八卦，螺蛳背上起青苔。

问：

哪样尖尖朝天窜？哪样尖尖朝地钻？

哪样尖尖跟牛走？哪样尖尖妹面前？

答：

笋子尖尖朝天窜，萝卜尖尖朝地钻。

铧口①尖尖跟牛走，鞋儿尖尖妹面前。

问：

哪样会打连天鼓？哪样会唱五更歌？

哪样拉屎不拉尿？哪样跑来尾巴翘？

答：

啄木冠（鸟）会打连天鼓，叫鸡②会唱五更歌。

鸟儿拉屎不拉尿，狗儿跑来尾巴翘。

问：（其中一个薅草的又唱）

你一唱来我来答，唱来唱去不和法。

我有盘歌好唱法，希望你们都能答。

哪样开花红彤彤？哪样开花光筒筒？

哪样开花起吊吊？哪样开花毛毛虫？

答：

石榴开花红彤彤，松树开花光筒筒。

核桃开花起吊吊，柳絮开花毛毛虫。

问：

哪样背上一个包？哪样背上一个巢？

哪样背上千个眼？哪样背上挨千刀？

答：

枣子背上一个包，木砚背上一个巢。

---

① 铧口：犁田用的工具。

② 叫鸡：公鸡。

筛子背上千个眼，菜板背上挨千刀。

问：
哪样出来高又高？哪样出来半山腰？
哪样出来梁盖[①]打，哪样出来棒棒敲。
答：
高粱出来高又高，包谷长在半山腰。
豆子出来梁盖打，芝麻出来棒棒敲。

问：
哪样出来光通通？哪有出来通通光？
哪样出来戴铁帽？哪样出来一身疮？
答：
荒瓜[②]出来光通通，黄瓜出来通通光。
茄子出来戴铁帽，苦瓜出来一身疮。

问：
郎号子喊号来，我拿盘哥问你来。
一本歌书几多厚？一把锄头几斤重？
一件铧口几斤铁？一铺悬网几多长？
答：
一本歌书三寸厚，一把锄头三斤重。
一件铧口七斤铁，一铺悬网丈二长。

① 梁盖：打豆子的工具。
② 荒瓜：南瓜。

问：

唱歌郎的歌书谁人造？栽树郎的锄头何人拷？
庄稼郎的铧口何人倒？打鱼郎的悬网何人栓？

答：

唱歌郎的歌书秦王造，栽树郎的锄头铁匠拷。
庄稼郎的铧口铧匠倒，打鱼郎的悬网麻匠栓。

问：

哪样帕子栽树郎？哪样帕子唱歌郎？
哪样帕子庄稼郎？哪样帕子打鱼郎？

答：

棕皮丝帕栽树郎，白布帕子唱歌郎。
蓝布帕子庄稼郎，光头滴答打鱼郎。

问：

哪样衣裳栽树郎？哪样衣裳唱歌郎？
哪样衣裳庄稼郎？哪样衣裳打鱼郎？

答：

青布衣裳栽树郎，白布汗衫唱歌郎。
蓝布衣裳庄稼郎，麻布汗衫打鱼郎。

问：（其中一个又开始唱）

你唱郎来嘛我唱郎，我也来唱个打鱼郎。
希望你们都能有答案，一哈好回家吃夜饭。
哪样鞋儿栽树郎？哪样鞋儿唱歌郎？
哪样鞋儿庄稼郎？哪样鞋儿打鱼郎？

答：

青布鞋儿栽树郎，线耳草鞋唱歌郎。

粗布鞋儿庄稼郎，光脚沙板打鱼郎。

问：
哪样烟杆栽树郎？哪样烟杆唱歌郎？
哪样烟杆庄稼郎？哪样烟杆打鱼郎？
答：
杯提烟杆栽树郎，寸金斗子唱歌郎。
泥巴斗斗庄稼郎，福烟棒棒打鱼郎。

问：
哪样腰带栽树郎？哪样腰带唱歌郎？
哪样腰带庄稼郎？哪样腰带打鱼郎？
答：
青布腰带栽树郎，白布腰带唱歌郎。
蓝布腰带庄稼郎，藤藤索索打鱼郎。

问：
哪样袜子栽树郎？哪样袜子唱歌郎？
哪样袜子庄稼郎？哪样袜子打鱼郎？
答：
青布袜子栽树郎，细沙袜子唱歌郎。
白布袜子庄稼郎，棕包袜子打鱼郎。

这时太阳要落山了，差不多可以收工了，闹手又唱起了号子歌。

慢号：
太阳要落丫，细娃在喊妈。

太阳要落岩，还不放回来。
这回不放我，下回我不来。
妈呀妈呀呀，怎么还不见回来？

快号：
太阳要落山，骑马来备鞍。
马是龙须马，鞍是杪椤鞍。
一步跳上马，骑起要翻山。
送它三鞭子，只见马蹄翻。

这时锣鼓一打，大家就收拾好自己的工具，有说有笑地回家了。

正安地区打闹歌

打闹草

上午唱开头：

自从盘古开天地，三皇五帝治乾坤，神农皇帝治五谷，轩辕黄帝治衣衿，罗音秀才治乱草，一把乱草薅不了，主家才请我们二位歌郎，打起锣鼓闹下草田，是闹下草田（这是放下锣鼓唱的）。

上午打锣鼓唱：

东边点龙爪，牵藤到西家，花开人招揽，花谢才归家。学而及弟了，服呀服中庸，孟子得见梁惠王，三国有个皇王女，七十三岁见儿亡。

六月三伏月，草都薅不得，鼓儿高挂起，柳荫树下息。

六月太阳大，晒死花妖坝，晒死草不生，只有人不怕。

六月三伏日，晒死梁山伯，请个好木匠，割口好棺材；请个好阴阳，看穴好地埋；请个好石匠，打个望乡台。望乡台上望一望，官家小姐哭哀哀。

栀子花儿香，挂在屋檐上，一股黄风起，吹得满屋香。

栀子花儿惠，买花送干妹，花儿落下水，银子钱米贵。

（见到要下雨就唱）东边起乌云，西边雾层层，只见雷公吼，老天不由人。

下午唱太阳落土、送郎歌。

太阳落土唱：

太阳落西山，牵马来配鞍，小郎上马背，只见马蹄翻。

太阳落了土，还在打锣鼓，收工要回去，主人要回程。

太阳要落平，唱首山歌谢主人，一谢主人烟茶酒，二谢主人放工程，要放工程早些放，阳雀过山远传名，穷人记得贤惠人。

天上满天星，屋里一盏灯，家家明灯点，还不放工程。

唱送郎歌

送郎送到床当头，手碰灯盏打倒油。
灯油打倒是小事，弄脏妹的花枕头。
送郎送到房门边，手扶房门泪涟涟。
爹妈问妹哭哪样？门方压着手指尖。
送郎送到门当头，手端板凳眼泪流。
爹妈问妹哭哪样？板凳压着脚趾头。
送郎送到火炉边，火炉圆圆四块砖。
火炉圆圆砖四块，搬掉一块不团圆。
送郎送到大路边，一朵乌云遮满天。
但愿老天快落雨，再留情哥要几天。
送郎送到对门坡，对门坡有好羊荷。
手搬羊荷来定坐，二人唱首分离歌。

送郎送到磨房内，就将磨房作比方。
两根绳儿高吊起，上扇不忙下扇慌。
送郎送到柑子林，手搬柑子诉苦情。
好吃柑子要削皮，好耍哥妹要分离。
送郎送到椒子林，手搬椒子诉苦情。
六月椒子起黑心，好耍哥妹要分身。
送郎送到茶二岩，妹问情哥哪时来。
妹在家中常思念，哥哥一定早天来。
送郎送到岔路口，叫声情哥慢慢走。
悬岩陡坡你莫去，谨防情哥摔跟斗。

打闹歌

一下土来把锣打，要打二九一十八。
哪位哥子好玩耍，开金口来露金牙。
一下土把锣来敲，土头长有野猪苗。
薅草之人要注意，忌讳莫薅狗刨骚。
锣打当中鼓打心，薅草之人听原因。
这家老板好得很，菜饭香甜暖人心。
太阳起来绿茵茵，薅草之人听分明。
薅草莫薅猫壅屎，检查出来对不起。
山歌唱在这的来，前杵坎来后杵岩。
前头杵在坎坎上，把你的手艺放出来。
好久没在这湾来，这湾乱草长起来。
打把钢刀甩上去，只见乱草滚下来。
好久没有唱山歌，喉咙起了蜘蛛窝。
一捶打烂蜘蛛蛋，屡屡疤疤该几多。
锣沉沉来鼓沉沉，打鼓师傅听分明。

你把好歌唱几首，阳雀过山无传名。
大田薅秧沟对沟，拣个螺蛳往上丢。
螺蛳 欢郎唱 流。

教训三千徒
鸦鹊打呀有客来，
缝衣要从袖上起，
太阳当顶没当斜，没有见
烟杆还在重庆府，茶在深山没发芽。
太阳当顶没当偏，没有老板喊吃烟。
烟杆还在遵义府，火镰还在灶门前。
哥来懒三爷，别人来早你来迟。
啥耽搁了，脱了裤儿望跳蚤。
太阳出来当把火，借我凉帽不还我。
你要凉帽来拿去，六月太阳晒死我。
太阳出来红又红，马桑树上挂灯笼。
风吹灯笼团团转，火烧灯笼遍山红。
太阳落土没落坡，扯把茅草搓两搓。
你搓茅草做哪样，拴住太阳唱山歌。

比英雄

你的没得我的多，
我的山歌用牛拖。
枷担纤索一齐断，
只见山歌滚满坡。

你的没得我的多，
我的山歌牛毛多。
唱了三年六个月，
才唱一只牛耳朵。

你的没得我的有，
我的山歌几挞斗。
哪年耗子抠个眼，
流出几千几万首。

你的没得我的难，
我的山歌实在难。
牛角上面起房予，
四合天井起不完。

你的没得我的难，
我的山歌才叫难。
牛角上面打豆子，
七十二把连盖翻。

你的没得我的难，
我的山歌硬是难。
牛角上面挖水井，
千军万马喝不完。

缸子下河要遭烂，
鸟梢下河要遭盘。
砂罐装鱼要团转，
筲箕园锅大不暗。

岩上滴水响叮当，
叮叮当当滴成塘。
虽然是股慢滴水，
慢慢滴水过大江。

岩上滴水响叮当，
叮叮当当滴成塘。
我一口喝来包嘴里。
看你如何过大江？

我是岩上小石头，
你是岩脚老水牛。
石头落在牛背上，
问你抬头不抬头？

你是岩上小石头，
我是岩脚老烂田。
石头滚在烂田里，

要想翻身五千年。

大河涨水小河让，
一让让到岸坎上。
端起柱头让磉磴，
行走天下让得人。

大河涨水浑羹羹，
乌龟下河洗眼睛。
蚌头叫它兔崽崽，
气死乌龟大将军。

又要唱，
书本搁在炕架上。
今朝遇到老先生，
取它下来拍扬尘。

老先生，
取下书本拍扬尘。
你在拍，我在吹，
半天云内都是灰。

你是岩上嫩青杠，
砍你下来做碓桩。
三碓米来两碓糠，
看你心慌不心慌。

叫你不要干叫唤，

好比烂船下陡滩。
整做两个大波浪，
看到你的船就翻。

大河涨水小河翻，
扯根灯草做桡杆。
人人说我桡杆小，
小小桡杆撑大船。

你唱这首本也好，
买条花帕来遮倒。
十字路口打开望，
尽光一箐瘸疙宝。

黄鳝是个尖嘴嘴，
打我的田坎漏我的水。
我今天一爪揪住你，
看你咧咀不咧咀。

青杠叶子豹子口，
哪个没你那两首。
三首两首对住你，
鼓起眼睛喳喳口。

小小鱼鳅不要犟，
一爪抓你在田坎上。
整住两天太阳晒，
喳口喳口见阎王。

你在唱，我在追，
你会腾云我会飞，
你要找我成对手，
害怕哈哈①要吃亏。

一不高，二不矮，
今天就把歌场摆。
你要找我成双手，
害怕哈哈要撮拐。

说不怕，就不怕，
碇子捏起水桶大。
椒子树上磨碇子，
檬子树上试两下。

李树开花白又白，
我今劝你莫款白②。
脸上怕起冬瓜灰，
眼睛怕起绿豆色。

你那首，不唱它，
两手挽在石旮旯。
抓把泥巴来糊倒，
管它发芽不发芽。

① 哈哈：一会儿。
② 款白：说大话。

巴山豆，开黄花，
你我都叫弟兄家。
你把好歌唱两首，
不要搞些乱七八。

你有山歌唱山歌，
我无山歌打嗬嗬。
哦嗬哦嗬三哦嗬，
三个哦嗬当首歌。

一升麦子三斤面，
一首山歌重三遍。
对门有个王聋子，
他都听见七八遍。

高粱秆，节节长，
砍它下来做大梁。
一升高粱三升糠，
没得山歌学牛昂。

又要唱，
毛巾搭在肩头上。
毛巾落地脚来勾，
会唱师傅走前头。

又要唱，
仙风吹过铁拐李。
韩湘子，吕洞宾，

又来陪侍老先生。

新打磨子八方齿，
撮升豆子来推起。
三尺麻布缝口袋，
三手两手挤干你。

老先生，
站在歌场听原因。
身材没得三尺高，
一锤打你四脚伸。

新打镰刀口口薄，
未能开齿未能割。
割出好多丝茅草，
见过好多大场合。

小小公鸡才学叫，
把我老公鸡吓一跳。
老公鸡来起黄斑，
一嘴啄你几捞穿。

青茄麻，黄茄麻，
你在田中呱打呱。
三逍犁来两道耙，
浑水一呛就无法。

稗子哥，稗子王，

你在田中好占强。
一爪抓你在田坎上，
秧子翻青你翻黄。

唱歌师傅莫打僜①，
我在半路难得等。
牛角弯弯栽茄子，
有点根根也不很②。

要比歌，就比歌，
你的头发像狗窝。
乱七八糟理不顺，
尽唱一些重重歌。

你说我重我来重，
倒是你的耳朵聋。
我有几千几万本，
改头换尾大不同。

不会唱歌不要来，
莫学乌龟爬陡岩。
四脚四爪爬不起，
累像瘊子③气不来。

---

① 打僜：时断时续。
② 不很：不多或不深。
③ 瘊子：哮喘病人。

锣要响，鼓要鸣，
看你唱歌不得行。
黄兔最怕药箭打，
蚂蚁最怕热尿淋。

天上星宿排大排，
说是行家你才来。
不是行家请转去，
扬州卦儿亮开来。

你有文歌唱文歌，
我无文歌唱山歌。
你有水田耕水田，
我无水田耕山坡。

古怪古怪真古怪，
碓窝当着帽子戴。
戴起帽子又跳戏，
不受看来不受爱。

喝酒不等酒杯干，
唱歌不准歌声断。
酒壶干了再去买，
歌声断了最难堪。

打你胡说放臭屁，
哪首山歌是我的？
八月十五月亮大，

偷我的荷包当你的。

不会唱，莫耍赖，
歌场耍赖是无柴。
要么请我送两捆，
要么喊你师傅来。

说要来，就要来，
我在屋头打草鞋。
草鞋拿来倒穿起，
上坡犹如下坡来。

说要来，就要来，
倒杯茶水端拢来。
陪倒师傅唱几首，
从头一二唱起来。

锣鼓歌

不提鼓来由自可，
提来鼓来有根生。
鼓腔本是沉香木，
它在青山长成林。

张郎过路不敢砍，
李郎过路不敢占。
只有鲁班佛法大，
树倒一声惊动天。

截了头，锯了颠①，
不要两头要中间。
改的改来拖的拖，
锯子口内起风波。

长的锯起三十块，
短的锯起十五双。
长的拿来装房屋，
短的拿来打鼓腔。

有了鼓腔又无钉，
没有钉子不得行。
又到扬州去称铁，
八卦炉中去打钉。

大的打了三百颗，
小的打了三百双。
大的钉子钉三路，
小的钉子钉两行。

大鼓拿来寺庙用，
小鼓拿来歌郎行。
鼓儿已经说分明，
又将锣儿理根生。

不问锣儿由自可，

① 颠：树梢。

问起锣儿有根生。
寅时一年开铜厂，
卯时一年铜厂生。

转起铜锣十二面，
六面阳米六面阴。
阴的拿来管小鬼，
阳的拿来歌郎行。

正月砍土闹洋洋

正月砍土闹洋洋，
二月挑粪上山冈，
三月清明泡谷种，
四月立夏栽早秧，
五月六月随风长，
七月八月满田黄，
大镰打了二十把，
小镰打了十一双，
好坝谷子黄沉沉。
大仓装满小仓装，
家家煮出白米饭，
先敬祖先后才尝。

山　歌

周不周，
不该凑它凡箩篼。

你说你的箩篼大，
给个蚊虫还露丑。
周不周，
要唱前朝古人丢。
我今唱个全不全，
要唱前朝古人言。

三皇五帝

盘古初分天地茫，
天皇地皇与人皇。
女娲炼石补天上，
伏羲八卦定四方。

神农尝药传世上，
轩辕黄帝制衣裳。
尧帝为君把贤访，
禹王治水分九江。

桀宠妹喜帝业丧，
纣王无道败商汤。
挖心死了比干相，
西岐又出周文王。

渭水河边把贤访，
凤鸣岐山鸟呈祥。
平王东迁洛阳地，
列国诸侯各逞强。

孔门三千徒众子，
七十二位是贤良。
颜回好学短命死，
孟子去见梁惠王。

秦吞六国统天下，
楚汉相争摆战场。
九里山前打一仗，
逼死霸王在乌江。

王莽篡位十八载，
刘秀十二走南阳。
吕布杀死董丞相，
桃园结义刘关张。

圣人五关斩六将，
三请孔明卧龙岗。
三国尽归可马掌，
东西两晋宋齐梁。

炀帝无道烽烟起，
英雄豪杰聚瓦岗。
杨广观花把命丧，
天下诸侯尽投唐。

陈桥兵变后周丧，
黄袍加身赵玄郎。
世代忠良杨家将，

十二寡妇个个强。

说起宋朝包丞相，
铁面无私保宋王。
岳飞精忠把国报，
英雄美名千古扬。

正月好唱文曲星，
手拿白纸画麒麟。
画龙画虎难画骨，
知人知面不知心。

二月好唱文曲星，
打扮哥哥上南京。
在家不会迎宾客，
出门方知少主人。

三月好唱文曲星，
山中树木已发青，
山中难找千年树，
世上难找百岁人。

四月好唱文曲星，
海水涌齐桥后门。
一翻一复山溪水，
三番四复小人心。

五月好唱文曲星，

划起龙船喜盈盈。
长江后浪催前浪，
老了前人有后人。

六月好唱文曲星，
后园有根嫁接樱。
有心栽花花不发，
无心插柳柳成荫。

七月好唱文曲星，
新打戒箍送情人。
郎说钱财如粪土，
娇说仁义值千金。

八月好唱文曲星，
八月中秋月光明。
为人不做亏心事，
半夜敲门心不惊。

九月好唱文曲星，
菊花造酒满缸醉。
不信但看筵前酒，
杯杯相劝有钱人。

十月好唱文曲星，
十月有个小阳春。
雨水调匀先结果，
向阳花木早逢春。

十根藤

一唱一字一根藤，
大郎死了不忍心。
手提长枪去出阵，
马踏如泥把命倾。

二唱二字二根藤，
二郎坐在灌州城。
灌州江口是他坐，
锁住孽龙不放行。

三唱三字三根藤，
桃园结义三个人。
杀牛宰马敬天地，
三人同死不同生。

四唱四字四根藤，
要唱四姐一个人，
四姐坐在斗牛宫，
手中提个摄魂瓶。

五唱五字五根藤，
要唱五郎一个人。
五郎怕死去出家，
五台山上去修行。

六唱六字六根藤，
要唱六郎一个人。
只有六郎胆子大，
镇守三关一座城。

七唱七字七根藤，
要唱七郎一个人。
七郎死在潘洪手，
七十二箭痛肝心。

八唱八字八根藤，
要唱八郎一个人。
八郎不是亲生子，
半夜回营看母亲。

九唱九字九根藤，
要唱九姐一个人，
九姐自来佛法大，
撒豆成兵定太平。

十唱十字十根藤，
要唱唐王一个人。
唐王叫花为天子，
十磨九难为好人。

唱“十个字”

一字下来一条枪，

关爷要到古城墙。
关爷要走城墙过，
击鼓三通斩蔡阳。

二字下来二条龙，
二郎老祖显神通。
手提金鞭银链子，
他到潭川锁孽龙。

三字下来数满阶，
杨家有个女琼钗。
黄风吹过琼钗女，
怀中引下太子来。

四字下来不留门，
黑脸包爷不留情。
他去扬州定举市，
杀死扬州国丈人。

五字下来正当中，
杨家有个老令公。
杨家令公佘家女，
所生六子在朝中。

六字下来绿荫荫，
杨家有个女将军。
会要钢刀场中宝，
击破天门穆桂英。

七字下来把脚撬，
四川有个洛园桥。
观音老母桥上坐，
十八罗汉把手招。

八字下来两边排，
八洞神仙下凡来。
八洞神仙齐下海，
各显神通艺子来。

九字下来九岭湾，
王母老娘去悬幡。
钢刀搁在山头上，
一步跳出鬼门关。

十字下来一朵墙，
韩信追赶楚霸王。
霸王逼到乌江死，
韩信功劳不久长。

唱百岁

一抬头，用目观，
大红对子贴两边。
天连地来地连天，
仙山仙水出神仙。

一十三龄天外天，

吃了三顿茶和饭。
送在学堂把书读，
读书容易背书难。

为人到了二十三，
血气方刚正当年。
山上砍柴连根藤，
两担合来成担担。

人生到了三十三，
收拾包包走江山。
人不出门身不贵，
出得山门天地宽。

人生到了四十三，
收拾包包打回转。
心想回去办庄稼，
半年辛苦半年闲。

人生到了五十三，
花印之时往回看。
人老一年多一岁，
树老一年多一圈。

人生到了六十三，
耳顺之寿今已满。
又看人间换甲子，
一轮甲子又翻番。

人生到了七十三，
好比烂船下陡滩。
船下陡滩莫要怕，
细细心心撑桡杆。

为人到了八十三，
八十老翁耳不尖①。
心想花园观花景，
孙儿扶来孙女牵。

为人到了九十三，
九十公公汗不干。
行不难，坐不难，
走路不用杵杆杆。

为人到了百岁龄，
奏与皇帝得知闻。
皇帝虽然坐高位，
还向老翁问根生。

访根生，问根生，
时时辛苦不得停。
爬山爬岩受风雨，
粗茶淡饭强骨筋。

① 耳不尖：听力不好。

栽秧歌

男：
打田栽秧丘对丘，捡个螺蛳往上丢。
螺蛳晒得大张口，娇妹晒得汗水流。
打田栽秧丘对丘，捡个河蚌往上丢。
秧鸡要找秧公子，娇妹要找少年郎。

女：
打田栽秧水又混，娇妹落了绣花针。
捡到花针来还我，罗裙脚下谢你们。

男：
打田栽秧水又白，你落花针我捡得。
心想马上来还你，怕你罗裙脚下舍不得。

女：
打田栽秧作对作，娇妹却把鞋来脱。
过路大爷莫笑我，丈夫年小莫奈何。

男：
打田栽秧行对行，情哥栽秧妹帮忙。
生怕签签签个眼，又怕脚上有蚂蟥。

女：
打田栽秧行对行，我歌要比你歌强。
小了不要冒充狠，小心把你踢过墙。

男：
打田栽秧行对行，心想小妹来帮忙。
栽个窝窝对窝窝，栽个行行对行行。

女：
打田栽秧排对排，老娘说的记心怀。
要知老娘不好惹，一记耳光打下来。

男：
打田栽秧窝对窝，一根蚂蟥往上梭。
快要梭到岩子洞，小妹慌忙往下摸。

女：
打田栽秧窝对窝，在我面前少啰唆。
再不封口对不起，老娘要来揪耳朵。

麦子好

一颗麦子两头尖，拿它栽在三等田。
天晴下雨不管它，狂风吹来它不偏。
人人说它寿命短，只能活到五月间。
一打黄头就割它，索子捆好扁担挑。
挑到场坝链架打，撮在口袋搭几天。
拿到磨房去磨粉，好像寒日雪飞山。
拿瓢冷水拌一拌，一拌拌成几大团。
将它做成肉包子，用点红糖包中间。
将它做成糖饼子，接亲嫁女它在前。
将它擀好做挂面，拿去亲戚坐几天。

拿出远门做晌午，上走云南下四川。
人人说是麦子贵，千种百样变成钱。

采茶歌

（一）

正月采茶是新春，庆贺诸亲道友们。
请坐中堂把宴摆，金童玉女把酒斟。
蒲盘装的龙凤果，玉液琼浆香味馨。
香味馨　香味馨，吃了长生不老春。
二月采茶是春分，百草发芽往上生。
春雷一动阳光润，万物发生育养青。
修行好比春来草，不见其长日有生。
日有生　日有生，久远不退坐莲凳。
三月采茶是清明，家家户户去扫坟。
扫尽尘垢参宗祖，保佑儿孙入朝廷。
左右相伴君王主，龙楼凤阁我住定。
我住定　我住定，才是得道好美名。
四月采茶四月八，官民朝贺佛菩萨。
佛祖修炼善功大，割头鸟道谁学他。
善男信女听佛法，玄机兴妙真无价。
真无价　真无价，得受一贯祖宗拨。
五月采茶是端阳，龙船轰轰办道场。
驾船儿郎普开渡，头尾艄公把船掌。
着力划到曲江岸，有功儿女讨封赏。
讨封赏　讨封赏，仙衣云鞋登莲邦。
六月采茶热难当，种田农人修整仓。

谷子扬花成季放，时节已至收回藏。
三花取顶五谷会，龙吟虎啸入黄房。
入黄房　入黄房，万脉归根极乐乡。
七月采茶正立秋，心猿意马牢拴收。
恐防遇着迷魂鬼，失落真性地狱囚。
三省吾身当保守，九思自然功成就。
功成就　功成就，逍遥快乐步银洲。
八月采茶桂花香，诸佛下世架慈航。
要度九二原来子，同上灵山伴法王。
大觉金仙来取会，妹妹相逢伴亲娘。
伴亲娘　伴亲娘，人人坐定紫金堂。
九月采茶是重阳，怀中佛法紧色藏。
王法堂前官严禁，言语慎微莫癫狂。
暗钓贤良证佛榜，万古名标天下扬。
天下扬　天下扬，总知修人好风光。
十月采茶降雪霜，伏外故客早回乡。
看看三灾八难降，失乡儿女怎躲藏。
罡风一动难抵挡，任是仙人也作忙。
也作忙　也作忙，得受玄关无惊慌。
冬月采茶雪飞天，办道儿郎莫外迁。
个个等候龙砂会，收园普度在眼前。
众观时年大改变，愚昧众生看不穿。
看不穿　看不穿，他想家财受万年。
腊月采茶雪梅开，伶神儿郎要归来。
那时五魔来下界，官员才把天道拜。
诸佛齐赴蟠桃会，功圆果满脱圣胎。
脱圣胎　脱圣胎，常伴老母永不来。

（二）

正月采茶是新年，二十四季要秋拳。
刘权敬关游地府，借尸还魂李翠莲。
二月采茶茶发芽，富贵荣华是主家。
文官提笔管天下，武官提刀定太平。
三月采茶茶叶青，红娘端酒敬张生。
张生拉住红娘手，红娘抿嘴笑吟吟。
四月采茶茶叶长，剪发行孝赵五娘。
一时不见磨儿响，房中生下小七郎。
五月采茶茶叶圆，关公月下斩貂蝉。
关公斩了貂蝉女，春秋四季万古传。
六月采茶茶叶稀，孟姜女儿送寒衣。
寒衣送到长城去，不见奴夫在哪里。
七月采茶秋风凉，韩信追赶楚霸王。
霸王追到乌江去，韩信功劳不久长。
八月采茶是中秋，隋炀皇帝下扬州。
一心要观琼花景，万里江山一旦丢。
九月采茶是重阳，刘秀十二下南阳。
遥骑五马又龙架，二十八宿闹坤阳。
十月采茶小阳春，宋朝员外田子贞。
天子要把红灯办，抛别妻子罗会英。
冬月采茶雪飞天，汉朝员外是张千。
斗牛宫中去游转，碎出天棚在人间。
腊月采茶得一年，夕日受苦范龙贤。
文官习匾朝阳县，相子度妻在西天。

放羊歌

正月放羊正月正，陟彼堂前二双亲。
陟彼堂前双亲在，农姑放羊要起身。
二月放羊是春分，滥草盘芽遍地生。
羊儿不吃平地草，要吃悬岩陡坎青。
三月放羊是清明，清早起来去上坟。
有儿坟上挂白纸，无儿坟上草青青。
四月放羊四月八，白天放羊夜绩麻。
白天放羊三百个，夜晚绩麻麻半斤。
粗的绩来猫毛细，细的绩来婆婆看不真。
只怕幺妹昧良心，半斤当做四两称。
婆婆提起秤杆打，幺妹拿起秤砣整。
秤杆打来由自可，秤砣打来血喷心。
五月放羊是端阳，蚊子蝇虫来团坐。
蚊子蝇虫咬一嘴，好似钢刀理心肠。
六月放羊热忙忙，不遭雨淋晒太阳。
羊儿晒得蔫委委，农姑晒得汗水淌。
七月放羊是月半，婆婆待我粗茶饭。
粗细活路叫我干，破衣烂裳归我穿。
八月放羊是中秋，四处都在忙秋收。
农姑放羊日落回，乖乖羊儿把屋归。
九月放羊是重阳，处处闻到糍粑香。
蜂蜜炒面沾糍粑，唯我农姑不得尝。
十月放羊小阳春，雷光闪闪惊吓人。
泥汤糊迄大腿上，冒着大雨去赶羊。
冬月寒风呼呼响，冷气逼人遍山凉。

赶着羊儿下溪边，溪边才有嫩草长。
腊月数九冰冻天，单衣薄袖受熬煎。
世间人们不一等，唯我农姑没有天。

道真闹歌场

一字下来打金钩，外有八字两边丢。
写个田字来封口，写个十字要出头。
此字名为东字唱，山歌唱起到东方。

十字下来一堵墙，里头关的一只羊。
小小羊儿不会睡，反脚蹬垮一面墙。
此字名为南字唱，山歌唱起到南方。

一字下来一口塘，四根柱头顶根梁。
鲁班要往城内过，曲尺墨斗在中央。
此字名为西字唱，山歌唱起到西方。

七字下来本也苦，背上背的黄泥土。
写些字来认不得，又去北方问真武。
此字名为北字唱，山歌唱起到北方。

团转唱来团转有，唱来这部封龙口。
孔夫子，不害羞，挂起神棍通一通。
此字名为中字唱，山歌唱起到中央。

金鸡拍翅闹洋洋，今天这里开歌场。
开起歌场大家唱，唱到月落出太阳。

菜籽不打不出油，要唱山歌先起头。
菜籽还要油匠打，唱歌还要哥起头。

山歌好唱难起头，好比木匠造皇楼。
铁匠难打铁狮子，石匠难雕铁绣球。

唱歌不是人发懒，也是前朝古人传。
广西有个刘三姐，爱唱山歌登了仙。

山歌好唱口难开，杨梅好吃树难栽。
衣服好看无钱买，想起想起口难开。

不唱山歌不开怀，唱起山歌精神来。
扯开嗓子唱开去，唱走忧愁不拢来。

叫我唱歌我不愁，能唱河尾对河头。
唱得江河波浪起，唱得江河水倒流。

一副盆子三副碗，云贵两省我都管。
别人面前讲大活，我们面前你不敢。

歌有头，话有因，水有源流树有根。
一怕唱动黄花女，一怕唱动半路婚。①

螃蟹生来八只脚，背上背个铁壳壳，
肚里没得三首歌，心想入我们大场合。

① 半路婚：小寡妇。

不要慌来不要忙，我在心头做文章。
要写牛郎配织女，要写梁鸿配孟光。

说要来，就要来，不要啰唆紧倒挨。
你要挨出太阳落，他要挨出月亮来。

说要来，就要来，三朵梅花骤地开。
花开花落有时候，花不逢春不乱开。

太阳落土又落坡，抓把糠壳索索搓。
抓把糠壳搓索索，套住太阳唱山歌。

木鱼是个空壳壳，敲来敲去念弥陀。
哪怕一天敲到黑，没得山歌唧得活。

一颗豆子圆又圆，推包豆腐卖成钱。
人人说我生意小，小小生意赚大钱。

栀子花儿香又香，插在我家大门枋。
轻轻一阵风儿过，香飘十里送妹尝。

不上高山不见天，几时得过太平年。
再等三年时运转，朝朝日日像过年。

天不下雨路不滑，人不勤快不发家。
千两黄金埋地下，哪个勤快哪个拿。

要吃凉水跟沟上，子弟聪明在学堂。

要想求官往外访，五子登科状元郎。

八月收割是中秋，农夫田中把谷收。
吃粮不忘先人苦，古有神农今有收。

说天皇，唱天皇，要唱混沌与人皇。
张家龙王天上坐，李家龙王治地壤。

说天皇，唱人皇，人生有父又有娘。
伏羲来把人烟制，制了八卦定四方。

说天皇，唱天皇，轩辕黄帝做衣裳。
神农黄帝制五谷，有吃有穿才算强。

说天皇，唱人皇，鲗鲧用木来造房。
张郎过路把计设，房屋造起一幢幢。

说天皇，唱天皇，大禹治水分九江。
燧氏钻木来取火，人们才吃熟食粮。

说天皇，唱天皇，天上原来无毫光。
女娲出来把天补，白天才能见太阳。

十七十八正唱歌，二十四五事情多。
三十四五要当家，哪有闲心唱山歌。

十七八岁不唱歌，二十七八儿女多。
背一个来抱一个，哪得时间唱山歌。

十七十八歌不多，二十四五歌挨歌。
只要提出三五首，怀中取出几大箩。

十七十八爱香花，没得几年在娘家。
不得几年娘家坐，没得几个十七八。

有歌不唱压断肠，有衣不穿压破箱。
年轻女子不打扮，老来打扮没得样。

山歌不唱忘记多，大路不走草成窝。
快刀不磨生黄锈，胸膛不挺背要驼。

山歌好唱难开声，苦瓜好吃苦殷殷。
黄瓜好吃一包水，丝瓜好吃一包筋。

太阳出来晒白岩，白岩高上搁砚台。
砚台高上搁笔墨，笔墨上面取秀才。

太阳出来红彤彤，烟子出来逞蚊虫。
蚊虫落在烟子口，山歌落在我怀中。

吃了烟来抖烟灰，烟灰抖起几大堆。
一股黄风来吹散，吹散吹散又团堆。

吃了饭来饭胀腰，后檐有根隔山翘。①
隔山翘来磨水吃，寅时吃了卯时消。

① 隔山翘：一种药物。

吃了饭，碗落台，就从碗儿唱起来。
碗儿又是哪家女，带到哪家长出来？

吃了饭，碗落台，又从碗儿唱起来。
碗儿本是泥家女，带到窑家长出来。

太阳起来红又红，马桑树上挂灯笼。
风吹灯笼团团转，今年不比往年同。

葛藤开花枝对枝，一首山歌一首诗。
杨柳开花柳对柳，你一首来我一首。

唱歌还要起尖声，山前山后有人听。
罗音秀才骑马过，也且勒马听一听。

大河涨水小河流，我在河中打石头。
河的鲤鱼来按我，我一步跳上九重楼。

大河涨水小河流，丢把镰刀顺水流。
问你镰刀哪里去，龙王家下割草头。

高山跑马路不平，双手勒住马缰绳。
马背摔死英雄汉，河中淹死会水人。

桐子开花口朝天，阳雀扒窝①在半天。
哪个拣到阳雀蛋，五子登科点状元。

---

① 扒窝：做窝。

不走河坝不脱鞋，不是戏子不上台。
不会栽葱无菜卖，不会唱歌我不来。

天上落雨地下粿，黄丝蚂蚁在搬家。
天晴展在大路上，落雨展去石旮旯。

抓把芝麻甩上天，我的歌儿万万千。
尖起拇指拈一点，随便陪你唱半年。

普陀岩上坐观音，紫灵台上坐将王。
不怕你是老角色，硬要搞你两头忙。

劝世歌谣篇

劝世歌

读得诗书当大蚯，莫等本流第三圻。
水流三圻难回转，人到终年万事休。

读书之人要用心，莫在学堂哄先生。
哄了先生容易过，误了自己一平生。

读书之人要用心，多读诗书当黄金。
知道诗书黄金贵，夜点明灯读五更。

读书之人要用心，文房四宝带随身。
提笔写字要端正，口读字句要分明。

读书之人要志诚，莫在学堂哄先生。
哄了先生由自可，手拿白纸去求名。

读书要读《三字经》，写字要写上大人。
万丈高楼平地起，浅水淘沙渐渐深。

半盘萝卜半盘姜，家花没得野花香。
家花不香年年在，野花香来不久长。

家花好比檐上瓦，野花好比瓦上霜。
瓦上霜，瓦上霜，太阳一出化长江。

大路不平石板薄，石板栽花花不活。
石板栽花花要死，露水夫妻靠不着。

说风流，劝风流，妹劝情哥少风流。
不远有个风流汉，如今还在班房头。

说孝顺，唱孝顺，自从盘古到如今。
那朝不谈孝父母，古往今来数不清。

昔日谭香奉双亲，一心要报父母恩。
朝朝奉文忘了苦，颗粒饭食敬母亲。

董永从小就帮人，为了父亲去卖身。
孝顺感动天和地，七姐下凡来成亲。

孝顺父母第一门，黄香孝母把席温。
夏天为母来扇枕，然后黄香才落心。

花椒女儿哭麦黄，木莲和尚救爹娘。
经书和母横担起，后来母子上天堂。

出门也应念母亲，公婆在堂要孝顺。

黄氏女儿逝地府，七岁之上对经文。

腊月冰多天气寒，王祥脱衣卧冰间。
龙王送出鱼一个，救了母亲身愈痊。

世间大孝叫蔡顺，孝顺父母世有名。
公婆爹妈第一件，自己不食呈双亲。

世间却有巧事情，孟宗哭竹冬生笋。
神仙见他真诚孝，地神送上笋一根。

斑衣戏彩称大孝，闵子顾寒传古今。
丁兰刻木表孝心，郭巨埋儿天赐金。

你不孝顺理不正，要问身从哪里生？
十月怀胎娘辛苦，理所应当奉双亲。

不孝之人忤逆儿，谁不看成眼中钉。
若人说到忤逆子，问他身从哪里生。

羊跪乳来鸦反哺，为何为人要从忤？
为人不如禽兽意，要把良心放何处？

天下理由是一般，抚儿育女代代传。
前传后教依然走，一代还代竟相然。

爹娘为儿痛心肝，又喂奶来又喂饭。
生怕儿女受冻饿，儿女成人也应还。

劝你奉老多行孝，古人先见一条条。
后人照做无异样，就算为人就从常。

孝顺说了十六条，好人好事有人表。
劝你为人先孝顺，四海显名人知晓。

娘十劝

一劝姑娘家，随娘生长大，婆家好比是娘家，说话要秀雅。
二劝姑娘们，切莫要逞能，挑花绣朵比人能，盖过多少人。
三劝女出嫁，就要到婆家，为娘说话要听话，免得讨咒骂。
四劝出了嫁，改姓配婆家，叔公大伯莫亏待，才算老行家。
五劝女心怀，茶饭不要呆，走人走户还要快，早去早回来。
六劝女心肠，吵架莫外讲，笑脸就把哭脸当，那才真在行。
七劝当嫂嫂，妯娌要和好，莫要时常把嘴吵，还要大让小。
八劝姑子多，对待要随和，同锅舀食一屋坐，心眼不要多。
九劝待公婆，公婆嘴又多，好好服侍好好说，心平气要和。
十劝侍郎君，和顺心要诚，生辰八字来配成，姻缘前生定，

十劝郎

一劝郎，要学好，老是老来小是小，五阴六阳要分倒。
二劝郎来种庄稼，百般花柳眼莫花，锄头落地种庄稼。
三劝郎来莫打牌，你去打牌赢不来，输钱输米大不该。
四劝郎来莫赌宝，你去赌宝赢不倒，输钱输米难得找。
五劝郎来莫吃烟，吃了洋烟人发软，拖垮身子唧个办？
六劝郎呀要读书，读得诗书有用处，知书识礼懂世俗。
七劝郎呀莫嫌妻，你嫌妻子本无礼，妻子哪点错待你？

八劝郎呀莫嫌贫，要知八字也不灵，发财由命也由人。
九劝郎呀莫贪玩，自古贪玩无吃穿，贪玩玩耍失江山。
十劝郎来郎不听，奈何不得两离分，奴要另找勤快人。

劝妇女

奉劝世间老婆婆，几句要言记心窝。
抚儿抚女苦受过，屎屎尿尿洗得多。
湿床湿铺你睡过，一冷一热受搓磨。
是儿抚大接媳妇，是女抚大要出阁。
抚儿娶媳接香火，烧茶煮饭敬公婆。
媳妇做事如有错，还要耐烦来教说。
在家她靠爹妈过，出嫁要靠公与婆。
耐烦教训莫冒火，她才晓得孝公婆。
端茶送水把烟敬，与你生些香炉脚①。
媳妇原把女胜过，天天敬奉不离脚。
你若百年把世过，披麻送你上山坡。
年头岁尽点烛火，烧钱化纸把头磕。
婆贤媳孝恩德多，家道兴隆讲笑合。
婆婆无情媳无义，天天都在讲口角。
带下媳妇一生过，婆婆难作苦情多。
恐防弄出倾家祸，人人说你恶婆婆。
不会享福怪谁个，抚儿反转受折磨。
抚女好比是花朵，更比抚儿忧苦多。
儿满三岁由他过，女要包鞋缠了脚。
过余爱惜切不可，女工叫他趁早学。

---

① 香炉脚：男孩。

莫言拗性不爱说，锅头灶尾要走过。
三从四德记心窝，女工少做花花朵。
多操补缝做鞋脚，做得自然才不错。
凡事不推嫂与哥，若把光阴来混过。
嫁到婆家莫奈何，送去送来起了锅。
送回娘家受折磨，公婆丈夫看不过。
必定开言把你说，开言骂你父母错。
养你不教为什么，三言两语起了火。
闲言越说越是多，公婆的肚皮要气破。
爹妈气死又气活，这样女子戴大过，
恩人当作仇人磨，报应来时无处躲。
阎君拿你下油锅，殿堂地域你要坐。
人才再好又如何，叫她孝敬公与婆，
夸奖传授本不错，不枉抚儿受折磨，
丢丢心心把目过，你来我往情意多，
抚儿抚女是大事，世人谨慎来记着。

耍钱歌

正月里来是新年，郎骑白马去耍钱。
一去赢了三五吊，带信回来买大田。

二月赌钱菜花开，贤妻骂郎不成才。
百般生意眼前花，锄头落地是庄稼。

三月耍钱是清明，手拿白纸去挂坟。
白纸挂在坟头上，再去街上赌几文。

四月里来栽早秧，手牵牛儿累忙忙。
牛儿拴在田坎上，田坎下面赌一场。

五月赌钱五月五，贤妻劝郎不要赌。
郎在外面漂流耍，妻在屋头受清苦。

六月耍钱热忙忙，和身倒在逍遥床。
梦中听见骰子响，翻身不见赌钱郎。

七月里来七月七，耍钱之人无意义。
早晨烧锅无米下，黑了赢钱买马骑。

八月赌钱八月八，城隍庙里把咒发。
过了这回还去赌，十个指头烂裂牙。

九月赌钱九月九，轿子抬到大门口。
郎把贤妻输出去，执起瓢瓢去讨口。

十月赌钱小阳春，赌钱之人花了心。
大房小屋输光了，身上穿些烂筋筋。

冬月耍钱雪飞山，赌钱之人身穿单。
周身冷得像筛糠，脚上冰口卡浪宽。

腊月耍钱又一年，家家杀猪过新年。
人人都有团圆饭，耍钱之人光眼看。

父母恩情

一出人世叫哇哇，屎一泡来尿一泡。
吃粮食来喝娘奶，精心抚养儿成家。

刚学走路跟着娘，娘到哪堂跟哪堂。
背上是儿屎尿铺，手弯给儿当靠床。

娘省吃来又省喝，只望小儿得安乐。
家财万贯娘不想，只盼小儿快点长。

小儿长到两岁多，累死累活把儿拖。
娘睡湿来儿睡干，唯恐小儿身不安。

小儿长到三岁多，又怕小儿抖哆嗦。
求医寻药保儿健，盼子成龙当好汉。

抚儿长到四五六，“四书五经”买儿读。
早上送儿上学去，晚上把儿接回屋。

抚儿长到十二三，怕儿衣裳穿得单。
又问寒来又问暖，只求小儿得平安。

抚儿长到十四五，儿长大来娘辛苦。
儿要多为娘着想，不要偷来不要抢。

抚儿长到十六七，四处托媒把亲提。

东家访来西家问，就怕我儿当光棍。

抚儿长到二十三，媳妇过门就结怨。
一娘能养十个子，十子望着娘饿死。

抚儿到了二十五，儿子媳妇眼睛鼓。
不管爹来不管娘，心寒心伤哭一场。

父母养儿要孝道，幼小就要多管教。
莫养娇娇害娇娇，以防长大折了腰。

苦歌篇

诉苦歌

仡佬坐在高山山，风来雨来把门关，一天两碗渺渺饭[①]，肚皮烤起火斑斑。

春嗯又去了，秋哦来了，背起了娃娃呀来找孩子的爸，来到了高粱地哟！不见了孩子爸，只好背起了娃娃回娘家。

忆从前

仡佬住在石旮旯，种田种地来养家。
男子出门卖手艺，女子在家纺棉花。

石旯住的仡佬人，一年四季忙不停。
又种田来又种地，年年盼望好收成。

仡佬住在大石山，靠它吃来靠它穿。
要将石头盖房子，烧成石灰卖外边。

---

① 渺渺饭：玉米饭。

仡佬住的是石坡，三块石头撑个锅。
住房要用石头盖，包谷种在石窝窝。

从前阿仡住石山，没有吃来没有穿。
篙箕无粮高挂起，黄棕拿来当衣穿。

从前阿仡住石坡，三块石头撑口锅。
有了柴来又无米，月婆没有米汤喝。

从前阿仡住石山，又愁吃来又焦穿。
篙箕放起扬尘吊，甑子散在灶门边。

从前阿仡住石山，没有吃来没有穿。
一年到头有活干，大年三十无晚餐。

阿仡住的是石山，冬天没有衣裳穿。
豆秆灰中烧洋芋，一家老小围火边。

阿仡住的茅草屋，望见太阳月亮出。
寒冬腊月狂风起，一家老小不出屋。

阿仡住的茅草房，不挡风来不遮阳。
十冬腊月寒风起，一家老小不离房。

阿仡住在石山坡，丹砂珠宝有许多。
财主吃得肥又胖，阿仡滴水不进锅。

阿仡住在石山坡，金银铜铁有许多。

金银用来交政府，铜铁阿佐留做锅。

阿佐住在大石山，又种地来又炼丹。
财主要我交租子，丹砂收去贡大官。

阿佐住在大石山，除了大石就是天。
天干外边去背水，下雨又把土地淹。

阿佐住在山里头，土地小块不用牛。
天干外边去背水，下雨水涨淹地头。

阿佐住在山里边，出门走路弯又弯。
五黄六月无人问，秋收财主进了山。

阿佐住在石山脚，五黄六月无人说。
秋收财主进到家，不是捉鸡定抓鹅。

说阿佐，讲阿佐，阿佐穷得了不得。
包谷稀饭蘸辣子，每年还要借租子。

阿佐过的苦日子，财主把我活害死。
记得那年谷不出，一斗还了三斗六。

阿佐那年被水淹，没有吃来没有穿。
欠了老板的租子，年年还债还不完。

哭　歌

星宿起来单打单，骑起马儿背起鞍。
大马拴在摇钱树，小马拴在佬人山。
佬人山上佬人坐，佬人山上有金砖。
金砖本是佬人做，就怕财主起心贪。
贪心财主真是恶，专整穷人就怕官。
官家爱的大财主，财主孝敬狗儿官。
财主狗官两相好，打打伙伙想金砖。
狗官财主心不好，摊捐派款到穷山。
佬人无法缴捐款，又遭抢去银子砖。
金砖银砖都抢去，佬人穷苦无衣穿。
狗官财主吃酒肉，穷人饿得把气叹。
大小饿得勤叫唤，整得穷人无路走。
拿起锄头挖狗官，挖死狗官挖财主。
挖他一个稀粑烂，杀死狗官财主好身安。

孤女歌

正月里来是新春，青草发芽遍地生。
别人有哥去玩耍，我无哥弟在家闷。

二月里来刮春风，农家挑粪闹沉沉。
别人有哥把粪挑，我无哥弟自己背。

三月里来是清明，家家户户去上坟。
别家坟上飘白纸，我无哥弟坟上草青青。

四月里来四月八，家家犁田又打耙。
别人有哥哥去做，我家无哥自己耙。

五月里来是端阳，包谷地头闹草荒。
别人有哥嫂去薅，我无哥弟无人帮。

六月里来六月六，人人长大去读书。
别人有哥把学上，我无哥弟不得读。

七月半来敬祖宗，我无地方诉苦衷。
别人有哥心宽畅，我无哥弟伤心肠。

八月里来谷已黄，大田大坝收割忙。
别人有哥和嫂做，我无哥弟自己收。

九月里来是重阳，心想找伴难开腔。
都嫌我家少哥弟，没有谁人来帮忙。

十月里来小阳春，心想招夫来上门。
都说上门怕受气，百事都由女支配。

冬月里来起寒风，抹干眼泪想出嫁。
都嫌我家少哥弟，心想的情人已落空。

腊月里来又一年，爹娘苦命命归天。
家财万贯哪个用？烧香烧纸哪个跟？

长工歌

正月里来是新年，老板下乡请长年。
长年开口五百吊，老板只给两百钱。
二里来月二月中，背起包包去上工。
老板前头打空手，空子长年拿锄头。
三月里来是清明，当门犁田闹沉沉。
这铧犁了那铧转，不知长年哪时满。
四月里来四月中，当门秧子青蓬蓬。
白天扯秧三百个，夜晚扯秧不算工。
五月里来是端阳，老板打酒兑雄黄。
老板吃了三五杯，空子长年不得尝。
六月里来六月中，蚊虫蝇子闹嗡嗡。
老板挂的红罗帐，空子长年喂蚊虫。
七月里来七月七，老板嫌我做不得。
我才答应三两句，老板挖苦好一歇。
八月里来八月中，当门挞谷闹哄哄。
白天挞谷三五挑，晚上捆草不得空。
九月里来是重阳，老板拿粑蘸蜂糖。
老板吃得肚子胀，空子长年空空望。
十月里来十月中，推磨舂碓闹哄哄。
老板吃的净米饭，红苕团团待长工。
冬月里来雪飞山，老板身上添毛毡。
长年穿件短汗衫，寒风呼呼透骨寒。
腊月里，去一年，背起包包去讨钱。
老板开的三五吊，又来定下第二年。
太阳翻了仡佬坪，我的山歌唱不赢。

牵马回来背起鞍，收拾山歌转回程。
细白草帽亮沙沙，头上撇朵栀子花，唱了这首不唱它。

皇粮歌

天上下雪又下凌，既无吃来也无穿。
这种天气怎么过，哪来粮食上皇粮？
为了借谷去串街，为了借粮去串寨。
借得谷粮心欢喜，不得谷粮泪满腮。

帮工歌

正月帮工正月正，想起帮人好寒心，
我要工钱三五两，老板只给三五分。

二月帮工去开荒，日晒雨淋泪汪汪，
为了顾命卖力气，累断腰来气断肠。

三月帮工到清明，转回家乡去上坟，
有钱之人挂白纸，无钱光眼看草生。

四月帮工四月八，老鸦做窠在树丫。
雀鸟还有窠歇脚，帮工之人无有家。

五月帮工过端阳，菖蒲美酒对雄黄。
老板千杯雄黄酒，帮工不得半口尝。

六月帮工六月六[1]，帮工难买二两肉。
受苦之人无节过，恨天不平放声哭。

七月帮工七月七，心想回家看娘亲。
地主老板不许走，从早哭到月亮明。

八月帮工过中秋，帮工之人心忧愁。
只见天上月团圆，帮工哪天才出头？

九月帮工过重阳，重阳造酒满缸香。
老板喝的桂花酒，帮工吃的菜和糠。

十月帮工进冷天，衣裳破来无人连。
裤子破来无人补，帮工之人好可怜。

冬月帮工难过冬，毛毛细雨夹凌风。
地主老板高楼坐，帮工之人住牛棚。

腊月帮工得一年，老板狠心卡工钱。
血汗换钱丢大海，白给地主干一年。

娘与女儿说一说

（一）

白果生来椏枝多，多儿多女受折磨。

① 六月六：仡佬族节日。

养儿养女多辛苦，好比雀鸟差不多。
白天含食喂儿女，夜晚羽下捂热和。
捂到毛干翅膀硬，雀儿长大离窝窝。
父母抚儿也一样，一心把儿抚养大。
长大还给说媳妇，说得媳妇嫌公婆。
嫌公能吃几大碗，嫌婆能吃几缸钵。
嫌公吃了只把烟杆摸，嫌婆吃了不能做杂活。
嫌公鼻涕淌嘴角，嫌婆衣服脏又破。
公婆整日生闷气，就往姑娘家中去。
走了一天又一夜，终于来到姑娘家。
姑娘开言去问妈，隔山隔水隔匹坡。
妈来我家是为哪般，妈妈从头一二把话说：
你哥你嫂嫌公婆，嫌你爹吃几大碗，嫌你妈吃几缸钵。
我们生气怄不过，来到你家伸个脚。
想起日子难得过，自己不死没奈何。
后园有棵吊颈树，堂屋有根吊颈索。
不知你娘是死还是活，我来跟你说一说。

（二）

瓜儿离不开藤，儿小离不开娘。
娘怀胎儿十月满，奔死生儿在娘房。
儿出生时爹妈很高兴，好比挖得一钵金。
娘怕小儿长不大，堂前烧香去祝福。
白日抱来夜晚想，听儿啼哭娘心焦。
急忙搂在怀中抱，轻轻拍儿把他哐。
小儿夜晚大小便，屎尿落在娘身旁。
臭气难闻娘不怨，娘睡湿处儿睡干。

左边湿了睡右边，右边湿了睡左面。
左右湿了无睡处，抱儿睡在母怀间。
娘翻身怕儿叫喊，把儿放在手弯弯。
夜晚又怕儿啼哭，睡起让儿把奶含。
整夜整夜不合眼，怕儿瞌睡睡不安。
天明轻轻把床下，梳头背儿下田坝。
娘正端碗在吃饭，小儿屎尿屙一片。
打整干净吃饭时，饭也凉来菜也冷。
只要小儿不生病，爹娘心中很喜欢。
小儿患了感冒病，爹娘时常把心担。
眼看儿病心难过，恨不得一手把病拈。
手拍乖乖把儿哐，口口声声叫心肝。
儿病知哭不知讲，爹娘吓得魂飞天。
急忙请医把儿看，无钱买药当衣衫。
吃药不好怕鬼犯，又请先生来烧钱。
烧钱不好又许愿，又在庙内去求签。
唯愿菩萨有灵验，保佑小儿病体安。
病好立即来还愿，不是今天就明天。
要等爹妈无忧愁，除非小儿一身安。

日月往返好似箭，小儿一天长一天。
小儿长到一岁满，儿会立站娘喜欢。
小儿长到两岁满，儿会走路不用牵。
小儿长到三岁满，担心难过痘麻关。
小儿长到四岁满，怕儿走近岩边与水边。
小儿长到五岁满，送进学堂把书念。
放学回家怕儿病，时常都在把心担。
夜晚点起灯一盏，督儿灯下读书篇。

娘纺麻纱做针线，一夜陪儿不能眠。
父母叫儿苦读书，将来能去做高官。
谁知儿大成了家，就把爹娘抛一边。
想起苦情难开言，不肖子孙枉活在人间。

（三）

贫穷爹娘无根本，要找吃来要找穿。
买得一升或半碗，米少只好把水掺。
饭少怕儿吃不饱，先叫小儿把碗端。
为儿为女有苦甜，挨饥受饿也喜欢。
爹娘出门赶场去，没有空手转回还。
糖食果品买一点，小儿手接笑开颜。
儿子长大要成家，父母设法把家安。
爹娘心都操碎了，择好日子配姻缘。
儿在外面做哪样，怕儿过渡把船翻。
儿在外面做生意，怕儿生意不赚钱。
儿若帮人在外面，怕儿手艺不值钱。
儿在外面不回转，爹娘许愿又求签。
请人到处去探听，不见儿影在哪边。
大年三十已来到，盼儿回家望眼穿。
年饭不见儿的面，纵有美味也难咽。
爹娘见儿把病染，临死眼泪都哭干。
想到此处真伤惨，不教之罪重如山。

当兵歌

正月当兵百花开，朝上文书发下来。

手拿文书打开看，望妹为哥做双鞋。
多钉扣来多钉襻，免得营中跑脱鞋。

二月当兵百花香，哥在营中练刀枪。
大刀磨得亮堂堂，小刀磨得白如霜。
笔墨拿给文官用，刀枪拿给武霜王。

三月当兵辞香火，祖宗神灵保佑我。
保佑营中得官做，杀猪杀羊敬香火。

四月当兵辞我公，我公胡子白蓬蓬。
对门有块养老田，将卖换钱配马鞍。
大田卖得三两五，小田卖得二两三。
拿得三两去买马，拿得二两去装鞍。
还剩八钱没有用，送给小孙做盘缠。

五月当兵辞我婆，我婆家中织绫罗。
多织绫罗送给嫂，免得嫂嫂眼泪落。

六月当兵辞我爹，望爹宽怀少伤心。
早晨烧香化钱纸，夜晚烧香保儿归。

七月当兵辞我妈，望妈宽怀少悲伤。
早晨烧香化钱纸，夜晚烧纸保儿回。

八月当兵辞我哥，我去当兵哥不乐。
营中官家嫌我小，抱起文书要换哥。
哥哥前去替弟弟，哥弟二人难逃脱。

九月当兵辞我嫂，我嫂家中受苦了。
从前兄弟都在家，柴不找来水不挑。
这时兄弟当兵去，重重担子压断腰。

十月当兵辞弟弟，弟弟问我哪里去。
我含眼泪回一声：只因上朝来书信，要我当兵去出征。

冬月当兵辞妹妹，妹妹问哥几时回。
去同官家打一仗，不打胜仗不回程。

腊月当兵辞姐姐，姐姐问我几时归。
要与官家拼个死，何时打胜何时归。

辞别老小当兵去，三亲六戚送我行。
愿我阵上打胜仗，打败官家转回程。

祖宗阴灵会保佑，保我一身得安宁。
官家个个被打败，没有一个得逃生。

战火已经扫平了，扫平官家得回程。
平民不再遭受苦，阖家团圆欢乐过。

庄稼佬

你我庄稼佬，从小苦到老。
衣裳穿不暖，饭也吃不饱。
拉兵还得去，上粮不得少。
无钱又无米，生活咋个搞。

哪个最遭殃？你我庄稼佬。

童养媳生活

抬头望天天又高，低头看地地生蒿。
回头看郎郎又小，心头好似冷水浇。
天上落雨像瓢浇，岩坎躲雨像坐牢。
心想娃儿怀中抱，丈夫不懂啷开交。

缠足陋习

横心焦来顺心焦，幺妹脚小啷开交。
来年自家过日子，不能背来不能挑。
上街拐到下街来，将钱买把切菜刀。
不是想到哥心痛，一只脚上砍两刀。

有女不嫁高山山

有女莫嫁高山山，天晴落雨把门关。
顿顿吃的沙沙饭，肚皮烤起火斑斑。

丧葬歌篇

务川丧葬歌

参　佛

一进门来朝上看，满堂佛圣在高上。
佛是西天大圣仁，佛巍丈六紫金身。
佛前五百阿罗汉，佛后三千偈谛神。
佛国殿上地长春，佛闻考信度诚心。
佛降香坛作证盟，参佛参齐这里止。
又参五佛齐作证，阿弥陀佛紫金身。
四十八愿度众生，东方世界阿诸佛。
接引亡者上天堂，南方世界宝生佛。
接引亡者往西天，西方世界阿陀佛。
接引亡者登彼岸，北方世界成就佛。
接引亡者上金桥，中央世界弥勒佛。
接引亡者上天庭，辞别辞齐这里止。
辞别三宝众圣贤，一宝宫尊我辞别。
略提两句往前行，二辞坛内好导师。
师德人等把经诵，千辛万苦送文书。

一心超度众亡魂，十二花园姊妹参，
我们子弟人马返回程。

五更传

一更一点上佛堂，想起亲生我的娘。
我娘怀我十个月，把娘磨得面皮黄。
吃茶吃饭无滋味，一夜难睡到天光。
生身父母恩难报，吃斋念佛保爹娘。
二更二点上佛堂，想起亲生我的娘。
我娘怀中生下我，一盆血水染衣裳。
儿奔生来娘奔死，命隔阎王一张纸。
亲生父母恩难报，吃斋念佛保爹娘。
三更三点上佛堂，想起亲生我的娘。
我娘抚我十五岁，丢下读书配鸳鸯。
好酒好肉别人吃，一身罪恶我娘当。
亲生父母恩难报，吃斋念佛保爹娘。
四更四点上佛堂，想起亲生我的娘。
我娘抚我十八岁，杀猪宰羊接妻房。
儿接妻来说妻好，女嫁夫来说夫强。
亲生父母恩难报，吃斋念佛保爹娘。
五更五点上佛堂，想起亲生我的娘。
我娘今日归阴去，放在棺材不起来。
三天不吃阳间饭，七天上了望乡台。
望乡台上打一望，满堂儿女泪悲伤。
大的哭得肝肠断，小的哭得战兢兢。
心想转来抚儿女，阎王不肯放回来。
亲生父母恩难报，吃斋念佛保爹娘。

哭送灵房

我的父母我的娘，孝男孝女痛肝肠。
在生要想前头走，死后儿女一起丢。
鸦鹊乌鸦叫喳喳，孝家与你送灵房。
太阳出来黄又黄，亲家亲友送我娘。
送娘送齐一里堂，看见亲友不见娘。
送娘送到出灵堂，孝家亲友泪汪汪。
阴间大路明晃晃，走起路来不见娘。
披麻戴孝来送你，只见灵房不见娘。
孝衣孝帕儿穿起，伤心儿女来送你。
先生敲起锣鼓鸣，只见灵牌不见娘。
要想母女来相会，除非梦里会一场。

下圹入井哭词

天上星子明晃晃，父母归阴要落圹。
阴井打起三尺深，父母土内好安身。
打井打起七尺长，父母坐起好歇凉。
阴井打起四只角，父母土中好安乐。
阴井打起四角圆，真龙地穴荫后人。
父母自从入井后，孝家儿孙出状元。

道师先生到时哭词

自从父母命归阴，孝家儿孙请先生。
道师先生请进屋，孝家儿女哭沉沉。

爹妈扶我很辛苦，今日父母两离分。
养儿养女好苦道，半分苦劳儿来报。
哭去哭来哭父母，请来先生超度你。
引幡灵牌写得好，全靠先生水平高。
道师先生好文才，需要哪样快安排。
先吃烟来后吃茶，需要哪样快去拿。
吃了茶来吃了饭，先生开坛大家看。
先生锣鼓打得起，老老少少很欢迎。
文书大印来盖起，通关文约为把凭。
上通天曹升天界，下通地府出书名。
木莲和尚去寻母，走上十万八千里。
今日孝家更无能，只能两眼泪纷纷。
请个先生超度你，只表孝家半点心。
在生之时没孝敬，今日孝家表寸心。

吹打先生进屋哭词

我的爹来我的娘，养儿养女没下场。
别人养儿有孝道，父母养儿不孝你。
父母生病命归阴，孝家只能请八仙。
八仙走到家门口，点起火炮接他们。
吹打先生请进屋，桌子板凳八仙坐。
一装烟来二倒茶，慢慢吃来慢慢歇。
烟茶吃完又吃饭，茶饭不好慢慢吞。
两碗粗饭一碗汤，慢点吃来不心慌。
道师先生开了坛，通关文约度亡魂。
吹打先生勤点吹，吹散鬼怪八万精。
道师八仙连贯起，他一坛来你一坛。

道场圆满边周完，道师八仙转回程。
工钱放在茶盆里，端在堂屋桌子上。
慢慢算来慢慢拿，放在身上吃杯茶。
吃烟吃茶慢起程，点起火炮送出门。
吃睡不好多原谅，几位伙计不多心。

哭发丧

我的父母我爹娘，孝儿孝女哭断肠。
早上起来雾沉沉，今天发丧要启程。
一送我娘堂屋中，堂屋之中有祖宗。
二送我娘堂屋门，堂屋之中有福神。
三送我娘大门外，一对门神两边排。
门神老爷排两边，让我老人往中间。
四亲六戚来送葬，老老少少都来望。
兄弟叔子在帮忙，各人拿起各一行。
一把钢刀拿在手，拿起刀来划篾条。
划起篾条十二匹，就把方子来捆起。
前头捆在龙凤头，后头捆在凤凰尾。
两边捆起万字格，中间捆起万字窗。
孝家穿起一身白，走的走来哭的哭。
香烛纸钱都放好，道师先生来发丧。
吹打先生来吹起，锣鼓铰子响沉沉。
一只雄鸡中间放，大家拢来把丧捆。
先生法衣来穿起，木鱼宝剑手中执。
游丧经术口中念，通关文书来发丧。
相送相送齐相送，超度老人登仙界。
一送我娘坎子边，四亲六戚都伤心。

桂花树上桂花香，摘朵桂花送爹娘。
二送爹娘在路中，满山喜鹊闹哄哄。
喜鹊叫来喜鹊鸣，想起爹妈泪淋淋。
三送我娘到井旁，端杯凉水我娘尝。
娘吃三杯会阎君，儿饮三杯哭断肠。
四送我娘到坟上，与娘分别泪不干。
与娘分别泪汪汪，永世不见我的娘。

烧更纸哭词

一张纸来四角裁，阎王老爷带信来。
金字牌来银字牌，可恨阎王不应该。
我的老人寿元长，你为什么乱钩簿。
钩簿判官瞎眼睛，引魂小鬼乱带路。
幢幡宝盖前面走，引魂童子一双双。
我的爹来我的娘，孝家两眼泪流干。
金盆打水来洗手，银盆打水来洗身。
周身洗得干净净，老衣老袜穿起来。
往日穿起来外走，今日穿起不起来。
杉木枋杉木板子，木匠师傅搁棺材。
道师先生来垒木，望到老人入棺材。
三更四更又五更，做架袱包烧一更。
香烟火炮来点起，酒肉白饭敬老人。
不见老人来到此，孝家两眼看不见。
不知老人来的来，老人得病不吃饭。
今日上了望乡台，望乡台上打一望。
满堂孝子哭哀哀，大的哭得肝肠断。
小的哭起战兢兢，孝家哭得天地震。

只怪阎王瞎眼睛，阎王不放你回来。

破狱接亡哭词

阳雀叫来鬼桂阳，想起老人好悲伤。
一更哭起到五更，儿女哭得好伤心。
鸡蛋本来圆又圆，先生开坛接亡魂。
先生开坛吹海角，接亡魂来又破狱。
老人得病死入棺，阴间世界死沉沉。
纲尸城里好伤惨，许多好人在受罪。
木莲和尚游地府，一心一意救娘回。
木莲震地到五更，开方破狱来喊娘。
一去永远不回来，灯光闪闪来破城。
只见老人变白发，木莲看见不忍心。
经书和娘来排起，哪个在后谁在前。
经书在前忘了母，老母在前掉经书。
左思右想无办法，横肩排起路上行。
只有棕树不透路，千刀万割不留情。
二有童子不让路，永远不上佛前灯。
养儿养女万苦辛，第一孝子泪淋身。
别人养儿大孝子，妈养儿女无孝心。
请道师来超度你，难顾爹娘早登仙。
烧张纸来化成钱，表示孝家一片心。

先生进屋时哭词

豌豆开花绿荫荫，打发人去接先生。
先生出脚走得快，上山道场先安排。

拿张纸来桌上裁，先生见屋写灵牌。
拿张纸来桌上搁，先生进屋写文书。
文书写得十二殿，孝家安排就安灵。
天上太阳明又明，先生开坛先安灵。
太阳出来往西落，道师先生来开路。
一开阳间坡不高，二开阴间一个人。
罗盘中间一根针，阳间阴间有神仙。
多在阴间一平生，蚊子发牙齿齿多。
阎王老爷把簿勾，你到阴间去安身。
灵牌高上三路字，不知父母在哪边。
灵牌面上三朵花，不知父母到哪家。
你在阴间打转转，我在阳间富贵命。
孝家讲齐这里止，略提两句讲别言。

安灵时哭词

灵牌上面一枝花，不知亡人到哪家。
哭了一遍又一遍，要请亡人受香烟。
一柱真香押灵台，亡人受香归家来。
灵桌上面二炷香，亡人受伶脱苦郎。
灵桌上面沐支香，亡人受香往西方。
四柱真香押圆满，孝家人甘保平安。
恭贺主家孝福后，主家财币有万贯。
道场圆满一收场，四代儿孙状元郎。
哭得吉利大吉才，新科状元转回来。
差错一点要转明，转身一拜唱亡人。
一张桌子四角方，张郎设计鲁班装。
四面设计原阳省，中间焚起一炉香。

一张桌子四支角，孝家拿来做灵桌。
灵牌上面三路字，不知亡人是哪路。

哭十月怀胎

一月怀胎在娘身，无声无气又无形。
好比水上浮漂草，不知生根不生根。
二月怀胎在娘身，一天到黑闪沉沉。
口中不言心自想，儿在肚内母知音。
三月怀胎在娘身，脚糬手软难动身。
茶不饮来饭不吃，想吃桃李和花生。
四月怀胎在娘身，儿在腹内体生命。
为娘实在难安心，黄皮肉瘦不像人。
五月怀胎在娘身，儿在肚内已生面。
阴阳造化分男女，吃娘血水痛肝心。
六月怀胎在娘身，四肢无力路难行。
为人不知娘辛苦，一个身子两个人。
七月怀胎在娘身，娘心怕笑不出门。
东南西北娘不走，四亲六戚娘不行。
八月怀胎在娘身，白天夜晚都担心。
分离之时是好坏，心中暗暗祝告神。
九月怀胎在娘身，是儿是女不分明。
只想生时无灾难，顺利生下才放心。
十月怀胎在娘身，又怕横生以完生。
一阵痛来无可忍，娘在房中叫一声。
儿在肚里生长大，痛得我娘命发青。
痛得我娘昏迷去，爹爹一见吓落魂。
忙到神前把香插，是男是女早点生。

儿子生下一声叫，那时我娘才还魂。

道真哭丧歌

外出女儿哭爹娘亡故

我的爹娘归西去，不由你儿泪汪汪。
走到当门抬头望，听到锣鼓紧紧响。
走到朝门抬头望，四亲六戚来帮忙。
走到院坝抬头望，兄弟孝帕包得长。
走到阶檐抬头望，棺木放在板凳上。
灵桌安在香火旁，四亲六戚守灵堂。
冤家揭开棺木望，人又瘦来面又黄。
守着爹娘哭一场，不知阴来不知阳。
走到灶旁抬头望，只见兄妹不见娘。
走到房圈抬头望，只见牙床不见娘。
阎王老爷心肠狠，青红皂白都不分。
爹娘生平善事多，活活逮住归了阴。
抚我兄弟是正分，抚我小女外头人。
爹娘在家得了病，女在婆家不知音。
女儿今日得言信，三步并作两步行。
来到堂前看望你，娘儿母子不能语。
兄弟送来白孝衣，从此母女两分离。
堂屋四只角一间，桌上铺起接亡钱。
点起烛香接爹娘，才把爹娘接进堂。

在大门前招请亡人哭词

门前有棵柑子树，柑子树上挂白布。

三尺白布飘得长，请个先生来接亡。
一间堂屋四只角，堂屋安起接亡桌。
一间堂屋四角方，堂屋点起接亡香。
一间堂屋四角圆，桌上铺起接亡钱。
点起香烛接爹娘，才把爹娘接进堂。
往回接娘糖一封，这回接娘纸一张。
三封书信三叠纸，孝子磕头迎爹娘。
孝顺儿女在何处，娘在阴来儿在阳。
不能替娘坐血河，度脱娘来早超生。
焚起香烛接爹娘，茶食果品摆中央。
十殿阎君请放回，东南二狱莫阻挡。
二接我娘到中堂，香烛纸钱敬爹娘。
在生之时未奉养，死后之时儿该当。
三接爹娘到中堂，椅子条桌摆两行。
七仙姑娘把话讲，要与爹娘话家常。
四接爹娘到中堂，茶果食品摆两行。
中间搁的签牙棍，鸭骨筷子摆两双。
五接爹娘到中堂，山珍海味请你尝。
不见爹娘把话讲，不见爹娘动口尝。
迎请我娘来休息，好比花落随风浪，
好比大雪遇太阳，阎王不肯放还阳。

安灵时哭词

灵前点起一盏灯，无踪无影又无形。
只见我娘灵位在，儿孙嚎哭不应声。
冬月哭娘大雪飞，阴风惨惨接娘回。
自从我娘去世后，今夜相逢往西归。

腊月哭娘是一年，一家老幼来团圆。
席上不见爹娘面，珍馐美味难下咽。
阳寿已满归阴府，哭我爹娘命归阴。
一时不见爹娘面，未能报答养育恩。
想起我娘生我时，坐卧不宁费心情。
自从我娘去世后，百分难报两三分。
只得烧钱来化纸，忙请先生来诵经。
先生开口把经念，念的是本血盆经。
阴司有条血河桥，度人无量大天尊。

阴司有条血河沟，七寸宽来万丈深。
每见我娘血中坐，每时血水要娘吞。
哪个为娘吃干净，哪个为娘把血吞。
儿为娘来吃一口，血河吃了万丈深。
两边干得龙现爪，团转干得现娘亲。
我娘生儿育女苦，为儿要学木莲僧。
木莲和尚身穿黄，手执琊杖救爹娘。
琊杖打破铁围城，放去众魂救娘亲。
要学木莲行大孝，十殿朝贺地府王。
木莲僧人行大孝，天神保佑信善人。

穿孝衣戴孝帕哭词

一张皮纸四角裁，阎王老爷带信来。
金字牌来银字牌，金银牌子送家来。
想起爹娘好伤心，阳雀飞过叫一声。
阳雀叫来句句阳，手拿孝帕包头上。
阳雀叫过第二声，手拿孝衣穿上身。

阳雀飞过叫三声，手拿孝鞋脚上蹬。
要等三年孝服满，孝帕搭在晒花厅。
孝衣脱在染缸里，孝鞋脱在染缸来。
等到三年孝服满，爹娘登仙赴莲台。
我娘得病在高堂，儿在长街问药方。
仙丹难医爹娘病，挑干水井命难长。
阴司阎王书信到，一入幽冥不还阳。
喉咙断气寸寸长，丢儿丢女守空房。
在生之时未报恩，披麻戴孝哭一场。
阴司有人来接你，引魂童子一双双。
月缺还有月圆时，雨打残花不闻香。
爹娘在生恩难报，不由儿女好悲伤。
爹娘去时不要忙，为儿与你化纸张。
桥头土地来指引，过了金桥往西方。
金桥本是善人过，奈何桥下罪难当。
桥上坐的守桥人，金钱银钱送一张。
爹娘在年积善果，脚踏莲花朵朵香。
一路之上无阻挡，路途之上放豪光。
幢幡宝盖来接你，一颗明珠身内藏。
千个诸佛来接你，万个菩萨迎爹娘。
爹娘见了阎王面，阎王见了要焚香。
十八地狱你无罪，望乡台上望故乡。
娘吃汤茶须仔细，恐防吃了迷魂汤。
迷魂汤水吞下肚，迷了心窍走忙忙。
到处走来多处乐，极乐世界走一场。
爹娘去时慢慢走，回家之时走忙忙。
灵前桌上摆酒饭，不见爹娘张口尝。
在生之时爹娘理，死去之时无主张。

三亲六戚来看你，只见灵位难见娘。
爹娘恩德实难报，早晚灵前烧净香。
不闻声来不见面，守住灵前哭一场。
一愿爹娘离苦海，二愿爹娘上天堂。
要与爹娘重相会，除非南柯梦一场。

捆丧、送丧时哭词

一张皮纸四角裁，阎王老爷接错来。
一送我娘堂屋中，堂屋当中有祖宗。
送娘送到大门边，一对门神站两边。
请你门神两边站，请爹与娘走中间。
一把篾刀两面亮，老君打来花丧篾。
丧篾花了十二匹，才把龙杠来捆起。
前头捆起龙摆尾，中间捆起万字格。
仙鹤扎起周身白，一只雄鸡中间立。
请你兄弟牢点捆，全体孝子来谢恩。
太阳出来黄又黄，女儿亲送我爹娘。
送就送到二里堂，四条大路明晃晃。
送就送到三里堂，披麻戴孝送我娘。
送就送到四里堂，手拄丧棒送我娘。
送就送到五里堂，白布孝帕七尺长。
送就送到六里堂，满山锣鼓闹洋洋。
送就送到七里堂，只见棺木不见娘。
送就送到八里堂，三亲六戚齐帮忙。
送就送到九里堂，棺木抬在南山上。
送就送到十里堂，从此爹娘不还阳。
要想母子来相会，除非梦中见爹娘。

送我爹娘出灵堂，一家大小哭断肠。
爹娘永登极乐界，再不回头望家乡。

送到墓前哭词

送我爹娘上南山，天也昏来地也暗。
哭得儿女肝肠断，阴风凄凄好伤惨。
高房大屋你不住，来住青青卧龙山。
一件石门四角方，照见孙儿状元郎。
葬得龙地生贵子，埋得龙地出贵人。
两天不吃阳间饭，三天上了望乡台。
望乡台上望一望，只见儿女哭哀哀。
大的哭得肝肠断，小的哭得气不来。
任你哭得再伤惨，阎王不会放回来。
爹娘在世由我走，爹娘死后怎安排？
一愁家中无盐米，二愁家中无衣穿。
三愁儿女未长大，四愁自身难出头。
五愁田地未曾买，六愁女儿未梳头。
七愁儿女未婚配，八愁庄稼不丰收。

送文书时哭词

忧忧愁愁未放下，阎王就把命来勾。
桂花开花香又香，摘朵桂花送爹娘。
阴风吹过太阳明，孝子叩头来奉情。
才把爹娘来安葬，鲁班先师关墓门。
铜锁挂在金钩上，钥匙挂在两边排。
一杯净土垒坟茔，从此爹娘上西天。

儿孙早晚坟前拜，过年过节烧香长。
生朝满期不忘你，备办酒肉献爹娘。
父母阴司佑儿女，香火脚下点灯光。
唯愿爹娘多保佑，世代不忘祖宗香。

人生在世苦难诉，朝也愁来晚也愁。
一愁田地未自买，二愁庄稼未曾收。
三愁男大未婚配，四愁小女未梳头。
五愁差役捐税重，六愁客情在后头。
七愁父母又年老，八愁房屋未曾修。
九愁又怕阎王殿，十愁夫妻不到头。
夫妻儿女一齐丢，六亲姐妹也难留。
任你黄金堆北斗，岁月一去不回头。
爹娘一命归阴府，不言不语好惨伤。
烧张纸来哭父母，阴魂渺渺在哪方。
爹娘阴魂上天去，才把引路说端详。
一张皮纸四角裁，阎王书信传下来。
金盆打水来净脸，银盆打水来洗身。
周身四体都洗净，才与爹娘穿衣衿。
紧穿衣来松穿鞋，收收拾拾入棺材。
两块回头四块板，一命归阴不回还。
一日不吃阳间饭，三日上了望乡台。
望乡台上回头望，大女小女哭哀哀。
儿女哭得肝肠断，阎王不肯放回还。
金童玉女前引路，来到十殿阎王台。
行往一殿二殿过，阎王问你是何人。
行往三殿四殿过，恶鬼拿牌捉犯人。
行往五殿六殿过，判官小鬼到来临。

爹娘即便开口道，我是阳间行善人。
阎王听了心欢喜，当时送出九重门。
爹娘随即抬眼望，望见丰都一座城。
城中男女只是恶，哪时才得出城门。
受罪男女无数个，铜蛇铁狗咬他身。
地狱受罪千般苦，玉女引路往前行。
四方路上一座桥，七寸宽来万丈深。
行善之人桥上过，作恶之人桥下行。
不知爹娘在哪方，爹娘与儿来投梦，要过金桥见阎君。
行往金桥桥上过，金桥上面黄氏娘。
行往银桥桥上过，银桥桥上地藏王。
行往奈何桥上过，奈何桥上田莲光。
行往转轮桥上过，阎君问你是何人。
爹娘随即开口道，我是阳间行善人。
阎君当时来吩咐，叫声判官听分明。
快快打开善恶薄，将他善恶查分明。
判官打开善恶薄，果然是个行善人。
叫声金童和玉女，指引善人去安身。
爹娘随即开口道，问声金童玉女们：
哪个是我宾中主？哪个是我做伴人？
你今送我何处去？送我何处去安身？
等候玉皇圣旨下，来世转生为贵人。
儿女在生无别样，唯愿父母早超生。
思想我娘恩难报，受尽千般万苦情。
想起爹娘升天界，十月怀胎母心疼。
一月二月无踪影，三月四月生了根。
五月六月生全后，七月八月要离身。
九月十月生下地，等候满月才放心。

等候满月心放下，女儿长大孝父母。
方报父母养育恩，父母转回西天去。
爹娘在生行大善，生身孝男孝女们。
你孝父母儿孝你，一报还报不差分。
我娘在生行善果，天神保佑行善人。
方才报得父母恩，方才算得一世人。
吃娘之乳是母血，三年哺乳费心情。

哭娘疼儿女——报恩

抚儿抚女苦难讲，千针万线缝衣裳。
绩麻拈线教女纺，镶边绣花叫女想。
叫儿朝朝上学堂，苦读诗书讲文章。
父母一生是苦命，朝朝日日细思量。
一愁女儿是外相，二愁儿未配鸳鸯。
三愁怕儿走柳巷，四愁女儿不在行。
五愁为儿把话讲，六愁为儿制衣裳。
七愁痘麻心不放，八愁怕儿命不长。
九愁代代不兴旺，十愁子孙未满堂。
我娘未曾把福享，谁知得病在牙床。
求神服药无效应，茶饭不能张口尝。
名医对儿把话讲，血脉停留大不祥。
上看皇天不保佑，分别儿女不还阳。
喉中断了三寸气，两眼紧闭上天堂。
一把拉住儿的手，两脚长伸把命丧。
而今母子两分手，再也不能见我娘。
曾记我娘抚儿女，常叫儿女莫悲伤。
朝朝日日苦情况，为儿为女昼夜忙。

灶内连的香素火，烧盆温水洗我娘。
一身四体洗干净，用手开箱取衣裳。
先取一条青丝帕，后取小衣三尺长。
老衣取上八九件，取双鞋儿三寸长。
周身四体穿停当，把我爹娘停高堂。
才把阴钱来烧起，为儿哭啼到天亮。
远亲近邻齐来到，抬合棺本装爹娘。
贴了门神拜香火，又请导师与阴阳。
灵前摆起十供样，不见我娘起来尝。
诸亲百客都来望，只见爹娘棺木装。
五天七日朝兴旺，才把我娘送山冈。
才把我娘来安葬，高高垒个大坟堂。
儿孙早晚坟前祭，过年过节来烧香。
生朝满期不忘你，筹办酒肉献爹娘。
父母阴间佑儿女，香炉脚下谢你恩。
唯愿儿女得保佑，快快乐乐过平生。
我娘不吃阳间饭，一盏孤灯来照丧。
舅爷闻听父母丧，手拿烛香走忙忙。
表兄表弟把礼上，灵前祭毕哭悲伤。
不迎不送丧家礼，位位痛哭泪汪汪。
大哭三声惊天地，小哭三声惊四方。
临丧不哀被人讲，不由儿女泪悲伤。
我娘毕生为人正，人人称你善良人。
别人父母朝日在，我娘得病命归阴。
贵是贵来黄金贵，亲是亲来父母亲。
守了七天并七夜，不见我娘应一声。
我今才把恩来报，朝日佛前拜四尊。
我今才把恩来报，愿学木莲救母亲。

南无四方接引佛，救苦救难观世音。
度脱我娘西天去，莲花台上去安身。
孤孤单单独自走，三魂七魂泪长倾。
阳间亲魄有多少，阴间哪见一熟人。
孝顺儿女在何处，儿在阳来母在阴。
不能替母坐血河，超度我母往西行。
阎王不放你回转，何年何月我丢心。
当家才知盐米贵，养子才报父母恩。
要看父母难见面，除非梦中见娘亲。
要想见面难相逢，除非纸上画尊容。
三年怀中不抱崽，三年周身不穿红。
要等三年孝期满，度脱父母早超生。
孝子若解其中语，自有黄铜变成金。

送灵屋上山烧时哭词

冬去春来夏复秋，父母恩德比天厚。
阎君不问善与恶，提笔就把薄来勾。
父母恩德比海深，阎王提笔来书信。
爹娘名字阎王勾，黄泉路上不留情。
灵前不见爹娘面，灵牌座上空留名。
七天七夜道场满，以报父母养育恩。
花窗亮格玻璃瓦，安居灵房纸做成。
玲珑幡伞活活现，随簧信赙各若干。
金山银山像牙桌，金银大箱大红毯。
件件都在文书上，玉皇天真下令搬。
金童玉女来接引，城隍车夫来领班。
样样东西有人抬，关津渡口无人拦。

莲花台上你点数，极乐世界在西天。
祝愿父母升天界，安安稳稳坐莲台。

正安丧葬歌

（一）

一更一点思娘恩，想起亲生我的娘。
我娘怀我十月满，面黄肌瘦身体衰。
口吃山珍也无味，坐下只想打瞌睡。
脚酸手软人懒动，手提四两重千斤。
二更二点思我娘，想起亲生我的娘。
我娘房中生下我，血淌到地流成河。
身穿青绫看不见，穿起白绫难洗脱。
低处洗来高处晾，遮住太阳与月亮。
三更三点思我娘，想起亲生我的娘。
我娘生我三天满，杀猪宰羊待街坊。
街坊吃了夸几句，娘全为我辛苦忙。
四更四点思娘恩，想起亲生我的娘。
我娘抚儿六岁满，娘教女儿学绣活。
双手把着女儿教，女儿手笨娘细说。
娘教女儿学会了，手艺高强把名扬。
五更五点思娘恩，想起亲生我的娘。
我娘抚儿十六满，人家请媒来提亲。
媒人只提一把面，一拐一拐进我门。
进得家中刚坐下，要我爹娘来打发。
三言两语爹答应，娘说人家也不差。
女儿一点不知道，随后接我去当家。

爹娘恩情儿未报，服侍别人的爹妈。
女儿越想越难过，不觉鸡叫天已明。
别人平时有娘喊，女儿不见娘的身。
千念万想思母亲，我娘灵魂要起身。
你去阴间好好过，望香台上保儿孙。

一张白纸罩娘容，娘的灵魂要上天。
寨邻老幼都到来，三亲六戚来烧香。
堂屋点灯照我娘，照着我娘上天堂。
天堂大路一座桥，匠人修得万丈高。
我娘走从天桥过，逍逍遥遥把儿抛。

我拿金盆心悲伤，打盆仙水洗我娘。
把娘周身洗干净，收拾打扮上天堂。
娘是阳间贤惠女，娘是阳世行善人。
可恨阎王瞎了眼，差遣恶鬼捉我娘。

细细海螺有根由，海螺生在海里头。
人人过路都得见，双手捧它放龙头。
鬼师先生来看见，将钱买它在堂用。
五更五点要用它，三声吹响惊寨邻。
我娘要过黄沙路，黄沙铺路路不平。
请得老师来指点，大路指得清又明。
陪娘昼夜到五更，鸡叫三遍娘起身。
鸡叫五更天大亮，我娘离去儿心伤。

核桃开花吊吊长，我娘得病在牙床。
别人得病会治好，我娘得病久久长。

这时我娘离儿去，从今不再见我娘。
早晨不见娘洗脸，夜晚不见娘关门。
午饭不见娘来吃，逢场不见娘赶场。
酒席不见娘吃酒，灯下不见娘缝补。
女儿想娘无去处，哭断肝肠留我娘。
哭得肠断泪干了，不见我娘再回来。
刀绞心痛无奈何，放声痛哭送娘行。

送娘三步下石梯，泪水汪汪打湿衣。
心想给娘要来换，阳人不穿阴人衣。
送娘三步下石岩，泪水汪汪打湿鞋。
心想给娘要来换，阳人不穿阴人鞋。
送娘送到果子山，摘个果子解口干。
一个果子十二丫，六丫甜来六丫酸。
娘吃六丫朝前去，儿吃六丫如割肝。

送娘送到五里塘，五里塘上洗衣裳。
衣裳晾在塘坎上，只见衣裳不见娘。
送娘送在鸢子岩，开口问娘哪天回？
只有问来不见应，让儿怎样忘娘情？

送娘送在平坡岗，滚蛋择地葬我娘。
择好平坡来挖井，我娘得个好地方。
挖井要挖三尺深，我娘阴间好安身。
挖井要挖六尺三，我娘阴间好歇凉。
第二早晨望娘坟，紫金繁茂鲜花开。
紫金开花朝天冲，我娘后代出大官。
我娘后代人不断，代代都来坟上看。

（二）

兄弟姊妹知娘病，五更起身来望娘。
三步当成两步走，双脚急进娘的房。
靠近娘床仔细看，娘发高烧不退凉。
开口喊娘娘不应，问声我娘娘不答。
金杯倒茶娘不喝，银碗倒汤娘不尝。
睡到半夜娘落气，女儿伤心哭断肠。
哥哥哭着找木板，弟弟哭着请帮忙。
嫂嫂哭着找碗筷，妹妹哭得眼难张。

二条板凳堂屋摆，板凳上面放棺材。
昨天我娘还吃阳间饭，今天我娘上了升天台。
升天台上去观望，得见你儿很悲伤。
哥哥哭得肝肠断，女儿哭得眼不张。
肝肠断了眼不张，阎王不放我娘回。

太阳出来照莲花，阳光照进我们家。
要命阎王勾娘薄，金盆烧水来洗娘。
周身洗得很干净，打开箱子取衣裳。
先取一张包头帕，后取花鞋两三双。
取得衣裳两三件，取得裹脚（布）七尺长。
一身穿得新崭崭，收拾我娘进宝箱。
要点灯来要烧香，烧香点灯照我娘。
抬头望见升天路，我娘消失去天空。

棉花花蕾一半开，开谢棉花吊下来。

女儿摘花给娘戴，可恨娘已不会来。
不得哪样报娘恩，给娘点上两盏灯。
一盏照亮天和地，二盏照亮我娘身。

后园白菜心裹心，我娘怀我在娘身。
三天难吃两颗米，脚糯手软无气力。
酸甜苦辣不想吃，泥滑路烂你要行。
大雪铺路你要去，活路再重你要做。
娘怀十月生下我，好比挖得一缸银。
女儿下地娘捡抱，娘从不骂我一声。
如今娘老得了病，倒在牙床不翻身。
如今娘病辞人世，十磨九难儿伤心。

天上白云与天在，我娘去了不复还。
往日望娘送粮食，今日望娘纸一张。
女儿走到大门前，敲锣打鼓闹嚷嚷。
左脚跨进娘门槛，右脚走拢娘床边。
双手揭开娘铺看，床上只是铺板床。
走到堂屋来望娘，黑漆棺木摆中央。
双手揭开棺木盖，我娘容貌变了样。
手抬棺木盖上盖，千呼万唤不见娘。
心想多望娘一眼，除非梦中望见娘。

一条纱帕六尺长，永远思念我的娘。
娘把女儿抚长大，常常睡的是湿床。
左边湿了翻右边，右边湿了睡娘胸膛。
我娘忍耐到天明，急忙起来洗衣裳。
家中有水家中洗，家中无水下鱼塘。

双膝跪在鱼塘坎，双手伸进水中搓。
想娘为儿多辛苦，叫我怎么心不伤？

古 歌 篇

盘根问古

甲：
一进主家就开声，不知歌师哪里人？
凤凰听见老鹰叫，张牙舞爪来接音。
大家多谢主家酒，都是下海拿龙人。
路远不知人和姓，都是同海打鱼人。

乙：
来到主家就开声，你在唱来我在听。
听说你是老歌手，名不虚传果是真。
今逢喜酒来相会，好好唱来贺主人。
喜逢相会请指教，恭贺主家万年春。

甲：
饭已吃了酒也饮，现把人名盘根生。
万名之父是哪个？母亲原是什么人？
夫妇成婚几年整？生下哪样古怪精？
哪个又来将刀割？割成多少肉丁丁？

哪样树上挂四两？哪样树上吊半斤？
才把怪肉来挂好，哪个立即转回程？
哪个天明起来看？所挂之处现何因？
遵随哪样改名姓？何时才有何姓名？
世上有了人烟后，是否有衣来遮身？
哪个来把衣裙制？哪个才有衣遮身？
后来何人来压迫？苦了何人起战争？
此事由我先提起，奉请歌师解我听。

乙：
饮了喜酒人高兴，用歌解答贺主人。
万民之父是阿福，万民之母是阿兮。
父母为婚一年整，生下长肉古怪精。
阿福就来用刀割，割成一百九砣肉丁丁。
桃李树上挂四两，皂角树上吊半斤。
百块肉丁挂完了，阿福阿兮转回程。
二人次日回去看，所挂之处火烟升。
人烟随物改了姓，世上才有百姓人。
世上人烟繁衍了，仍旧没有衣遮身。
轩辕来把衣裙制，万民才有衣遮身。
随后官家来压迫，万民无奈起战争。
解答是对或不对，奉请歌手勿认真。

甲：
斟酒一行又一行，有段古事问根生。
当初立天是哪个？当初立地是何人？
开天辟地是哪个？哪个古人生万民？
当初造字是哪个？当初认字是何人？

哪个造墨成一锭？哪个先生写书文？
天是几划为仙界？地是几划八卦分？
哪样有鳞又无角？哪样有角又无鳞？
今天闲坐我提起，当面拜请老先生。

乙：
饮酒一行又一行，再解古事谢主人。
当初立天是保海，当初立地是保因。
开天辟地是古老，阿福阿兮生万民。
当初造字是仓颉，当初认字孔圣人。
田遵造墨成一锭，孔子孟子写书文。
天是四划为天界，地是八卦划八分。
鱼儿有鳞又无角，牛儿有角又无鳞。
我今一一说与你，人前人后莫逞能。

甲：
说有根来本有根，请说大人的根生。
此人原是谁家子？谁家门下外男孙？
爹娘生长何州地？谁家门前结成婚？
大人生长有几丈？脸上汗毛几寸深？
背上红印有几路？口中几牙是铁钉？
口吃几斗几升饭？几百仇敌当点心？
几十几岁身亡死？何州落地葬其身？
哪个仙人来看地？那个仙女下罗针？
罗针上面几个字？又是几字定乾坤？
葬在何处出天子，葬在何地出公卿？
哪个山上出富贵，哪个坡头出圣人？
大人又有几个字？几个阳来几个阴？

内有几个左习脚？几个飘脚几边存？
几个头上看几划？几个旁边点立人？
再把此歌解与我，今日拜你为先生。

乙：
说有根来确有根，再听我今说分明。
此人原是孔家子，婆家门下外男孙。
爹娘生长鲁国地，龙家门前结为婚。
大人生长一丈二，脸面汗毛三寸深。
背上红印有三路，三十六牙是铁钉。
口吃三斗三升饭，五百仇敌当点心。
九十九岁身亡死，洪州落地葬其身。
百鹤仙人来看地，九天仙女下罗针，
罗针上面廿四字，子午卯酉定乾坤。
葬在龙头出天子，葬在龙尾出公卿。
青龙山高出富贵，白虎山高出圣人，
大人原有廿四个字，十二阳来十二阴，
内有四个左习脚，四个飘脚四边存，
五人头上看一划，四个旁边点立人。
我今——说与你，不知是假还是真。

说唱玩来就唱玩，古人古事问一番。
哪个炼石把天补？哪个制下这衣衫？
五谷八卦哪个制？哪性才能配缘姻？
哪个定的这礼信？哪个造书来相传？
哪个造字世间在？还有哪个是大贤？
世间哪个最为大？世上何物贵为先？
世间哪种道德贵？哪个历山去耕田？

哪个钓鱼安天下？哪个苦读做高官？

说你听来讲你听，开天辟地我知情。
女娲炼石把天补，轩辕黄帝制衣襟。
炎帝神农制五谷，男婚女嫁配姻缘。
周公来把礼信定，孔子造书传世间。
仓颉造字在人间，唐尧虞舜是大贤。
世间父母为最大，最贵不过是谷米。
忠臣教子人世间，大舜历山去耕田。
姜公钓鱼安天下，买臣苦读去做官。
这些古人自古传，古人古事传人间。

开天辟地

最早的时候，天地不分，混沌初开，天地始奠。地气下沉为地，天气上飘为天。

初开天，天连地，初辟地，地接天。天椭圆，像锅盖，地溜圆，像磨盘。初开天是布什咔，这个人力大无比。做铜柱当撑杆，立四方顶起天。初开天还有布比密，布比密是个大力汉。手拿长铁棍，从中顶天盖。他二人，同用劲，第二回牵牛去请，太阳、月亮也不出来。第三回牵羊去请，太阳、月亮还是不出来。最后，阿膺徒亲带一只红公鸡去请，红公鸡叫一声，四处回响。太阳、月亮躲不过，只好出来亮亮相，从此世间见光亮。夜间天仙派星星，星星住在蓝天上，太阳月亮各一个，星星却是万万千。

大星星升起在西边，小小星星撒满蓝天。众星星一齐眨眼睛，月亮星星照得晚上像白天。天与地，一上一下，月亮和太阳，一个晚上，一个白天。白天太阳出，夜晚月亮来。世人便按太阳月亮出没，区分白天晚上做活和睡眠。白天，犁田种地，夜间，睡觉歇气。天官定冰苞雪凌，天师造风雨雷响。雷响声来自天宫。风雪大地上寒冷，冰雹打庄稼遭殃。风云起天气阴凉，天下雨草木青青。

古老来大地开辟，古老到土石才生。有泥土好种庄稼，有石头起屋住人。初辟地布满山坡，小山坡座座相连。大山坡连着不断，山坡多阻隔地面。天仙知降临凡间，命仡佬九大汉，为人间前来移山。九大汉口方头大，身魁伟能够登天。这九人，本领不一般，脚一踩，石破山塌，手一推，大山掀翻。山和石，填在深潭。天官送，一杆金鞭，九大汉，手挥金鞭，打几鞭，山坡奔走，大地上，宽广无边。初辟地，高高矮矮，地面上，泥硬石坚。

天官叫，古老人，做铁耙，套上牛肩，远祖公，不分昼夜，耙呀耙，耙遍地方。平的泥，成了田地，深的沟，成了河潭。造田地，种下五谷，修沟渠，灌溉田园。筑池塘，装水养鱼，栽树子，绿满青山。老祖先，辟地开天，万物兴，气象万千。仡佬人，代代繁衍，勤劳动，建好家园。

争天下

古时雷人虎龙，都是好兄弟。雷最大称大哥，人最灵称二哥，虎最凶称三哥，龙很长称四哥。那时候，天暗地荒，四兄弟住在深山。普天下不长庄稼，整日夜肚腹空空。天仙知下凡指点：刀耕火种种小米，叮咛秋后才收割。

龙老四卷倒树林，虎老三踏平荆棘，人二哥荒山放火，雷老大呼风唤雨。不等到山火熄灭，雷虎龙急忙下种。小米颗颗被烧糊，长不出芽收成无。有一颗生在岩缝，还未熟谷吊很重。四弟兄实在欢喜，搭盖草棚轮着守。

虎老二饥饿难受，暗盘算想独享用。谁知人二哥突然来到，馋老虎藏在米中。

突然间小米破碎，四弟兄闹闹哄哄。人虎口争舌战，雷龙闪电刮风。天仙知坐立不安，下凡斥雷人虎龙：四弟兄不要争吵，分地盘安身其中。哪一个该坐平地？哪一个去坐天空？哪一个去坐高山？哪一个去安居海中？

四弟兄惊惊慌慌，草棚上争夺地盘。人瞪眼，高声大闹，龙愤怒，气势汹汹。雷狂吼虎咆哮，争地盘面红耳赤。天仙知下凡调解，四弟兄比比雌雄。哪个赢，本领高，坐平地，当主人。哪个输，自己逃，若还争，理不容。龙说：我手段最高，我先显示威风。出草棚摆头甩尾，口一吹阵阵阴风。一时间飞沙走石，地也动山也摇。使了法回到草棚，人虎雷一点不动。

虎接着跳出草棚，甩铁尾，愤怒填胸，舞虎爪拍打地面，猛咆哮，震耳欲聋。做了法汗水直流，虎喘气钻进草棚。它瞅瞅人和龙雷，一个个满面笑容。噘着尖嘴雷大吼：我法术高过虎龙。出草棚上蹦下跳，张开嘴响声隆隆，闪闪电满天遍地，暴风雨飞向天空。使了法雷已无力，人龙虎稳坐不动。

只有人不慌不忙，将火石拿在手中。将火绒压在石上，猛一击火星飞空。将火草烧那草棚，一时间大火腾空。那三个惊慌失措，一个个逃离草棚。烧着龙硬鳞脱壳，一片片黑中带红。周身烫头尾疼痛，叹一声钻进海中。烧着虎焦头烂额，身上花斑斑洞洞，自己丑恼羞成怒，高声吼直奔山中。雷被烧气息奄奄，皮肉烂周身火红，头发昏哀声叹气，一纵步飞上天空。

龙雷虎各自逃跑，平地上起了狂风。留下人统管世界，做万事智慧无穷。

仡佬族其他歌谣

补锅匠和教书人

补锅匠：

有字笔的，就当先生；
住学堂，名传四方。
只是我，大字不识；
挑担子，补锅串乡。
吃的是，粗茶淡饭；
穿的是，脏衣破裳。
虽有家，却常在外；
为养家，补锅游荡。
同是人，相差甚远；
地比天，一下一上。

教书人：

补锅匠人，真有手艺；
会找钱，衣食不慌。
买得盐，买得辣子；
买鲜肉，也买砂糖。

我教书，工钱很少；
没办法，买肉和糖。
不要讲，教书人好；
如今啊，先生难当。
学堂里，学生乱闹；
当先生，实在难教。
台上讲，台下不听；
打板子，学生惊慌。
吼声大，学生受惊；
不费心，学生难成人。
早知道，事情这样；
在当初，不干这行。
我应该，学补锅艺；
责任小，倒还逍遥。

补锅匠：
教书人，切莫这样讲；
你识字，自比我强。
你晓得，天文地理；
懂计算，会做文章。
台上讲，也不算累；
我串寨，脚板跑伤。
台上站，不算哪样；
我补锅，天天花脸一张。
讲也好，站也不论；
总有一天，时运来临。
天下知识，先生传；
教人会，有人敬佩。

有知识，人人佩服；
无字笔，处处为难。
我常常，光起脚板；
想穿双，新袜新鞋。
又害怕，火星烧穿；
比起来，你还是好。
放开心，莫要愁烦。

教书人：
难得你，一片真情；
安慰我，使我宽心。
都只为，赶场那天；
老婆叫我，在家做饭。
无奈我，听妻安排；
抬起锅，就往灶上安。
火力大，水少放；
不一会，锅里水干。
烧破了，做不成饭；
锅漏了，灶不冒烟。
饭没煮，娃娃哭喊；
我真是，一个笨蛋。
好比那，弹花匠一般；
只会弹，不会纺线。
补锅匠，你来得正好；
破饭锅，请你还原。

认输歌

（女输给男）
哥是山中桂桂阳，歌喉一亮响四方；
妹是出窝小山雀，歌未出口心头慌。

哥是歌仙来世上，歌又多来用船装；
才唱船尾一只角，妹我哑口接不上。

哥如孔子吟诗行，口若悬河哗哗淌；
愿当先生一书童，一世帮你挑书箱。

唱歌唱了十年余，昨夜才遇真歌星；
有心向哥学点乖，愧我心笨学不成。

哥有歌诗千万本，妹我独有两三行；
师傅面前妹失礼，班门弄斧笑死人。

从此唱歌我谨慎，投师学艺倍专心；
唱得东海海水干，再与歌师论短长。

小媳妇和恶鸡婆

对门对户对山坡，隔山隔水隔条河。
张家小女逗人爱，李家儿子猪脑壳。
李家田园千万担，牛马羊群满山坡。
恶婆盯住张家女，四处请媒把亲说。

三天两头张家跑，一心为儿把亲说。
张家老幼不欢喜，恶婆白天黑夜请媒磨。
媒婆说来又说去，搞得张家没奈何。
张家无法来招架，忍痛将女嫁过河。
头天得了庚八字，二天把人接过河。
你听众人怎么说？看他张家真利索。
过门不到三五日，天天打骂受折磨。
丈夫嫌她起早了，恶婆讲她瞌睡多。
大务小事要她做，挑水舂碓推磨洗衣样样做。
又要上山挖猪菜，又要下地去干活，
还要撵牛上山坡，晚来要给公公送茶水，
还给婆婆洗臭脚，双手端饭敬二老，
还送弟妹去上学，小女十八两只手，
怎么做得这样多，若是哪点出差错，打得半死又半活。
起五更来睡半夜，里里外外忙做活。
一天忙来又忙去，白天黑夜不歇脚。
天长日久干下去，累得小女无法活。
只来李家半年整，巧女成了病壳壳。
偷偷给娘捎个信，把苦细细对娘说：
起五更睡半夜，白天黑夜不歇脚。
提心吊胆过日子，出点差错挨劈砣。
婆婆心肠实在狠，时常掐脸打手脚。
儿的周身都打烂，不敢出门对人说。
娘呀，娘！
谁都娘生父母养，为何独有我命薄？
天长日久遭打骂，恐防儿命要除脱。
娘呀，娘！
你也知道儿的苦，为何不来把话说！

看儿多看三五眼，恐防来迟看不着。
爹妈看完儿的信，心乱如麻似刀割。
打发儿子劝恶婆，哥哥讲了一番理，
恶婆只当没听着，仗她有钱又有势，
根本不由哥分说，都说小女的不是，挨打受骂都正确。
当着哥面又不讲，背地对人打胡说：
张家儿子不是来讲理，明明是来找吃喝。
昨天吃了一大碗，今天吃了三缸钵。
吃人不穷胀坏肚，看他张家儿子怎么活？
哥哥闻听谗言语，怒火冲天过了河。
急忙回家对娘说：妹嫁李家又为何？
这门亲事不该订，恶虎怎能与人合？
妹去李家做媳妇，不是去当牛马磨。
李家钱财如粪土，张家仁义买不着。
娘呀，娘呀！
李家仗着钱和势，寨邻谁都不敢说。
我去李家讲道理，横竖都由他家说。
都讲我妹的不是，打人骂人都正确。
可怜好好的妹妹，如今成了病壳壳。
三天两头遭毒打，不知哪天命除脱。
爹妈听了这番话，心肝痛得如刀割。
忐忑不安团团转，不知应该怎么做。
张家哥哥出门槛，恶婆凶相大发作。
大骂一声，要你老实跟我说。
你给娘家讲哪样？你哥胡打又乱说。
今天你哥讲那些，不是你说是谁说？
你哥不是来讲理，明明是来找吃喝。
一边问话一边打，小媳妇的心肝被打落。

张家女儿活打死，李老者赶紧过来问恶婆：
这下打死张家女，看你怎样向她父母办交角？
恶婆怒火冲万丈，两手叉腰更凶恶。
又骂一声狗娘养，莫说打死张家人一个，
就是打死他全家谁奈何？
恶婆骂得正起劲，谁知有人跑到张家把话说。
寨邻得知张家女儿被打死，老老小小都火撮。
好好一个黄花女，李家老太怎么这样做？
喊了一声齐出动，提刀弄斧冲过河。
来到桥头放一炮，老者闻声跳下河。
儿子听到炮声响，跪在门前把头磕。
恶婆吓得无处跑，钻进床脚缩一坨。
谁说李家财百万，哪够人挑和马驮？
众人齐冲进门去，床脚拖出恶鸡婆。
你一言来我一语，众人七嘴八舌说。
有的说要抽她的筋，有的说拖她丢大河，
有的说把她丢油锅，有的说割她的脑壳。
千刀万剐难解恨，拖她门前听分说。
众人连问恶老太：你为何这样凶来这样恶？
恶婆三魂不附体，有气无力对众说：
要钱要米我答应，请众亲留我性命活。
我千不该万不该将儿媳活打死，怪我前世作了恶。
本应一命抵一命，请众亲高抬手，
让我看李老者一眼，就是死了也心落。
谁知道，
李老者跳进河中得了救，口念南无阿弥陀。
恶婆出门见老者，泪水汪汪往下落。
想当初仗着李家钱和势，李家百依百顺惯了我，好事坏事无人说。

都怪李家害了我，这阵子闯大祸，叫我怎样对众人说？
无论如何张家不放过我，这条老命定除脱。
说一千来道一万，都是李家前世作了恶，养个儿子憨撮撮。
我仗李家钱势把亲说，媳妇过门我打骂，又动手来又动脚。
大事小事都挑剔，稍不顺眼就火撮。
凡事不由她解说，这次打死儿媳妇，叫我怎么对众亲说？
一不该强办儿亲事，
二不该将儿媳打骂又当牛马来折磨，
三不该仗钱又仗势，
仗钱仗势欺人太可恶，
四不该将张家哥子气走了，
理应听他来劝说。
为人在世莫学我，要多行善事不作恶。

夫妻二人不笑合

冷水泡豆要出壳，夫妻二人不笑合。
同桌吃饭脸朝外，两床被窝各盖各。
挑水泡豆推豆花，夫妻两个打冤家。
同桌吃饭脸朝外，找得银钱自己花。
夫妻二人不笑合，其中有人在挑拨。
抬条板凳来坐下，心里有话尽管说。
冷水泡豆豆出芽，恩爱夫妻被人插。
冰冻天日开车子，恐怕早晚要打滑。

酒　歌

正月里来去砍土，三月里来点高粱。
五月六月忙薅草，七八两月高粱黄。

抡起钢刀来割断，插根扁担挑回程。
又用连盖鸳鸯打，籽籽铺在下面层。

又将筛子筛了壳，又将风簸扬了糠。
筛子摇得团团转，耳环摇得响叮当。

长年月活收进屋，王母老娘装上仓。
前仓拿来卖钱用，后仓拿来造酒浆。

张郎与我扯曲药，李郎与我说药方。
千重岩上灵芝草，万重岩上巴岩香。

后园竹子节节长，砍它下来打斗筐。
砍竹要问姚三婶，划竹要问寸三娘。

织一织二织不起，门三押二才编成。
两边编起人字路，中间编起木瓜心。

本来世上无竹子，三藏西天带来的。
大路弯弯点三颗，小路弯弯点三双。

天上雷公吼两吼，地下主人在烤酒。

烤酒拿来办酒席，好酒端来敬朋友。

有了酒，又无缸，窑厂里头选绿缸。
大的选起三十口，小的选起十五双。

有了酒，又无瓶，没有壶瓶不得行。
南京匠人打不起，又去北京请匠人。

东边请个希厨子，西边请个巧匠人。
拜上匠人巧些打，打把壶瓶像观音。

上面打像菠萝盖，下面打的海底形。
前头打的鹦哥嘴，后头打的畔耳形。
一劝文官吃三盏，文笔滔滔管万民。
二劝武将吃三盏，炮火场上杀敌人。

劝了官，又劝民，三劝歌郎两三巡。
歌郎吃了三杯酒，肚内山歌唱不赢。

茶　歌

未吃茶，茶在青山未盘芽。
芝麻黄豆未结籽，核桃李子未开花。

茶仙仙，酒仙仙，茶酒相交数千年。
客来之时茶为贵，客去之时酒为先。

世上本来无茶籽，三藏西天去取经。

珍珠玛瑙都不要，只把茶籽带半升。

带到野猪山前过，野猪山上种茶林。
一怕野猪拱茶籽，二怕野猪拱茶根。

造了根来根不发，造了籽来籽不生。
带往王母山前过，王母出来种茶补。

九十九根为一笼，九十九笼为一园。
去的之时茶就长，转来之时茶已青。

上头长起叶对叶，下头长起根对根。
老鸦飞来不敢歇，龙蛇过路不沾身。

露水茫茫催它长，日月二宫叫它生。
叫它长，叫它生，一片一片长成林。

三月四月茶叶青，小姑采茶笑盈盈。
左手摘来右手采，采起茶叶回家庭。

揉了一道茶叶青，揉了二道黄沉沉。
揉了三道茶就好，兜兜装好放楼层。

五龙口中去取水，八宝山上取味精。
灶内吹动神仙火，锅里翻动香气云。

烧茶一杯敬天地，烧茶二杯敬双亲。
烧茶三杯敬歌郎，烧茶四杯敬乡邻。

莫说喝茶无感验，少年盘古八百春。
老的吃了添福寿，少的吃了来精神。

歌郎吃了会唱歌，女子吃了美貌多。
茶水挑到薅草坡，吃了茶水薅几坡。

饭　歌

吃茶便问茶家事，吃酒便问酒根生。
吃饭要问饭家郎，一母所生三弟兄。

大哥有名范西才，二哥有名范西昌。
只有老三无名字，他在学堂读文章。

只有范三无名字，他在学堂攻文章。
学堂设在陈州府，他的先生程光汝。

秦始皇，无良心，一心要修万里城。
三丁抽一你要去，五丁抽二你要行。

三丁抽一你要去，五丁抽二你要行。
只要范三你不去，杀尽鸡犬不留人。

听得家人来报信，范三急忙回家门。
父亲开言把话说，叫你沙场去当兵。

大哥年老他不去，二哥体弱他不行。
你虽正好攻书文，无奈传帖有你名。

辞别公，一口胡子白蓬蓬。
别人抚子孝敬老，你今抚孙一场空。

辞别婆，我去当兵放心我。
我去火线有官做，舞云打伞来接婆。

辞别母，我去当兵你莫哭。
我去火线立战功，你老堂前授光荣。

辞别妹，妹问哥哥哪时回？
今朝兄妹分别后，不打胜仗永不回。

粑粑歌

正月立春两水节，二月惊蛰又分春。
三月清明泡谷种，四月发芽往上升。

五月立夏栽早秧，田中秧子行对行。
五月端阳去望水，六月炎炎去薅秧。

立秋处暑满山黄，满山丰收喜洋洋。
打把镰刀去割谷，背回家中晒进仓。

磨子推，风簸扬，磨子口内出白浆。
张家大嫂团一个，李家大嫂团一双。

白如雪，白如霜，老远闻到喷喷香。
大人娃儿莫动手，粑粑要让先人尝。

唱板凳

今天回去吃晌午，进屋就把板凳端。
一条板凳四只脚，歌郎来把根由说。

不提板凳由自可，提起板凳有根生。
远看青山一根树，张郎要砍鲁班蓄。

张郎要把树儿砍，鲁班要把树皮崩。
七十二人扶上马，截的截来崩的崩。

年年有个三月三，师傅顶敬是鲁班。
鲁班先师手艺高，又用锯子又用刀。

截的截，崩的崩，刨子口内起纷纷。
弯弯木儿黑墨线，黑墨线儿定准绳。

鲁班先师遵法大，修房造屋立高架。
乡间人家嫁姑娘，要请师傅打嫁妆。

做个哪样像哪样，四条板凳一样长。
打个木盆像木盆，四条板凳坐八人。

唱药王

自古药医有缘人，菩萨只保长命人。
药王菩萨药法大，普济人间医凡民。

有了病，请先生，神农百草能救人。
暴丝诊脉病分清，太医先生下细[1]人。

七十二行出状元，太医先生第一名。
医出几多疑难病，救出几多落难人。

一进屋，二进厅。三上楼阁看病人。
广目遵仙上面坐，坐虎针龙到如今。

坐虎针龙巴到村，又遇凡人遭劫难。
药王见了心不忍，采药下山救凡民。

救了男女千千万，后学跟你把医行。
本是你的亲弟子，暗中指点叫的灵。

读书郎

锣鼓响起响堂堂，今日相见读书郎。
口中直把诗书念，手中拿笔笔杆长。

莫要小看马儿郎，朝朝日日上学堂。
莫要说他年纪小，他的肚内有文章。

正月读书是新年，读书之人不游玩。
天天住在书房内，诗书礼仪尽习完。

① 下细：仔细、认真、谨慎。

二月读书好个郎，“四书五经”堆书房。
头上顶的孔夫子，下头就学颜回郎。

三月读书到清明，少年读书上学校。
之乎者也翻新意，一心要把状元考。

四月读书立夏到，文章做起一条条。
一次修来二次改，又翻《春秋》作参改。

五月读书端阳来，读书少郎有文才。
关关雎鸠念几遍，窈窕淑女不要来。

六月读书热忙忙，读书少郎进澡房。
上身洗到下身转，走出澡房进书房。

七月读书月半来，少郎读书考秀才。
小子鸣鼓而攻之，秀才考出头名来。

八月读书到中秋，身居书房把名留。
决心十月上京去，英雄要考第一流。

九月读书天转凉，头顶霜风行路忙。
手捧文章念了念，之乎者也记心房。

十月中旬进考场，满是书生读书郎。
皇家来把金榜贴，考个头名状元郎。

读得诗书当大丘，不耕不种自有收。

白天不怕老二抢，夜晚不怕强盗偷。

读书之人把名扬，官家轿子坐官郎。
请他下轿断个案，但愿比那包公强。

读书之人到五更，忽听阳雀叫一声。
你为阳春声不断，我为功名不断声。

唱　花

说唱花，就唱亮，不是花名不唱它。
楼上点灯楼下亮，取名就叫米筛花。

你想我，我想她，取名就叫相思花。
你望我，我望她，取名就叫眼睛花。

半岩一口钟吊起，取名就叫岩畔花。
老子叫儿去赶场，取名就叫栀子花。

他掐我，我掐她，取名就叫指甲花。
十七八岁正当年，取名就叫牡丹花。

放牛娃

山上放午娃，满山把牛放。
索索紧紧奔，牛儿满山冈。
牛羊肥又壮，老人心安康。
你要好好放，莫当懒汉郎。

遨（赶）起牛儿走，梆铃响叮当。

别人庄稼要得紧，不准牛儿尝。

吃人庄稼要挨骂，棍棍打在屁股上。

哎哟哎哟惊叫唤，没人来帮忙。

专心放来专心放，人人都夸奖。

遨牛回家去，晚上进书房。

学习写文章，当个读书郎。

三年五载成了器，不当放牛郎。

十年八年成大业，国家做栋梁。

花灯歌谣

一上主家三步梯，步步登高升上去。

远看好像重庆府，近看好似府衙门。

这边才到那边来，贵府财门我来开。

冬季财门冬季旺，春季财门月月兴。秋季财门进五谷，夏季财门进金银。四季财门来开启，万两黄金滚进门。

左门神来秦叔宝，右门神来尉迟恭。他是天上混天星，玉帝派他把财门。左边开起金鸡叫，右边开起凤凰生，金鸡叫，凤凰生，主家荣华万年春。

左手推开门两扇，右手推开两扇门。两扇大门齐开起，唱灯之人请进门。左脚跨门带红金，右脚跨门带红银，双双脚儿齐跨进，男生富贵女聪明。

一进门来朝上望，主人香火在高堂。天地君亲当堂坐，梓橦观音在两旁。一进门来朝上望，四根中柱顶大梁，大梁本是沉香木，二梁本是紫坛香，三梁四梁认不清，不是枫香是柏杨。

民间时令、农事谚语

初一晴不是好晴，初三初四雨来淋。
初二月初一晴，树木叶子发两层。
七月初一看收天，八月十五看来年。
惊蛰对清明，谷米上灰尘。
懵懵懂懂，清明，平坝，出种。
荞稀不结，麦稀不黄。
立夏不下，犁耙高挂。
不怕重阳十三雨，就怕立冬立不起。
毛星有雨，毛月要晴。
一虹杠西，干断河溪。
进沾有雨出沾晴，进沾无雨出沾淋。
小满花开上岩，铧口枷担拿回来。
夏至五月头，一吃一愁。
夏至五月中，谷黄米价松。
夏至五月尾，一吃一悔。
正月打雷雷打雪，二月打雷雨滴滴。
三月打雷无秧水，四月打雷秧上节。
一日黄沙三日雨，三日黄沙九天晴。
雨落二十五，后月无干土。
雪落高山，霜打平地。
惊蛰热，烤火过六月；惊蛰冷，买把扇儿等。
打雷顺秋，干断河沟。

社会人情

人有脸，树有皮。
人怕伤心，树怕剐皮。
树老根多，人老心多。
树老心空，人老颠东。
人老骨头硬，越老越展劲。
老有爱心，小有孝心。
在生不孝，死了滴狗尿（泪水）。
一人有福，带挈一屋；一人无福，拖累一屋。
二婚亲，各顾各；童子婚姻脚靠脚。
鸡公打架头对头，夫妻吵架不记仇。
好狗不咬鸡，好夫不打妻。
公不离婆，秤不离砣。
一道香，二道臭，三道四道嘴脸厚。
开水不响，响水不开。
有麝自然香，酒好不怕巷子深。
不怕慢，就怕站。
不怕山高，就怕脚软。
一顿省一口，十顿节一斗。
大吃大喝，卖屋卖锅。
细水长流，吃穿不愁。
管你啷个干，捅出来才是黄鳝。
园子当间仓，菜当三分粮，海椒当衣裳。
穿不穷，吃不穷，不会算（做），一世穷。
人怕裹，蓑衣怕火。
跟好人，学好人，跟着端公扛邪神。

谙贼不是贼，强盗把客做。
管人闲事，受人搓磨。
槽里无食猪拱猪。
猴肉好吃，猴相难看。
捡了便宜柴，烧烂夹底锅。
是哪样菩萨上哪样颜料。
一篾吊千斤，岩鹰专打跛脚鸡。
嘴是两块肉，说进又说出。
十个说客，挡不住一个夺客。
恶人自有恶人收，恶鸡自有野猫抠。
好吃不过油炒饭，好看不过素打扮。
打明鼓，唱明歌。
正做不做，豆腐头[1]放醋。
只要感情在，不怕吃酸菜。
天晴打困，落雨背粪。
失一回格，讨一回乖。
人亲财不亲，买卖要认真。
弟兄同齐长，衣饭各自求。
干饭稀饭，各人的搞干。
大哥不说二哥，自己都差不多。
上梁不正下梁歪，中梁不正倒下来。
只有请不动的山，没有请不动的人。
只有千年的百姓，没有千年的官。
有力莫跟坡打斗，有钱不跟官打斗。
木匠易得学，难打朝天凿。
端公易得学，难吹弯牛角。

① 头：里。

条条蛇都咬人，乌梢蛇不咬人也吓人。
有理三扁担，无理扁担三。
人穷怪屋基，房子漏怪桷子稀。
出檐桷子先遭难，自家端公扛不了自家神。
欺山不欺水。
吃得亏，团得堆。
闲时办来急时用，急时办来不中用。
出门不勾腰，进屋没柴烧。
细娃看见娘，无事哭一场。
媒人是个杵二路棒，过河甩在河坎上。
为人不做亏心事，半夜敲门心不惊。
妯娌姊妹比英雄，弟兄就想弟兄穷。
树大发桠，儿大分家。
前三十年父管子，后三十年子管父。
是个乌骨鸡，洗都洗不白。

六月黄瓜黄又黄

六月黄瓜黄又黄，问你情哥赶场不赶场？
一要带个糖包饼，二要带个饼包糖。
三要带个鸳鸯枕，四要带个枕鸳鸯。
五要带个红笼帐，六要带个象牙床。
七要带个磨刀石，八要带个救命王。
娇啊！

我又不会做那个糖包饼，我又不会做那个饼包糖。我又不会挑花哪有鸳鸯枕。我又不会绩麻做那红笼帐。我不会木匠做那象牙床，我不会铁匠哪得磨刀石，我不会医生哪得救命王。你说些话来不知情，免得在世上教训人。

哥啊！牙齿就是糖包饼，口皮就是饼包糖。左手就是鸳鸯枕，右手就是枕鸳鸯。衣服就是红笼帐，身子就是象牙床。腿子就是磨刀石，旁边就是救命王。

三根杉儿并排生

三根杉儿并排生，昨夜挨打为我们。
前门打得后门转，周身打得墨吊青。
娇啊！
你昨夜挨打不知情，躲在后角豇豆林。
心想出来拉一把，火上分尸要死人。

三根杉儿一样高

三根杉儿一样高，白鹤飞来站中腰。
白鹤飞来中间站，麻布洗脸出橡胶。
我的娇妹我认得，盆子脸来弯眉毛。
月兰衫子外托肩，许郎一天又一天。
白天许郎团转走，夜晚许郎守更天。
娇啊！
你家当门有条沟，这条大路无人修。
哪个情哥来修起，只准走来不准丢。
送郎送到椒子林，手搬椒子数苦情。
要学海椒红起脸，莫学椒子起黑心。

太阳落土又落坡

太阳落土又落坡，我来唱个扯谎歌。

青杠树上黄鳝睡，紧水滩上麻雀窝。
扯根青藤三抱大，吊住太阳展劲拖。
搓条麻绳万丈长，牵起月儿笑哈哈。
半天云里搭个灶，抓把星宿下油锅。
东海底下修条路，吓得龙王打哆嗦。
早晨看见牛生蛋，夜来看见鸡生角。
两个跳蚤比大腿，两个虱子比耳朵。
扯谎歌儿多又多，一首给人添一乐。
你一首来我一首，真的假的管不着。

扯谎歌

说起花文花又多，听我来唱扯谎歌。
昨天我从花下过，看见鲤鱼卸草来做窝。
生了二个阳雀蛋，出了四十五双鬼冬哥。
说来不肯信，灯草顶破石碓窝。
一十七省我走过，稀奇古怪见得多。
公公见到儿媳喊嫂嫂，伯伯见到侄儿叫哥哥。
光阴似箭，岁月如梭，假人面前当假哥。
始春秋，终战国，瞎子咬到一根乌梢蛇。
一而十，十而百，带来哑巴听说有男人坐了月。
百而千，千而万，聋子听见奶娃惊叫唤。
曰南北，曰西东，有条黄鳝追公鸡。
此四方，应乎中，说你今天在装疯。
曰水火，木金土，古时有个昔孟母。
曰国风，曰雅颂，大风吹来天地动。
水泡石头粑，昨天种瓜子，今天就开花。
三岁孩儿不肯信，糍粑落地不粘沙。

亲师友，习礼仪，幼年寒窗把书习。
孝经通，四书熟，三年读本天生物。
清太祖，应景命，两年读本百家姓。
如负薪，如挂角，读了《中庸》读《大学》。
寓褒贬，别善恶，我的花文说煞角。
哪位师友，再往下说！

大田薅秧行对行

大田薅秧行对行，两个秧鸡在商量。
问你秧鸡商量哪一样，你外婆就是大舅娘。

稗子精稗子王

稗子精来稗子王，一把揪你在田坎上。
稗草同禾不同米，谷返青来稗返黄。

太阳出来晒白岩

（一）

太阳出来晒白岩，白岩上面出人才。
有情不怕水深浅，哥走前头把妹牵。

（二）

太阳团团在天边，水车团团在河边。
筛子团团在小娇手，草墩团团在灶门前。

养生歌[①]

走好一生不简单，遇到风浪要乐观。
处事不钻牛角尖，善待他人心地宽。
常与邻里聊聊天，所有烦恼丢一边。
给人方便心里安，追名逐利不要攀。
富余节约勤为先，相信科学苦钻研。
忍让和睦不伤肝，卫生整洁正衣冠。
少荤多素日三餐，八分饱暖不多贪。
早睡早起步三千，健康快乐似神仙。

新年敬酒歌

新年美酒香喷喷，桌上美酒敬谁人？
金杯银碗斟满酒，我挨一挨二敬亲人。

第一碗美酒敬给谁？敬给地盘业主老先人。
古老先人我们祖，开拓疆土太辛苦。
创造家业有千万，留下家业万万千。
子孙后代用不完，古老先人请喝酒。
你们在天之灵，将我们多多保佑。

第二碗美酒敬给谁？敬给我们的父母和公婆。
高堂上是父母和公婆，美酒先请四位老人喝。

① 《养生歌》系正安百岁老人陈月香老人历经百年风雨，育人处世、修身养性的人生之道。

养儿养女老人多辛苦，为吃为穿老人受奔波。
满堂儿女多缘分，人老心宽慢慢过。
儿女长大要孝敬，请四位老人把酒喝。

第三碗美酒敬给谁？敬给舅爷舅妈姑妈姑爹。
舅爷舅妈好辛苦，姑爹姑妈多操心。
孝敬父母操家务，勤勤恳恳过生活。
学习你们多勤快，学习你们好孝心。
要像你们那样过日子，要像你们平易对待人。
你们的好事难学尽，请把这碗美酒喝。

最后一碗敬给谁？我们同辈老小一起喝。
喝下美酒就吃饭，团团圆圆过新年。

走亲戚

男家：
农闲时，来走亲戚，活忙过，来看亲戚。
亲亲家，房屋高大，多气派，好像官衙。
圈里面，骡马欢叫，屋团转，遍地鸡鸭。
进门来，神龛明亮，红对子，两旁悬挂。
墨写字，有正有草，真好看，把我乐煞。
贤亲家，贤客有礼，先端上，喷香热茶。
茶碗好，尽是细瓷，镶金边，五色插花。
喝过茶，摆桌吃饭，好酒菜，桌面摆满。
酒壶儿，金子敲打，贤亲家，手中擎拿。
银酒杯，斟满美酒，你敬酒，我喜饮下。

女家：

耳中听，马叫高昂，我忙到，门外张望。

眼看到，亲戚来临，骑大马，气派轩昂。

好鞍鞘，镶银绣花，红马鞭，要须长长。

进屋来，连声夸奖，我的家，实不像样。

红对子，哪家都有，讲识字，你最高强。

讲金银，你家最多，饭甑子，也用金银。

男家：

我在家，甚是寂寞，串亲戚，来到亲家。

我这人，脚板沉重，一抬脚，踩到养牲。

踩到猪，猪肉煮饭，踩到鸡，鸡肉炖汤。

贤亲家，重礼待客，满斟酒，劝我先尝。

酒醇美，香飘房中，喝下去，热我心肠。

女家：

贤亲家，脚步金贵，在门口，我忙恭候。

杀养牲，款待贵客，这个礼，先人传得。

先人传，礼节隆重，我家穷，礼不讲究。

人都说，你脚很轻，我待客，做得不够。

望亲戚，多多包涵，莫见笑，叫我丑出。

男家：

论礼节，你最讲究，

你待客，名扬四方。

你家里，样样都有，

灶房里，油肉喷香。

为我来，准备厚待，

你全家，碌碌忙忙。
圆桌上，茶几摆满，
火锅里，炖着鸡鸭。
大碗中，装满龙肉，
这些菜，世间少见，
我吃过，说不出名来。

女家：
尽讲话，忘了吃菜，
只讲礼，忘了喝酒。
多喝酒，请莫推让，
喝醉了，有茶解它。
贤亲戚，最通情理，
酒菜差，能够原谅。
不在乎，酒菜怎样，
亲戚间，常来常往，
勤走动，情义久长。